리빌드 월드

Rebuild World

上 유혹하는 망령

The advanced civilization that once dominated
the world has crumbled away, and a long time has passed.
People rallied the fragments of wisdom and glory scattered
all over the world and spent a long time rebuilding human society.

> Episode
001

上 유혹하는 망령

The advanced civilization that once dominated the world has crumbled away, and a long time has passed. People rallied the fragments of wisdom and glory scattered all over the world and spent a long time rebuilding human society.

Contents

The advanced civilization that once dominated the world has crumbled away, and a long time has passed. People rallied the fragments of wisdom and glory scattered all over the world and spent a long time rebuilding human society.

Rebuild World

나는 알파야. 잘 부탁해.

>Author : nahuse >Illustration : gin >Illustration of the world : yish >Mechanic design : cell

리빌드 월드

Rebuild World

上 유혹하는 망령

The advanced civilization that once dominated
the world has crumbled away, and a long time has passed.
People rallied the fragments of wisdom and glory scattered
all over the world and spent a long time rebuilding human society.

Author
나후세

Illustration
긴

Illustration of the world
와잇슈

Mechanic design
cell

제1화 아키라와 알파

　개와 흡사하게 생긴 육식 짐승이 소년의 머리를 물어뜯으려고 이빨이 즐비한 아가리에 힘을 줬다. 땅바닥에 쓰러진 소년은 그 육식 짐승에게 깔린 채, 왼손에 쥔 건물 파편을 온 힘을 다해 짐승의 큼직한 아가리에 대고 간신히 저항하고 있었다.

　육식 짐승은 소년을 다시 물어뜯으려 하기는커녕, 비정상적인 치악력으로 건물 파편째 삼키려고 하고 있었다. 그 단단함으로 소년의 생명줄을 간신히 붙여 주고 있는 것이 이빨에서 전해지는 압력에 굴해 갈라지고 있다.

　소년이 필사적인 표정을 지으며 오른손에 있는 권총으로 짐승을 쐈다. 지척에서 발사된 총알이 짐승에 맞는다. 그래도 짐승은 죽지 않는다. 오히려 소년을 더욱 강하게 압박했다.

　방아쇠를 계속 당겨 탄환을 계속 명중시켰다. 그래도 짐승은 죽지 않는다. 그리고 적을 죽이기도 전에, 방아쇠를 당겨도 침묵하는 총구가 소년에게 총알을 다 썼음을 알렸다.

　"제기랄!"

　이미 눈앞까지 다가온 짐승의 얼굴을 파편을 쥔 왼손으로 밀면서 탄환이 떨어진 총으로 짐승을 두들겨 팼다. 저항을 멈췄다간 죽을 뿐이라고, 포기하지 않고 온 힘을 다해 저항했다.

그리고 소년보다 짐승이 먼저 한계에 도달했다. 죽어가면서도 끝까지 사냥감을 물어 죽이려 했지만, 결국 서서히 무너져 그제야 숨을 거뒀다.

소년은 자신의 몸 위에 올라타 있던 짐승을 남은 힘을 쥐어짜 밀쳐내고, 쓰러진 채로 크게 숨을 내쉬었다.

"생각이 짧았던 걸까……?"

그렇게 말한 직후, 무심코 나온 나약한 소리를 질타하듯 고개를 가로저었다.

"아니야! 이 정도는 각오했어! 조금 죽을 뻔한 정도로 포기하고 돌아갈까 보냐!"

딱딱한 표정으로 몸을 일으키고 숨을 골랐다. 목숨을 걸고 여기까지 온 것에 의미와 가치를 부여하기 위해, 기력을 쥐어짜 몸을 일으켰다.

이어서 페트병에 있는 물을 머리에 끼얹어 짐승이 흘린 피로 범벅이 된 얼굴과 머리를 씻었다. 그리고 권총에 탄환을 다시 장전하고 기력도 같이 보충했다.

"좋아……. 계속하자."

소년은 광대한 도시의 폐허 속을 다시 나아가기 시작했다.

주위에는 반파된 빌딩이 서 있다. 땅바닥은 건물 잔해로 가득하다. 인기척은 없다. 소년의 발소리도, 바닥의 돌멩이를 차는 소리도, 아까 총성도, 주위의 정적에 먹혀 사라진다.

찌든 때로 변색한 평범한 옷과 정비 상태가 미심쩍은 권총. 소년은 고작 그런 장비만으로 이 장소를 탐색하고 있었다. 소년의 처지를 생각하지 않는다면, 이 장소의 위험성을 전혀 이해하지 않은 자살행위 같은 장비였다.

소년도 이곳에 오기 전부터 그것을 알고 있었다. 그리고 아까 죽을 뻔하면서 뼈저리게 실감한 바이다. 그렇다고 해도 구세계의 유적이라 불리는 이 장소가 얼마나 위험한지를 정확하게 이해했다고 보기에는 어려웠다.

고장에 따른 폭주로 목표를 무차별 공격하는 자율형 병기. 이미 멸망한 제작자의 명령에 따라 지금도 외부의 적을 물리치고 있는 경비기계. 야생화한 생물병기의 후예. 혹독한 환경에서 돌연변이를 거듭하고 있는 동식물.

그러한 생물이나 기계를 통틀어서, 동부에 사는 사람들은 몬스터라고 부르고 있다. 구세계 유적은 그 위험한 몬스터의 소굴이다. 아까 소년을 덮친 육식 짐승도 그런 종류다.

소년은 그것을 알면서도 자신의 의지로 죽음을 각오하고 이곳에 발을 들였다. 여기에는 그런 위험을 감수할 가치가 있기 때문이다.

그 가치는 실제로 죽을 뻔한 직후에도 변함이 없다. 그렇기에 그것을 찾아 나아간다. 슬럼(빈민가)의 아이라는 싸구려 목숨보다 훨씬 비싼 것을 찾아서. 자기 자신의 목숨을 칩으로 걸고. 그 소년의 이름은, '아키라' 라고 했다.

◆

이곳은 쿠즈스하라 시가지 유적의 외곽부로 불리는 장소다. 아키라가 사는 쿠가마야마 시티에서 가장 가까운 유적이며, 도시의 경제권에 존재하는 유적 중에서 가장 규모가 큰 곳이기도 하다.

몬스터에 습격을 당한 후에도 유적 탐색을 계속하던 아키라는 한숨을 쉬었다.

"멀쩡한 게 없네. 목숨을 걸고 여기까지 왔는데 말이야……. 더 깊숙한 곳까지 들어가야 하는 걸까?"

고개를 살짝 들어서 유적 안쪽을 쳐다보았다. 저기부터는 고층 빌딩이 쭉 늘어선 풍경이 펼쳐진다. 그 광경은 수없이 많은 빌딩이 자아내는 지평선 너머까지 이어지고 있었다.

멀리서 어렴풋이 보이는 풍경만으로 판단해도, 안쪽의 건물일수록 규모가 거대할 뿐만 아니라 외관의 상태도 좋았다. 주변의 다 부서진 건물과는 상태가 하늘과 땅만큼 차이 났다.

(어떻게든 저기까지 가면, 엄청나게 값비싼 유물을 구할 수 있을까?)

큰돈이 아키라의 욕심을 자극했다. 잠시 고민했지만, 곧바로 짜증스럽게 고개를 젓고 되뇌듯 말했다.

"아니야, 불가능해. 죽을 게 뻔해."

폐허로 변한 주변과 멋진 경관을 유지하고 있는 저 너머. 그 차이는 저 상태를 유지하는 환경에서 비롯된 것이다.

즉, 저 너머에는 구세계 시대에 만들어진 고도의 자동 정비 수복 기능이 현재도 작동하고 있다. 그 주변의 경비기계도 당시의 경이로운 기술로 제조된 고성능을 유지하고 가동 중이며, 외부인의 침입을 무력으로 배제할 우려가 크다.

그런 경비기계가 지키는 구역에서 아키라 같은 소년이 살아 돌아올 가능성은 없다.

"이 근처도 나에게는 벅차. 관두자. 더 안으로 들어가면 안 돼. 그래……."

간신히 욕심을 떨쳐낸 아키라는 그 뒤에도 한동안 유적을 탐색했지만, 이렇다 할 성과는 없었다. 아키라는 고개를 살짝 숙이고 한숨을 쉬었다. 시선을 내리니 백골이 된 시체가 눈에 들어왔다.

이미 저런 백골 시체를 여러 번 발견했다. 그때마다 남은 소지품이 없나 싶어 시체 주위를 찾아봤지만, 돈이 될 물건은 보이지 않았다.

(이 선객도 소지품이 없네…….)

이미 누군가가 챙겼다. 혹은 자신처럼 무모한 자가 변변한 장비도 갖추지 않고 여기 왔다가 그 무모함에 걸맞은 최후를 맞이했을 뿐이다. 그렇게 생각한 아키라는 약간 우울해졌다.

(이대로 가다간 해가 질 거야……. 큰일인걸. 오늘은 이만 돌아갈까? 괜히 고집을 부리고 남았다간 이 백골 시체의 친구가 될 거야. 위험한 유적에서 살아 돌아왔다는 경험을 가장 큰 수확이라고 여기고…….)

아키라는 무의식중에 인상을 썼다. 머릿속에 떠오른 변명은 뭐든 좋으니 성과를 얻고 싶다는 미련을 지우기에는 약했다.

이미 몬스터와 한 번 싸우다 죽을 뻔했다. 이대로 돌아가면, 목숨을 건 그 승리마저 완전히 헛수고가 될 것이다. 그것을 거부하는 마음이 아키라의 결단을 무디게 했다.

탐색을 계속할 것인가, 아니면 돌아갈 것인가. 인상을 쓰며 계속 고민한다. 머릿속 저울이 계속 흔들렸다. 하지만 선택을 망설일 만큼 무의식중에 이해하고 있었다. 이대로 탐색을 계속해서 어두운 밤에 또다시 몬스터에게 습격당하면 죽을 것임을.

그 생각이 선택의 저울을 체념과 함께 철수 쪽으로 크게 기울게 했을 때, 작게 빛나는 무언가가 아키라의 앞을 지나갔다.

(뭐지……?)

그 빛은 해 질 녘의 빌딩 그림자 안에서 하늘거리며 날고 있다. 손톱보다 작은 벌레가 내는 희미한 빛만이 허공에 떠 있는 것처럼 보였다.

아키라는 약간 경계했지만, 유적에 서식하는 몬스터처럼 보이지는 않기에 바로 경계심을 풀었다. 그대로 희미한 빛에 이끌려 그 벌레를 눈으로 좇자, 길 너머에 난립한 폐허 빌딩 편에서 더 강렬한 빛이 흘러나오고 있었다. 희미한 빛은 길을 따라서 모퉁이에서 흘러나오는 빛 속으로 녹아들었다.

미심쩍은 얼굴로 그쪽을 쳐다보니, 그 밖에도 희미한 빛이 여러 개 아키라의 뒤에서 얼굴 옆을 지나가면서 길 너머의 모퉁이로 향했다. 뒤돌아서 확인해 봤지만, 모퉁이 너머에는 어둠만이 깔려 있어서 다가오는 빛을 확인할 수 없었다.

다시 모퉁이 쪽을 보았다. 그러자 희미한 빛이 자신의 뒤에서 모퉁이 쪽으로 나아갔다. 아키라는 영문을 몰라서 당혹스러웠다. 하지만 폐허 빌딩의 어둠 속에서 보이는 그 환상적인 빛은 흥미를 매우 자극했다.

아키라는 잠시 가만히 서 있었다. 하지만 잠시 머뭇거린 뒤에 모퉁이를 향해 나아갔다. 저 빛이 어디서 나는지 모르겠지만, 뭔가 있을지도 모른다. 목숨을 걸고 여기까지 왔다. 뭐든 좋으니까 성과가 필요하다. 그런 마음이 앞서고 말았다.

욕심과 흥미에 패배한 아키라는 경계하면서 모퉁이 너머를 보았다. 그리고 그 너머의 광경을 본 순간, 충격을 받아 경직하고 말았다.

아키라의 시선이 향한 곳에는 작고 희미한 빛이 모여들어서 큰길의 일부를 밝히고 있었다. 그 환상적인 광경의 중심에, 한 여자가 서 있었다.

그 여자는 신비롭고 비현실적인 아름다움을 지녔다. 게다가 고운 얼굴과 미려한 몸을 아낌없이 주위에 드러내고 있었다. 즉, 알몸이었다.

피부는 슬럼의 주민과는 비교도 되지 않을 만큼 아름답고, 매끄러운 피부의 광택은 도시의 상위 구역에 사는 여자들이 재산과 집념과 구세계의 기술로 갈고닦은 찬란함을 능가했다.

몸매의 아름다움은 예술적이기도 하고, 허리 아래까지 기른 머리카락은 조금도 상한 구석을 찾아볼 수 없이 윤기를 내고 있다. 남녀노소 가리지 않고 반할 것 같은 얼굴에 드러난 담담한 표정이 그 분위기를 더욱 돋보이게 했다.

넋이 나갔다. 그렇게 표현할 만큼 아키라는 그 여자에게 정신이 팔렸다. 빼어난 그 미모는 아키라가 그리 길지 않은 인생 속에서 본 모든 여자와 견주더라도, 비교 대상에 상상을 포함하더라도, 감히 빗댈 수 없는 수준이었다. 아키라의 머릿속 미인 기준이 단번에 대폭 수정됐다.

아키라의 뒤에서 날아온 희미한 빛이 그 여자의 손끝에 닿았다. 빛이 빨려들듯이 사라졌다. 그 여자가 두른 빛이 아주 조금 강해졌다. 그 광경에, 아키라는 정신을 차리지 못했다.

자신의 손끝을 향하던 그 여자의 시선이, 갑자기 아키라를 향했다. 아키라와 시선이 마주친다. 그 여자는 아키라가 알몸을 보고 있는데도, 그를 가만히 응시하는 것 이외의 반응을 보이지 않았다. 그 바람에 아키라 또한 정신을 차릴 계기를 놓치고 가만히 바라보기만 했다.

갑자기 그 여자가 매우 기쁜 듯이 웃었다. 그리고 아키라에게 한 걸음 다가왔다.

잘 모르는 누군가가 자신에게 다가오려고 한다. 그 인식이 약간이나마 경계하게끔 했다. 그 순간, 아키라는 단박에 상황을 이해했다. 풀려 있던 표정이 급변하고, 두려움마저 느껴지는 몹시 험악한 표정으로 그 여자에게 총을 겨누고, 악을 쓰듯 제지했다.

"꼼짝 마!"

그 여자는 비정상 그 자체였다.

구세계의 유적은 위험한 몬스터의 소굴이다. 훈련을 받은 무장 집단도 죽을 위험이 있는 장소다. 이 여자는 그런 장소에 혼자 무기도 없이 숨지 않은 채 서 있었다. 주변을 경계하는 낌새도 없다. 실오라기 하나 걸치지 않았고, 알몸을 가리려 하지도 않는다. 빌딩 사이로 부는 바람에 모래와 먼지가 흩날리고 있는데도 머리카락이든 몸이든 전혀 더러워지지 않았다.

게다가 모르는 사람이 총을 겨누고, 게다가 손이 떨려 실수로 방아쇠를 당길지도 모르는 상태임을 한눈에 알 수 있는데도 그 여자는 조금도 동요하거나 경계하지 않고, 위기감을 조금도 느낄 수 없는 태도로 아키라에게 다가오고 있다.

어느새 주위의 환상적인 빛이 전부 사라졌다. 환상이 걷혀서 다시 평범한 어둠으로 되돌아온 폐허를 등지고 선 채, 알몸으로 웃으며 다가오는 여자의 모습은 너무나도 이질적이었다.

이미 아키라는 이 여자를 정체 모를 미지의 무언가로 재인식하고 있었다. 웃으며 다가오는 여자를 향해, 다시 악을 쓰듯 경고했다.

"꼬, 꼼짝 말라고 했잖아! 더 다가오지 마! 쏜다! 진심이라고!"

평소의 아키라라면 경고도 없이 이미 쐈을 것이다. 상대가 맨손임을 한눈에 알 수 있는 상황. 그 표정에서 적의를 느낄 수 없다는 점. 영문을 모를 상황에서 혼란에 빠진 상태. 이것들이 아키라의 반응을 무디게 했다.

그러나 그것도 한도가 있었다. 경고를 무시하고 다가오는 상대에게 방아쇠를 당기려 했다.

그 순간, 여자의 모습이 아키라의 시야에서 홀연히 사라졌다. 아키라는 눈도 깜빡이지 않았다. 하지만 여자가 어딘가로 재빨리 이동하는 과정이 전혀 보이지 않았다. 아무런 전조도 없이, 한순간에, 완전히 모습을 감췄다.

아키라의 얼굴이 경악에 물들어 심하게 일그러졌다. 혼란에 빠져 주위를 둘러보지만, 여자의 모습은 아무 데서도 보이지 않았다.

『걱정하지 마. 해를 끼칠 생각은 없어.』

자신의 바로 옆에서, 아무도 없을 터인 장소에서, 아키라는 여자의 목소리를 들었다. 반사적으로 그쪽을 돌아보자, 손을 뻗으면 닿을 거리에 여자가 있었다. 어느새 옷을 입고, 눈높이를 맞추기 위해 몸을 약간 숙인 상태에서 미소 띤 얼굴로 아키라를 가만히 보고 있었다.

이토록 이상한 상황은 미지에 대응하는 능력을 초월했다. 초과한 정신의 부하가 그대로 정체 모를 공포로 변환되어 아키라의 정신을 좀먹기 시작했다.

아키라는 이를 악물고 그 공포를 견뎠다. 광란에 빠져 허둥대려는 것을 어찌어찌 참았다. 제정신을 잃은 자부터 죽는다. 슬럼에서 살아남은 경험이 아키라의 의식을 붙잡아 주고 있었다.

아키라는 다시 총을 겨누려 했다. 총을 쥔 손을 여자에게 뻗고, 필사적으로 총구를 들이대려고 했다.

원래라면 그런 행동은 취할 수 없다. 여자와의 거리가 너무 가까운 탓에 팔을 뻗었다간 상대의 몸에 닿기 때문이다.

그러나 됐다. 아키라가 그 행동을 마친 순간, 두 손이 여자의 가슴에 손목까지 파고들었다.

두 손에는 무언가에 닿은 느낌이 전혀 들지 않았다. 시각을 믿는다면, 여자는 이 자리에 확실하게 존재한다. 하지만 두 손의 촉각은 그곳에 아무것도 없다고 아키라에게 알려주고 있었다.

너무나도 어처구니없는 상황에 아키라는 총을 겨눈 자세로 생각을 멈췄다. 두 손은 여전히 여자의 가슴에 파고든 상태다.

여자는 아키라의 반응을 살리려고 한동안 눈앞에서 손을 흔들거나 말을 거는 등의 여러 가지를 시험해 봤다. 하지만 아키라는 그대로 멍하니 있었다.

◆

과거에 세계를 석권했던 고도 문명이 멸망하면서 거의 붕괴한 도시의 자취와 원형을 잃어가는 건조물, 부서져 작동하지 않는 도구 등에서 과거의 지식과 번영을 상상하는 것이 어려워질 만큼 오랜 세월이 흘렀다.

빗방울조차 개조하던 세계에서 내리는 비는 그 방대한 세월 속에서 지평선 너머까지 이어지는 폐허를 무너뜨리면서, 하늘까지 닿을 듯한 나무를 길러 지상에 사는 자들의 목숨을 지탱해 왔다.

지금은 구세계라 불리는 과거의 문명은 그 고도의 기술로 수많은 것을 남겼다.

재질을 알 수 없는 폐허 더미. 반쯤 붕괴한 채로 허공에 떠 있는 고층 빌딩들. 복용하기만 해도 훼손된 팔다리를 살리는 약. 그리고 인간을 죽이는 데 쓰기에는 과도한 위력을 지닌 병기들. 그 밖에도 다양한 것들이 문명이 멸망한 후에도 세계 곳곳에 남아 있었다.

　그것들은 현재 구세계의 유물이라 불린다. 과거의 지식과 번영의 흔적이다.

　사람들은 그 파편을 모아서, 오랜 시간에 걸쳐 인류 사회를 재구축했다. 만능의 마술로 착각될 만큼 고도의 과학력을 자랑하던 문명마저 멸망시킨 무언가도, 그것을 짊어지고 있던 인류를 멸망시키지는 못한 것이다.

　인류의 생존권에서 동부라 불리는 지역에는 통치기업이라 불리는 조직이 관리, 운영하는 기업 도시가 무수히 존재한다. 쿠가마야마 시티도 그중 하나다.

　쿠가마야마 시티 중 일부는 거대한 방벽이 에워싸고 있다. 벽 내부와 외부 모두 쿠가마야마 시티지만, 둘 사이에는 명백한 격차가 존재한다.

　방벽 안쪽에는 기업의 간부 등 부유층과 권력자가 사는 상위 구역, 비교적 유복한 일반인이 사는 중위 구역이 존재한다. 외부는 하위 구역이며, 주로 경제적인 문제로 내부에서 살 수 없는 자들이 살고 있다. 도시 밖에 펼쳐진 황야라 불리는 위험지대에는 슬럼도 펼쳐져 있다.

아키라는 슬럼에 널린 아이 중 한 명이다.

즉, 사이보그 같은 기계적 강화 처치도 받지 않았고, 생체 개조 같은 생물적 강화 처리도 받지 않았으며, 나노머신 등에 의한 신체 능력의 강화도 받지 않은, 신체적으로 지극히 평범한 소년이다.

전문성이 뛰어난 기술을 지니지 않았고, 학교 교육 등을 통한 교양도 없다. 부모도 없고, 다른 보호자도 없다. 돈도 없고, 먹을 것도 없으며, 언제 죽어도 이상하지 않고, 죽어도 신경 쓰는 사람이 아무도 없다. 그런 슬럼의 흔한 아이 중 한 명이다.

황야에 사는 몬스터들은 때때로 도시를 습격한다. 가장 먼저 공격받는 건 황야와 인접한 슬럼이자, 그 주민들이다.

아키라는 몬스터의 습격에서 세 번 살아남았다. 첫 번째와 두 번째 습격 때는 그저 하염없이 뛰어 도망을 다니다 몸을 숨겨서 살아남았다. 이름 모를 누군가가 시간을 끈 덕분에, 아키라 대신에 습격당하고, 먹히고, 죽은 덕분에, 겨우겨우 목숨을 부지했다.

계기는 세 번째 습격이었다. 그때 아키라는 개처럼 생긴 소형 몬스터를 뿌리치지 못해서 우연히 가지고 있던 권총만으로 죽자 살자 싸워야 했다.

제대로 된 훈련을 받은 적도 없는 초심자의 솜씨로 아키라가 몬스터의 머리에 총알을 세 발이나 맞힐 수 있었던 것은 기적 같은 확률의 행운이었다. 하지만 그 정도 행운으로는 아키라가 살아남기에 부족했다. 몬스터는 그 자리에서 바로 죽지 않았고,

피투성이가 된 된 얼굴로 아키라에게 달려들어 사냥감을 물어 죽이고자 아가리를 쩍 벌렸다.

비정상적으로 커다란 몬스터의 입에 팔이 뜯기기 전, 아키라는 반사적으로 자신의 권총을 그 입에 쑤셔 넣고 방아쇠를 당겼다.

상대의 입안에서 발사된 총알이 딱딱한 두개골에 막히는 일 없이 안에서 적의 머릿속에 명중했다. 그리고 그대로 뇌를 파괴해서 숨통을 끊었다.

완전히 숨통이 끊길 때까지 얼마 안 되는 동안에도 세게 물린 탓에 몬스터의 이빨이 팔에 꽤 깊이 박혔다. 그래도 어찌어찌 팔과 목숨을 건질 수 있었다.

세 번째 습격에서 살아남은 후, 아키라는 헌터가 되어 출세하기로 마음먹었다. 헌터로 먹고사는 것이 얼마나 위험한지는 얼추 알았지만, 자기 힘으로 몬스터를 해치움으로써 자신감과 희망을 품게 된 것이다.

이 세상에는 헌터라 불리는 사람들이 있다. 돈과 명예를 황야에서 추구하는 자들이다.

황야는 도시 밖에 있으며, 몬스터가 득실대는 위험지대다. 싸구려 총이 대량으로 풀려서 치안이 매우 나쁜 슬럼조차도 황야에 비하면 훨씬 안전하다. 그렇게 여길 정도로 위험한 장소다.

하지만 동시에 막대한 돈과 힘을 가져오는 장소이기도 하다. 황야에는 구세계의 유적이, 구세계의 유물이 있기 때문이다.

사람들을 습격하는 몬스터는 현존하는 구세계의 유물이기도

하다. 생물 타입 몬스터는 고도의 생체 기술의 산물이며, 기계 타입 몬스터는 귀중한 기계 부품의 보고다. 도시에 가져오면 그만큼 돈이 된다.

유적에서 매우 귀중한 유물을 가져오면 도시도 살 수 있는 거금이 굴러들어올 때도 있다. 현재도 가동하고 있는 구세계의 유적, 특히 군사 시설 등을 장악해서 완전히 제어한다면 나라를 세우는 것도 가능하다.

유능한 헌터는 보유한 힘과 돈의 차원이 다르다. 위험한 유적에서 귀중한 유물을 가져올 때마다 돈과 힘이 세지며, 더 위험하고 돈이 잘 벌리는 유적으로 떠난다.

그것을 되풀이한 끝에 비정상적일 정도로 고성능인 구세계의 장비로 무장하고, 구세계의 기술이 접목된 고도의 병기를 보유할 정도로 출세하는 자는 때때로 도시마저 초월하는 권력과 전투력을 지닌 개인이 된다.

물론 아키라는 자기 힘으로 몬스터를 해치웠다. 하지만 그것은 몬스터가 지천에 널린 황야에서 살아 돌아올 확률이 0퍼센트가 아니게 됐다는 의미에 지나지 않는다.

하지만 그것만으로도 도박에 나서기에는 충분했다. 슬럼에서 지금처럼 생활하다간 언젠가 죽는다. 그런 미래에서 벗어나려면, 도박을 할 수밖에 없다.

그날, 아키라는 헌터가 되자고 결심했다. 오늘보다 나은 내일을 목표로…….

◆

아키라는 정체불명의 미녀와 만난 후, 너무 어처구니없는 상황 때문에 넋을 놓고 있었다. 한편, 여자는 아키라가 정상으로 돌아오는 것을 미소를 머금고 기다렸다.

그대로 한동안 시간이 흘렀다. 아키라의 이해력을 초월한 상황은 여전히 지속되고 있었다. 그러나 자신에게 해를 끼치는 일이 아무것도 생기지 않아서 서서히 진정되기 시작했다. 그리고 어느 정도 혼란이 가라앉았을 때, 아키라의 눈은 허공이 아니라 눈앞에 있는 여자의 얼굴로 향했다.

여자가 이를 알아채고 아키라에게 다시 미소를 지었다.

『괜찮아? 내가 잘 보여? 내 목소리도 들려? 여기는 어디? 너는 누구?』

물어보는 말에 대꾸할 정도로는 침착함과 평정심을 되찾은 아키라는 미심쩍은 표정을 지으며 질문에 답했다.

"보이고, 들리고, 여기는 쿠즈스하라 시가지 유적이고, 나는 아키라야."

여자는 매우 기쁜 눈치로 웃었다.

『다행이네. 나는 알파야. 잘 부탁해.』

아키라는 알파에 대한 경계심을 누그러뜨렸다. 일단 자신을 해치려는 낌새는 없다. 정체 모를 존재란 사실에는 변함이 없지만, 적의가 없다면 과도하게 경계할 필요도 없다. 지금은 유적에 있다. 여분의 경계심은 몬스터 같은 직접적인 적에게 쏟는 게 낫다. 그렇게 판단한 것이다.

"그런데…… 알파 씨? 는, 유령이…… 아니지? 손으로 만질 수 없는데…….."

『맞아. 증명하기는 어렵지만 말이야. 이해하기 어려울 테고, 어느 정도의 어폐를 전제로 설명하자면, 네가 보는 나는 확장 현실의 일종이야.』

딱 봐도 설명을 이해하지 못한 아키라에게, 알파는 미소를 지으며 약간 상세하게 설명했다.

뇌가 시각과 청각을 처리하는 과정에 외부에서 추가 정보를 보냄으로써, 아키라에게 알파가 실제로 존재하는 것처럼 인식하게 한다.

아키라의 뇌에는 특이한 형식의 정보에 대응하는 무선 송수신 기능이 있으며, 그 추가 정보를 취득하고 있다. 그것이 태어날 때부터 가지고 있었던 기능인지, 어떤 변이를 통해 생성된 것인지는 알 수 없다.

이 대화도 공기 진동이 아니라, 뇌가 성대에 보내는 지시 정보와 청각에 끼어든 음성 정보를 주고받음으로써 실현되고 있다. 시각으로 서로를 인식하는 것도 같은 방법으로 이루어지고 있다.

알파는 그런 점을 요약해서 아키라에게 설명했다. 하지만 아키라는 전혀 이해하지 못했다. 그 사실은 아키라의 표정을 통해 알파에게 잘 전해졌다.

알파는 더욱 요약해서, 최소한의 내용으로 정리해 아키라에게 전했다.

『내 모습은 너한테만 보여. 내 목소리도 너한테만 들려. 그러니 조심하지 않았다간 허공에 대고 말하는 이상한 사람 취급을 받을 거야. 아무튼 그 정도만 알면 돼. 그리고 나는 그냥 알파라고 불러도 돼. 나도 아키라라고 부를게.』

알파는 그렇게 설명하면서 아키라를 보고 미소를 지었다. 그 미소에는 슬럼에 사는 지저분한 아이를 향한 모멸이나 경계, 동정심이 전혀 없다. 그것이 알파에 대한 평가를 높였다는 것을, 그렇게 유도당한 것을, 아키라는 눈치채지 못했다.

"알았어……. 그런데 알파는 이런 데서 뭘 하는 거야?"

『좀 부탁할 일이 있어서, 나를 인식할 수 있는 사람을 찾고 있었어. 최소한 나와 말이 통하는 사람을 말이지.』

그리고 알파는 약간 유감이라는 듯이 웃었다.

『그 사람이 헌터라면 더 좋았겠지만 뭐, 일이 그 정도로 잘 풀리지는 않았네.』

그러자 아키라는 조금 당혹스러운 태도를 보였다.

"저기, 왜 헌터여야 하는데?"

『내 부탁이 흔히 말하는 헌터 활동의 의뢰와 비슷한 거니까. 아, 딱히 헌터가 아니면 절대로 안 된다는 뜻은 아니야. 그러니까 내 이야기를 들어줬으면 해. 어때?』

알파는 다시 미소를 짓는 표정으로 돌아와 이야기를 진행하려고 했다. 아키라는 잠시 망설인 후, 머뭇거리며 대답했다.

"그게 말이지. 나도 일단은 헌터인데……."

알파는 조금 놀란 듯한 반응을 보였다.

『뭐? 아키라는 헌터였어? 그 나이에? 헌터 경력은 얼마나 돼?』

"하, 하……."

『한 해?』

"하……하루. 오늘, 헌터가 됐어요……."

알파는 미묘한 표정을 지었다. 두 사람 사이에서 침묵이 깔린다.

"아니야, 됐어……. 잊어 줘."

아키라는 이미 헌터로 살기로 마음먹었다. 그러므로 자신이 헌터란 사실을 숨기는 짓은 하기 싫었다.

그러나 헌터다운 실력도 없으면서 타인에게 헌터라고 밝히는 것은 좋지 않을지도 모른다. 그렇게 생각하며, 방금 자기가 한 말을 취소했다.

헌터라고 부를 수 없는 자에게는 볼일이 없을 것이다. 아키라는 그렇게 생각하고 자리를 뜨려고 했다.

하지만 알파는 웃으며 아키라를 불러세웠다. 그리고 의욕적으로 이야기를 진행했다.

『그러지 말고 이야기만이라도 들어주지 않을래? 이것도 다 인연이고. 기왕에 만났으니까 말이야.』

아키라는 어엿한 헌터를 자처할 실력이 없다. 그것은 알파도 안다. 그러나 달리 자신을 인식할 수 있는 인간이 없는 것도 사실이다. 게다가 현시점에서 아키라의 실력이 매우 미숙하다는 점은 장기적으로 보면 알파가 판단할 때 감점 요소가 아니다.

『의뢰 내용은 내가 지정하는 유적을 극비리에 공략하는 거야.

보수로 내가 아키라에게 다양한 서포트를 해 주겠어. 이건 선수금이야. 나아가 성공 보수로, 유적을 공략하면 비싸게 팔리는 구세계의 유물을 증정할게.』

아키라는 뜻밖의 내용을 듣고 무심코 큰 소리를 냈다.

"정말이야?!"

알파는 아키라의 반응을 보고 속으로 몰래 웃으면서, 겉으로는 자신감이 느껴지는 호의적인 미소를 지었다.

『정말이야. 솔직히 이렇게 좋은 의뢰를 받았으니까, 아키라는 남은 인생의 행운을 지금 다 썼어. 그러니 이 의뢰를 안 맡으면 큰일일걸? 남은 행운이 없으니까, 내 서포트로 보충하지 않으면 살 수 없어. 아마도 말이지. 어때?』

아키라의 내면에 존재하는 삐뚤어진 부분이 알파의 발언을 의심하라고 지시하고 있다. 하지만 아키라는 알파가 자신을 속이려는 것처럼 보이지 않았다.

(애초에 나 같은 꼬마를 속일 의미가 있어? 나한테 돈이 없다는 건 보기만 해도 알 텐데. 아니면 나를 놀리는 걸까? 게다가 설령 사실이라도, 이런 수상한 상대의 의뢰를 맡아도 될까?)

그렇게 의심한 후, 아키라는 자신에게 당연한 사실을 떠올리며 생각을 바꿨다.

수상한 상대이기 때문에, 뭔가 속내나 사정이 있으니까, 자신에게 제안하는 것이다. 평범한 인간이 자신을 상대할 리가 없다. 그렇다면 기회를 살려야 한다. 그렇게 생각하고 마음을 굳게 먹었다.

"알았어. 얼마나 할 수 있을지는 모르지만, 그 의뢰를 받겠어."

아키라는 자신도 놀랄 만큼 강한 각오를 담아, 헌터로서, 첫 의뢰를 승낙했다.

알파는 정말 기쁜 듯한 표정을 지었다.

『계약이 성립됐네.』

그대로 미소를 지으면서 말을 잇는다.

『자 그럼, 지금 바로 선수금인 서포트를 시작하겠어.』

그리고 갑자기 표정을 진지하게 바꾸었다.

『죽기 싫으면, 10초 안에 오른쪽 빌딩 안으로 뛰어들어.』

"갑자기 무슨 소리를……."

아키라는 미심쩍은 얼굴로 더 자세히 물어보려고 했다. 하지만 알파가 더는 말도 못 붙이게 심각한 표정을 지은 것을 보고 무심코 말을 멈췄다.

『8, 7, 6…….』

그사이에도 알파의 카운트다운이 계속됐다. 거짓이 아니라면, 이 자리에 계속 있다간 죽는다. 아키라는 그것을 이해했다.

"……!"

그 순간, 아키라는 곧바로 온 힘을 다해 오른쪽 빌딩을 향해 뛰었다.

이를 끝까지 지켜보는 알파의 표정이 불만으로 바뀐다.

『……느려.』

아키라가 행동에 나서는 데 걸린 시간은 알파가 요구하는 기준에 맞지 않았다. 하지만 만난 지 얼마 안 된 점, 그리고 제한 시간 내에 행동했다는 점을 고려해 합격점으로 평가했다.

카운트다운이 시작되고 딱 10초 후, 유적 안쪽에서 날아온 포탄이 아까까지 그 자리에 떨어졌다. 폭염이 알파를 감싸고, 파편이 사방에 날린다.

그것이 잦아들었을 때, 알파의 모습은 사라지고 없었다. 폭발에 휩쓸린 것은 아니다. 순식간에 이동한 것도 아니다. 애초에 그 자리에 실제로 있었던 적이 없었다.

◆

아키라가 빌딩 안으로 뛰어든 순간, 등 뒤에서 폭발음이 들려왔다. 연기가 뒤섞인 폭풍이 몸 옆에서 휘몰아친다.

놀라서 폭발음이 들린 곳을 돌아보니, 조금 전까지 있었던 장소가 포격으로 반파되어 있었다. 단단한 바닥에 균열이 생기고, 주위가 시꺼멓게 탔다. 몇 초만 더 저 자리에 있었으면 확실하게 죽었을 것이다. 그것을 이해하기에 충분한 광경이었다.

갑작스러운 상황에 직면한 아키라는 공포에 질리기 이전에 정신이 멍해졌다. 하지만 알파가 느닷없이 눈앞에 나타난 바람에 정신을 차렸다.

"바, 방금 그건……."

알파는 아까처럼 진지한 표정으로 계단을 가리켰다.

『다음은 계단을 뛰어 올라가. 8, 7, 6…….』

"……!"

아키라는 필사적으로 계단으로 가서 서둘러 뛰어 올라갔다. 등 뒤에서 또 폭발음이 퍼졌다. 폭풍이 계단을 타고 아키라를 쫓아온다. 계단을 필사적으로 오르다 보니 먼저 와 있던 알파가 층계참에서 위를 손으로 가리키고 있었다.

『위로, 빨리. 5, 4…….』

아키라는 비명을 지르는 폐와 두 다리의 항의를 무시하고, 온 힘을 다해 계단을 계속 뛰었다.

알파는 그 모습을 보며 이번에는 꽤 빨랐다고 판단하고, 슬그머니 웃었다.

◆

아키라는 그 뒤에도 알파의 지시에 따라 계속 달려서 숨을 헐떡이며 빌딩 옥상에 도착했다. 주위를 슬쩍 둘러봐 옥상 가장자리에서 손짓하는 알파를 찾아내고, 숨을 고를 틈도 없이 그쪽으로 이동한다.

그리고 알파에게 어느 정도 다가가자, 그 미소와 손짓에 아까 같은 긴박감이 없음을 깨달았다. 금세 달리는 속도를 대폭 떨어뜨리더니, 한계에 바짝 다가간 숨을 고르기 시작한다. 그리고 알파의 옆에 서더니, 크게 숨을 내쉬었다.

"알파……. 아까 그건 뭐야?"

옥상 가장자리에 선 알파는 미소를 지으며 아래를 가리켰다.

『복잡하게 설명하기 전에, 먼저 직접 보는 게 빠를 거야. 천천히 아래를 봐. 조금씩, 조용히 말이야.』

아키라는 미심쩍은 얼굴로 지시에 따라 아래를 봤다. 그리고 얼굴을 한껏 찡그렸다. 그 눈에 아까 아키라를 공격했던 몬스터들이 뭔가를 찾듯 지상을 어슬렁거리는 광경이 보였다.

몬스터들의 몸길이는 2미터쯤 되는데, 개와 흡사하게 생겼다. 그것이 전부라면 강인한 육체를 지닌 대형견인데, 등에 소형 기총이 달려 있었다. 게다가 로켓탄 같은 물체가 여럿 달린 개체, 소형 미사일 포드를 짊어진 개체도 보였다. 다양한 화기가 몸에 달린 개 무리가 적을 찾아서 주위를 배회하고 있었다.

아키라는 전에 싸웠던 몬스터와 비슷한 개 무리를 보고 그 몬스터에는 총기류가 달리지 않았다고 생각하면서도 인상을 썼다.

"저건 뭐야……."

『저건 웨폰 독이야. 원래는 도시부를 경비하는 용도의 인조 생물이고, 몸에 화기가 달렸지만 저래 보여도 기계가 아니라 생물에 가까워.』

아키라가 도로 알파를 보자, 알파가 느긋하게 해설했다.

『아마 시가지 경비용으로 만들어진 개체라서 이 부근 경비를 담당하고 있었겠지. 개체마다 차이가 있긴 하지만, 성장하면서 등에 달린 화기가 강력해져. 저기 미사일 포드가 달린 개체가 무리의 우두머리일 거야.』

들어도 손해가 없을 내용이지만, 아키라는 딱히 몬스터의 해설을 요구한 것은 아니다. 그래도 막상 듣다 보면 의문이 생긴다.

"왜 생물한테 화기가 자라는 건데? 이상하잖아."

아키라의 소박한 의문에, 알파는 토막 지식을 알려주는 느낌으로 답했다.

『생체 부분이 나노머신의 유지 및 저장 기능을 겸하고 있어서, 금속 등의 원재료를 경구 섭취하면, 재료에 맞춰 등에 화기가 생성되는 거야. 처음 설계와는 많이 동떨어진 존재로 변이했어. 현재 환경에 맞춰 독자적으로 사양을 변경한 거겠지.』

전문가가 듣는다면 경악할 만큼 귀중한 지식을 들었지만, 아키라는 그 가치와 내용을 하나도 이해하지 못했다. 겨우겨우 이해한 것은 생물에게 화기가 자라난다는 불가사의한 사실에도 일단은 설명할 수 있는 원리가 존재하는 점뿐이다.

알파의 표정은 습격 당시의 진지한 표정에서 여유로운 미소로 돌아와 있다. 아키라는 그런 알파의 낌새를 봐서 지금은 안전할 것으로 판단하고, 긴장을 풀고 안도의 한숨을 쉬었다.

알파가 의기양양하게 웃으며 말했다.

『어때? 내 서포트가 있어서 다행이지? 아까 그 자리에 있었다면 죽었을걸?』

"알아……. 덕분에 목숨을 건졌어. 고마워."

몬스터의 습격에 따른 흥분과 동요. 죽을힘을 다해 뛰면서 흐트러진 호흡. 정체불명의 인물에 대한 삐뚤어진 경계심. 도와준 것에 대한 고마움. 아무튼 진정하자고 생각하는 의지. 아키라는 그 밖에도 여러 가지가 뒤섞여 복잡한 표정을 지었다.

알파는 매력적인 미소로 아키라의 경계심을 줄이면서 상대의 표정을 관찰해 그 내심을 파악하려 했다.

『천만의 말씀. 내 고성능을 맛봤으니까 슬슬 앞으로의 일을 이야기하고 싶은데, 괜찮을까?』

"그래."

알파는 매우 중요한 이야기를 하려는 듯이, 상대를 응시하며 고개를 힘차게 끄덕였다.

『내가 지정하는 유적을 아키라가 공략해 줘. 여기가 아니라 다른 유적이고, 꽤 어려운 곳이야. 솔직히 말해, 아키라의 현재 실력으로 공략할 수는 없어. 내 서포트가 굉장해도 도중에 확실하게 죽어. 생환은 고사하고, 살아서 도달하는 것도 무리야. 그러니 준비 단계 삼아, 유적 공략에 필요한 장비와 기술을 아키라가 손에 넣게 하겠어. 그것을 당장의 목표로…….』

이야기가 길어질 듯한 느낌을 받은 아키라가 약간 머뭇거리며 말을 끊었다.

"저기 말이야."

알파는 살갑게 미소를 지었다.

『왜? 이해가 안 가는 부분이 있으면, 얼마든지 물어봐.』

아키라는 이상하게 살가운 알파의 태도에 약간 당황했다. 그리고 머뭇거리며 물었다.

"그거 말고, 저기, 그것도 중요한 이야기라는 건 알아. 하지만 나중 예정 이야기는 뒤로 미루고, 우선 여기서 살아서 돌아가기 위한 이야기를 우선해 주면 안 될까?"

알파는 말을 멈추고 의미심장한 미소를 지었다. 그리고 아무 말 없이 아키라를 가만히 봤다. 아키라는 표정을 살짝 굳혔다.

(큰일인데. 말을 끊지 말 걸 그랬나?)

웨폰 독들은 지금도 빌딩 주위를 배회하고 있다. 언제까지고 옥상에 숨을 수도 없다. 어떻게든 이 궁지를 벗어나지 않는다면, 아키라에게는 미래가 없다.

그런 불안과 초조함 탓에 무심코 말을 끊었지만, 알파의 기분을 상하게 했다간 이 궁지에서 벗어날 수단 자체가 사라질지도 모른다는 사실을 아키라는 그제야 눈치챘다.

아키라의 얼굴에서 초조함과 불안이 묻어났다. 알파는 그것을 확인하더니, 딱히 신경 쓰는 기색도 없이 웃었다.

『알았어. 나도 차분한 상황에서 이런저런 이야기를 듣고 싶으니까, 우선 이곳을 탈출해서 쿠가마야마 시티로 돌아가자. 다음 이야기는 유적을 나서고 할게. 그걸로 됐지?』

"응. 부탁해."

생환할 가능성이 대폭 상승하자, 아키라는 안심한 듯이 한숨을 쉬었다.

하지만 그 안심을 짓뭉개듯, 알파는 미소를 지으며 새로운 지시를 내렸다.

『그럼 지금 바로 아래로 내려가.』

아키라는 놀라서 사레가 들려 기침했다. 어찌어찌 숨을 고른 후, 아연실색한 표정으로 알파를 쳐다보며 멀뚱멀뚱 서 있었다.

알파는 그런 아키라의 상태를 보고도 전혀 동요하지 않고 몇 걸음 내디딘 후, 자신의 지시대로 움직이려 하지 않는 아키라를 재촉하듯 손짓했다.

『뭐 해? 서둘러.』

정신이 퍼뜩 든 아키라는 허둥지둥 항의했다.

"저기, 아까 거기서 도망친 거잖아?! 왜 거기로 돌아가?! 밑에는 아직 몬스터가 어슬렁거리고 있는데!"

『왜 이런 지시를 하는지 이유를 차근차근 설명해 줘도 되지만, 천천히 이동하면서 하자. 아키라가 내 서포트를 신뢰할 수 없다면 어쩔 수 없지만 말이야. 강요는 하지 않겠어.』

알파는 그 말을 남기고 아키라를 남긴 채 빌딩 안으로 이어지는 출입구로 향했다.

화기가 달리지 않은 몬스터 한 마리와 싸우다가도 죽을 뻔했는데, 밑에는 화기가 달린 몬스터 무리가 있다. 사지로 돌아간다는 공포가 아키라의 발목을 잡았다.

하지만 알파가 빌딩 안으로 완전히 사라지는 것을 보고, 이를 악물며 뒤따랐다.

혼자서 도시까지 살아서 돌아갈 자신이 없다. 그리고 적어도 아까는 알파 덕분에 목숨을 건졌다. 그러니 얼핏 무모하게 보일지라도, 그 지시에 따르는 것이 생환 가능성을 가장 끌어올리는 선택일 것이라. 지금은 그렇게 믿고 정체 모를 인물의 곁으로 향했다.

빌딩 안에 들어서자, 알파는 출입구 바로 옆에서 기다리고 있었다고 말하듯 미소를 짓고 있었다. 아키라는 묘한 패배감과 멋쩍은 기분을 느끼면서 계단을 내려가는 알파를 뒤따랐다.

아까 필사적으로 뛰어 올라온 계단을, 이번에는 천천히 내려간다. 도중에 몇 번이나 잠깐 멈추라는 지시를 받을 때마다 멈추고, 다시 움직이라는 지시를 받아 내려간다.

"그런데…… 왜 지상으로 돌아가는 거야? 안 위험해?"

『매우 위험해.』

알파는 딱 잘라 그렇게 답했다. 한순간 말문이 막혔지만, 아키라는 황급히 되물었다.

"잠깐만 있어 봐! 위험한 거야?"

『몬스터가 배회하는 장소인걸. 안전할 리가 없잖아?』

"그, 그야 그렇지만, 그런 이야기를 하는 게 아니잖아. 제대로 설명해 줘. 이동하면서 차근차근 설명해 준다며?"

『아키라가 쿠즈스하라 시가지 유적에서 쿠가마야마 시티로 무사히 생환하려면, 우선 이 빌딩에서 탈출할 필요가 있어. 아키라가 옥상에서 뛰어내리고도 죽지 않을 실력이 있을 것 같지는 않으니까, 계단으로 내려갈 필요가…….』

알파가 설명할 필요 없는 것까지 세세하게 설명하려고 하자, 아키라는 불만과 불신을 느끼고 인상을 쓰더니 조금 거친 투로 끼어들었다.

"알았어. 이것만 알려줘. 알파의 지시대로 움직이면, 나는 살아서 돌아갈 수 있는 거지?"

알파는 진지한 얼굴로 답했다.

『아키라가 자기 힘으로 어떻게든 하려는 것보다는 높은 확률로 생환할 수 있을 거야. 위에서도 말했다시피, 강요는 안 해. 내 지시를 신용할 수 없다면 나도 아키라를 서포트하지 않겠어.

해 봤자 시간 낭비인걸.』

알파는 아키라를 가만히 보면서 대답을 기다리고 있다. 아키라의 대답 여하에 따라 알파와의 관계는 결렬될 것이다.

얼마 후에야 아키라가 자기혐오를 느낀 듯이 고개를 푹 숙이며 답했다.

"미안해……. 내가 잘못했어. 알파의 지시에 따를 테니 도와줘."

알파는 기분이 풀린 것처럼 미소를 지었다.

『알았어. 앞으로 잘 부탁해.』

아키라는 그 말을 듣고 속으로 안도했지만, 그래도 아직 불안했다. 아키라가 머뭇거리며 묻는다.

"그리고…… 기왕이면 내 불안이 누그러지도록, 그런 지시를 한 이유를 최대한 알기 쉽고 간결하게 요점만 설명해 줘."

『좋아.』

대수롭지 않게 대답한 알파가 그 이유를 줄줄 나열했다.

웨폰 독의 행동 패턴은 개체마다 다르다. 적을 찾으면 끝까지 추적하는 개체. 특정 범위를 벗어나지 않는 개체. 적을 놓치면 주변 색적을 계속하는 개체. 금방 원래 자리로 돌아가는 개체. 그야말로 다양하다.

그러한 개체별 차이를 파악한 결과, 그 시점에서 아키라가 도로 내려가면 돌아가는 길에 조우하는 몬스터의 숫자가 급감한다고 판단했다.

웨폰 독에 달린 화기의 탄약은 몸 안에 있는 제조 장기에서 생성된다. 그리고 몸 안에 보유하는 탄약의 양은 한정되어 있다. 보유하고 있는 탄약을 다 쓰면 새로운 탄약을 생성해서 화기에 다시 장전할 때까지 시간이 걸린다.

그때라면 웨폰 독에게 발각되더라도, 도망치는 와중에 등 뒤에서 화기로 공격당해 죽을 가능성이 현저히 낮아진다.

물려 죽을 가능성도 있다. 하지만 물어뜯길 만큼 가까운 상태라면, 위력이 약한 권총으로도 해치울 가능성이 커진다.

그런 커다란 요소와 함께 다른 여러 요소를 비교하고 검토한 결과, 아래로 이동하라는 지시를 내렸다.

알파는 그렇게 설명한 후, 웃으면서 마무리했다.

『꽤 간결하게 설명했는데, 좀 더 자세한 설명이 나았을까?』

길다. 아키라는 그렇게 느끼면서도, 이 말을 먼저 들었다면 다르게 행동했을 거라고 생각하고 못마땅한 내색을 했다.

"아니야……. 충분해. 옥상에서 그렇게 설명해 줬으면 좋았잖아."

그러자 알파는 어린애를 달래듯 미소를 지으며 말을 덧붙였다.

『위험한 상황에서는 느긋하게 설명할 여유가 없을 때가 더 많아. 예를 들어, 3초 후에 아키라의 미간에 총알이 박힐 상황이라고 치고, 그 점을 친절하게 설명하면 회피 행동을 할 시간이 몇 초나 남을 것 같아? 없어.』

"그, 그건 그렇지만……."

『엎드리라고 짧막하게 지시했을 때도, 왜냐고 되물었다간 결과가 같아. 나는 아키라를 만질 수 없으니까, 강제로 엎드리게 할 수도 없어. 내 간단한 지시에 따라 즉시 움직이지 못해도 아키라는 죽어.』

자기 자신의 죽음을 말하는 바람에 입을 다문 아키라에게, 알파는 미소를 지으며 말을 더 추가했다.

『참고로 내가 이렇게 설명하는 것도, 지금은 어느 정도 안전하다고 판단했기 때문이거든?』

"……. 알겠습니다."

아키라는 알파의 말에 수긍하면서도, 물어볼수록 자신의 무식함을 지적하는 대답이 나올 것 같아서 고개를 살짝 숙이고 끄덕였다.

1층으로 돌아온 아키라는 표정을 굳혔다. 그곳에는 아까 자신을 죽일 뻔한 공격의 흔적이 생생하게 남아 있었다. 곧바로 주위를 살펴서 몬스터가 없는지 확인했다. 그리고 괜찮다고 판단하자 가볍게 숨을 내쉬며 긴장을 풀고 얼굴에서 힘을 뺐다.

하지만 그 방심과 안도감은, 알파가 다시 진지한 얼굴로 말하자마자 바로 사라졌다.

『아키라. 이제 유적을 탈출할 건데, 내가 지금부터 하는 지시를 똑바로 듣고 최대한 지시에 따라서 움직여. 내 지시 이외의 행동을 할 때마다 죽을 확률이 늘어날 거야. 알았지?』

"으, 응."

『지금부터 30초 내로, 온 힘을 다해 빌딩 밖으로 뛰어나가. 빌딩을 나가면 왼쪽으로 꺾고, 무슨 일이 있어도 뒤돌아보지 않고 온 힘을 다해 길이 있는 곳으로 달리는 거야. 알았어?』

"아, 알았어."

느긋하게 이유를 물어봤다간 시간이 다 지나가고 말 것이다. 아키라도 그 정도는 이제 알고 있었다. 신신당부하는 알파에게, 아키라는 두려움과 긴장이 뒤섞여 딱딱한 표정을 지으며 고개를 끄덕였다.

알파가 아키라에게 길을 양보하듯 옆으로 이동했다. 그리고 아키라를 보면서 빌딩 출구를 손으로 가리켰다.

아키라는 얼굴을 굳히고 빌딩 밖을 보았다. 그곳에도 아까 공격의 흔적이 남아 있다. 죽음의 풍경이다.

지금부터 그곳으로 빨리 뛰어나가야 한다. 필사적으로 도망쳤던 장소로 뛰쳐나가기 위해서, 아키라는 힘을 내듯 앞쪽으로 몸을 살짝 숙였다. 그러나 두 발은 바닥에 딱 붙어 있었다.

아키라는 주저하고 있었다. 이해와 납득과 행동은 별개다. 이해하고 납득했지만, 그것을 행동으로 옮길 각오가 부족했다.

알파가 카운트다운을 시작했다.

『5, 4, 3…….』

시간이 다 되면 어떻게 되는 걸까. 아키라는 한순간 그 결과를 상상하고, 마음의 준비를 한 다음 빌딩 밖으로 뛰쳐나갔다.

반파된 고층 빌딩 사이를 전력 질주한다. 무턱대고 서둘러 달린다. 금세 숨이 차면서 속도가 떨어지기 시작했다. 그래도 필사적으로 계속 달린다. 심장과 폐가 비명을 질렀다. 포장되어 단단한 바닥을 걷어차는 두 발이 고통을 호소했다. 그 아픔을 참고 필사적으로 뛰고 또 뛰었다.

주위에는 몬스터가 보이지 않는다. 누군가가 교전하는 듯한 소리도 들리지 않았다. 아키라는 이렇게 전력으로 뛰어야 하는 건지 아주 약간 의심했다.

주위의 정적이 유적에 자신밖에 없다고 알려주는 듯하다. 폐와 다리와 심장이 독설을 내뱉으며 휴식을 요구하고 있었다. 아키라는 고통을 호소하는 몸의 요구에 귀를 기울이며 달렸다.

전방에는 아무것도 없었다. 후방에서도 아무 소리가 들리지 않았다. 이제 괜찮지 않을까. 그런 생각이 무의식중에 머릿속에 떠오르자, 긴장이 약간 느슨해졌다. 그 순간, 달리는 동안 쌓인 피로와 고통이 아키라의 의식을 단숨에 장악했다.

이제 괜찮겠지. 아주 약간 느슨해진 머리가 뱉은 말에 넘어간 아키라는 잠깐만 휴식을 취하자고 생각하며 걸음을 멈추고, 후방의 안전을 확인하고자 뒤돌아보았다. 알파가 그토록 당부했는데도, 알파의 지시를 어기고 말았다.

아키라는 굳었다. 그 시선은 약간 떨어진 곳을 향했고, 거기에는 대형 몬스터가 있었다. 무리가 아니라 한 마리밖에 없지만, 그 커다란 덩치의 박력은 아키라를 습격했던 웨폰 독 무리를 능가했다.

그 몬스터는 아까 본 웨폰 독과 비슷하게 생겼다. 등에는 거대한 대포가 달렸다. 하지만 개의 몸뚱이 부분은 무리를 지었던 웨폰 독들과 달랐다. 비대칭으로 달린 여덟 개의 다리. 전체적으로 기괴하고, 기능미에 시비를 거는 모습이었다.

개와 비슷한 머리에는 오른쪽에 세로로 두 개, 왼쪽에 한 개의 눈이 달려 있었다. 눈의 크기도 달랐으며, 머리가 뒤틀린 것을 보면 정상적인 시야를 확보하고 있을지 의심스러운 상태다.

하지만 그 눈은 아키라를 똑바로 포착하고 있었다.

몬스터가 거대한 입을 벌리고 포효를 질렀다. 그리고 등에 달린 대포가 포화를 날렸다. 발사된 포탄이 아키라의 옆에 떨어지고 폭발했다. 착탄 지점에서 건물의 잔해가 사방으로 흩날렸다.

그 잔해가 폭발의 충격을 대부분 받아주고, 나아가 남은 충격도 분산해 주위에 전해지는 충격을 경감해 줬다. 그 덕분에 아키라는 약한 폭풍을 뒤집어쓰는 것으로 그치고, 부상을 면했다.

몬스터가 등에 달린 대포로 또다시 공격하려 했다. 하지만 포탄은 발사되지 않았다. 포탄이 떨어진 것이다. 그러자 커다란 입을 벌리며 다시 포효를 지르더니, 비대칭 다리로 아키라를 향해 달려오기 시작했다.

아키라는 돌아서서 몬스터를 본 순간부터, 쭉 멍하니 서 있었다. 몬스터가 달려오는데도 꼼짝하지 못했다.

『뛰어!』

알파의 모습은 보이지 않지만, 그 목소리만은 아키라의 귀에 강렬히 전해졌다. 그 질타를 듣고서야 아키라는 정신을 차렸다. 그리고 필사적으로 뛰기 시작했다.

하지만 이미 접근을 허용하고 말았다. 뒤돌아보지 않고 필사적으로 뛰었다면 몬스터와 거리를 더 벌릴 수 있었을 것이다. 사전 경고대로, 아키라는 알파의 지시를 거부한 바람에 자신이 죽을 확률을 끌어올리고 말았다.

아키라는 온몸에서 고통을 호소하는 것을 전부 무시하고 달렸다. 뒤에서 들려오는 몬스터의 발소리가 점점 커지고 있다.

다리가 비정상이라 그런지, 몬스터는 달리는 속도가 비교적 느렸다. 덕분에 아키라는 아직 따라잡히지 않았다. 하지만 거대한 몸을 지탱하는 발이 땅바닥을 내디딜 때마다, 땅을 뒤흔드는 꿍음이 들려왔다. 그것은 저 거대한 몸뚱이의 중량과 그것을 지탱하는 각력이 얼마나 엄청난지를 아키라에게 똑똑히 알려주고 있었다.

그 소리가 울려 퍼질 때마다, 진동을 느낄 때마다, 아키라의 정신은 무자비하게 마모됐다. 저 발에 밟혔다간 잠시도 버티지 못할 것이다.

필사적으로 달리는 아키라의 옆에 알파가 나타났다. 공중에 살짝 떠서 미끄러지듯 나란히 달리면서, 진지하면서도 다소 한심해하는 표정을 지었다.

『이래서 돌아보지 말라고 했는데. 내 말을 못 들었니?』

아키라는 필사적으로 애원했다.

"미안해! 다음에는 시키는 대로 잘할게! 그러니 어떻게 좀 해봐!"

『알았어. 내가 타이밍을 알려줄 테니까, 뒤돌아서 총을 쏴.』

무모하게 들리는 지시를 듣고, 아키라는 무심코 인상을 잔뜩 찌푸리고 소리치듯 되물었다.

"총을 쏘라고?! 이딴 권총으로 저런 녀석을 어떻게 해치워!"

알파는 일부러 쌀쌀맞게 대꾸했다.

『싫으면 됐어. 억지로 하라고 말한 적 없어.』

"잘 부탁합니다!"

아키라는 숨을 쉴 귀중한 기회를 낭비하며 악을 쓰듯 대꾸했다. 알파는 만족스럽게 미소를 지었다.

『어설프게 조준하려고 들지 마. 총구를 정면에 두고, 재빨리 모든 탄환을 다 쏘는 거야. 타이밍이 생명이야. 최대한 맞춰 봐. 알았지?』

"알았어!"

알파가 손가락을 헤아리며 카운트다운을 시작했다.

『5, 4, 3······.』

이대로는 죽을 뿐이다. 이젠 해 보는 수밖에 없다. 아키라는 필사적인 표정으로 각오했다.

『······2, 1, 0!』

아키라는 신호에 맞춰 재빨리 뒤돌아보고, 조준도 안 하고 방아쇠를 당겼다.

마침 총구가 향한 위치에 몬스터의 거대한 안구가 있었다. 코앞에서 발사된 탄환이 안구를 꿰뚫고 몬스터의 머리에 박힌다.

아키라는 미친 듯이 연사했다. 차례차례 발사된 총알이 몬스터의 머릿속을 헤집으며 막대한 손상을 가했다.

하지만 그만큼 상처를 입었는데도, 몬스터는 강인한 생명력으로 즉사를 면했다. 하지만 빈사 상태인 것은 틀림없으며, 죽기 직전의 얼마 안 되는 시간에 가능한 것은 단말마를 지르는 것뿐이었다. 그 절규가 유적에 쩌렁쩌렁 울려 퍼졌다.

숨이 끊긴 몬스터의 거대한 몸이 그 자리에서 무너지듯 쓰러졌다. 그런데도 아키라는 총알이 다 떨어진 권총을 몬스터에 대고 방아쇠를 계속 당기고 있었다. 몬스터의 머리에서 흘러나온 피와 완전히 꼼짝하지 못하게 된 몸뚱이를 보고서야 방아쇠를 당기는 것을 멈췄다.

"해, 해치운…… 거야?"

아키라는 숨을 헐떡이면서 진짜로 해치웠는지 확신하지 못한 채 경계하면서 몬스터를 계속 쳐다보았다. 그리고 호흡이 차분해지고 흥분도 조금 가라앉았을 때야 피에 잠긴 몬스터의 거대한 몸뚱이를 다시 보고 간신히 해치웠음을 실감했다.

『아키라.』

그대로 주저앉으려던 아키라는 목소리가 들린 곳을 보았다. 그리고 약간 느슨해진 표정으로 감사와 사죄를 말하려고 했다. 하지만 미소를 지으며 유적 밖을 가리키는 알파를 보자, 다시 얼굴 근육을 떨었다.

『10초 내로…….』

아키라는 말을 끝까지 듣기도 전에 필사적으로 내달렸다.

알파는 그런 아키라를 그 자리에서 지켜보고 있었지만, 곧 의미심장하게 미소를 짓더니 홀연히 사라졌다. 그 자리에는 몬스터의 사체만이 남았다.

쫓아오는 몬스터로부터 죽자 살자 도망치던 아키라는 눈치챌 여유가 없었지만, 도망치는 아키라의 등 뒤에서는 다양한 일이 일어나고 있었다.

몬스터는 아키라에게만 보인다는 알파를 인식해서 아키라의 바로 뒤에 있던 알파를 물어 죽이려고 했다.

　알파는 자신의 몸을 미끼 삼아서 몬스터의 움직임을 유도하고 있었다. 그리고 절묘하게 위치를 조절한 끝에 몬스터가 자신을 물도록 했다.

　몬스터는 알파를 물었는데도 아무런 감촉이 없다는 사실에 혼란했고, 아주 잠깐 움직임을 멈추고 말았다.

　알파는 그 틈을 노려 아키라에게 몬스터를 쏘게 했다. 뒤돌아본 아키라가 몬스터의 안구를 쏠 수 있도록 자신을 물어뜯게 했을 때 몬스터의 위치, 상태, 자세를 적절히 조절하고, 손쉽게 격파하게끔 했다.

　웨폰 독 무리는 아키라가 알파의 의뢰를 받아들인 순간에 나타났다. 유적 밖을 향해 필사적으로 뛰는 아키라는 그 연관성을 알아채지 못했다.

◆

　웨폰 독의 습격에서 겨우겨우 벗어난 아키라는 그 뒤에도 필사적으로 달려서 쿠즈스하라 시가지 유적의 바깥에 간신히 도착했다. 그곳도 아직 나름대로 위험한 장소이기는 하다. 그래도 유적 내부보다는 안전하다.

　알파는 앞질러서 온 것처럼 모습을 드러내 아키라를 맞이했다. 지쳐서 주저앉은 아키라에게 상냥하게 말을 건넨다.

『쉬고 있으면서 들어도 되는데, 하던 이야기를 마저 해도 될까? 내가 지정한 유적을 공략할 수 있을 만큼 장비와 실력을 갖추게 할 거야. 여기까지는 이해했지?』

아키라는 헐떡이는 호흡을 가다듬으며 고개를 끄덕였다.

"응, 계속해."

『장비는 돈을 벌어서 사거나, 유적에 들어가서 얻을 거야. 실력은 훈련과 실전으로 기를 수밖에 없어. 안심해. 내 서포트로 최고 품질의 훈련을 받을 수 있으니까, 금방 늘어날 거야.』

아키라는 훈련 내용을 전혀 예상할 수 없다. 하지만 자신만만하게 설명하는 알파의 태도로 봐서는 매우 효과적인 훈련을 받을 것으로 생각했다.

"그건 정말 고마운데, 그만큼 도움을 받아도 될까?"

『걱정하지 마. 이것도 의뢰의 선수금이야. 그리고 아키라가 내 의뢰를 완수하기 위해서니까, 나한테 필요한 일이기도 해. 선수금이 과하다고 생각한다면, 그만큼 고된 훈련을 버티는 것으로 부응해 줘.』

"아, 알았어. 최대한 노력할게."

아키라는 알파의 의미심장한 미소를 보고 훈련이 혹독함을 상상하고 움츠러들었지만, 고개를 똑바로 끄덕였다.

알파가 만족스럽게 고개를 끄덕인다.

『당장의 목표는 고성능 장비를 구하기 위해서라도 돈을 버는 헌터가 되는 거야. 아키라는 헌터 오피스에 헌터 등록만 마친 자칭 헌터를 빨리 졸업해야 하는데…… 혹시나 해서 묻겠는데,

헌터 등록은 이미 했지?』

아키라는 품속에서 헌터증을 꺼냈다. 딱 봐도 싸구려 같은 종이 쪼가리에 동부 통치기업 연맹 인증 제3종 특수 노동원이라는 글자와 헌터의 인증번호, 등록자의 이름이 기재되어 있었다.

알파는 얼마든지 위조가 가능할 것 같은 헌터증을 보고, 확인차 물었다.

『헌터증을 이렇게 싸구려처럼 만들어? 아, 오해하지 마. 딱히 아키라의 말을 의심하는 건 아니야. 헌터증으로 쓸 수만 있다면 문제없어. 괜찮은 거지……?』

"아마…… 괜찮을 거야."

헌터 등록을 마쳤을 때, 시설 직원에게 헌터증으로 받은 것이 바로 이 종이 쪼가리다.

하지만 그 헌터증에 감도는 차마 말로 표현할 수 없는 싸구려 느낌을 지적당하자, 아키라는 점점 불안해졌다.

『어디서 헌터 등록을 했는지 좀 물어봐도 될까?』

"알았어."

아키라는 당시 일을 알파에게 이야기하면서, 짜증 나는 일도 덩달아 떠올린 나머지 인상을 살짝 찡그렸다.

아키라는 쿠가마야마 시티의 하위 구역에 있는 헌터 오피스에서 헌터 등록을 했다.

슬럼 변두리에 있는 그 출장소는 겉으로 보면 다 쓰러져 가는 술집처럼 생겼다. 간판은 반쯤 부서졌고, 글자도 흐릿하다. 그래도 헌터 오피스의 마크만은 알아볼 수 있는 상태로 남아 있다. 그것이 없었다면 어디가 출장소인지 몰라볼 것이다.

아키라를 응대한 직원은 의욕이 없어 보였다.

헌터 오피스의 직원은 동부에서도 인기 직종이라서 유능한 자가 많다. 하지만 그 남자에게서는 그런 분위기를 느낄 수 없다. 인기 직종이라고는 해도 슬럼 부근에서 근무하는 것을 싫어하는 자가 많고, 이 남자도 좌천되어 이곳으로 흘러들었다. 의욕과 능력 또한 거기에 걸맞으리라.

아키라는 긴장한 표정으로 직원에게 등록을 요청했다.

"헌터 등록을 하러 왔어요. 등록 처리를 부탁해요."

직원은 성가시다는 듯이 혀를 찬 다음에 읽던 잡지를 옆으로 밀어놨다. 그리고 슬럼의 아이를 응대하는 것을 노골적으로 꺼리는 티를 내며 업무를 봤다.

"이름은 뭐지?"

"아키라예요."

직원이 근처에 있던 단말을 조작했다. 가까운 프린터에서 싸구려 종이에 헌터증을 출력하고 아키라를 향해 대충 던졌다. 그리고 자기 일은 끝났다는 듯이 다시 잡지를 보기 시작했다.

아키라는 받은 헌터증과 직원을 번갈아 보며 당혹스러워했다. 헌터 등록을 할 거면 이런저런 절차를 밟아야 할 줄 알았는데, 이름만 묻고 끝이었다. 진짜로 헌터 등록이 된 건지 불안해진 나머지, 무심코 말을 꺼냈다.

"이, 이걸로 끝?"

직원이 짜증을 내는 얼굴로 잡지에서 눈을 떼고 아키라를 봤다.

"끝이야. 빨리 꺼져."

"이름을 묻고 끝? 그것 말고도 더 물어보는 게……."

직원은 성가셔 죽겠다는 표정을 짓고, 손을 흔들어서 쫓아내는 시늉을 하고 말했다.

"금방 뒈질 너한테 뭔가 물어볼 게 있을 것 같냐? 시시한 놈의 시시한 정보는 관심도 없다고. 네 이름이 뭐든 상관없어. 규칙이라서 물어본 거지, 가명이든 뭐든 알 바 아니야. "

아키라는 이미 알고 있던 자신의 평가를 재인식하고, 아무 말없이 헌터 오피스를 나섰다.

아키라는 알파에게 헌터 등록을 할 때의 일을 이야기했다. 그런 아키라가 자신의 헌터증을 가만히 보고 있었다. 그 눈에는 현재 상황을 이해하면서, 오기로라도 기어 올라가려는 의지가 어려 있었다.

알파는 아키라를 격려하려는 듯이 미소를 지었다.

『일단, 글자를 읽고 쓰는 것부터 훈련하자. 정보의 취득은 매우 중요해. 그리고 안심해. 내 서포트는 초일류니까 간단한 읽고 쓰기 정도는 금방 익힐 수 있어.』

"알았어. 부탁할게. 내가 글자를 못 읽는다는 걸 어떻게 알았어?"

『그 헌터증 말인데, 등록한 이름이 아지라야.』

엉성한 일 처리와 완전히 무시하는 대응에, 아키라는 무심코 헌터증을 구겨 버리려는 자신을 필사적으로 억눌렀다.

알파가 쓴웃음을 지으며 제안한다.

『일단 쿠가마야마 시티로 돌아갈까? 남은 이야기는 가서 하자. 글자 공부를 마치기 전에는 내가 대신 읽어 줄게.』

아키라는 말없이 고개를 끄덕였다. 헌터증을 집어넣고, 쿠가마야마 시티를 향해 걸음을 옮겼다. 알파도 나란히 걸었다.

아키라는 불쾌한 기분을 풀려는 듯이 가벼운 어조로 물었다.

"그러고 보니 쿠즈스하라 시가지 유적에서 해치운 몬스터는 이름이 뭐야?"

『웨폰 독이야.』

"어……? 전혀 달라 보였는데, 그것도 같은 종류의 몬스터였어?"

『아마 자기 개조의 사양 변경에 실패한 개체일 거야. 그래서 아키라도 해치울 만큼 약했던 것 같아.』

"그 녀석, 겉만 번지르르했던 거야?"

『그건 해석하기 나름이야. 그 몬스터에는 아키라도 해치울 수 있을 만큼 치명적인 약점이 있었고, 운 좋게 그 약점을 찔렀을 뿐일지도 몰라. 아키라가 지금 또 그 몬스터와 싸워도 문제없이 해치울 수 있다고 말한다면, 겉만 번지르르하다고 해석해도 될 거야. 물론, 내 서포트 없이 말이지.』

"절대로 못 해."

『그렇다면 그만큼 내 서포트가 대단하다는 거네. 고마워해도 되거든?』

장난기 섞인 미소를 지으며 감사 인사를 요구하는 알파에게, 아키라는 약간 자포자기한 듯이 웃으며 대답했다.

"정말 고맙습니다."

고맙다는 마음은 본심이다. 실수를 바로잡아 준 은혜도 있다. 하지만 웃으면서 감사를 요구하면 여러모로 삐딱한 아키라는 그러기가 조금 어려웠다.

『천만의 말씀.』

알파는 그것을 알면서도 조금 놀리는 투로 즐겁게 웃으며 대꾸했다.

◆

헌터 활동 첫 번째 날. 아키라는 알파를 만났고, 목숨을 건 유적 탐색에서 어떻게든 살아남아 무사히 도시에 살아 돌아왔다.

그날부터, 아키라와 알파의 기구한 헌터 생활이 시작됐다.

제2화 각오 담당

 아키라가 거대한 웨폰 독에게 쫓기고 있다. 뒤틀린 머리. 비대칭으로 달린 여덟 개의 다리. 등에 달린 대포. 그것을 지탱하는 거대한 몸. 그 모든 것이 피할 수 없는 죽음을 연상시켰다. 아키라는 그 모든 것을 지닌 괴물에게서 필사적으로 도망치고 있었다.

 뒤에서 살의에 찬 포효가 들려왔다. 거대한 몸을 지탱하는 두꺼운 다리가 땅을 뒤흔들고 있다. 대포에서 발사된 포탄이 주위에 쏟아졌다. 상황은 절망적이다.

 "저런 녀석을 이딴 권총으로 어떻게 하라고!"

 그 비명 같은 외침도, 유적에 울려 퍼지는 포효와 포격음에 먹혀서 사라졌다. 대답하는 자는 없다. 죽음의 기운은 이미 등 뒤까지 다가와 있었다.

 마침내 자포자기한 아키라는 뒤돌아서 총을 쐈다. 웨폰 독의 안면에 총알이 박혔다. 그대로 방아쇠를 계속 당겨 쐈다. 전부 명중했다.

 하지만 그것은 아무 의미도 없었다. 웨폰 독은 총알을 퍼부어도 꿈쩍하지 않는다. 도리어 그 덩치에 걸맞지 않은 빠른 속도로 아키라에게 달려들고, 사냥감을 물어 죽이려는 아가리를 쩍 벌렸다.

아키라는 자신의 몸보다 크게 벌어진 몬스터의 아가리를 보고 피할 수 없는 죽음을 예감했다. 그리고 그 예감대로 물어뜯기고 말았다.

벌떡 일어난 곳은 낯익은 슬럼 뒷골목 한구석. 평소의 잠자리다. 아키라는 몸이 조금 굳은 상태에서 혼란과 공포의 남은 얼굴로 중얼거렸다.

"꿈······?"

곁에 있던 알파가 미소를 지으며 인사했다.

『안녕. 잘 잤어?』

그 순간, 아키라는 반사적으로 그 자리에서 뒤로 펄쩍 뛰고 알파에게 총구를 겨눴다. 정체 모를 누군가가 어느새 곁에 있다는 위기 상황에 대한 강한 경계심을 드러냈다.

알파는 조금 놀란 듯한 기색이었지만, 불쾌해하지 않고 상냥하게 말을 건넸다.

『미안해. 놀랐어?』

아직 의아함을 남기면서도, 아키라의 표정은 잘 모르는 위험한 누군가를 보는 것에서 아마도 안전한 지인을 보는 것으로 바뀌었다.

"알, 파······?"

알파는 아키라와는 대조적으로 웃는 표정이다.

『맞아. 잊었어?』

아키라는 그제야 어제 있었던 일을 떠올렸다. 긴장을 풀고 안도의 한숨을 쉬더니, 총을 내리며 멋쩍은 듯이 사과한다.

"미안해……. 좀 놀랐거든. 자다 깼을 때 누군가가 근처에 있다면, 대부분 강도여서 말이야."

『괜찮아. 신경 쓰지 마.』

전혀 개의치 않는 알파의 반응을 보고 진짜로 화나지 않았다고 판단한 아키라는 모처럼 생긴 협력자를 잃지 않았다고 생각하며 안도했다.

(다행이야. 어차피 알파는 총이 통하지 않으니까, 총으로 겨눈다고 해도 딱히 화낼 일은 아니겠지. 큰일 날 뻔했네. 그나저나, 꿈이라 다행인걸. 알파와 만나지 않았다면, 그게 현실이 됐겠지.)

사소한 소동이 있었지만, 아키라의 어제까지와 전혀 다른 새로운 나날이 시작됐다.

◆

쿠가마야마 시티의 슬럼은 도시 외곽, 황야와의 경계 근처에 펼쳐져 있다. 치안과 경제가 전부 열악한 이곳은 외부에서는 몬스터가, 내부에서는 강도가 약자를 먹잇감으로 삼으려 날뛰는 도시의 쓰레기장이다. 이 쓰레기장에서 벗어나려고, 아키라는 헌터가 된 것이다.

도시는 이 슬럼에서 아침과 저녁, 하루 두 번 식량을 무상 배급한다. 아키라는 거의 매일 이 배급 줄에 섰다.

이른 아침, 배급이 시작되려면 아직 멀었지만 이미 줄이 생겼다. 아키라는 알파와 함께 줄 끝에 섰다.

배급을 받으려면 질서정연하게 얌전히 줄을 서야 한다. 소동을 일으키거나 새치기를 한 사람은 식량 배급을 받지 못한다. 어떨 때는 배급 자체가 중지된다. 당연히 그 원인을 제공한 자는 나중에 몰매를 맞는다.

이것은 도시 측에서 행하는 무언의 교육이기도 했다. 슬럼의 주민이더라도 줄을 서는 법 정도는 배우는 것이 도시 측에 편리하다. 그리고 도시의 규칙을 지키지 않는 자가 생기면 슬럼 전체가 불이익을 당한다고 인식하게끔 하는 것이 좋다.

그런 교육의 성과도 있어서, 몰매를 맞고 죽은 사람들의 희생이 쌓인 끝에 기본적으로 살벌한 슬럼인데도 배급 줄은 질서와 안정을 유지하고 있다.

그리고 배급소는 자신의 능력으로 식량을 마련하지 못하는 빈민을 슬럼에 모으는 기능도 있다. 그와 동시에 최소한의 치안 유지 수단이기도 했다.

세상에는 돈과 식량이 없다고 순순히 굶어 죽는 사람만 있지는 않다. 궁지에 몰린 자가 슬럼에 부자연스럽게 공급되고 있는 총기를 손에 쥐고 강도로 탈바꿈하는 것을 최소한의 식량 공급으로 어느 정도 막고 있다. 이 배급 덕분에 아키라도 어찌어찌 살아왔다.

아키라는 평소처럼 배급 줄에 서면서 알파의 특이함을 실감했다.

넋이 나갈 정도로 고운 얼굴. 빛나는 듯한 머리카락 광택. 매끄러운 피부의 윤기. 남자를 유혹하는 매혹적인 몸매. 그 모든 것을 감싸고 있는 노출이 심한 복장. 알파는 주목을 모으지 않는 게 부자연스러운 존재였다.

더불어 소위 구세계 풍이라고 불리는, 디자인이 독특한 의복도 사람들의 눈길을 끌 만했다. 아키라 같은 사람이 봐도 비싸다고 알 수 있을 만큼 명백하게 질이 달랐다.

구세계의 기술을 아는 자가 자세히 보면 구세계의 고도 기술로 만든 물건임을 알아볼 것이다. 구세계의 유물로서 값어치가 나갈 테니까 주목할 가치가 있는 물품이다.

그만큼 주목을 모을 요소가 모이면 보통 가볍게 소란이 일어나도 이상할 게 없다. 그런데도 주위 사람들은 아무도 알파에게 반응하지 않는다.

아키라는 그것을 실감함으로써 알파를 인식할 수 있는 사람이 정말로 자신밖에 없음을 여실히 깨달았다.

아키라는 알파에게 작은 목소리로 말했다.

"다른 사람들한테는 진짜로 안 보이나 보네."

『그렇다고 했잖아? 안 믿었던 거야?』

알파가 못마땅한 태도를 보이자, 아키라가 조금 허둥대며 조용히 변명했다.

"그게 아니고. 기본적으로는 보이지 않더라도, 보이는 녀석도 있을 줄 알았거든. 나한테 보이니까, 보이는 녀석이 더 있더라도 이상할 건 없잖아?"

『아, 그런 뜻이구나. 그 부분은 여러모로 설명이 길어질 거야. 나중에 천천히 이야기하자.』

알파는 아키라와 달리 또렷한 목소리로 대답했다. 이 맑은 목소리에 반응하는 사람은 아키라밖에 없다. 아키라가 또렷하게 대꾸했다간 허깨비와 대화하는 이상한 인간이 완성된다.

배급이 시작되고, 아키라의 차례가 됐다. 이번 식량을 받고, 줄에서 좀 떨어진 곳으로 이동했다.

이러한 거리도 아키라 같은 소년에게는 매우 중요하다. 너무 떨어지면 모처럼 받은 식량을 빼앗으려고 하는 자가 나타난다. 배급에 방해가 되지 않게, 나중에 몰매를 맞지 않게, 암묵적으로 문제를 일으키지 않기로 정한 범위에서 먹는 게 가장 좋다.

빼앗는 자도, 빼앗기는 자도, 총을 가지고 있다. 불필요한 살상을 피하기 위해서도 중요했다.

이번 배급품은 투명한 포장 안에 들어있는 샌드위치 같은 것이다. 포장에는 식별 코드인 문자들이 있다. 아키라는 그것을 뚫어지게 보았다. 좀처럼 식사를 시작하지 않았다.

알파는 약간 의아하다는 듯이 물었다.

『안 먹어?』

유적에서 발굴해서 작동 상태가 수상한 생산 장치로 만든 합성 식량. 토양의 오염 상태를 확인하기 어려운 농지에서 시험적으로 재배된 채소. 식용으로 써도 안전하다고 생각되는 생물 타입 몬스터의 부위로 만든 고기. 그것들을 원재료로 해서 만들어진 가공품이, 싸구려 선의에 따라 돈이 없는 자들도 구할 수 있게 무료로 제공된다.

그리고 그런 식량을 슬럼에서 원하는 자에게 일정 기간 제공하고 상황을 지켜본다. 그러고도 사망하거나 돌연변이를 일으키는 자가 속출하지 않는다면, 그 원재료는 일정 수준의 안전 확인이 끝난 것으로 판단된 후에 값을 붙여 일반적으로 판매된다. 그리고 안전이 확인되지 않은 다른 무언가가 새로운 식량의 원재료가 된다.

그것이 이 샌드위치다. 빵도, 속재료도, 그런 식으로 만들어진 것이다.

"……. 먹을 거야."

배급하는 측은 그런 사정을 일일이 설명하지 않는다. 하지만 받는 사람들도 어렴풋이 눈치채고 있다. 아키라도 마찬가지다. 그러나 먹지 않을 수 없다. 먹지 않으면 굶어 죽기 때문이다.

슬럼에서 무료 배급을 통해 살아남은 자는 그 선의의 대가를 치른다. 배급 장소인 슬럼은 입지 탓에 때때로 도시를 습격하는 몬스터와 가장 먼저 싸우게 된다.

인간을 잡아먹는 변이 동식물, 인간을 공격 대상으로 보는 자율형 병기 등을 상대로, 슬럼에서는 비정상적으로 유통되는 화기와 신선한 자신의 육체로 도시 방위대가 퇴치를 마칠 때까지 시간을 벌어야 한다. 강제하는 건 아니지만, 어차피 도망칠 곳은 없다.

자꾸 그러다 보면 습격에서 살아남은 사람 중에서 몬스터와 싸울 만큼 실력을 기른 자도 생긴다. 그들은 대부분 헌터가 되며, 운이 좋으면 유적에서 유물을 가져와 도시 경제를 윤택하게 한다. 그 이익의 일부는 배급소의 유지비로 쓰인다.

즉, 어찌 보면 아키라는 도시의 의도대로 헌터가 된 것이다.

힘없는 자는 피할 수 없는 선택을 강요당하기도 한다. 하지만 선택은 아키라 본인이 했다. 선택을 강요당했을지라도, 그 선택에 후회는 없다.

샌드위치의 맛은 미묘했다. 무료라는 점과 안전성 운운은 제쳐두더라도, 일부러 찾아 먹고 싶을 정도는 아니었다.

헌터로 출세해서, 안전하고 맛있는 식사를 매일 먹는다. 아키라는 맛과 안전성이 미묘한 샌드위치를 먹으면서, 그 꿈을 이루는 데 도움을 줄 자를 슬쩍 보았다.

알파는 부드럽게 미소를 짓고 있었다.

◆

다시 쿠즈스하라 시가지 유적에 온 아키라는 알파에게 안내를 받으며 유적 안을 나아갔다.

유적은 길 일부가 무너진 빌딩 잔해에 파묻힌 탓에 주의하지 않으면 웬만한 미로보다도 헤매기 쉽다. 또한 그런 폐허 안은 유적에 적응한 몬스터의 소굴이 되기도 한다. 몬스터들의 독자 생태계가 일대에 형성된 장소도 있다.

유물을 찾아 유적에 들어온 헌터들은 그 과정에서 장애물이 되는 몬스터들을 격퇴한다. 때로는 더 깊이 들어가기 편하게 유적 안의 길을 정비하기도 한다. 그리고 강력한 몬스터와 마주쳐서 목숨을 잃는다.

그런 일이 반복되면서 유적은 중심부에 가까울수록 지형이 이동하기 불편해지고 서식하는 몬스터도 강력해지는 경향이 있다. 당연히 도달한 자도 적어지니까 귀중한 유물도 대량으로 남아 있다. 즉, 중심부일수록 더 위험하고 돈이 잘 벌리는 곳이다.

아키라도 그 정도는 알아서, 어제는 유적 외곽에서도 바깥쪽만 탐색했다.

그러나 오늘은 알파의 추천으로 유적 중심부로 가고 있다. 물론 아키라는 주저했지만, 알파가 자신만만하게 설득해서 결국 그 제안을 받아들이고 말았다.

중심부까지 들어가야만 값비싼 유물을 구할 수 있다. 자신이 안내할 테니, 아키라는 그 지시만 따르면 위험하지 않다. 알파가 그렇게 말하니 아키라도 물러나기 어렵다. 출세하려고 헌터가 됐다. 그리고 알파와 거래하고 여기 있다. 그런 알파가 일정한 안전을 보장하는데도 가지 않으면 출세할 수 없다.

처음에는 알파의 지시에 따라서 묵묵히 이동했다. 그러나 얼마 후 아키라는 조금씩 알파를 의심하기 시작했다. 아키라가 보기에 의미가 없는 듯한 지시가 계속됐기 때문이다.

폐허 빌딩의 벽에 등을 댄 채 천천히 걸었다. 지정된 빌딩 안에 들어갈 때, 눈에 보이는 출입구가 아니라 인근에 있던 건물 잔해를 기어 올라가서 창문으로 들어갔다. 그 후, 아까 봤던 출입구를 통해 밖으로 나왔다. 같은 길을 몇 번이나 지났다. 한동안 길 한복판에서 가만히 서 있었다. 똑같은 길을 여러 번 왕복한 다음에 중심부로 나아갔다. 그런 지시에 따르기는 했지만, 자꾸 헛짓거리만 하는 것 같았다.

웨폰 독이 습격했을 때는 알파의 지시를 무시했다가 죽을 뻔했다. 그리고 무모하게 여겨지는 지시에 따른 덕분에 살아남았다. 그런 경험이 있어서 지시에 이유를 일일이 묻는 것도 좀 그렇다는 생각이 들어서 묵묵히 시키는 대로 했다.

그러나 얼핏 보면 무의미한 행동을 취할 때마다 불신이 조금씩 쌓인다.

그리고 마침내 아키라는 인내심이 바닥나고 말았다.

"저기, 알파."

『왜?』

"혹시 길을 잃었거나, 대충대충 가고 있는 거 아니야?"

알파는 딱 잘라 말했다.

『그렇지 않아.』

"정말로⋯⋯?"

『정말이야.』

"같은 길만 계속 지나는 것 같은데⋯⋯."

『그럴 필요가 있어서 그런 거야. 위험한 루트를 우회해서 결과적으로 그렇게 된 거지. 그리고 다른 이유를 찾자면, 아키라가 운이 나쁜 탓이겠네.』

알파가 슬쩍 웃으며 대답하자, 아키라의 얼굴이 약간 일그러졌다.

"내 탓이라고……?"

『응.』

알파는 다시 딱 잘라 말했다. 그 단호한 말투와 태도에서는 아키라의 반론을 막을 정도의 설득력이 있었다. 그러나 쌓이는 불만과 불신을 털어낼 정도는 아니었다.

그 뒤에도 한동안 유적 안을 나아갔다. 그리고 어느 골목의 출구 앞에서, 알파는 뒤돌아보고 또 비슷한 지시를 내렸다.

『돌아가자.』

"또……?"

알파가 아키라의 옆을 지나쳤다. 아키라는 슬슬 지긋지긋했지만 뒤돌아서 그 뒤를 쫓으려고 했다. 그러나 그때 갑자기 걸음을 멈췄다.

골목 너머로 큰길이 보인다. 아키라는 저 길이 신경 쓰였다. 골목 밖의 광경을 살피고 돌아가야 할 이유를 찾으면, 이제까지 얼핏 무의미한 것 같았던 지시도 다 이해하고, 불만도 단번에 해소될 것이라고, 그렇게 생각하고 말았다.

(잠깐, 아주 잠깐이야. 조금만 살펴보려는 거라고.)

아키라는 그렇게 변명하고 골목 밖으로 얼굴을 조금 내밀어 경계하면서 큰길을 봤다. 그러나 그곳에는 지금껏 본 광경과 별반 다르지 않은 황폐한 유적만이 펼쳐져 있었다.

(역시 아무것도 없잖아.)

아키라가 더욱 불만을 느낀 순간, 알파가 몹시 강한 어조로 외쳤다.

『빨리 돌아와!』

그 직후, 아키라가 보고 있던 아무것도 없는 공간에서 아무런 징조도 없이 굉음과 섬광이 뿜어져 나왔다. 그 섬광과 포격의 충격이 몬스터의 광학 위장 기능을 한순간 떨어뜨려서 그 모습을 드러나게 했다. 그것을 본 순간, 아키라의 표정이 얼어붙는다. 아키라가 아무것도 없다고 여겼던 장소에는 위장 기능을 가동한 거대 기계 타입 몬스터가 있었다.

대구경 탄두가 아키라에게서 조금 떨어진 곳에 있던 빌딩에 명중했다. 빌딩은 폭음, 폭풍, 충격에 휩싸이며 반파됐다. 대량의 거대한 건물 파편이 사방에 흩날렸다. 그 충격에 땅바닥이 흔들리더니, 아키라가 발을 디딘 바닥도 격렬하게 진동했다.

너무 놀라서 굳어버린 아키라에게, 알파가 호통을 쳤다.

『빨리 돌아와! 안 그러면 죽어!』

정신을 차린 아키라는 죽을힘을 다해 뛰었다. 주변 빌딩에 포탄이 맞는 바람에 심하게 흔들려서 건물 파편이 쏟아지는 골목을 필사적으로 달렸다.

아키라는 알파의 지시에 따라 근처에 있던 빌딩 안으로 어찌어찌 피신했다. 포격음과 진동은 아직도 이어지고 있었다. 천장에서 먼지와 자잘한 파편이 쏟아지고 있었다.

알파는 딱딱한 표정과 목소리로 아키라를 대했다.

『이번엔 위험했어. 하마터면 죽을 뻔했네. 내 지시대로 움직였다면, 그런 험한 꼴을 안 봤을걸?』

아키라는 방구석에서 고개를 숙이고 있었다. 한동안 침묵을 지켰지만, 간신히 작은 목소리로 대답했다.

"미안해……."

짤막한 사죄에는 강한 자기혐오가 어려 있었다. 그 목소리도 누구든 알아챌 만큼 어둡고 힘이 없었다.

딱딱했던 알파의 얼굴이 조금 쓸쓸한 미소로 바뀌었다. 그리고 부드럽게 말을 꺼낸다.

『지시 내용에 불만이 있을지도 모르지만, 나는 아키라에게 불이익이 될 지시는 하지 않고 나중에 자세하게 물어보면 아키라가 이해할 때까지 대답할 거야. 뭐부터 설명해 줄까?』

알파는 웃으면서 물어봤지만, 아키라는 그저 침묵했다. 알파의 표정이 약간 어두워졌다. 하지만 곧 상대를 배려하듯 미소를 지었다.

『어제 처음 만난 나를 여러모로 못 믿을 수는 있어. 그건 어쩔 수 없겠지. 하지만 나도 아키라가 죽으면 진짜 난처해. 그러니까 죽지 않게 최선을 다할 거야. 어려울지도 모르지만, 가능하면 그것만이라도 믿어 줘.』

마음을 써 주고 있다. 아키라도 그 정도는 알았다. 죄책을 느끼면서 간신히 대답한다.

"알았어……. 의심해서 미안해."

『괜찮아. 나도 아키라가 곧장 전면적으로 신뢰해 줄 거라고는 생각하지 않아. 이건 서로 차곡차곡 쌓아야지.』

알파의 말투와 표정은 한없이 아키라를 배려하고 있었다. 그 덕분에 아키라는 기력을 조금 회복했다. 그리고 마음을 전환하기 위해서라도, 비록 허세일지라도, 겉으로 그렇게 보이는 데는 의미가 있다. 그렇게 생각하고 기력을 쥐어짜 억지로 웃었다.

"……. 맞아. 나도 신뢰를 쌓아갈게. 다음에는 뭘 어떻게 하면 돼?"

알파는 아키라의 상태를 확인했다. 그리고 정신 상태가 어느 정도 회복될 때까지는 섣불리 움직이지 않는 편이 좋겠다고 판단했다.

『바깥 상황이 안정될 때까지는 여기서 대기해. 일단 몬스터가 이 근처에서 멀어지게 유도하고 있기는 한데, 시간이 좀 걸릴 것 같아.』

"유도? 알파는 그런 것도 할 수 있어?"

살짝 놀라는 기색을 보이는 아키라에게, 알파가 조금 기세등등하게 웃어 보인다.

『상대와 상황에 따라서 말이야. 저 기계 타입 몬스터는 자동 조종으로 외부의 적을 공격하는 자율형 병기야. 저런 종류의 기계는 주위 상황을 파악하기 위해 영상을 포함한 외부 정보를 주변 감시 장치에서 받는 경우가 있어.』

어찌 보면 아키라도 비슷한 원리로 알파를 인식하고 있다. 하지만 거기까지는 눈치채지 못하고, 그저 흥미롭다는 듯이 이야기를 듣고 있었다.

『이번에는 운 좋게도 몬스터의 영상 처리에 쓰이는 외부 영상에 침입했어. 저 몬스터는 가짜 아키라의 영상을 향해 공격하고 있을 거야. 첫 공격도 그 방식으로 아키라의 위치를 오인하게 했어.』

그런 것도 가능한 거냐. 아키라는 더더욱 놀랐다. 그러자 알파는 약간 의미심장하게 웃었다.

『자체 시각 정보만으로 판단하는 타입의 몬스터라면 안 됐을 거야. 정말 위험했어.』

아키라는 약간 미심쩍은 표정을 지었다.

"만약 그런 타입이었다면, 나는 어떻게 됐을까?"

알파는 웃으면서 딱 잘라 대답했다.

『물론, 아까 포격을 정통으로 맞고 가루가 되었겠지.』

"그, 그렇구나."

아키라는 얼굴을 살짝 실룩거렸다. 하지만 알파의 밝은 태도 덕분에 영향을 받았는지 자기혐오에 빠져 고개를 숙이지는 않았다.

『좀 더 이야기할까. 맞아. 혹시 나한테 물어볼 건 없어? 뭐든 좋아. 아무거나 물어봐.』

뭐든 물어봐도 된다는 말을 들으니, 거꾸로 무엇을 물으면 좋을지 알 수 없었다. 하지만 상냥하게 미소를 지으며 질문을 기다리는 알파를 보니, 물어볼 게 딱히 없다고 말하는 것도 망설여진다. 이것도 알파의 지시이며, 신뢰를 쌓기 위해서라도 그 지시에 따라야 한다고 생각했다.

아키라는 물어볼 것을 찾으려고 알파와 만났을 때를 떠올렸다. 그리고 어떤 점에 생각이 미쳤다.

"물어볼 게 있어. 알파는 나와 처음 만났을 때, 왜 알몸이었던 거야?"

알파는 현재 옷을 입고 있었다. 만난 직후에 바로 옷을 입었다. 즉, 의도적으로 알몸으로 있었다. 그때는 충격이 너무 커서 미처 생각하지 못했지만, 지금 생각해 보니 매우 부자연스럽다.

알파는 약간 의미심장하게 장난스러운 미소를 지었다. 그 모습을 본 아키라가 미심쩍어한 순간, 알파는 옷을 없애면서 매혹스러운 알몸을 훤히 드러냈다.

알파는 부끄러워하는 기색도 없이 알몸을 드러내 요염하고 풍만한 자신의 육체를 아낌없이 아키라에게 보여줬다. 그리고 약간 유혹하는 듯한 자세를 취하며 즐거운 듯이 물어봤다.

『어때?』

놀라면서도 그 모습에 매료됐던 아키라는 퍼뜩 정신을 차리며 허둥댔다.

"어떻긴……. 아, 우선 옷부터 입어!"

알파는 만족한 것처럼 미소를 지으며, 옷을 원래대로 되돌렸다.

『꽤 매력적인 육체지? 사람들의 눈길을 끌지 않아? 주목을 모을 수 있지? 그때 아키라도 주위보다 나를 더 유심히 봤잖아.』

"어, 어쩔 수 없었다고!"

희미한 빛이 자아내는 환상적인 광경보다 알파의 알몸을 더 쳐다본 것은 사실이다. 아키라는 그 점을 간파당했다는 사실에 초조해하면서 변명했다.

　그러자 알파는 아키라에게 의외의 사실을 알려줬다.

『바로 그게 이유야. 아까 한 질문의 대답이지.』

　아키라는 허둥대던 것도 잊고 약간 아리송하다는 듯이 되물었다.

　"무슨 뜻이야?"

『내 모습을 인식할 수 있는 인간을 효율적으로 찾는 방법이란 뜻이야. 유적에 오는 인간은 안 그래도 적은데, 나를 인식할 수 있는 인간은 더 적어. 그 얼마 안 되는 인간이 확실하게 반응하고, 또한 불필요하게 경계하지 않게끔 하는 모습. 그걸 이래저래 시험해 봤는데, 알몸이 가장 좋았어.』

　"나는 바로 경계했단 말이야."

『그래도 보자마자 도망치지는 않았잖아? 만약 나를 인식했을 때, 그 모습이 화기로 무장한 건장한 병사였다면 아키라는 어쨌을 것 같아?』

　아키라는 그 상황을 상상해 봤다. 희미한 빛 속에 선 자는 딱 봐도 중무장을 한 건장한 병사다. 주위의 환상적인 분위기가 다 날아가고도 남을 모습이다. 그리고 몰래 보던 자신과 그 병사가 눈이 마주쳤다고 상상해 봤다.

　"뭐, 도망치겠지. 아마도 온 힘을 다해서 말이야."

『그렇지? 내가 무장하지 않았다고 한눈에 파악할 수 있으면서 누군가의 관심을 확실하게 끌 수 있고, 나를 인식했다고 판단할 수 있는 반응을 끌어내기 쉬운 모습을 생각하면, 알몸이 가장 좋아.』

그때 알파가 슬쩍 쓴웃음을 지었다.

『뭐, 그래도 아키라가 그토록 심하게 경계할 줄은 몰랐어. 미안해.』

아키라는 약간 인상을 찡그렸다. 지적을 받고 보니, 과잉 반응이었을지도 모른다는 생각이 들었다. 그 설명에 일단 납득했다. 하지만 자신에게 알몸을 보여주며 놀리는 알파의 태도를 보니, 한마디 해 주고 싶어졌다.

"그래도 알몸은 좀 그렇지 않아?"

『괜찮아. 어차피 진짜가 아닌걸. 목적만 달성할 수 있다면, 나는 개의치 않아.』

"진짜가 아니라고?"

『응. 내 모습은 컴퓨터 그래픽으로 만든 거니까. 그래서 내 외모는 자유자재로 변경할 수 있어.』

증거를 보여주려는 듯이, 알파는 아키라보다 어린 소녀로 변했다.

아키라는 놀라서 무심코 소리를 냈다.

"으헉?! 알파, 맞지?"

알파는 아직 어리지만 성장한 후의 미모를 기대할 수 있는 외모로, 그런데도 동일 인물임을 알려줄 만큼 어른스럽게 미소를 지었다.

『맞아. 어때? 귀엽지?』

"뭐? 응."

아키라는 놀랐지만, 상대의 외모에는 딱히 호의적인 반응을 보이지 않았다. 그 점을 눈치챈 알파는 또 외모를 바꿨다.

『물론, 반대로도 변경할 수 있어.』

소녀에서 묘령의 여자를 경유한 후, 그대로 노인으로 변했다. 얼굴에는 주름이 많지만, 세월이 자아낸 기품 어린 분위기가 감돌았다.

"와~ 대단하네. 진짜로 자유자재로 바꿀 수 있구나."

아키라는 감탄한 것처럼 놀랐다. 하지만 상대의 외모에 일종의 취향을 드러내는 낌새는 없었다. 알파는 그것을 인식하고 제일 처음 모습으로 돌아갔다.

『이것만이 아니야. 체형과 머리 모양, 복장도 마음대로 바꿀 수 있거든?』

알파는 우쭐대듯 웃으면서 모습을 바꿨다. 키를 늘리거나 줄이고, 마른 체형에서 통통한 체형으로도 바꿨다. 머리카락을 짧게 하거나 바닥에 닿을 정도로 길게 만들었고, 중력을 무시한 듯한 머리 모양을 만들기도 했으며, 머리카락이 일곱 빛깔로 빛나게 하기도 했다.

복장도 학교 교복 같은 것에서, 사교계에서 입을 듯한 드레스, 화려한 수영복, 위장 전투복, 파일럿 수트 등, 다양한 옷으로 바꿨다. 그중에는 실제로 존재하는지 의심스러울 만큼 독특한 디자인의 옷도 포함되어 있었다.

아키라는 자꾸 변하는 알파의 모습을 보고 처음에는 그냥 놀랐다. 하지만 곧 여유를 되찾더니, 다양한 의상으로 포즈를 취하는 알파의 모습을 정신없이 구경했다.

슬럼에서 사는 아키라에게는 오락거리가 없다시피 하다. 춤추듯 온갖 의상으로 몸을 감싼 알파의 모습은 아키라를 충분히 매료할 만했다.

아키라는 알파를 구경하고, 알파는 아키라를 관찰한다. 처음에는 규칙성 없이 변화하던 알파의 나이, 체형, 머리 모양, 의상 등이 조금씩 자신의 취향에 맞춰지고 있다는 것을, 아키라는 눈치채지 못했다.

즐거운 듯, 요염하며, 온화하고, 매혹적이고, 상냥한 미소를 지으면서, 알파는 아키라를 계속해서 관찰했다.

『원하는 복장이 있으면 뭐든 들어줄게. 아, 아니면 알몸이 좋아? 알몸. 역시 알몸일 때 매혹적인 이 육체를 즐길 수 있을 테니, 그편이 나을까?』

아키라는 유혹하는 듯한 그 말을 듣고 약간 당황했다.

"뭐든 좋으니까 옷을 입어! 왜 그렇게 알몸을 권하는 건데?!"

『이참에 아키라도 그런 쪽으로 익숙해지면, 나중에 미인계에 걸리지 않을 것 같거든. 그런 훈련도 필요할 것 같지 않아?』

그렇다고 대답했다간 큰일이 날 것 같다. 아키라는 그렇게 생각하고 쓴웃음을 지었다. 그리고 솔직한 감상 대신, 멋쩍은 것처럼 조금 툴툴대듯 대꾸했다.

"나 같은 애한테 그러는 인간은 없어."

알파는 도망칠 곳을 차단하려는 듯이 반론한다.

『지금의 아키라한테 그럴 사람은 없겠지만, 돈을 많이 버는 유능한 헌터를 낚으려는 사람은 잔뜩 있을 거야. 아키라가 그런 헌터가 됐을 때 그런 사람들이 이래저래 방해하지 말았으면 하니까. 옛날부터 여자 때문에 신세를 망치는 남자는 많거든?』

그 정도로 돈을 잘 버는 헌터가 되고 싶지만, 정말로 될 수 있겠느냐고 하면 자신감이 별로 없다. 그런 부족한 자신감이 아키라의 말투에 드러난다.

"나는 그런 헌터가 될 수 있을까?"

알파는 그 말을 듣고 자신만만한 태도로 대답했다.

『될 수 있어. 그야 아키라에겐 내 서포트가 있는걸. 적어도 아키라의 의지 말고는, 맹세코 내가 반드시 어떻게든 할게. 의지와 의욕과 각오 같은 것 말고는 말이지. 아무래도 그것만큼은 아키라가 애써 줘야지. 나로서는 어쩔 도리가 없어.』

아키라는 잠시 침묵하더니, 곧 굳은 각오를 표정에 드러냈다.

"알았어. 의지와 의욕과 각오는, 내가 어떻게든 해 볼게."

알파는 무척 기쁘다는 듯 만족스럽게 웃었다. 그것은 아키라의 각오를 칭찬하는 것이자, 아키라의 의지를 자기 뜻대로 유도한 것을 높이 평가하는 것이기도 했다.

제3화 목숨을 건 대가

헌터가 목숨을 걸고 위험한 유적에 가는 이유는 유적에 잠든 구세계의 유물을 챙기기 위해서다.

구세계의 유물이 무엇을 말하는지, 그 정의는 다양하다. 넓은 의미로는 구세계에 존재한 고도의 과학기술과 관련된 모든 것을 의미한다. 좁은 의미로는 구세계 시대에 제조된 물품을 가리킨다.

지극히 고도의 기술로 제조된 정밀기계는 물론이거니와, 평범한 컵조차도 구세계의 물건이라면 구세계의 유물로 분류된다. 물론, 유물의 가치는 전자가 훨씬 높다.

그리고 헌터에게는 비싼 값으로 환금할 수 있는 물건이다. 물론 그것을 알아볼 수 있는 사람만 있는 것은 아니어서, 태반은 유적에 방치된 물건 중에서 그럴싸해 보이는 것을 챙겨서 감정을 의뢰하고 돈으로 바꾼다.

기본적으로 현재 기술로 재현할 수 없는 물건일수록 비싸게 거래되지만, 때로는 예상외의 물건이 예상외의 가격에 거래되기도 한다. 싸구려 액세서리나 흔한 일용품처럼 보이는 물건이 사실은 구세계에서 만들어진 매우 고성능의 물건일 때도 있다.

어떤 유적에서 발견된 조그마한 나이프는 힘을 조금 주기만 해도 고기와 생선뿐만 아니라 강철과 콘크리트까지 가볍게 자르지만, 한편으로는 아무리 힘을 줘도 인간을 베지 못한다는 모순되는 기능이 있다.

게다가 아무리 강철을 잘라도 예리함이 유지됐다. 물에 담가도 칼날이 녹슬지 않고, 강력한 산화제에 담가도 반응을 보이지 않는다.

기업의 연구소에서 나이프의 안전장치로 보이는 것을 해제하자 딱 봐도 칼날이 닿지 않았는데도 전차를 승무원과 함께 양단했다. 그 직후에 나이프는 산산이 부서졌다.

비슷한 물건은 여러 개 발견됐다. 현재의 과학기술은 그런 물건들을 해석함으로써 성립하고 있다. 물론 유능한 연구자가 평생을 바쳐 얻은 지식으로도 그 원리가 해명된 기술은 매우 적어서, 대부분은 원리도 모른 채 쓰이고 있는 게 현실이다.

그만큼 구세계의 유물은 비싸게 거래된다. 그런 유물을 찾아서 오늘도 수많은 헌터가 자신의 목숨을 걸고 유적으로 향한다. 아키라도 그런 헌터의 일원이다.

아키라가 알파의 지시에 의문을 느끼고 멋대로 행동한 결과, 거대한 기계 타입 몬스터에게 공격을 받아 죽을 뻔한 실수를 저질렀다. 그리고 자책감 때문에 심하게 풀이 죽어 있었지만, 알파에게 격려를 받아 기운을 차렸다. 그때쯤에는 밖에서 들려오는 포격음도 사라졌다.

알파가 바깥과 아키라의 상태를 생각해 유적 탐색을 재개하기로 했다.

『바깥도 잠잠해진 것 같으니까, 슬슬 헌터 활동으로 돌아가자. 아키라, 다음에는 잘 부탁해도 되지?』

아키라는 진지한 얼굴로 고개를 끄덕였다.

"걱정하지 마. 앞으로는 지시하는 대로 잘 움직일게. 약속하겠어."

『좋아. 출발하자.』

알파는 만족스럽게 웃은 후, 다시 앞장서기 시작했다. 아키라도 진지한 얼굴로 그 뒤를 따랐다.

빌딩을 나서고, 아까 거대 기계 타입 몬스터와 마주쳤던 장소를 지나갔다. 무너진 빌딩 옆을 지난 후, 건물 잔해를 넘으며 나아갔다. 그리고 아까 벌어진 전투의 흔적이 있는 장소를 빠져나와서 계속 나아갔다.

아키라의 싸구려 권총은 물론이고, 몬스터 토벌용 무장을 그럭저럭 갖추더라도 승산이 눈곱만큼도 없는 상대가 눈에 보이지 않는 상태로 근처를 어슬렁거리고 있다. 이 경험은 좋든 싫든 아키라에게 강렬한 영향을 끼쳤다. 표정도 자연스럽게 딱딱해졌다.

하지만 아키라는 치밀어오르는 두려움을 각오로 억누르고 알파의 지시에 따르기만 하면 괜찮다고 믿고서 신중히 나아갔다.

알파는 아키라의 태도에 만족하면서, 몬스터가 곳곳에 숨어 있는 유적 안에서 절대로 몬스터와 마주치지 않을 루트로 이상하리만치 정확하게 안내했다.

한동안 더 나아갔다. 이미 유적 외곽이라고 할 수 없을 만큼 깊숙한 곳에 당도했다. 알파는 유적에 난립한 빌딩 중 하나를 손으로 가리켰다.

『아키라. 저기서 유물을 모으자.』

아키라는 알파가 가리킨 폐허를 흥미로운 눈으로 봤다. 목숨을 걸고 유적의 깊숙한 곳까지 왔다. 반드시 그만한 성과를 얻고 싶었다.

하지만 아키라의 눈에는 이제까지 지나쳤던 다른 폐허와 똑같아 보였다. 적어도 일부러 여기까지 올 의미가 있는 건물 같지는 않았다.

"왜 저기를 고른 건지 물어봐도 돼?"

별생각 없이 물어본 뒤, 아키라는 그 의문이 알파를 의심하는 의미가 될지도 모른다고 생각해 약간 당황했다. 하지만 알파는 자신만만하게 웃고 대답했다.

『상관없어. 안에서 유물을 찾으면서 설명해 줄게.』

이건 기대할 만하다. 아키라는 알파가 웃는 것을 보고 그렇게 생각하면서 앞장서는 알파를 따라 기분 좋게 안으로 들어갔다.

알파가 지정한 건물은 구세계 시대의 상업시설이었다. 아키라는 번성했을 과거의 흔적을 보면서 건물 내부를 이동했다.

우그러진 선반 근처에 구멍이 뚫린 벽이 있고, 흐릿한 혈흔이 남은 바닥 위에는 기계 타입 몬스터의 잔해가 굴러다니고 있었다. 생물 타입 몬스터의 거대한 뼈 옆에는 인간의 뼈와 부서진 장비 조각과 함께 흩어져 있었다.

각양각색의 상품으로 가득 차 있었던 옛 풍경의 잔재. 그 일부로 남겨진 수많은 유물. 그 유물을 찾아 여기까지 온 수많은 헌터가 대량의 몬스터와 싸운 흔적이다.

현존하는 구세계의 건축물은 튼튼한 것이 많다. 그런 건물의 벽에 구멍이 났고, 천장이 그을렸다. 그것은 이 자리에서 벌어진 전투가 얼마나 격렬했는지를 여실히 알려주고 있다. 그만큼 강력한 무기를 갖춘 헌터들이, 마찬가지로 강력한 몬스터들과 사투를 벌인 것이다. 전부 지금 이 자리에 있었던 구세계의 유물을 손에 넣기 위해서.

이곳에 흩어진 수많은 시체가 이곳에는 그런 위험을 감수할 가치가 있음을 알려주고 있다. 혹은 구세계의 유물이라는 욕심을 거부하지 못한 자들의 말로이기도 했다.

『이곳을 고른 이유 말인데, 가장 우선해서 고려한 건 안전이야. 유적의 기계 타입 몬스터는 대부분 시설 방어용 경비 장치거든. 그 경비의 일환으로 생물 타입 몬스터를 제거하는 경우가 많아. 즉, 그런 장소에서는 생물 타입 몬스터가 습격할 확률이 낮아져.』

"그렇다면 그 대신 기계 타입 몬스터가 습격하는 거잖아?"

『기계 타입 몬스터는 설정된 경비 루트와 경비 장소를 엄수하는 경우가 많아. 그러니 그 경비 패턴만 파악하면, 마주칠 위험이 매우 줄어들어.』

실제로 이 건물도 기계 타입 몬스터인 경비기계가 순찰하고 있다. 그것들과 마주치지 않은 것은 알파의 적절한 안내 덕분이다.

『거꾸로 생물 타입 몬스터는 상황에 맞춰 서식지를 바꾸거나, 제법 자기 멋대로 이동하기 때문에 조우 예측이 어려워. 그래서 나와 함께 있을 때는 기계 타입 몬스터가 많은 장소가 비교적 안전해.』

아키라는 슬럼 뒷골목에선 알 수 없는 이야기를 흥미롭게 듣고 있었다.

"그렇구나. 그렇게 생각할 수도 있는 거네. 하지만 그런 패턴은 어떻게 파악하는 거야?"

『그것도 다양한 방법이 있어. 하지만 아키라가 다 이해할 수 있게 설명하려면 수십 년은 걸릴 테니까, 그 설명은 생략할게.』

그리고 알파는 의미심장하게 장난기 섞인 미소를 지었다.

『아니면 전부 들어볼래? 나중에 아키라가 물어보면, 이해할 때까지 설명해 준다고 했으니까. 이야기해도 되지?』

"아, 아니야. 사양할게."

아키라는 알파의 이야기를 농담으로 여겼다. 처음부터 이야기할 생각이 없다고 여겼다. 하지만 농담 삼아 설명해 달라고 대꾸했다간 진짜로 한없이 이야기를 들어야 할 듯한 낌새를 감지해서, 조금 버벅대면서 말을 돌렸다.

알파는 예상한 반응을 보고 미소를 짓는다.

『그래? 뭐, 마음이 바뀌면 말해. 계속해서 이곳을 유물 수집 장소로 선정한 이유를 설명할게. 또 하나의 이유는 유물을 엄선하기 위해서야.』

"엄선? 이곳에 그렇게 비싼 유물이 남아 있는 거야?"

『유물의 가치도 중요하지만, 그것보다 아키라가 가지고 돌아가는 것이 더 중요해. 팔면 큰돈이 되는 유물을 찾더라도, 그게 10톤이나 나가는 물건이라면 아키라가 손쓸 방법이 없잖아? 반대로 한 손으로 간단히 옮길 수 있는 물건이더라도, 몬스터가 바로 옆에 있다면 도저히 챙길 수 없어.』

"하긴, 정말 그렇겠네."

『아키라도 죽지 않고 가져갈 수 있으면서, 제법 가치가 있는 유물을 입수할 수 있는 장소. 그런 점을 고려한 결과, 이곳을 골랐어.』

아키라는 알파의 설명을 들은 후, 목숨을 걸고 여기까지 온 가치가 있다고 납득했다. 그리고 거꾸로 이런 생각이 들었다.

"어……? 그럼 내가 어제 찾았던 곳에는 변변찮은 것도 없었다는 말이야?"

『그 근처의 유물은 이미 씨가 말랐어. 아키라 같은 아이가 유물을 찾으러 갈 수 있는 장소에 지금도 값비싼 유물이 듬뿍 남아 있다면, 수많은 헌터로 북적일 거야. 안 그래?』

"하긴…… 맞는 말이야."

어제의 자신은 목숨을 걸고 부질없는 짓을 했다. 아키라는 그런 생각이 들어서 뒤늦게 피로를 느꼈다.

"고생해서 유적에 가면 값비싼 유물을 찾을 줄 알았는데, 무모했나."

조금 풀이 죽은 아키라를 달래듯이 알파가 미소를 지었다.

『그 무모함 덕분에 나와 만난 거니까, 목숨을 걸고 유적에 간

가치는 충분히 있었다고 보는걸? 그게 얼마나 큰 행운인지는 이제부터 매일 듬뿍 실감할 수 있을 거야. 기대하고 있어.』

아키라는 기운을 차리려는 듯이 슬쩍 웃었다.

"그래. 기대할게."

『나만 믿어.』

알파는 자신만만하게 웃으며 대답했다.

정확하게 말하자면, 유적 외곽에도 값싼 유물은 찾으면 그럭저럭 나올 만큼 남아 있기는 했다. 그것들은 웬만한 헌터라면 관심도 주지 않을 만큼 가치가 떨어지지만, 슬럼의 아이 기준으로 보면 충분히 값비싼 물건이다.

즉, 아키라는 어제 부질없는 짓을 한 것이 아니다. 그리고 알파는 그것을 알면서도 아키라를 의도적으로 유적 중심부로 안내하고 있었다.

◆

유적을 찾는 건 헌터만이 아니다. 기업도 거금을 투자해서 유적에 부대를 보내고 있다. 그 밖에도 많은 사람이 때로는 서로를 돕고, 때로는 서로를 죽이며, 유물 수집을 하고 있다. 이 유적은 실속이 없다고 찾는 자들 모두가 그렇게 판단할 때까지.

그렇지만 실속이 없다고 판단하는 기준은 각자 다르다.

먼저 기업이 손을 뗀다. 기업의 사병은 운용하는 데 거액의 자금을 투자하는 만큼 장비와 실력도 매우 높은 수준이다. 그래서 인원 손실 시 발생하는 비용 손해도 매우 크다. 현재의 기술로는 재현할 수 없는 구세계산 생산 장치처럼 입수가 어렵고 기업 간에 무력을 써서 쟁탈전이 벌어지는 유물이 없다면 금방 손을 뗀다. 평범한 유물은 헌터에게서 돈을 주고 사면 되기 때문이다. 기업처럼 자금이 풍부한 조직은 돈으로 살 수 있는 것이라면 돈으로 해결한다.

다음은 일반적인 헌터가 손을 뗀다. 가져올 수 있는 유물에서 얻을 보수와 몬스터의 위험도를 냉정하게 분석하고, 이득과 손해를 저울질해서 여유가 있을 때 철수한다.

그리고 마지막으로 실력자와 무능한 자가 손을 뗀다. 자신의 실력으로 아슬아슬해질 때까지 몬스터를 물리치고 유물을 계속 수집하는 자와 욕심에 눈이 멀어 물러날 때를 놓치고 죽는 자다.

이렇게 유적에서 값비싼 유물이 줄어드는 대신에 시체만 늘어난다. 그리고 발견되는 유물의 양과 쌓이는 시체의 양을 보고 실속이 없다고 모두가 판단했을 때야 비로소 유적은 한산해지는 것이다.

아키라가 탐색하고 있는 폐허에는 제법 값비싼 유물이 적잖이 남아 있었다. 그것은 이 장소가 단단히 무장한 헌터들도 실속이 없다고 판단해서 철수한 위험지대라는 증거다.

아키라는 원래라면 절대로 도달할 수 없는, 강력한 몬스터가 득실대는 영역에 발을 들였다.

물론 아키라는 유물의 가치를 모른다. 알파의 지시에 따라 그럴싸한 물건을 종이봉투에 쑤셔 넣는다. 이 봉지 봉투도 여기서 찾은 물건이다. 사전에 준비한 봉투는 유물의 무게를 못 버티고 터졌다.

아키라는 가지고 돌아갈 유물이 담긴 종이봉투를 불안한 얼굴로 보았다. 종이로 된 쇼핑 봉투는 너무 얇아서 도저히 튼튼해 보이지 않았다.

"도시에 돌아갈 때까지는 안 터지겠지?"

『걱정하지 마. 이 종이봉투도 구세계 제품이야. 즉, 구세계의 유물이지. 보기보다 튼튼하니까 그런 걱정은 안 해도 돼.』

"그렇구나. 구세계의 기술이라. 대단하네."

아키라는 봉투 안을 보았다. 안에는 알파가 엄선한 유물이 가득 들었다.

칼집이 딸린 나이프가 한 자루. 용도를 알 수 없는 기계 부품이 몇 개. 회복약이라고 들은 상자가 몇 개. 붕대처럼 보이는 물건. 손목시계 같은 물건. 그 밖에도 다양한 물건이 있다.

엄선한 기준에는 아키라 같은 아이라도 가져갈 수 있는 조건도 포함된다. 그래서 하나같이 크기가 작다.

아키라는 별생각 없이 나이프를 꺼내 손에 쥐었다. 나이프는 노점에서 팔아도 이상하지 않을 만큼 평범했다. 칼집에서 꺼내자 뭉툭한 칼날이 모습을 드러냈다. 전혀 예리해 보이지 않았다.

"이 나이프도 구세계의 물건이지? 엄청 좋은 물건이야? 전혀 그렇게 보이지 않는데."

『그럭저럭 잘 드는 제품이야. 안전장치가 있지만, 그래도 함부로 만지지는 마.』

"알았어."

아키라는 나이프를 봉투에 집어넣었다. 봉투에는 더 쑤셔 넣을 공간이 있고, 별로 무겁지도 않았다.

"더 넣을 수 있겠는걸. 좀 더 챙기는 게 어때?"

모처럼 여기까지 왔다. 최대한 많이 챙겨서 돌아가고 싶다. 아키라가 그런 미련을 보이자 알파는 진지한 얼굴로 고개를 저었다.

『안 돼. 이게 한계야. 돌아가는 길에 몬스터와 마주치면, 그걸 들고 도망쳐야 해. 부피가 크거나 무거워서 제때 도망치지 못하면 죽어. 욕심부리지 마.』

아키라도 목숨은 아깝다. 그리고 알파의 지시에는 최대한 따르기로 했다. 아쉽지만 고개를 끄덕이며 미련을 떨쳐냈다.

"알았어……. 그런데 이걸 다 팔면 얼마나 받을까?"

『그건 나도 잘 모르겠는걸. 유물을 사들이는 가격도 수요에 따라 변동하니까. 그리고 전부 팔 수도 없어. 나이프는 아키라가 쓰게 남겨. 의료품도 팔지 않는 편이 좋아. 작은 부상도 잘 치료하지 않으면 나중에 일이 커지는 경우가 많으니까, 보험이라고 생각해둬.』

"그러면 팔 물건이 더 줄어드는군……."

『필요한 지출이니까 참아.』

"알았어……."

아키라는 팔 물건이 많이 줄어든 것을 조금 아쉬워하면서도, 이래도 지금의 자신치고는 큰 성과라 생각을 바꾸고 마음을 고쳐먹었다.

『그럼 돌아가자. 돌아갈 때도 위험하지만, 최대한 주의해.』

"응. 알아."

『아까 본 몬스터의 경비 지역을 이번에는 제법 묵직한 짐을 들고 지날 거야. 짐 탓에 움직임이 둔해져서 발각되기라도 했다간 이번에야말로 가루가 될지도 몰라. 진짜로 조심해. 알았지?』

알파가 그렇게 말하며 의미심장한 미소를 짓자, 아키라는 표정을 굳혔다.

"거, 걱정하지 마."

『그럼 출발하자.』

아키라는 다시 긴장한 얼굴로 알파의 뒤를 따랐다. 알파는 즐거운 듯이 웃고 있었다.

아키라는 어찌어찌 유적 밖으로 나왔다. 이곳은 아직 황야이며, 충분히 위험한 장소다.

그러나 눈에 보이지 않는 몬스터가 어슬렁거리는 유적 안에 비하면 훨씬 안전한 것도 사실이다. 아직 살아 돌아왔다고 말할 수 없는 단계지만, 그래도 무의식중에 긴장이 약간 느슨해졌다. 그 탓에 긴장해서 잊었던 몸과 마음의 피로를 떠올리고 한숨을 크게 쉬었다.

알파는 그런 아키라를 배려하듯 미소를 지으며 말을 건넸다.

『피곤하면 잠시 쉴래? 내가 주위를 경계할 테니 안심해도 돼.』

"그래. 하지만 나도 빨리 도시로 돌아가고 싶으니까, 아주 조금만 쉬겠어."

『알았어. 그럼 그동안 잡담이나 하자.』

잡담이라고 해도, 슬럼 뒷골목에서 홀로 살아온 아키라에게는 이야깃거리가 없었다. 기본적으로 알파가 이야기하고, 아키라는 맞장구를 치는 모양새다.

『그러고 보니 이건 알아? 쿠가마야마 시티는 원래 이 쿠즈스하라 시가지 유적을 공략하기 위해 만들어졌는걸?』

"흐음. 그랬구나. 잘 아네."

『나는 이래 봬도 꽤 박식해. 뭐, 동부의 정보가 중심이고 서부와 중앙부의 정보는 어둡지만 말이야.』

"서부……. 나도 잘 모르지만, 괴물이 득실대는 생지옥이라는 이야기를 들은 적은 있는데."

『나도 잘 몰라. 과학기술이 전혀 발전하지 않았다거나, 마법사가 있다거나, 미심쩍은 이야기를 조금 아는 정도야.』

"중앙부는, 국가……였나? 그렇게 불리는 조직이 엄청나게 많다며?"

『그렇다고 해. 그 중앙부에서 동쪽을 동부라 불러. 동부 통치기업 연맹, 통칭 통기련의 지배 지역을 가리키기도 해. 아키라는 중앙부에 흥미가 있어?』

"없어. 그보다 동부의 일반 상식을 먼저 알고 싶어. 나는 아직 글자도 못 읽거든."

『알았어. 글자를 읽고 쓰는 것 말고도, 그런 일반 교양도 아키라의 훈련에 추가할게. 나만 믿어.』

"그, 그래? 고마워."

『별말씀을.』

알파가 지극 정성으로 제안하자, 아키라는 고마우면서도 약간 무서워졌다. 공짜보다 비싼 건 없다. 그런 생각이 몸에 뱄기 때문이다.

알파는 그런 아키라를 향해 자상하게 웃고 있다. 누구보다도, 알파 자신의 목적을 위해서…….

◆

쿠가마야마 시티로 돌아온 아키라는 서둘러 헌터 오피스가 운영하는 거래소로 갔다.

이런 거래소는 도시 방벽 안팎에 다수 있다. 그리고 입지에 따라 이용자도 크게 달라진다. 방벽 안 거래소는 일류 헌터를 주 고객으로 삼는다. 반입되는 유물도 전부 그만큼 귀중한 것들이며, 때로는 기업이 쟁탈전을 벌여서 매입 가격이 치솟는다.

아키라가 간 곳은 하위 구역 거래소다. 그것도 슬럼 인근에 있으며, 이용자 또한 신출내기 헌터 혹은 슬럼 주민이 태반이다. 거래소의 격으로 치자면 최하에 가까운 점포다.

그 까닭에 그곳은 원래 유물 전용 거래소인데도 싸구려 유물은 고사하고 유물조차 아닌 물건이 반입되고 있다. 그리고 어느

새 유물이 아니더라도 기본적으로 헐값에 매입하기 시작해서, 슬럼 주민들의 귀중한 수입원이 되고 있다.

아키라는 거래소에 들어가 매각할 유물을 종이봉투에서 꺼내 매입용 쟁반에 올렸다. 그리고 그 쟁반을 들고 창구 앞의 줄에 서서 차례를 기다렸다. 알파의 조언에 따라, 나이프와 의료품은 팔지 않고 남겼다.

창구 직원은 노지마라는 중년 남자다. 노지마는 아키라의 차림새를 보고 슬럼의 아이라고 판단해 그에 걸맞게 대응하려 했다. 하지만 쟁반에 놓인 유물을 보고 태도를 바꿨다. 팔려는 물건이 슬럼에서 주울 수 있는 물건이 아니라는 것을 눈치챈 것이다.

"헌터증이 있으면 꺼내."

아키라가 종이 쪼가리 같은 자신의 헌터증을 제시하자, 노지마는 그것을 들고 앞에 있는 단말을 조작한 다음에 동전 세 개와 함께 돌려줬다. 사들인 물건은 쟁반과 함께 노지마의 뒤에 있는 선반에 놓였다.

아키라는 그 동전을 보았다. 100오럼 동전이 세 개니까 300오럼이다.

오럼이란, 사카시타 중공이 발행하는 기업 통화다. 사카시타 중공은 통기련을 구성하는 5대 기업의 일각이며, 오럼은 그 발행처인 사카시타 중공의 통치권, 다시 말해 사카시타 중공을 주축으로 한 경제권에서 주로 쓰인다. 쿠가마야마 시티도 그런 곳이다.

300오럼의 가치는 사람에 따라 다르다. 쿠가마야마 시티 하위 구역의 일반인이라면 저렴한 밥 한 끼 값이다. 상위 구역 주민에게는 물 한 컵 값도 안 되는 푼돈이다.

위험한 유적에서 목숨을 건 성과. 거대 몬스터에게 습격당해 죽을 뻔했지만, 알파의 서포트 덕분에 겨우겨우 살아남았고, 원래라면 절대로 도달하지 못할 장소에서 가져온 유물의 대금. 그것이 지금 아키라의 손바닥 위에 있다. 겨우 세 개의 동전, 300오럼이 되어서.

아키라는 몹시 못마땅한 얼굴로 손바닥에 있는 300오럼을 보고 있었다. 그리고 치솟는 감정에 휩쓸려 인상을 구기고 고개를 들었다. 그러자 그 반응을 예상한 노지마와 눈이 마주쳤다.

아키라가 자신도 잘 모르는 무언가를 입 밖으로 꺼내기도 전에, 노지마가 진지한 얼굴로 못을 박듯이 설명한다.

"너도 여러모로 할 말이 있겠지만, 헌터 랭크1, 신용 없음, 실적 없음. 그런 헌터의 첫 대금은 300오럼 고정이다. 쓰레기일지도 모르는 것을 확인하지도 않고 300오럼이나 내주는 걸 오히려 감사히 여겨라."

아키라는 그 논리를 이해했다. 어느 정도 알아먹기도 했다. 그래도 여전히 표정이 험악하다. 완전히 받아들이진 않았기 때문이다. 하지만 그러면서도 항의해 봤자 소용없음을 이해하고 있었다.

노지마가 그런 아키라를 보며 말을 이었다.

"매입품 감정은 빨라야 내일 끝날 거다. 감정이 끝나면 다음 매입 때 남은 잔금을 치르지. 감정가가 300오럼보다 밑이면 반대로 네가 돈을 내야 해. 비싸게 팔릴 물건을 가져왔다고 확신한다면, 다음에 또 팔러 와라. 본인 확인은 헌터증으로 할 거다. 헌터증을 분실하면 신용과 실적도 처음부터 다시 시작한다고 생각해라. 이상이다. 질문 있냐?"

아키라는 어찌어찌 입을 열었다.

"내일…… 또 오면 돼?"

"감정이 끝났다면 말이야. 비싼 물건일수록 시간이 걸려. 감정이 끝나도 다음에 팔 물건이 없으면 돈을 안 주지. 뭐든 꼭 가져와라. 이번 대금은 여기서 다음 물건을 받은 다음에 치를 거다."

노지마의 태도는 딱딱하지만, 희미하게 아키라를 배려하는 마음 씀씀이도 있었다.

아키라 같은 아이가 헌터를 꿈꿔 어찌어찌 유물을 가지고 거래소에 오는 일은 드물지 않다. 노지마는 그런 아이들을 수없이 봤다. 하지만 두 번 오는 경우는 드물었다. 헌터로 사는 것을 포기했거나, 아니면 죽었기 때문이다. 물건을 팔러 열 번 찾아오는 자는 매우 적다.

"오늘 네가 얼마나 무모한 짓은 했는지는 몰라. 하지만, 헌터로 먹고살 작정이라면, 그런 짓을 앞으로 쭉 계속해야 한다. 이 정도로 마음이 꺾일 것 같으면 관둬라. 그러다 죽는다."

아키라는 확고한 얼굴로 대답했다.

"싫어. 슬럼도 목숨이 위험하긴 마찬가지야. 나는 성공할 거야. 반드시."

각오가 생긴 인간은 그만한 힘을 얻는다. 그리고 그 힘이 살아남을 가능성을 끌어올린다. 노지마는 아키라의 말에서 확고한 결의를 느끼고 슬쩍 웃었다.

"그러냐. 뭐, 조심해라."

이 녀석은 괜찮을지도 모른다. 노지마는 그렇게 생각하고 기분을 조금 풀었다.

아키라는 거래소 밖에서 손에 있는 300오럼을 가만히 보고 있다. 아까는 받아들이고 넘어갔다. 그래도 아직 마음이 석연찮다. 조금 우울해진 감정을 내보내듯 한숨을 쉬고, 유적에서 목숨을 건 대가를 챙겨 넣었다.

알파는 아키라를 격려하듯 미소를 지었다.

『괜찮아. 잔금을 조금 나중에 받을 뿐이야. 기대하고 기다려.』

아키라는 마음을 추스르고 굳히며 깊게 고개를 끄덕였다.

"그래……. 이런 일로 풀이 죽을까 보냐."

아키라는 억지로 기력을 쥐어 짜낸 후, 다음 계획을 세웠다.

"알파. 내일 또 유적에 가자. 괜찮지?"

『물론이야.』

아키라는 자신의 잠자리가 있는 뒷골목으로 갔다. 오늘은 일찌감치 쉬고, 몸이 완벽한 상태에서 내일 유물 수집에 임하자고 다짐했다.

하지만 그 바람은 이루어지지 않았고, 다음 유물 수집은 모레하게 됐다. 뒷골목에서 슬럼의 주민에게 습격을 당한 것이다. 거래소에 뭔가를 가져간 자라면 돈을 받았을 거라고 보고 거래소를 감시하던 자들이다.

300오럼. 그 푼돈을 빼앗기 위해, 목숨을 걸고 번 돈을 빼앗기지 않기 위해, 아키라와 습격자들은 슬럼 뒷골목에서 사투를 벌였다.

승자는 아키라다. 하지만 복부에 총을 맞았다. 그것은 목숨을 잃고도 남을 치명상이다.

그 목숨을 구해준 것은 유적에서 입수한 회복약이었다. 그 효과는 극적이었다. 복부에 총알을 맞았는데도, 하루만 쉬니까 몸이 완전히 회복됐다.

자신은 유적은 고사하고 슬럼에서도 죽을지도 모르는 사람이다. 아키라는 새삼 그 점을 자각했지만, 그래도 다시 유적으로 향했다. 헌터로 출세하기 위해, 여기서 멈출 수는 없다. 그런 결의를 새롭게 다졌다.

제4화 구세계의 유령

거래소에서 유물을 팔고, 뒷골목에서 습격당하고, 하루 요양한 다음 날, 아키라는 다시 찾은 쿠즈스하라 시가지 유적에서 신중하게 이동했다. 이번에는 지난번 같은 실수를 저지르지 않았다. 처음부터 알파의 지시에 따라 움직였다.

알파는 그런 아키라를 보고 만족하며 흐뭇한 미소를 머금었다.

『상태를 보아하니, 몸에는 문제가 없는 것 같네.』

"그래. 잘 모르겠지만, 몸 상태가 정말 좋아. 하루 쉬었을 뿐인데, 총을 맞기 전보다 컨디션이 나은 것 같아. 좀 섬뜩하네."

아키라의 몸 상태는 매우 좋았다. 나른함이 전혀 느껴지지 않고, 의식도 예전보다 또렷했다. 손끝까지 힘이 넘치는 느낌마저 들었다.

지난번 유적 탐색 때처럼 건물 잔해를 타고 올라가는 식으로 몸에 부담을 주는 행동을 했지만, 문제없이 이동할 수 있었다. 어제 총에 맞은 게 착각 같다.

아키라는 그 점을 깨닫고 이상하게 여겼다. 그러자 알파는 별일 아니라는 투로 가르쳐 줬다.

『그건 아마 회복약의 효과일 거야.』

"회복약? 상처가 이렇게 빨리 나은 것도 놀랍지만, 총에 맞기 전보다 몸이 좋아진 것과도 상관이 있는 거야?"

『혹시나 해서 회복약의 용량을 늘렸거든. 아마 총상 이외의 부상도 치료된 것 같네.』

"총에 맞은 것 말고는 딱히 다친 데가 없었는데?"

더더욱 이상하게 여기는 아키라와는 반대로, 알파는 여전히 미소를 짓고 있다.

『어제, 아키라가 이제까지 어떻게 살아왔는지를 내가 물어봤 잖아? 그걸로 추측해 볼 때, 아키라의 몸은 오랫동안 계속된 고된 생활 때문에 꽤 소모됐을 거야. 세포 단위로 말이야.』

"그야 뒷골목 생활은 힘들지만, 그건 좀 호들갑스러운 것 아 니야? 이제까지도 멀쩡하게 움직일 수 있었는데……."

아키라가 약간 미심쩍은 표정을 짓자, 알파는 장기적인 영양 실조 등이 몸에 얼마나 막대한 해로운지 설명했다. 그것을 이해 한 아키라의 표정은 점점 복잡해졌다.

"즉…… 어찌 보면 나는 쭉 빈사 상태였다는 거야?"

알파는 약간 득의양양한 미소를 지었다.

『아키라가 지금껏 괜찮다고 생각했던 상태가 실은 매우 심각 한 상태였다는 거야. 목숨을 건져서 다행이지?』

아키라는 인상을 살짝 썼다. 자신이 보낸 나날이 얼마나 가혹 했는지 다시금 깨달으면서, 그것을 다행이란 말로 치부하고 넘 기기에는 복잡한 감정이 가슴속에서 치밀어오른 것이다.

하지만 아키라는 그런 감정을 덮었다. 지금은 마음을 정리할

상황이 아니다. 그런 이유를 붙인 아키라는 골똘히 생각해서 눈
치채버린다면 수많은 의문과 불신 및 응어리를 낳을지도 모르
는 무수한 요소로부터 눈을 돌린 후, 알파의 지시에 집중하며
서둘러 나아갔다.

　아키라는 유적 안을 순조롭게 나아갔다. 적어도 아키라 본인
은 그렇게 생각했다. 몬스터와 마주치지도 않았다. 알파의 지시
도 평범했고, 어딘가 숨어 있는 대량의 몬스터 사이를 지나가고
있는 듯한 느낌도 들지 않았다.

　지시에 철저히 따르기만 하면 괜찮을 거라는 생각이 아키라를
안심하게끔 했다. 그것은 긴장을 풀어줬고, 위험한 유적 안을
이동하는 중인데도 주변 경계 이외의 것에 생각을 할애할 여유
마저 생겼다.

　그 여유가 사실은 꽤 신경 쓰였으나 한창 유적 탐색 중이라 다
물고 있었던 입을 열게 했다.

　"알파. 뭐 하나만 물어봐도 돼?"

　『좋아. 뭐든지 물어봐.』

　"왜 그런 차림인데?"

　알파의 복장은 과도할 정도로 프릴이 달린 순백 드레스다. 두
소매와 하반신은 화려한 천을 대량으로 써서 꾸미고 있다.

　『어머, 그렇게 안 어울려? 아니면 다른 옷으로 갈아입으라고
재촉하는 거야? 이 옷이 아키라의 취향에서 어긋났어?』

　알파는 다소 연기하는 움직임으로 춤추듯 몸을 돌리고 아름

다우면서도 도발적으로 웃었다. 몇 겹이나 되는 천이 그 동작에 맞춰 물 흐르듯 춤추고, 눈부신 장발이 한발 늦게 허공에 곡선을 그린다. 맨살이 드러난 등 대신, 대담하게 파인 가슴팍이 아키라 앞에 모습을 드러냈다.

아키라는 아무리 생각해도 유적 탐색과 동떨어진 알파의 차림새를 지적한 건데, 그 모습에 홀려 처음 느낀 의문을 잊은 바람에 알파의 질문에 평범하게 답했다.

"아니…… 잘 어울린다고 봐. 뭐, 내 취향을 말하자면 처음 만났을 때의 복장이 더 나은데……."

평소에는 볼 일이 없는 구세계 의복이 뿜는 독특한 분위기와 알파와의 매우 인상적인 만남이 준 충격 때문에 아키라는 알파가 처음 만났을 때 입던 옷을 제법 좋아했다. 알파는 그것을 알면서 즐거운 듯이 웃었다.

『처음 만났을 때의 복장……, 즉, 알몸이구나!』

다음 순간 알파의 옷이 사라지고, 화려한 천에 감췄던 예술적이고 매혹적인 알몸이 아키라의 눈앞에 아낌없이 드러난다. 아키라는 곧바로 허둥대기 시작했다.

"아니야! 그 뒤의 복장! 옷 없애지 마! 원래대로 돌아가! 왜 그렇게 알몸을 권하는 건데?!"

알파는 다시 드레스 차림으로 돌아가며 웃음을 흘렸다.

『고정밀 연산 처리로 면밀하게 계산해 생성한 내 알몸에 흥미가 없다니, 아키라는 정말 어리구나. 성욕보다 식욕이 우선인 나이야?』

아키라는 조금 발끈해서 잠시 허세를 부렸다.

"맞아. 나는 애야. 먹을 걸 못 구하면 금방 굶어 죽으니까, 성욕보다 식욕을 우선한다고. 아무튼, 이런 복장을 한 이유는 뭐야?"

처음 만났을 때, 알파가 알몸이었던 것에는 명확한 이유가 있었다. 그렇다면 유적 탐색에 전혀 어울리지 않는 지금 복장에도 뭔가 의미가 있을지도 모른다. 아키라는 그렇게 생각하고 그냥 물어봤을 뿐이다. 딱히 어떻게든 알고 싶은 건 아니다. 알파가 대수롭지 않게 넘어간다면, 더는 캐물을 생각이 없었다.

하지만 알파는 아키라를 놀리는 태도를 그만뒀다. 미소를 짓고 있지만, 약간 진지하게 이야기하기 시작했다.

『내 모습은 일종의 확장 현실이라고 설명했었지? 구세계의 시설 중에는 그런 확장 정보를 발신하는 곳도 많아. 그리고 나는 그 송수신 시스템에 개입해서 확장 정보를 광범위하게 발신하고 있어.』

알파의 태도를 보고 아키라 역시 진지한 태도를 보였다. 하지만 이야기의 의도를 알 수 없어서 조금 당황했다.

『아키라는 그 정보를 직접 취득해서 나와 대화하고 있지만, 정보를 취득할 수 있는 장치만 있다면 내 모습을 보는 정도는 평범한 인간도 가능해.』

거기까지 말한 알파는 표정을 조금 진지하게 바꿨다.

『그래서 말이야. 예전에도 설명했을 텐데, 기억해? 나를 인식할 수 있는 인간을 효율적으로 찾기 위해서, 상대가 뭐든 반응하기 쉬운 모습을 하고 있었단 이야기 말이야.』

"기억하는데, 왜 그걸 또⋯⋯."

아키라는 도중에 말을 멈췄다. 그리고 험악한 표정을 짓는다.

"즉⋯⋯ 누군가가 보고 있다는 거야? 그 장치를 쓰는 녀석이 근처에 있어?"

아키라가 대답한 순간, 알파의 표정에서 웃음이 사라졌다.

『맞아. 절대로 돌아보지 마. 아키라를 쭉 미행하고 있어. 뒤에서 거리를 꽤 두고, 지금도 아키라를 보고 있어.』

아키라의 표정이 한층 험악해졌다. 알파의 표정은 상황의 심각성을 아키라가 알기 쉽게 전해주고 있었다.

◆

아키라 일행의 후방, 꽤 거리가 있는 위치에서 아키라를 살피는 남자들이 있었다. 2인조 헌터, 카히모와 핫햐다.

그들이 쿠즈스하라 시가지 유적 외곽만 어슬렁거리는 신출내기 헌터가 아니란 것은 장비를 비롯한 풍모만 봐도 명백했다.

핫햐는 몸 일부를 기계로 바꾸었고, 두 눈이 카메라처럼 되어 있었다. 카히모는 인간의 몸이지만, 황야용 무장을 철저하게 갖추고 있었다.

카히모는 쌍안경으로, 핫햐는 카메라 같은 두 눈의 원거리 확대 기능으로, 초심자는 절대로 눈치채지 못할 거리에서 아키라를 관찰하고 있었다.

카히모가 미심쩍은 표정을 지었다.

"저 꼬마는 꽤 깊숙한 곳까지 가는군. 저렇게 맨손이나 다름 없는 장비로 유적 깊이 들어가면 자살행위나 다름없어. 무슨 생 각이지?"

핫햐가 카히모의 의문에 웃음으로 답했다.

"아무 생각도 없는 바보인 거야. 그런 바보가 상식에 사로잡 히지 않고 유물을 발견한 거 아니야? 이 외곽에는 이미 변변한 게 없어. 그게 이 주변 헌터들의 상식이지. 빨리 저 녀석을 습격 해서 유물이 있는 곳을 실토하게 하는 것이 더 쉬울지도 모른다 고."

카히모는 약간 언짢은 목소리로 말했다.

"야, 입을 열기도 전에 실수로 죽이면 곤란하다며 나를 말린 게 너잖아."

핫햐는 긴장감이 느껴지지 않는 웃음을 흘리며 카히모를 달랜 다.

"너무 그러지 말라고. 저딴 꼬마가 이렇게 깊숙한 곳까지 들 어갈 줄은 생각도 못 했어. 너도 외곽 어딘가의 폐허 빌딩에서 유물을 발견했다고 생각했잖아?"

"그랬지. 슬럼의 꼬마가 혼자서 유적 중심부에서 생환하는 일 은 있을 수 없거든. 이 근처는 이미 꽤 위험한 곳이야. 더 들어 가면 우리도 위태로워."

"그렇지? 너무 화내지 말라고."

카히모 일당은 흥미가 생겨서 아키라를 관찰하고 있는 게 아니다. 변변한 무장도 안 한 슬럼의 꼬마가 거래소에 값비싼 유물을 가져왔다는 소문을 들었기 때문이다.

쿠즈스하라 시가지 유적 외곽에는 이제 돈이 될 유물이 없다. 그것이 이 주변 헌터들의 공통된 인식이다. 하지만 무조건 없다고 생각하는 것은 아니다. 잔해에 깔린 장소에 유물이 대량으로 묻혀 있을 가능성도 있기 때문이다.

창고로 이어지는 통로가 모종의 이유로 막혔지만, 몬스터의 공격 여파로 우연히 통로에 구멍이 생겨서 들어갈 수 있게 됐다. 몹시 찾기 어려운 장소에 있는 빌딩 출입구를 누군가가 우연히 발견했다. 그런 사례는 다수 보고됐다. 물론, 모두가 제 발로 찾아다니는 건 실속이 없다고 판단할 만큼 드문 일이다.

그런 발견이 있으면 이미 한산해진 유적에 헌터들이 대거 다시 몰려드는 일도 있다. 발견자가 한 번에 다 가져오지 못할 만큼 대량의 유물이 남아 있다면, 나머지는 먼저 집은 자가 임자다. 그래서 그런 정보에 항상 관심을 가지는 자도 꽤 있다. 카히모 일당도 거기에 속했다.

슬럼의 소년이 비싼 유물을 거래소에 가져왔고, 그 돈을 두고 사투가 벌어졌다. 그 정보를 입수한 카히모 일당은 그 내용을 잘 조사한 다음에 소문을 믿었다. 즉, 슬럼의 아이도 갈 수 있는 장소에 값비싼 유물이 있다고 판단했다.

게다가 그 장소를 쿠즈스하라 시가지 유적의 외곽이라고 단정했다. 평범한 슬럼의 아이가 살아서 돌아올 수 있는 유적이라고는, 쿠가마야마 시티 주변에 그곳뿐이다.

그 아이가 유적 어딘가에서 우연히 유물을 발견했다면, 발견 장소가 창고 같은 곳이라 다른 유물이 대량으로 남아 있다면, 가까운 시일 내로 또 그곳으로 갈 것이다. 그렇게 판단한 카히모 일당은 그 유물을 가로채려고 움직였다. 그리고 유적에서 대기하며 그 아이를 기다리다가 아키라를 포착한 것이다.

카히모는 아키라를 붙잡아서 그 장소를 실토하게 할 생각이었다. 하지만 전투가 벌어져 실수로 죽이면 곤란하다고 핫햐가 말려서 아키라를 뒤쫓아 유물이 있는 곳까지 가는 것으로 방침을 변경했다. 하지만 그것도 좀 그렇다는 생각이 들기 시작했다.

"핫햐. 역시 지금이라도 힘으로 실토하게 하자고. 상대는 변변한 무기도 없는 꼬마 한 명이잖아. 실수로 죽이지 않게 조심하면 돼. 너도 빨리 해결하고 싶지 않아?"

핫햐는 대답하지 않았다. 카히모는 미심쩍은 표정을 지었다.

"야, 왜 그래?"

핫햐는 그제야 중얼거리듯 말했다.

"꼬마 한 명뿐……인 거지?"

"한 명이잖아? 다른 녀석이 숨어 있는 것처럼 보이진 않아."

카히모는 이상하게 생각해 애용하는 쌍안경으로 다시 아키라의 주위를 살폈다.

이 쌍안경은 꽤 고성능이라서, 상당히 먼 곳까지 뛰어난 해상도로 선명하게 볼 수 있다. 또한 한밤중에도 영상을 대낮처럼 환하게 보이도록 보정해 주는 기능, 눈에 보이지 않는 광선을 식별해 간단한 광학 위장도 알아보는 기능이 달려 있다. 또한 인간과 몬스터 등의 모습을 식별해서 강조 표시하는 기능까지 갖추고 있다.

이 정도 고성능 쌍안경이라면, 유적이 발신하는 확장 현실의 정보를 취득해서 추가 표시하는 네트워크 기능이 달린 제품도 많다. 하지만 이 쌍안경에는 그런 기능이 없다.

카히모는 과거에 기계 타입 몬스터에게 그 기능을 역이용당한 적이 있다. 원래라면 보여야 하는 적의 모습이 영상 처리를 통해 보이지 않게 되는 바람에 하마터면 죽을 뻔했다. 그런 혹독한 경험 때문에, 지금은 영상을 일부만 처리하는 쌍안경을 애용했다.

"없어. 주위에는 몬스터도 없다고. 저 꼬마뿐이야."

핫하는 표정을 일그러뜨리고 약간 머뭇거리며 입을 열었다.

"아…… 저기 말이야. 미리 말하겠는데, 나는 마약 같은 건 안 하거든? 취한 것도 아니야. 너를 놀릴 생각도 없어."

"그러니까 뭔데? 아까부터 되게 이상한데?"

"저 꼬마 옆에, 여자가 보여."

"여자?"

카히모는 미심쩍은 표정을 지으며 다시 확인했다. 하지만 여자는 보이지 않았다.

"야, 없잖아. 꼬마뿐이네. 여자는 보이지 않는다고."

핫하는 그 말을 듣고 안색이 약간 나빠졌다.

"너한테는 안 보이는 거야? 나한테는 보여. 엄청난 미녀가 아까부터 저 꼬마에게 길을 안내해 주고 있다고."

"그럼 그 여자의 복장을 말해 봐. 자세하게 말이야. 어떤 모습을 하고 있는데?"

"비싸 보이는 흰색 드레스를 입었어."

"드레스? 여기가 어디인지 알긴 해? 유적 안이라고."

카히모는 일부러 미심쩍다는 투로 묻자, 핫햐는 흥분한 것처럼 언성을 높였다.

"진짜야! 거짓말이 아니라고! 술에 취한 것도 아니야! 환각도 아니거든?! 나도 유적에 가기 전에는 술과 마약을 안 해!"

카히모는 핫햐의 태도를 통해 거짓말이 아니라고 판단했다. 하지만 자신에게는 보이지 않는 것도 사실이기에, 더욱 미심쩍은 표정을 지었다. 그리고 잠깐 생각에 잠긴 후, 이 상황을 설명해 줄 수 있는 해답을 찾아냈다.

"핫햐. 네 눈에는 확장 기능이 달려 있지?"

"그래. 비싼 돈을 내고 개조했다며 자랑하던 자식의 부품을 이식했지. 네트워크 기능을 몇 번이나 자랑했는데, 유적에서 간단히 죽어 나자빠진 녀석의 장비야. 꽤 고성능이라 편리하지만, 정보를 멋대로 수신해서 내 시야에 확장 표시하는 게 좀 문제라니까."

"정품도 아닌 부품에 손을 대니까 그런 거야. 그것도 유적에서 뒈진 녀석한테서 뗀 걸 그 녀석이 산 거겠지. 그 녀석이 뒈진 이유도, 갑작스러운 기능 장애 같은 걸로 시야가 이상해진 탓 아니야?"

"시끄러워. 개조비가 쌌다고. 아무렴 어때. 유물을 찾을 때 편리하거든. 하지만 제어 장치가 그 녀석의 머리와 함께 날아가는 바람에 기능 변경이 잘 안 돼. 제어 장치를 추가하는 것도 돈이 드니까 그건 나중으로 미뤘지. 그런데 왜 갑자기 그런 걸 묻는 건데?"

카히모가 표정이 진지하게 바뀐다.

"그 여자는 유적의 길 안내 기능일지도 몰라. 나한테는 보이지 않지만 너한테 보인다는 건, 입체 영상이 아니라 시야를 확장 표시해서 추가하는 타입이겠지. 유적의 일부 기능이 살아 있어서, 확장 정보를 발신하고 있는 걸지도 모르겠군. 그래서 네 장비가 괴상한 정보를 취득한 거 아니야? 흔히 말하는 구세계의 유령을 말이지."

핫하는 깜짝 놀라면서 알파의 모습을 다시 주의 깊게 살폈다.

"저게……? 진짜 사람처럼 보이는데? 저 여자한테는 그림자도 있다고. 복장 말고는 부자연스러운 데가 없어. 시야에 확장 표시된 것은 대부분 현실과 차이가 있지. 그림자가 없거나, 그림자가 생긴 방향이 이상하거나, 벽을 통과하거나 같은 부자연스러운 부분이 있다고. 하지만 저 여자한테는 그런 게 전혀 없어. 부자연스러운 건 이런 곳에서 드레스를 입고 있다는 것뿐이야. 뭐…… 그것만으로도 매우 이상하지만 말이야."

카히모의 태도가 진지하지 않았다면 핫하는 방금 한 말을 농담으로 들었을 것이다. 알파의 모습은 그 정도로 현실적이었다.

카히모는 진지한 태도로 말을 이었다.

"저 여자가 쿠즈스하라 시가지 유적의 길 안내 기능의 일부라면, 구세계의 기술로 표시됐다고 봐야 해. 그런 어색함과 위화감이 없을 만큼 뛰어난 기술로 묘사되고 있는 거겠지."

"그렇군……. 저게 구세계의 유령이란 거구나. 처음 봤어. 엄청난걸."

핫하는 흥미롭다는 듯이 알파를 쳐다보고 있었다. 자신에게 보이지 않는 여자가 있다는 찝찝함은, 파트너가 그 말을 믿는다는 점과 자신도 납득할 이유가 더해지면서 강한 흥미로 변했다.

카히모는 그제야 뭔가를 떠올린 것처럼 이야기를 이어갔다.

"그러고 보니 쿠즈스하라 시가지 유적에는 괴담이 있지. 유혹하는 망령……이었나?"

"나도 그건 알아. 유물을 미끼로 헌터를 유적 깊숙한 곳으로 유인해 죽이는 유령 말이지? 수많은 헌터가 그 유령에 홀려서 살아 돌아온 자는 없다는 소문이 있지. 죽은 헌터가 길동무를 늘리려고 산 헌터를 유인한다던데 말이야. 요즘은 남녀노소를 넘어서 개나 고양이처럼 온갖 모습으로도 유인한다던데."

카히모는 슬며시 고개를 끄덕이며 그 말에 긍정한 후, 이야기의 주도권을 쥐려는 듯한 표정으로 말을 이었다.

"유물 수집을 하러 갔다가 뒈지는 건 헌터에게 흔한 일이지. 그 이야기에서 중요한 건, 살아서 돌아온 녀석이 없는데도 그런 괴담이 퍼졌다는 거야."

"맞아……. 어째서지?"

"답은, 따라가지 않은 녀석이 있는 거야. 망령이 보이는 녀석만 따라갔고, 보이지 않는 녀석은 따라가지 않은 거겠지. 망령은 누구에게나 보이지는 않거든. 보이는 녀석과 보이지 않는 녀석으로 나뉘고, 그 녀석들 사이에 말이 어긋나서 상세한 확인이 어려우니까 괴담이 된 게 아닐까?"

핫햐가 조금 움츠러든다. 자신들은 아키라를 쫓으면서 그 망령을 뒤쫓았기 때문이다.

"그, 그럼 저 여자를 쫓아가면 우리도 죽는 거 아니야?"

그때 카히모가 의미심장하게 웃었다.

"이렇게 생각할 수도 있지. 저 꼬마가 돈이 되는 유물을 발견한 건 어째서일까? 그건 너처럼 저 여자가 보이기 때문이야. 저 여자는 구세계의 도시 관리 기능의 일부이고, 지금도 어느 정도 기능하고 있으며, 자신이 보이는 상대에게 길을 안내하고 있어. 저 꼬마는 유물이 있을 법한 장소를 여자에게 물었겠지. 그리고 여자의 안내 덕분에 몬스터에 들키지 않고 안전히 유물이 남은 장소를 발견한 거야. 어때? 이런 식으로 생각할 수도 있지 않아?"

카히모가 기대감을 부추기는 투로 말하자, 핫햐의 기대감도 고조됐다.

"그렇구나! 하지만 저 여자가 길 안내만 할 뿐이라면, 그런 괴담이 퍼질 이유가 없지 않아?"

방금 기뻐했던 핫햐가 갑자기 미심쩍은 표정을 지었다. 그러자 카히모는 타이르듯 이어서 말했다.

"여자가 안내해 주더라도 몬스터에 들킬 가능성이 줄어들 뿐이라서 발각될 때도 있는 거겠지. 그리고 저 여자의 길 안내 기능을 안 헌터가 다른 녀석에게 유물을 빼앗기지 않으려고, 저 여자를 따라가면 죽는다는 소문을 퍼뜨린 걸지도 몰라. 그 뒤로 똑같이 유물 수집을 여러 번 가다 보면 당연히 유적 외곽에 가까운 유물부터 없어지고, 점점 유적 깊숙한 곳으로 안내하는 거지. 그러다가 중심부의 강한 몬스터와 운 나쁘게 마주쳐서 결국 죽은 거야. 따라가면 죽는다는 소문대로의 결과만 남고, 그것이 거듭되면서 괴담이 생긴 거지."

핫햐는 카히모의 설명을 이해하고 매우 기쁘다는 듯이 웃었다.

"그렇게 된 거구나! 그럼 따라가더라도 문제없겠는걸! 저 꼬마도 살아서 돌아왔으니, 조심하기만 하면 죽을 일 없어!"

"내 예측이 옳다는 보증은 없어. 하지만 옳다면, 효율적으로 유물을 찾아낼 수단을 손에 넣을 수 있을 거야. 그렇다고는 해도 죽은 놈도 있는 소문이니까 위험하긴 하겠지."

카히모는 핫햐를 진정시키려 했지만, 핫햐는 흥분을 억누르지 못했다. 유적에서의 안전과 값비싼 유물. 그것들을 다 쉽게 확보할 수단이 굴러들어올지도 모르는 것이다. 그 가치를 모를 헌터는 없다.

"뭘 걱정해? 걱정도 팔자야! 이런 기회를 놓칠 순 없지!"

"뭐, 좀 더 상황을 지켜보자."

카히모는 냉정한 눈길로 핫햐를 보며 생각했다.

(그 수단을 독점하려고 팀 내에서 사투가 벌어졌다. 살아남은 녀석이 동료가 망령 때문에 죽었다는 소문을 퍼뜨렸다. 물론, 망령이 보이는 녀석이 말이야. 그럴 가능성도 충분히 있지. 뭐,

이 바보라면 적당한 이유를 대서 내 앞을 걷게 하면 문제가 될 게 없지만…….)

카히모는 자기 생각을 핫하에게 들키지 않도록 주의하면서 아키라를 계속 감시했다.

◆

자신을 미행하는 자들이 있다. 지금도 등 뒤에서 거리를 두고 감시하고 있다. 아키라는 알파에게 그 말을 듣고, 무심코 표정을 굳혔다.

"알파. 어떤 녀석들이야?"

『남자가 둘. 장비로 볼 때, 헌터야. 단단히 무장했어.』

"착각이거나 할 가능성은 없어? 나를 미행하는 게 아니라, 유적에서 애를 보고 좀 신경 쓰여서 쳐다보고 있다거나, 우연히 이동 방향이 겹쳤다거나…….."

『없어. 그런 가능성을 고려해서 한동안 저들의 행동을 관찰했지만, 아키라를 미행하는 게 분명해. 일부러 한동안 멈추기도 했는데, 일정 거리를 계속 유지했어. 딱 봐도 아키라를 미행하고 있는 거야.』

아키라는 인상을 쓰면서도 아직 남은 희망적인 관측을 계속 입에 담았다.

"왜 나 같은 녀석을 미행하는 거지? 나를 습격할 작정이더라도, 내가 돈이 없다는 건 한눈에 알 수 있잖아?"

그 질문은 그러니까 제발 사실이 아니기를 바라는 희망에서 나온 것이다. 알파는 그것을 알면서도 아키라가 현실을 직시하게 했다.

『어떤 방법으로 아키라가 유물을 거래소에 가져온 것을 알았을지도 몰라. 손쉽게 죽일 수 있을 법한 인물이 값비싼 유물을 가져오는 것을 거래소에서 감시했던 걸지도 모르겠어. 혹은 거래소 인간에게 사냥감의 정보를 샀을지도 몰라.』

희망적인 관측이 현실적이고 비관적인 추측으로 덧칠될 때마다 아키라의 표정은 험악해졌다.

『아키라를 미행하는 이유라면, 유물이 있을 법한 장소까지 안내하게 시키고, 겸사겸사 죽여서 유물을 빼앗는다. 대충 그런 거겠지. 저들이 적일 이유라면 얼마든지 있어. 적어도, 적이 아닐 이유보다 많아.』

그리고 알파는 표정을 더욱 심각하게 바꾸었다.

『아키라. 적으로 보고 대처하지 않았다간 죽을걸?』

그래서 아키라도 머릿속에서 낙관론을 겨우 떨쳐냈다. 한숨을 푹 쉰 후, 표정을 더욱 굳혔다.

"제기랄! 이번에는 헌터냐고!"

유적 탐색 첫날에는 거대한 웨폰 독. 다음에는 거대한 기계 타입 몬스터. 그리고 이번에는 헌터다. 아키라는 무심코 머리를 감싸 쥐었다.

『아키라. 일단 저 빌딩 안으로 들어가. 최대한 자연스럽게 말이야. 상대를 보지 않게 주의해.』

"알았어."

아키라는 지시에 따라 주의 깊게 폐허 빌딩 안으로 들어갔다. 그리고 알파의 안내로 빌딩 안의 한 방에 도착한 다음, 벽을 등지고 주저앉았다. 그 표정은 한층 딱딱했다.

『이 빌딩에는 몬스터가 없으니까, 안심해도 돼.』

"……. 응."

아키라의 대답에는 초조함이 가득했다. 아키라는 제대로 무장한 헌터가 얼마나 강한지 잘 안다. 그리고 그런 자가 강도로 변했을 때 얼마나 질이 나쁜지는 더더욱 잘 안다. 그런 부류의 악질 헌터가 슬럼에서 활개를 치며 시체를 양산하기 때문이다.

어떻게 싸우면 좋을지 생각해 봤지만, 좋은 생각이 떠오르지 않았다. 머릿속에 떠오른 방법으로 싸운 결과를 상상해 보니, 과정에 차이가 있더라도 무참하게 죽는 것으로 끝났다. 어떤 식으로 싸우든 승산이 전혀 없었다.

『아키라.』

약간 강한 어조로 자신을 부르는 목소리에 아키라가 고개를 들어 보니, 알파는 눈앞까지 다가와 있었다. 깜짝 놀라 몸을 젖힌 아키라는 그대로 뒤통수를 등 뒤의 벽에 찧었고, 그 고통 탓에 낮게 신음을 흘렸다. 그 놀라움과 통증이, 최악의 상황만 생각한 탓에 공포에 잠식되려던 머릿속을 좋은 의미로 몽롱하게 해 줬다.

놀라움과 통증이 가시는 것과 동시에, 정신을 차린 아키라는 차분함을 그럭저럭 되찾았다. 미묘하게 초점이 맞지 않던 눈도 지금은 알파를 똑바로 보고 있었다. 알파는 그것을 확인한 다음에 부드럽게, 힘찬 미소를 지었다.

『정신 똑바로 차려. 걱정하지 마. 내가 확실하게 서포트할게. 아키라를 죽게 두진 않아.』

아키라는 놀라면서도 희망을 품었다.

"도망칠 수 있는 거야?"

그러나 알파가 한 말은 아키라의 예상과 정반대였다.

『도망치지 않아. 싸울 거야. 해치우자.』

아키라의 얼굴에 떠오른 기대가 순식간에 놀라움과 당혹으로 물들었다.

"그게 가능해?! 2 대 1이고, 상대는 무장한 헌터라고!"

알파는 아키라의 불안을 걷어내기 위해 여유마저 감도는 미소를 짓더니, 자신감에 찬 목소리로 말했다.

『그 정도는 아무것도 아니야. 아키라한테는 내가 있잖아? 종합적인 전투력을 보자면, 내가 있는 만큼 우리가 압도적으로 뛰어나. 게다가 아키라는 권총만으로 그렇게 거대한 웨폰 독을 해치웠지? 아키라가 내 지시대로 움직이기만 한다면, 아무런 문제도 없어. 괜찮아. 안심해.』

"그, 그래……?"

아키라는 너무 당연하게 말하는 알파의 태도에 하마터면 수긍할 뻔했다. 하지만 본래라면 절망적인 전략 차이에서 생기는 불안을 완전히 지우지는 못하고, 반신반의하는 태도를 보였다.

"하, 하지만 몬스터와 인간은 다르잖아. 그 정도로 자신이 있다면 도망칠 수 있지 않겠어? 그렇다면 그냥 도망치는 게……."

아키라가 약한 소리를 하자 알파가 약간 엄격한 표정을 지었다.

『안 돼. 빌딩 밖에서는 장비의 사거리 차이 때문에 일방적으로 공격당할 거야. 황야라면 더더욱. 그리고 언제까지 도망칠 거야? 지금은, 오늘은 도망칠 수 있더라도 내일은? 모레는? 게다가 도시까지 도망친다고 해서 저들이 갑자기 착해져서 아키라를 그만 공격할 것 같아? 거기서도 도망치게? 도망칠 수 있겠어? 죽을 때까지 도망만 다닐 작정이야?』

알파는 진지한 표정으로 아키라를 응시했다. 아키라도 시선을 피하지 않았다. 그대로 한동안 아무 말 없이 서로 쳐다봤다. 이윽고 아키라는 뭔가 깨달은 것처럼 표정을 굳혔다. 그 얼굴에는 명확한 각오가 존재했다.

"여기서 도망쳐도, 죽기만 하겠구나. 알았어. 할게."

각오한 아키라가 일어선다. 그 얼굴에서는 아까의 불안이 완전히 가셨다. 알파가 아키라에게 더욱 용기를 주려는 듯이 부드럽고도 힘찬 미소를 지었다.

『아키라, 각오해. 이 정도의 일도 극복하지 못하면, 뛰어난 헌터는 꿈도 못 꿀걸?』

아키라는 씁쓸하게 웃었다. 그 표정은 왠지 즐거워 보였다.

"그랬지. 의지와 의욕과 각오는 내 담당이었어."

의지와 의욕과 각오는 내가 어떻게든 한다. 아키라는 일전에 알파의 지시를 어겨서 죽을 뻔했을 때, 그렇게 말했다.

그 말이 거짓이 아님을 증명해야만 한다. 그럴 수 없다면, 돈이고 실력이고 뭐고 없는 자신이 알파에게 증명할 수 있는 것이 하나도 없다. 실적을, 신뢰를 쌓기로 약속한 말도 전부 헛소리가 된다. 그런 마음이 아키라의 각오를 더욱 키웠다.

의지를 보이고, 의욕을 내고, 각오를 다진다. 아키라는 다시 자신과 다짐했다.

알파는 믿음직하다는 듯이 미소를 머금었다.

『그것 말고는 내가 담당할게. 나의 멋진 서포트 능력을 아키라에게 알기 쉽게 알릴 기회가 온 것 같아. 나한테 맡겨.』

"응. 맡길게."

그렇게 아키라가 똑 부러지게 대답하자, 알파는 만족스럽게 웃어 주었다. 그런 뒤에 여유로운 쓴웃음을 흘렸다.

『그나저나 그 기회가 이렇게 빨리 찾아올 줄은 몰랐어. 역시 아키라는 나를 만나고 운을 다 쓴 것 같아.』

"나도 왠지 그런 것 같아……."

아키라도 쓴웃음을 지었다. 당당하게 웃으면서도 알파가 조금 고민되는 투로 말을 잇는다.

『안심해. 아키라가 쓴 행운 이상으로, 내가 아키라를 확실하게 보살펴 줄게.』

"그것참 고마운걸. 도움이 많이 되겠어."

아키라는 가벼운 투로 대꾸하며 슬쩍 웃었다.

『응. 도와줄게.』

알파도 상쾌하게 웃고 말했다.

고도의 연산으로 창조되어 매력적인 알파의 웃음은 아키라로

하여금 충분히 진정하고, 기력을 회복하고, 싸울 의지를 되찾게
했다.

전부 알파가 의도한 대로.

◆

빌딩에 들어가는 아키라를 본 카히모는 조금 이상한 느낌이
들었다. 그것은 이전과 뭔가 분위기가 조금 다르다는 거였지만,
자신에게 보이지 않는 자가 있음을 안 이상 자연스레 의심도 커
졌다.

"꼬마가 움직였는걸. 핫햐. 여자는 어때? 저기에 들어가라고
안내하는 것 같았어?"

"그래. 저 빌딩을 가리키더니, 앞장을 서면서 꼬마와 함께 안
으로 들어갔군. 유물은 저 안에 있는 걸지도 몰라. 어쩔까? 우
리도 따라 들어갈까?"

"아니야. 잠시 기다리자."

"괜찮겠어? 꼬마를 놓치는 거 아니야?"

"어차피 저 꼬마의 얼굴을 알잖아. 여기서 놓치더라도 슬럼을
뒤지면 찾겠지. 문제없어. 그것보다 신중하게 가자. 꼬마가 살
아서 빌딩에서 나오면 저 빌딩은 안전하단 뜻이야.

"어이, 되게 신중하잖아."

핫햐는 알파가 보여서 그런지 상황을 낙관시하고 있었다. 그
리고 이 기회를 놓치고 싶지 않은 마음에 카히모를 재촉했다.

그런 상황에서 카히모가 소극적인 것처럼 대답하자 몹시 못마땅한 태도를 보였다.

카히모가 핫햐를 살짝 겁주듯 위압했다.

"싫으면 네가 혼자 들어가. 망령은 너만 보이잖아. 괴담이 사실이라면 죽는 것도 너야."

"그러지 마. 알았대도."

핫햐는 슬쩍 웃어넘기며 얼버무렸다.

카히모 일당은 그 자리에서 한동안 빌딩을 감시했다. 하지만 간단한 탐색이라면 끝날 시간이 지났는데도 아키라가 빌딩에서 나오지 않는다. 카히모도 미심쩍은 태도를 보이기 시작했다.

"안 나오는걸. 그 꼬마, 죽은 거 아니야? 아니면 유물을 꼼꼼하게 찾는 건가?"

조금씩 불만이 쌓였던 핫햐는 슬슬 인내심이 한계에 달했다.

"어이, 카히모. 우리도 저 빌딩을 조사하자. 만약 꼬마가 죽었다면, 여기서 암만 기다려도 나오지 않는다고. 더는 시간 낭비 아니야?"

"그렇게 할까. 이 근처 몬스터는 꽤 위험해. 값비싼 유물이 손에 들어올 것 같다고 들떠서 방심하지 말라고."

"알았대도."

핫햐는 약간 들뜬 기색으로 나아갔다. 뒤에서 그 모습을 보던 카히모는 표정을 약간 굳혔다. 자신이 당부했는데도 저런 태도를 보인다고. 불만을 넘어선 우려가 얼굴에 드러났다.

카히모가 폐허 빌딩에 들어간 직후, 출입구 옆에 선다.

"핫햐. 나는 그 꼬마와 엇갈리지 않게 여기서 망을 보겠어. 너는 안을 탐색해. 꼬마나 여자를 발견하거나, 몬스터와 마주치거나, 아니면 다른 일이 있어도 연락해. 상황이 어떻게 되든 1시간이 지나면 돌아와."

"알았어. 꼬마가 있으면 어쩔까? 여기로 데려오는 게 나을까?"

"마음대로 해. 그냥 죽여도 되고, 두들겨 패서 정보를 토하게 해도 돼. 상황에 따라서 말이지. 자꾸 말하는데, 방심하지 마. 너까지 괴담의 희생자가 되고 싶지 않다면, 연락을 빼먹지 마. 알았지?"

"알았대도."

자꾸 당부하는 카히모에게 핫햐는 여유롭게 웃고 대꾸했다. 그리고 다시 들뜬 기색으로 빌딩 안에 들어갔다.

카히모는 그 모습을 보면서 생각한다.

(안됐지만 저 꼬마가 함정을 팠을 우려도 무시할 수 없고, 대량의 유물을 찾은 네가 나를 배신할 위험도 있지. 게다가 죽은 놈이 꽤 있으니까 괴담이 되는 거다. 그만큼 위험하겠지. 애써 봐라. 나는 우선 상황을 지켜보겠어. 뭐, 괜한 걱정이길 빌마.)

카히모는 핫햐를 보내면서 희미하게 웃었다.

◆

두 헌터의 표적이 됐다는 위험한 상황에서 한때 싸울 의지를 잃을 뻔했던 아키라. 하지만 알파의 질타와 격려 덕분에 투지를 되찾고 마음을 굳게 먹었다. 지금은 전투에 대비해 정신을 가다듬고 있다. 그 표정은 굳건하고, 진지하다.

머릿속에서 도망친다는 선택지를 없애고 적에 맞서 싸우기 위해 집중한다. 얼굴에 어린 과도한 긴장을 자각하고, 그것을 억누르고자 깊고 천천히 호흡하면서 서서히 신경을 곤두세운다.

이미 알파에게 작전 개요를 들었다. 이제 지시에 따라 적절히 움직이기만 하면 된다고, 그러면 이긴다고, 알파가 자신만만하게 웃으며 말했다.

아키라는 그 말을 믿었다. 맹신이 아니다. 과거에 알파의 지시대로 움직이고 권총만으로 웨폰 독을 해치운 사실을 전제로, 알파를 믿고 신뢰를 쌓겠다고 스스로 한 말에 따른 것이다.

『아키라. 그 헌터들이 빌딩에 들어왔어. 한 명은 출입구를 확보했고, 다른 한 명은 빌딩 내부를 수색하는 것 같아. 저들은 아키라를 죽일 생각이야. 그러니 우리도 주저하지 말자.』

"……. 알았어."

어떻게 그것을 알았을까. 아키라는 조금 궁금했지만, 금세 괜한 생각으로 여기고 떨쳐냈다. 괜한 생각을 하는 머리로 괜한 짓을 했다간 지시대로 움직일 수 없다. 죽을 확률이 비약적으로 상승한다. 그러니 작전대로, 지시대로, 최대한 재빠르고 정확하게 움직인다. 지금은 그것만 생각하면 된다. 그렇게 마음먹고 집중했다.

알파는 아키라의 마음을 북돋기 위해, 당당하고 도발적으로 미소를 지었다.

『시작할게. 준비는 됐어?』

"응."

아키라는 고개를 끄덕였다. 그 얼굴에는 불안이나 두려움이
전혀 없다. 전부 각오로 억눌렀다.

알파는 만족스럽게 웃었다. 그리고 사전에 짠 작전대로, 아키
라의 시야에서 모습을 감췄다. 이어서 아키라도 숨을 크게 마시
고 힘을 북돋더니, 자신의 각오를 표정에 드러내고 작전 장소로
달려갔다.

◆

경계하면서 빌딩 내부를 탐색하던 핫하가 표정을 바꾼다. 통
로 저편에서 드레스 차림의 여자를 발견한 것이다. 알파다.

그리고 그 모습이 통로 멀리 사라지자 무심코 쫓아가려 했다.
하지만 카히모가 단단히 당부한 것도 있어서 어떻게든 꾹 참고
통신기로 연락을 취했다.

"카히모. 방금, 그 여자를 발견했어."

"꼬마도 같이 있어?"

"아니, 여자만. 통로 끝에 있더라고. 지금부터 쫓아가겠어."

"꼬마가 근처에 있을지도 모르니 주의하라고."

"알았대도."

핫하는 알파를 쫓으며 나아갔다. 하지만 일단은 아키라를 경
계하면서 이동하는 바람에 걸음이 빠른 알파를 좀처럼 따라잡

지 못한다. 그래도 알파의 뒷모습을 놓치지 않을 만큼의 거리는 유지하고 있었다.

신중하게 주위를 살펴서 안전을 확인한 후에 알파를 뒤쫓고, 조금 나아간 다음에 또 주위를 확인했다. 그것을 반복하는 사이, 핫햐의 표정은 서서히 풀렸다. 그리고 그만큼 경계도 느슨해졌다.

알파의 뒷모습을 볼수록 그 매혹적인 모습에 시선을 보내는 시간이 늘었고, 그 대신 주위를 경계하는 시간이 줄었다.

화사한 순백 드레스. 대담하게 드러난 뒤에서 보이는 부드러운 살결. 윤기가 도는 머리카락. 통로를 돌 때마다 보이는 매혹적인 가슴과 고운 얼굴. 알파의 흔치 않은 미모와 아름답고도 요염한 의상의 상승효과가 핫햐의 마음을 단시간에 침식했다.

그 얼굴을, 그 피부를, 좀 더 가까운 곳에서 보고 싶다. 핫햐는 그 마음을 억누르지 못하고, 무의식중에 경계를 소홀히 하면서 발걸음을 서둘렀다. 이미 핫햐의 두 눈은 유혹하는 듯한 알파의 등과 엉덩이만 좇고 있었다. 그 얼굴이 욕망으로 추하게 일그러졌을 때는 이미 주위 경계를 완전히 잊고 있었다.

핫햐가 마침내 알파를 따라잡았다. 그러자 통로 옆에 서 있던 알파가 사글사글하게 웃어 보였다. 그 입은 핫햐에게 말을 걸듯 눈에 띄게 움직이고 있었다.

핫햐는 말을 듣기 위해 귀를 기울였다. 그러나 아무것도 들리지 않았다. 미심쩍은 표정을 지으며 알파를 보지만, 알파는 여전히 미소를 짓고 입만 움직이고 있었다.

바로 그때, 알파가 뭔가를 눈치챈 것처럼 옆을 본다. 핫햐도 덩달아 그쪽을 본다. 하지만 유리가 없는 창문 말고는 달리 특이한 것이 없었다. 핫햐가 더욱 미심쩍은 표정을 지은 순간, 갑자기 총성이 울린다.

총을 쏜 사람은 아키라다. 핫햐의 뒤편에 있는 통로에 숨어 있다가 뛰어나와 기습했다.

첫 번째 탄환은 핫햐의 옆으로 그냥 지나갔다. 핫햐는 알파의 시선을 쫓느라 미처 반응하지 못했다.

두 번째 탄환은 핫햐의 발 근처에 박혔다. 반격하려던 핫햐는 몬스터 사냥용 고위력 탄환으로는 아키라가 즉사해서 정보를 얻을 수 없다는 생각에 사격을 주저했다.

세 번째 탄환이 드디어 핫햐에게 명중했다. 하지만 방호복에 막혀 상처를 입히지 못했다. 핫햐도 그제야 반격을 시작했다. 약한 몬스터나 인간을 상대할 때 쓰는 저위력 탄환이 장전된 총으로, 아키라를 보고 난사했다. 총성이 메아리치듯 울려 퍼지고, 무수한 총알이 바닥, 벽, 천장에 박혔다.

세 번째 탄환을 쏘자마자 이탈한 아키라는 간신히 그 탄막에 휘말리지 않았다. 하지만 바닥에는 혈흔이 남아 있었다.

핫햐는 그 혈흔을 눈치채고 웃더니, 그대로 뒤쫓으려 했다. 하지만 바로 그때, 통신기에서 카히모의 목소리가 들려서 무심코 멈춘다.

"핫햐, 무슨 일이야?"

"별일 아니야. 꼬마를 봐서 쐈어. 뭐, 놓쳤지만 말이야."

"먼저 들린 총성은 네가 아니지?"

"아니, 그게…… 상관없잖아. 신경 쓰지 마."

"똑바로 설명해!"

핫햐가 어쩔 수 없이 사정을 설명하자, 카히모는 언짢은 어조로 대꾸했다.

"여자 꽁무니를 쫓다가 기습을 당했습니다? 인마, 내가 물로 보이냐?"

"아니, 그게 있지. 진짜로 그만큼 끝내주는 미인이라고!"

"흥, 말 그대로 죽여주는 미인이라 이거군. 괴담이 될 만한걸."

핫햐가 쩔쩔매며 변명해도 카히모의 기분은 풀리지 않았다. 하지만 이대로 쓸데없이 대화나 하다가 시간을 낭비해도 소용없다는 생각에 마음을 바꿔 먹었다.

"그래서? 여자는 아직 거기 있냐?"

"응. 그냥 서 있어. 그리고 뭔가 말하는 것처럼 보이는데, 목소리는 하나도 안 들려."

"네 눈의 기능으로는 영상만 취득할 수 있고, 음성 데이터는 못 받는 거겠지. 혹시 모르니 만질 수 있는지 확인해. 실존하는데도 나한테만 안 보이는 걸지도 몰라. 광학 위장 기능이 달린 자동인형이 일반적으로는 보이지 않는 상태로 자율 행동 중인데, 너는 네트워크 경유로 그 모습을 시각적으로 확인할 수 있는 걸지도 몰라. 어때?"

핫햐는 알파의 가슴에 손을 뻗었다. 하지만 그 풍만한 가슴에서는 아무런 감촉도 없고, 손이 가슴 표면을 통과하며 영상 안으로 쑥 들어갈 뿐이다. 핫햐는 아쉬운 얼굴로 그 결과를 전했다.

"만질 수 없어. 역시 영상만 있어. 손이 닿는 곳에 이렇게 끝내주는 가슴이 있는데도 실제로는 못 만지면 그냥 고문이군. 잠깐만……? 이렇게 끝내주는 여자잖아. 이 영상만으로도 돈이……. 나한테는 보이니까, 영상의 바이패스 출력을……."

"그 이야기는 나중에 해! 너도 작작 좀 해!"

카히모가 화내자 핫햐는 입을 다물었다.

"이번에는 그 여자한테 오른손을 들라고 지시해 봐."

핫햐는 그 말에 따라 알파에게 지시했다. 그러자 알파는 입을 다물고 오른손을 들었다.

"어라? 시키는 대로 오른손을 들었는데?"

"다음은 너와 너 근처에 있는 꼬마를 빼고 가장 가까운 곳에 있는 인간을 손으로 가리키라고 지시해 봐."

"그게 무슨 소리야?"

"잔말 말고 해!"

"아, 알았다고."

핫햐가 또 비슷하게 지시하자, 알파는 대각선 아래편의 바닥을 손가락으로 가리켰다.

"핫햐. 어때? 그 녀석은 내가 있는 방향을 가리켰어?"

"잠깐만 있어 봐. 오토맵에서 네가 있는 위치가 여기이고, 내 위치가 여기니까……. 오오! 진짜 가리키고 있어! 대단한걸!"

핫햐는 가볍게 놀라며 단순하게 감탄했다. 하지만 카히모는 노성을 터뜨렸다.

"빌어먹을!"

"왜, 왜 그래?"

"함정이야! 그 꼬마는 우리를 알고 있었어! 아마 그 여자한테 근처에 있는 자기 이외의 사람을 손으로 가리키라고 식으로 지시해서 우리 존재를 안 거야! 그 여자도 미끼라고! 빌딩 안을 대충 돌아다니게 하고, 너를 발견하면 지정된 장소로 이동하게 지시한 거야! 꼬마가 적을 기습하기 쉬운 위치까지, 그 여자로 너를 유인한 거라고!"

핫햐도 분노를 드러내고 고함을 질렀다.

"그, 그 꼬마가! 감히 나를! 죽여 버리겠어!"

"그 여자는 아마 유적의 안내 시스템 같은 거야. 네 지시도 듣는 것을 보면, 누가 지시해도 다 듣겠지. 그 여자한테 꼬마가 있는 곳까지 안내하게 시키고, 꼬마를 죽여. 엄호해 줄까?"

"됐어! 그딴 꼬마는 나 혼자서도 죽일 수 있어! 무기는 권총 하나에 실력도 초짜 같으니까!"

"조심해. 그 꼬마가 제대로 된 총과 실력이 있었다면 아까 기습으로 널 죽였을걸?"

"알아. 너는 꼬마가 도망치지 못하게, 지금처럼 거기를 잘 보고 있어."

핫햐가 알파에게 윽박지르듯 지시를 내렸다.

"꼬마가 있는 데로 안내해!"

핫햐는 다시 걸음을 옮기기 시작한 알파의 뒤를 따랐다. 이번에는 그 요염한 뒷모습을 봐도 욕망보다 분노가 앞선 나머지 시선을 빼앗기는 일이 없었다.

◆

아키라는 핫햐를 기습했지만, 반격을 당해 심하게 다치고 말았다. 서둘러 그 자리를 벗어난 덕분에 추가로 공격당하는 꼴은 면했다. 그래도 원래라면 몸을 가누기 힘든 중상이다.

총알에 맞은 곳을 붙잡고 고통스러운 얼굴로 빌딩 내부를 이동하는 바람에 상처 부위에서 흘러내린 피로 통로를 더럽히면서, 알파의 유도에 따라 갈 길을 서둘렀다.

극심한 통증이 더는 움직이지 말라고 경고하고 있다. 아키라는 그 경고를 각오로 억누르며 계속 달린다. 미리 대량으로 복용한 회복약이 총알에 맞은 직후부터 상처를 치료하고 있다. 그 덕택에 어떻게든 걷는 것보다는 빨리 이동 중이었다.

잠시 후, 총알에 맞은 통증은 진통 작용 덕분에 급속도로 가라앉았다. 하지만 부상의 회복 자체는 더뎠다. 회복 속도를 높이기 위해서 아주 딱딱한 얼굴로 호주머니에서 뭔가 가루를 꺼냈다.

그 분말은 회복약 캡슐의 내용물이다. 피막을 벗겨서 꺼낸 후, 바로 사용할 수 있게 호주머니에 넣어뒀다. 가루의 성분은 치료용 나노머신이며, 그것을 환부에 직접 투여하면 회복 효과가 극적으로 상승한다.

다만 직접 투여는 진통 효과가 매우 떨어지는 데다, 극심한 통증을 동반한다. 안 쓰면 죽는다는 것을 알면서도 주저할 만큼

심한 고통이다. 아키라는 그 아픔을, 일전에 슬럼에서 총에 맞은 상처를 치료할 때 이미 체험한 바가 있다.

이미 통증으로 일그러진 표정을 짓고, 앞으로 더해질 격통을 상상하고 얼굴을 더 찡그리면서, 그래도 마음을 굳게 먹고 총상에 가루를 뿌렸다. 그리고 상상을 초월하는 고통에 휩싸였다.

으스러질 정도로 이를 악물어 그 격통을 견디면서, 상처 부위에 하얀색 치료용 테이프를 붙였다. 이것으로 치료는 마쳤다.

서서히 통증이 가시자 아까 총에 맞았는데도 그럭저럭 뛸 수 있었다.

구세계의 의료품. 구세계의 유물. 아키라는 그 가치를 다시금 체감하고 쓴웃음을 지었다.

"역시 구세계 제품이라 이건가. 구세계의 유물은 대단한걸. 이러니까 비싸게 팔리지."

그때, 알파의 목소리가 들렸다.

『미안해. 세 발이 아니라 두 발 쏜 후에 이탈해야 했어.』

아키라는 고개를 가볍게 저었다.

"아니야. 내가 맞혔으면 됐을 일이야. 내 탓이야."

알파의 모습은 보이지 않지만, 목소리는 지금껏 듣고 있었다. 아까 기습할 때도 통로에서 뛰쳐나올 타이밍을 잘 지시했다.

적의 사각이 되는 위치. 기습 타이밍. 총으로 쏘는 횟수. 명중률보다도 재빠른 사격과 빠른 이탈을 우선하는 행동. 전부 알파가 지시한 것이며, 아키라는 최대한 그 지시대로 움직이려고 최선을 다했다.

그 결과, 무방비한 적을 뒤에서 일방적으로 쏠 수 있었다. 기습으로는 완벽했다. 알파의 지시 내용에는 아키라가 의심할 여지가 없었다.

여기서 굳이 두 사람의 실수를 들자면, 알파의 실책은 아키라의 권총이 적에게 얼마나 통하는지 알아보기 위해 한 발이라도 좋으니 맞히고, 그러면 즉각 이탈하라고 지시한 점이다. 그 지시가 없으면 아키라의 실책은 없었다.

그리고 아키라의 실책은 그 지시를 듣고 무의식중에 잘 조준하려고 한 점이다. 그 탓에 움직임이 아주 조금 느려졌다.

아무 생각 없이 좌우지간 세 발 쏘고 즉각 이탈했다면 아키라는 부상이 없었을 것이다.

그런 미세한 실패 때문에 죽을 수도 있다. 실제로 아키라는 중상을 입었다. 그 탓에 아키라가 낙심하자, 알파는 부드러우면서도 당당한 자신감으로 가득한 투로 말을 건넸다.

『아키라. 실망할 성과는 아니니까 고개를 들어. 명확하게 한 수 위인 상대를 기습하고 살아남았으니까 잘한 거야. 현재의 부족한 실력은 앞으로 있을 훈련으로 보완하면 돼. 아키라가 질색할 정도로 담뿍 훈련시켜 줄 테니까, 나만 믿어.』

알파는 당연한 투로 다음 예정을 이야기했다. 살아 돌아가는 것이 당연하다고 인식하는 그 태도 덕분에 아키라도 침울해지려던 마음을 회복했다. 그리고 의욕을 더 내려고 슬쩍 웃었다.

"……. 그래. 부탁할게."

『맡겨만 줘. 그리고 한 발은 명중했으니까, 사전 준비는 끝났어. 다음에는 죽일 수 있어. 상대의 장비와 행동 패턴의 분석을 끝마쳤거든.』

"정말? 알파는 진짜 대단하네."

『말했지? 나는 고성능이라고. 하지만 상대에게 꽤 접근할 필요가 있으니까, 그건 각오해 둬.』

"알았어. 괜찮아. 이미 각오는 다 했어."

다음에도 최선을 다한다. 그렇게 결의하고 인상을 굳혔다. 총상의 통증은 이제 느껴지지 않았다.

◆

핫햐는 끓어오르는 분노 탓에 알파에게 정신을 팔지 않고, 아키라를 경계하면서 빌딩 내부를 이동했다. 하지만 얼마 지나지 않아 그 경계도 다시 느슨해지고 있었다.

아무 일도 일어나지 않으면 격한 감정도 오래가지 못한다. 게다가 뒤에서 안내를 받으며 가는 만큼, 좋든 싫든 알파를 보게 된다. 그 매혹적인 뒷모습에 끌려서 무심코 눈길을 주다가 그래서는 안 된다고 시선을 떼는 바람에 괜히 더 신경이 쓰였다.

결과적으로 주위 경계가 또다시 허술해진다. 특히 일부러 알파를 보지 않으려고 하는 만큼 전방 주시가 더욱 허술해졌다.

핫햐도 이대로는 안 된다고 생각해 주의가 산만한 와중에서도 주위를 경계하려고 의식한다. 그만큼 알파를 의식하지 않았다. 그리고 주위 확인을 마치고 다시 앞을 보니, 알파는 통로를 조금 가면 있는 T자 분기점 근처에 멈춰서 통로 한쪽을 손으로 가리키고 있었다.

(꼬마는 저기 있나!)

핫햐는 알파가 가리킨 방향을 보고 아키라가 있을 위치를 짐작하고는 저 정도 거리라면 안전하고 판단하고 분기점 앞까지 단숨에 뛰어갔다. 그리고 통로에서 한 팔만 내밀고 총을 난사한다. 대략적인 위치밖에 몰라도 아키라에게 확실히 명중하도록 연사했다.

총성이 통로에 울려 빌딩 안으로 퍼져나갔다. 고속으로 발사된 대량의 총알이 통로 바닥, 벽, 천장에 맞아 튕기고, 통로 안을 종횡무진으로 가르면서 공간의 사각지대를 없앴다.

핫햐는 총알이 다 써서 빈 탄창을 교환하려고 했다. 바로 그때, 알파가 더는 통로 끝을 가리키지 않았다. 그것을 눈치챈 핫햐는 대상이 죽어서 손을 내린 거라고 해석했다.

"좋아. 죽었군."

안심한 핫햐는 탄창 교환을 멈추고 통로로 나와 아키라의 시체를 확인하려 했다. 하지만 그곳에는 충격으로 손상된 통로의 광경만이 있었다. 승리를 확신하고 풀어졌던 핫햐의 얼굴이 갑자기 험악해진다.

"어이, 꼬마는 여기 있는 거 아니었어?!"

핫햐가 알파에게 다가가서 따졌지만, 알파는 미소를 지으며 입만 뻥긋거렸다. 물어봤자 소용없다고 생각한 핫햐는 짜증을 내면서 다시 소리쳤다.

"꼬마! 그 꼬마가 있는 곳을 가리켜!"

알파는 핫햐의 등 뒤를 가리켰다. 핫햐는 무심코 뒤돌아봤다. 하지만 그곳에는 아무도 없었다.

총성이 들렸다. 핫햐가 복부의 통증으로 총에 맞았음을 깨달았다. 경악해서 움직임을 멈춘 틈을 노리듯, 총알이 몇 발 더 박힌다. 싸구려이기는 하지만 방호복을 입은 덕분에 치명상은 아니다. 총알은 관통하지 못하고 표면에 남아 있었다. 하지만 핫햐가 서 있을 힘을 빼앗기에는 충분했다. 고통에 찬 신음을 흘리며 바닥에 쓰러진다.

핫햐는 극심한 통증 탓에 바닥에 드러눕더니, 혼란에 빠진 의식으로 상황을 파악하려 한다.

(총에 맞았어……?! 어디서 쐈지?! 적은 어디에도 없었어! 있는 건 저 여자뿐……. 여자가 쏜 건가?! 말도 안 돼! 저건 영상이라고! 총을 쏠 리가…….)

믿기지 않는 사태가 핫햐를 더욱 혼란에 빠뜨렸다. 하지만 그 혼란도, 이 사태의 해답이 나타나면서 경악에 휩쓸려 사라졌다. 알파 안에서 아키라가 나온 것이다.

(겹쳐서 보이지 않았다고?!)

아키라가 핫햐에게 다가와 총을 겨눈다. 양손으로 권총을 잘 잡고, 핫햐의 이마를 정확하게 조준한다.

핫햐는 총에 맞은 격통을 참으면서 먼저 총을 아키라에게 겨누고 방아쇠를 당겼다. 하지만 총알은 나오지 않는다. 이미 탄창이 비었기 때문이다.

죽음을 앞두고 평소 별로 쓰이지 않던 뇌가 생존을 위해 전력으로 가동됐다. 죽기 직전의, 눈에 보이는 모든 것이 느릿하게 움직이는 세계 속에서, 핫햐는 눈치챘다.

(전부…… 함정이었나?)

아키라가 핫햐를 기습했을 때 알파가 다른 곳을 본 것은 자신의 주의를 다른 곳으로 돌리기 위함이다. 미묘한 위치에서 멈춰서 통로를 가리킨 것은 자신이 총알을 낭비하게 한 것이다. 손을 내린 것은 자신이 탄창을 교환하지 못하게 하려고. 자신을 보고 미소를 지은 것은 그 미모로 자신의 주의력을 떨어뜨리려고.

그 깨달음이 알파의 복장, 이곳까지 오는 경로, 안내할 때의 걸음걸이 속도, 기타 여러 가지 세세한 일까지 전부 자신을 죽이기 위한 함정이 아니었을까 하고, 생존에는 아무런 도움도 안되는 잡생각만 하게 만들었다. 생사의 고비에서 귀중한 사고능력과 시간을 무의미한 의심으로 낭비했다. 그래서 아주 조금밖에 남지 않았던 핫햐의 명줄도 완전히 바닥났다.

핫햐는 공포로 일그러진 얼굴로 중얼거렸다.

"유혹하는…… 망령."

그 직후, 핫햐는 아키라가 쏜 총알을 미간에 맞고 목숨을 잃었다. 마지막으로 본 것은 아키라에게 달라붙듯이 서서 냉혹한 미소를 짓는 알파의 모습이었다.

핫햐의 통신기에서 카히모의 목소리가 나온다.

"핫햐. 무슨 일이야? 꼬마는 처리했어?"

알파는 아키라에게 당부했다.

『대답하면 안 돼. 상대가 여러 가지를 눈치챌 거야.』

아키라는 실수로 소리를 내지 않게 조심하면서 고개를 끄덕였다.

『빨리 장비를 회수하자. 이걸로 무기가 늘어날 거야.』

핫햐의 장비를 챙긴 덕분에, 아키라는 조금 모양새가 엉성하더라도 권총만 있던 빈약한 상태에서 장비가 훨씬 좋아졌다.

『다음은, 저 창문을 통해 그 남자를 내던져 버려.』

아키라는 뜻밖의 지시를 듣고 조금 놀란다. 알파는 여전히 미소 짓고 있었다.

◆

카히모는 폐허 빌딩 1층에서 인상을 쓰고 상황을 추측하고 있었다.

(총성이 들린 걸 보면, 교전이 벌어진 건 확실해. 그 후로 대답이 없어. 설마…… 죽은, 건가? 또 멍청하게 굴다가 기습을 당한 걸까? 아니, 그걸 리가…….)

확인하러 갈지, 이대로 철수할지, 카히모는 고민했다.

(만약 이게 유인 작전이라고 치자. 어디까지가 작전인 거지? 우리가 이 빌딩에 들어온 것 자체가 상대가 의도한 바라면? 소문으로 돌던 유물이 처음부터 없었다면? 그 꼬마가 그 여자가 보이는 헌터를 이 빌딩으로 유인하고 죽여서 정비와 유물을 챙

기는 거였다면? 이 빌딩이 그 사냥터라면? 그렇다면 그놈을 평범한 꼬마로 보는 건 위험해……. 아니, 지나친 생각일까?)

유적의 괴담. 그것이 카히모의 경계심과 의구심을 자극하면서 마음을 철수로 유도하고 있다. 그리고 그의 시선은 무의식중에 출입구를, 빌딩 밖을 향했다.

그곳에 갑자기 핫햐의 시체가 떨어졌다. 장비를 전부 **빼앗긴** 시체가 땅바닥과 격돌해 큰 소리를 냈다.

"핫햐?!"

카히모는 무심코 핫햐를 향해 뛰어가려다 빌딩 밖으로 나가기 직전에 멈췄다.

(장비를 **빼앗겼어**. 꼬마는 살아 있고, 핫햐의 시체를 일부러 밖으로, 여기로 던진 거야. 즉, 내 위치를 파악하고 있는 거지…….)

카히모는 증오에 찬 얼굴로 위쪽을 올려다보았다. 보이는 것은 천장밖에 없다. 하지만 카히모는 그 너머에 있을, 핫햐에게 다가간 자신을 죽이려고 총을 겨눈 아키라의 모습을 상상했다.

"감히 나를 얕보는 거냐!"

상대는 꼬마다. 카히모는 그런 방심과 자만심이 완전히 사라졌다. 의식을 전환하고 아키라를 죽이고자 움직인다. 정보 단말을 꺼내서 조작하자 핫햐의 정보 단말이 있는 위치가 표시됐다. 그 반응은 이동하고 있어서, 아키라가 핫햐의 정보 단말을 가지고 있음을 알려줬다.

(역시 위에 있었군. 자기만 상대의 위치를 안다고 착각했다면

잘됐지. 뒤통수를 쳐 주마.)

카히모는 비웃음을 흘리면서 빌딩 안을 달렸다.

◆

2인조 습격자 중 하나를 해치운 아키라는 남은 한 명의 격파 작전을 진행하고 있었다. 다음 기습 장소에 도착하자, 곧바로 알파가 지시를 내렸다.

『아키라. 그 나이프를 꺼내. 팔지 않고 남겼던 것 말이야.』

"이거?"

꺼낸 나이프는 일전에 쿠즈스하라 시가지 유적에서 얻은 것이다. 칼날이 뭉툭해서 아무것도 벨 수 없을 것 같지만, 알파는 이것을 올바르게 사용하면 온갖 것들을 손쉽게 자를 수 있다고 했다.

『그거야. 손잡이 아래쪽에 살짝 튀어나온 부분이 있지? 권총으로 거기를 쏴.』

아키라는 나이프를 바닥에 두고 총을 겨눴다. 그리고 알파가 가리킨 부분에 총구를 댄 후, 정확하게 조준했다.

"혹시나 해서 묻는 건데…… 쏘면 망가지겠지?"

『맞아. 망가져. 정확하게는 안전장치만 말이야.』

"좀 아깝네. 이것도 구세계의 유물이지? 팔면 꽤 돈이 될 것 같은데……."

『필요한 지출이라고 생각해. 아니면 아키라가 세 번 정도 목숨을 걸고 위험한 고비를 넘겨야 하는 방법이 있는데, 그걸로 할래?』

알파가 즐거운 듯이 미소를 짓는 것을 보고, 아키라는 묵묵히 방아쇠를 당겼다.

◆

카히모가 핫햐의 정보 단말이 있는 위치를 확인했다.

반응은 이미 10분 넘게 같은 장소에서 움직이지 않았다. 거기서 기다리고 있는 걸까. 혹은 함정일까. 양쪽 다일 가능성을 고려해, 신중하게 걸음을 옮긴다.

핫햐의 정보 단말은 통로 한복판에 방치되어 있었다. 카히모는 그 정보 단말을 줍고 괴이쩍은 표정을 지었다.

"눈치채고 여기에 버렸을 뿐인가?"

이 정보 단말로 위치를 파악하고 있음을 눈치챈 것이 아니라면 자신이 먼저 기습한다. 자신이 헤매지 않고 다가오는 것을 통해 상대가 그것을 눈치챘다면, 이 정보 단말을 미끼로 삼아 기습할 것이다. 그 기습을 예상해서, 방심한 상대를 거꾸로 해치운다. 그렇게 생각했던 만큼, 이건 의외였다.

카히모의 표정이 굳어졌다. 이 자리에 있는 자신을 통로 너머에 숨어 저격할 수 없다는 것은 이해하고 있다. 그런데도 불길한 예감이 전혀 가시지 않고, 오히려 더욱 커졌다. 적은 반드시 기습할 것이다. 그 예상이 옳다고 직감이 말하고 있었다. 그리고 그 직감은 옳았다.

다음 순간, 카히모는 몸통이 두 동강 났다. 방호복은 아무 도움도 되지 않았다. 위아래로 분리된 몸이 무너지더니, 절단면으로 내용물을 흩뿌리며 바닥을 뒹굴었다.

카히모는 경악과 격통 속에서 숨이 넘어갈 때까지, 그 짧은 시간에 근처 벽이 가로로 갈라져 있음을 알아챘다. 뭔가가 자신을 벽과 함께 양단했다는 사실을 의식이 흐릿해지는 와중에 이해했다. 그리고 그 구체적인 방법을 다 고찰하기도 전에 숨을 거뒀다.

◆

가로로 갈라진 벽 너머에서는 아키라가 나이프를 휘두른 자세로 얼어붙어 있었다.

총을 쏴서 손잡이 일부를 파괴한 나이프를 알파의 지시에 따라 휘두른 순간, 칼날에서 뿜어져 나온 푸르스름한 섬광이 카히모를 벽과 함께 베어버렸다.

아키라가 선 위치에서는 나이프의 칼날이 벽에 닿지 않는다. 하지만 벽에는 길이가 5미터 정도 되는 갈라진 틈이 생겼다. 폭이 1센티 정도 되는 그 틈새를 통해 벽 너머가 보였다. 절단부에서는 연기가 피어오르고, 뭔가 타는 냄새가 감돌았다. 나이프의 칼날 부분은 휘두른 직후에 가루가 되며 부서졌다.

아키라는 손잡이만 남은 나이프를 들고 반쯤 넋이 나가 있었다. 그 옆에서 알파가 미소를 지으며 고개를 끄덕인다.

『좋아. 죽였어. 이제 괜찮아.』

"어, 아, 응. 그렇구나."

알파는 소소한 일을 해낸 것처럼 태도가 가벼웠다. 그런 태도를 포함해서, 아키라는 상황을 이해하거나 의식이 따라가지 못하는 바람에 정신이 없었다. 그리고 이 상황을 만든 물건을, 손잡이만 남은 나이프를 다시 보았다.

"알파. 이 나이프는 대체 뭐야?"

『뭐냐고 물어도. 구세계에서 만든 나이프야. 일반인들이 쓰게 제조, 판매된 물건이야.』

알파는 대수롭지 않게 대꾸했다. 하지만 아키라는 더욱 미심쩍은 표정을 지었다.

"구세계의 일반인이 쓰는 나이프에는 벽을 절단하는 기능이 필요해?"

『딱히 벽을 절단하는 게 주된 목적은 아니야. 절단력과 성능 유지 면을 개량하다 보니 결과적으로 벽도 절단할 수 있게 된 거지. 안전장치를 파괴하지 않는 한, 그런 짓은 못 해.』

"안전장치……. 그야 부수긴 했지만 말이야. 그런 문제야?"

『그걸로 딱 한 번만 최대 출력을 발휘하게 한 거야. 원래 칼날 보호와 절단력 향상에 쓰이는 에너지를, 칼날 붕괴의 제한을 무시하며 사용할 수 있게 말이지. 그렇게 안 하면 사람을 장비와 벽째로 절단하는 짓은 도저히 불가능해.』

알파는 당연하다는 투로 대꾸했다. 그게 너무 평범해서 아키라도 그냥 넘어갈 뻔했지만, 역시 완전히 이해할 수는 없어서 미묘한 표정을 지었다.

"아니…… 그래도 너무 위험한 거 아니야?"

『올바른 방법으로 사용한다면 안전한 도구를 의도적으로 위험한 방법으로 사용한 거니까 당연히 엄청 위험해. 하지만 그건 이상하지 않잖아?』

"뭐…… 하긴 그런가."

한사코 부정할 일도 아니고 알파가 한 말도 있기에 아키라는 일단 이해하고 넘어갔다. 하지만 위험하다는 인식은 사라지지 않아서 그런 물건이 평범하게 유통되었다는 구세계에 대한 편견이 깊어졌다.

알파는 약간 의기양양한 미소를 지었다.

『자아, 내 서포트에 만족했어? 유물 하나를 버리긴 했지만, 아키라가 그렇게 무리라고 했던 헌터 두 명을 해치웠으니까 왕창 고마워해도 되거든?』

알파는 농담조로 말했지만, 아키라는 진지한 표정으로 머리를 숙였다.

"응. 덕분에 죽지 않고 살았어. 고마워. 나는 아까만 해도 알파를 끝까지 믿지 못했던 것 같아. 미안해."

알파도 태도를 고치고 상냥히 미소를 지었다.

『신경 쓰지 마. 이걸로 믿어 주면 다행이야. 그건 그렇고, 이제 어떻게 할래? 원래 예정대로 유적 탐색을 할까? 아니면 오늘은 돌아갈래? 아키라도 지쳤을 거잖아. 지친 상태에서 탐색하는 건 비효율적인걸. 무리할 필요는 없어.』

아키라는 복잡한 얼굴로 고민했다.

"솔직하게 말하자면, 피곤하니 돌아가고 싶어. 하지만 아직 아무런 수확이 없잖아. 거래소에서 지난번 잔금을 받기 위해서라도, 뭔가 가져가야 해……."

『그렇다면 이 근처만 탐색해 볼까. 나도 같이 찾으면, 평범한 헌터가 놓친 유물도 찾기 쉬워.』

아키라는 알파의 제안에 따라 이 빌딩만 탐색하고 돌아가기로 했다. 탐색의 수확은 손수건 몇 장이다. 매우 더러워서, 평범한 헌터라면 눈길도 주지 않을 물건이다. 아키라도 알파가 구세계의 물건이라고 알려주지 않았다면 무시했을 것이다.

그래도 그것을 수확 삼으며 빌딩 내부의 탐색을 끝마친 후, 카히모 일당의 소지품을 최대한 챙겨서 도시로 돌아갔다.

빌딩에는 카히모와 핫햐의 시체만 남겨졌다. 헌터가 다른 헌터를 덮쳤다가 본인이 죽는 바람에 귀환하지 못하게 된다. 그것은 동부에서 수없이 되풀이된 일이다.

제5화 아키라와 시즈카

카히모 일당과 싸운 후 유적을 빠져나온 아키라는 도시에 무사히 귀환했다. 그 길로 거래소로 가서 지난번처럼 매입 창구에 줄을 섰다. 담당 직원은 이전과 마찬가지로 노지마라는 남자였다.

"헌터증이 있으면 꺼내……. 뭐야, 너냐."

노지마는 아키라의 변화를 보고 조금 놀랐다.

전에 봤을 때는 평범한 슬럼의 소년이었지만, 지금은 다르다. 카히모 일당에게서 빼앗은 소지품으로 헌터에게 필요한 최소한의 장비를 갖춘 덕분에 겉모습이 확연하게 달라지기는 했다. 하지만 그것만이 아니다. 아키라에게서는 황야의 세례를 받은 자가 내는 독특한 분위기가 미세하게나마 감돌고 있었다.

헌터 등록만 마친 자칭 헌터가 아니다. 아직 신출내기이기는 하지만, 노지마의 앞에 서 있는 자는 어엿한 헌터였다.

그 모습을 보아하니 한동안은 죽지 않고 이곳에 드나들겠지. 노지마는 그렇게 생각하며 슬쩍 웃은 후, 마음을 다잡으며 매입품을 확인했다.

"이번 물건은…… 미묘한걸. 지난번은 운이 좋았던 거냐?"

어설프긴 해도 목숨을 걸고 가져온 물건에 상대가 트집을 잡자 아키라는 못마땅한 듯 인상을 썼다.

"미묘해서 미안하네. 그래도 유적에서 가져온 구세계 유물이야. 지난번에 못 받은 돈을 받기에는 충분할 거라고. 그건 그렇고, 운이 좋았다는 건 무슨 소리야?"

아키라는 의아한 표정으로 노지마를 쳐다보았다. 그러자 노지마는 유쾌하게 웃었다.

"금방 알게 될 거다."

노지마는 지난번처럼 매입품을 쟁반에 담아 선반에 두더니 근처에 있는 단말을 조작했다. 그러자 옆에 있는 기자재에서 지폐가 나왔다. 그것을 봉투에 넣더니, 웃으면서 아키라의 앞에 뒀다.

"지난번 매입품의 잔금과 이번 물건의 선금, 총 20만 오럼이다."

아키라는 그 액수를 듣고 한순간 정신이 나갈 뻔했다. 그런 다음에 천천히 봉투를 손에 쥐었다. 그리고 안에 든 지폐를 꺼내서 시각과 감촉으로 확실하게 실감한 후, 반쯤 넋이 나간 기색으로 동요했다. 겨우 며칠 전, 300오럼 때문에 사투를 벌여야 했던 자에게 그 돈의 무게는 말 그대로 차원이 다르다.

노지마는 아키라의 반응을 보고 만족하고 유쾌하게 웃었다.

"여기서 이런 돈을 받는 꼬마는 거의 없을걸? 뭐, 소중히 써라. 자, 멀뚱멀뚱 서 있다간 남들의 눈길을 끌걸? 빨리 가라."

정신을 차린 아키라는 허둥지둥 봉투를 품에 넣고 어색한 발걸음으로 거래소를 나섰다. 신출내기 헌터에서 슬럼의 소년으로 약간 되돌아간 아키라의 뒷모습을 본 노지마는 쓴웃음을 짓고 있었다.

아키라는 거래소를 나선 후에도 동요에서 벗어나지 못했다. 전혀 차분해질 기미가 없다. 그 모습을 본 알파가 평소와 똑같은 어조로 말을 건넸다.

『아키라. 진정해. 그런 푼돈에 당황했다간 앞으로 고생할걸?』

슬럼에서 태어난 자는 도저히 생각할 수 없는 말을 듣고, 아키라는 무심코 소리를 질렀다.

"푸, 푼돈?! 무슨 소리 하는 거야?! 20만 오럼이야?! 큰돈이야!"

알파는 아키라를 지그시 응시하며 조금 단호한 투로 말했다.

『아니야, 푼돈이야. 내 서포트를 받으며 목숨을 걸고 번 돈이라고 생각하면, 푼돈이나 다름없어. 아키라도 그렇게 인식해.』

"그, 그렇게 말해도 말이지……."

『그리고 지금 아키라는 허공에 대고 말하는 이상한 사람 같아. 조심해.』

아키라는 허둥지둥 입을 다물었다. 현재 자신은 큰돈을 손에 넣은 탓에 거동이 수상해진 호구나 다름없다. 그것을 자각한 아키라는 진정하려 했지만, 딱히 효과는 없었다.

『아무튼 오늘은 이만 쉬자. 유적에서 피로가 쌓였어. 그리고 진정할 때까지 여기서 서 있다간 눈에 띌 거야.』

"그, 그렇지. 알았어."

아키라는 작은 목소리로 대답할 정도로 진정하기는 했지만, 아직 다소 불안한 기색으로 평소에 쓰는 뒷골목의 잠자리에 가려고 했다. 하지만 알파가 진지한 표정으로 말렸다.

『안 돼. 그쪽이 아니야.』

"뭐? 잠자리는 이쪽이 맞는데?"

『그러지 말고 오늘은 숙소를 잡자. 돈도 있잖아?』

"그, 그건 그렇지만……."

아키라는 몸에 밴 금전 감각 탓에 모처럼 번 돈을 숙박비로 쓰는 것을 주저했다. 그러자 알파는 아이를 달래듯 상냥한 미소를 지었다.

『푼돈을 아낄수록 죽을 확률이 커져. 낭비하라는 건 아니야. 열심히 번 돈이니까, 올바르고 유익하게 써. 돈을 쓰는 법도 내가 서포트해 줄게. 그래도 되지? 내 서포트를 믿잖아?』

알파가 그렇게 말하자, 아키라도 거절할 수 없었다. 행동과 그 결과로 신뢰를 쌓는다. 서로가 그러기로 약속했었다. 큰돈을 손에 넣은 바람에 좀처럼 진정되지 않는 가슴을 억지로 달랜 아키라는 약간의 각오가 어린 진지한 표정을 지으며 고개를 끄덕였다.

"……. 알았어."

『고마워. 그럼 숙소로 가자. 내가 골라도 되지?』

"응, 부탁할게."

『이쪽이야.』

알파가 미소를 지으며 앞장을 섰다. 숙박비는 대체 얼마나 될까. 아키라는 차마 사라지지 않는 불안을 느끼며 그 뒤를 따랐다.

헌터를 받는 숙소는 당연히 총기류 반입도 허가한다. 몬스터 사냥용 무장은 하나같이 강력해서 그것들을 가지고 소동을 일으키면 숙소와 숙박객에게 막대한 피해가 생기므로, 손님에게는 얌전한 행동을 요구한다. 그것만 지킨다면 기본적으로 손님을 마다하지 않는다.

설령 사상자가 발생하는 문제를 일으키더라도, 배상만 잘하면 행실이 바른 손님의 범주에 들어간다. 슬럼 인근에 있는 저렴한 헌터용 숙소라서 그런 기준도 느슨하다. 슬럼의 아이가 무장한 상태에서 방을 요구해도, 돈만 낸다면 숙박을 거부하지 않는다. 아키라도 문제없이 숙박할 수 있었다.

아키라는 이 숙소에서 보통 가격대의 방에 묵게 됐다. 방은 그럭저럭 넓었다. 헌터용 숙소인 만큼, 장비 정비와 가져온 유물을 둘 장소를 고려해 공간을 넓게 확보하기 때문이다. 욕실도 있고 침대도 있다. 냉장고도 딸려서 안에는 먹을 것도 있다. 무엇보다 바깥보다 훨씬 안전하다. 뒷골목 잠자리와는 하늘과 땅만큼 차이가 났다.

아키라도 그 가치는 잘 이해하고 있다. 하지만 평소의 잠자리와는 비교도 안 되는 호화로움에 흥분하는 기색도 없이, 오히려 약간 답답해 보일 만큼 표정이 복잡했다.

"1박에 2만 오럼…… 믿기지 않아……."

그 가치를 이해하는 것과 그 대가를 주저 없이 지급할 수 있는
것은 다를 수밖에 없다. 숙박비를 낼 때, 아키라의 손은 희미하
게 떨렸다. 방은 알파가 골랐다. 아키라가 골랐다면 더 싼 방에
서 잤을 것이다.

작게 한숨을 쉬는 아키라의 모습은 바라지 않은 낭비에 약간
낙심한 것처럼 보였다. 그 모습을 본 알파는 살짝 쓴웃음을 지
었다.

『여러모로 생각하는 바가 있겠지만, 우선 목욕이라도 하고 푹
쉬는 게 어때?』

"목욕……? 목욕! 할래!"

목욕이라는 말을 들은 순간, 아키라는 갑자기 태도를 바꾸고
기뻐했다.

슬럼에도 욕탕이 딸린 주거지 정도는 있다. 하지만 그 설비를
이용할 수 있는 자는 한정된다. 그 건물을 점거한 자들과 그들
에게 돈을 낼 수 있는 자가 아니라면, 기본적으로 목욕탕을 쓸
기회가 없다. 아키라처럼 뒷골목에서 사는 아이는 식수로 쓸 수
없는 물에 천을 적셔서 몸을 닦는 것밖에 할 수 없다.

이제는 기억이 흐릿한 지난번 목욕을 떠올리면서, 아키라는
신나서 욕실에 갔다.

욕조에 물을 받는다. 그동안 몸을 꼼꼼하게 씻는다. 대량의
온수와 비치되어 있던 비누로 몸을 구석구석까지 씻었다. 뒷골
목에서는 불가능한 사치를 만끽했다. 몸을 씻어낸 물이 맑아지
고, 비누 거품이 더러워지지 않게 되는 데는 상당한 시간이 걸

렸다.

온몸을 잘 씻은 후, 그동안 욕조에 물을 다 받은 것을 확인하더니 곧장 몸을 담갔다. 어깨까지 물에 담가 몸에서 힘을 빼고, 따뜻한 목욕물의 편안한 감각에 몸을 맡겼다. 곧 표정이 입욕의 쾌락에 굴하며 풀리더니, 피로와 함께 의식도 물에 녹아들면서 노곤한 목소리가 입 밖으로 흘러나왔다.

『목욕물은 좀 어때?』

아키라는 완전히 늘어진 상태에서 목소리가 들린 곳으로 고개를 돌렸다. 알파가 같이 욕조에 들어와 있었다. 실오라기 하나 걸치지 않은 모습으로 아키라의 곁에 앉아 목욕물의 온기 때문인지 피부가 붉게 상기했다. 물방울이 피부 위에서 흘러서 가슴 계곡으로 빨려든다. 그 요염하면서도 아름다운 몸을 감추는 것은 빛을 굴절하는 물과 자욱하게 낀 수증기밖에 없다.

물론 실체가 없는 알파가 욕조에 몸을 담글 수 있을 리가 없다. 아키라의 눈에 알파의 모습이 그렇게 표시되고 있을 뿐이다. 하지만 고도의 연산 능력을 통한 그 묘사는 굉장해서, 위화감이 전혀 느껴지지 않았다. 흔들리는 물과 투과와 반사까지 계산하며 묘사되고 있다. 손을 뻗어서 만지려고 하지 않는 한, 이 자리에 실존하는 것처럼 느낄 수밖에 없다. 매혹적인 육체를 통과하는 물결만이 그 미모의 주인이 실존하지 않음을 알려줬다.

아키라는 멍하게 대답했다.

"최고인데…… 왜 알몸이야……?"

알파는 약간 상기한 얼굴로 미소를 지었다.

『옷을 입고 목욕할 수는 없잖아?』

"하긴……."

아키라는 이해한 듯이 고개를 끄덕이는 것만으로 알파에게 반응했다. 다시 앞을 보고 그대로 물에 욕조의 뜨거운 물에 몸을 맡겼다.

알파는 겉으로는 여전히 미소를 짓고 있으면서도, 아키라의 반응에 불만을 느꼈다.

『아키라. 지금의 나를 보고 뭔가 할 말 없어?』

아키라는 영문을 모르겠다는 듯이 고개를 갸웃거린 후, 이미 의식이 대부분 목욕물에 녹아버린 머리로 생각했다. 그리고 떠듬떠듬 답했다.

"응……? 그러고 보니…… 컴퓨터 그래픽인가 하는 걸로…… 만들……었댔지?"

『맞아. 그 말이 맞지만, 그런 이야기를 하는 게 아니야. 지금의 내 모습을 보고 어떤 마음이 생겼는지, 조형에 대한 감상이라든지, 솔직하게 생각한 것이라는지, 뭐 그런 거 없어?』

아키라는 다시 고개를 돌려서 아키라를 본다. 그리고 집중하지 못하는 의식으로 곰곰이 생각하고, 그 결과를 입에 담았다.

"가슴이…… 크다……?"

알파가 쓴웃음을 짓는다.

『그야 내 몸에 대한 평가나, 취향이나, 흥미라든가, 그런 걸 듣고 싶었던 건데……. 지금은 아무래도 좋나 보네.』

사춘기 소년이 시각 정보만이라고 해도 알몸 미녀와 함께 목

욕하고 있다. 그런데도 아키라의 반응은 정말 둔했다. 알파의 풍만한 가슴에도, 촉촉하게 젖어서 붉게 물든 피부에도, 과시하듯 자세를 바꿔서 물결에 따라 흔들리는 엉덩이에도, 전혀 관심을 보이지 않는다.

욕조에 들어가 목욕물의 감촉과 온기의 쾌락을 만끽하는 지금은 알파의 알몸도 전혀 중요하지 않다. 아키라의 눈이 그렇게 열변을 토하고 있었다.

아키라의 의식이 물에 완전히 녹아들어서 깊은 잠에 빠져들기 전에, 알파는 쓴웃음을 지으며 충고했다.

『이대로 잠들면 익사할 거야.』

"이딴 데서…… 죽을 순 없어……."

『죽기 싫으면 욕조에서 나와서, 몸을 잘 닦고, 옷을 입고, 침대에서 자.』

"알았어……."

아키라는 비틀거리며 몸을 일으키더니, 천천히 욕조에서 나왔다. 그리고 욕실을 나와 몸을 닦고, 비치된 실내복을 입은 다음 침대에 쓰러졌다. 그러자 곧바로 참을 수 없는 잠기운이 밀려들었다.

『잘 자.』

"잘…… 자……."

평소처럼 상냥하게 미소 짓는 알파에게, 아키라는 잠기운에 눌려 희미해지는 정신으로 겨우겨우 대꾸했다. 그리고 그대로 깊은 잠에 빠져들었다.

다음 날, 아키라는 해가 뜨고 시간이 꽤 지난 후에 눈을 떴다. 평소 생활을 기준으로 생각하면 엄청나게 늘어져 잔 것이다. 쌓여 있던 피로와 뒷골목의 바닥에 비해 부드럽기 그지없는 침대의 감촉이 아키라를 이 시간까지 잠에서 깨우지 않았다.

눈을 뜬 후에도 평소와 다른 감각에 당황하면서도 그 포근함에 묻혀서 잠시 멍하니 있었다. 그러자 알파가 웃으며 말을 건넨다.

『좋은 아침이야, 아키라. 잘 잔 것 같네.』

"안녕, 알파. 어⋯⋯? 잠깐만! 여기는 어디야?!"

그 말을 듣고 의식이 약간 또렷해진 순간, 아키라는 자신이 처음 보는 장소에 있다는 사실에 놀라 벌떡 일어났다. 그리고 허둥지둥 주위를 둘러보았다. 이곳이 뒷골목이었다면 목숨이 위험할 정도로 반응이 늦었다. 이미 죽었더라도 이상하지 않기에, 그만큼 심하게 당황했다.

알파는 아키라를 진정시키려는 듯이 부드럽게 대답했다.

『여기는 어제 묵었던 숙소의 방이야. 잊었어?』

아키라는 그제야 어제 일을 떠올리고, 경계를 풀며 안도의 한숨을 쉬었다.

"그랬지⋯⋯. 숙소를 잡고 잤어."

알파는 냉장고를 가리켰다.

『우선 아침부터 먹을래? 오늘은 배급소에 갈 필요가 없어. 느긋하게 나가도 돼.』

냉장고에 있는 먹을 것은 숙박비에 포함된다. 남긴다고 환불해 주지는 않는다. 줄을 서지 않아도 챙길 수 있다는 식사에 기분이 좋아진 아키라는 그대로 아침 식사 준비를 시작했다.

냉동식품을 조리기구로 데운다. 식수도 시원하다. 그것만으로도 배급되는 식사와는 차원이 격이 다르다. 그것을 혼자 쓰는 자신만의 공간에서, 남에게 빼앗길 위험도 없는 환경에서 먹을 수 있다. 그렇게 어제까지와는 전혀 다른 식사를 즐기니 자연스레 표정이 풀렸다.

(2만 오럼이나 낼 가치가 있는걸.)

아키라의 마음을 읽은 것처럼, 알파가 의기양양하게 웃으며 말했다.

『숙소에 묵으니 좋지?』

"……. 응. 좋았어."

아키라의 삐뚤어진 마음이 솔직하게 답하기를 조금 망설이게 했지만, 반박할 말이 마땅히 생각나지 않고, 감사하는 마음이 있는 것도 사실이라서 그냥 뻔뻔하게 좋다고 대꾸했다.

그 모습을 본 알파는 만족스럽게 웃었다. 아키라는 멋쩍은 기분으로 그냥 식사했다.

◆

쿠가마야마 시티는 주변에 다수의 유적이 있는 관계상, 많은 헌터의 활동 거점이 되고 있다. 하위 구역에는 그런 헌터들을 노린 가게도 많다.

그중에는 카트리지 프리크란 만물상이 있다. 주력 상품은 화기와 탄약 등등. 풋내기부터 일반적인 헌터까지를 주요 고객으로 삼는 평범한 가게다. 망할 정도로 파리가 날리지는 않지만, 2호점을 낼 정도로 번창하지도 않는다. 그 경영 상태를 봐도 평범한 가게였다.

카트리지 프리크는 점장인 시즈카가 혼자 운영한다. 적절한 장비를 추천해 주는 식의 경영 노력 덕분에, 이곳에서 처음으로 장비를 조달한 신참 헌터 중에는 그대로 이곳을 단골이 되는 자도 많다.

그리고 그들 중 일부는 머지않아 두 번 다시 가게를 찾지 않는다. 이유는 크게 두 가지. 헌터로서 성장하면서 이 가게의 상품으로는 만족할 수 없어진 나머지 더 성능이 좋은 장비를 찾아 단골 가게를 다른 데 있는 고급점으로 바꿨다. 혹은 황야에 삼켜져 목숨을 잃었다. 대부분 둘 중 하나이며, 보통은 후자가 많다.

시즈카는 상당한 미인이다. 자신을 보러 이 가게에 다니는 자가 있는 것도 안다. 어제 자신에게 추파를 던지던 남자가 다음 날 유적에서 죽었다는 이야기를 들은 적도 많다. 장사의 특성상 피할 수 없는 일이라고 보고 공사를 구분해서 가게를 꾸리고 있다. 그렇다고는 해도, 헌터와 사귀지는 않겠다고 결심했다.

오늘도 평소처럼 카운터에서 가게 내부를 둘러보며 손님을 기다렸다. 그럴 때 낯선 인물이 가게 안으로 들어왔다. 어린 소년이다. 일단 헌터로 보일 정도로 무장하고 있지만, 옷은 슬럼의 주민치고는 깨끗한 수준이라서 별로 강해 보이지 않았다. 겉모습의 인상만 본다면 멀쩡한 손님으로 상대해야 할지 조금 미묘한 수준이다.

그 소년은 신기하다는 듯이 가게 내부를 둘러보았다. 시즈카는 그 모습을 한동안 주의 깊게 관찰하고, 적어도 전시품을 훔치러 온 불한당은 아닐 거라고 판단하자 경계를 풀고 표정을 누그러뜨렸다.

그 소년은 아키라였다. 아키라는 가게에 들어선 다음 한동안 진열된 상품을 보는데도 슬럼의 아이라는 이유로 가게에서 쫓아내지 않는다는 사실에 안도하더니, 상품을 차분히 둘러봤다.

가게에는 다양한 화기가 깔끔하게 진열되어 있었다. 가격표 옆에는 카탈로그 스펙도 알기 쉽게 기재되어 있었다. 하지만 그런 쪽의 기본 지식은 고사하고 아직 글자를 읽고 쓸 줄 모르는데다 숫자만 겨우 알아보는 아키라로서는 그 내용을 전혀 이해할 수 없었다.

"이것과 이건 어떻게 다르지……? 가격만 다르나?"

초심자가 봐서는 똑같이 생겼으나 가격은 곱절 가까이 차이가 나는 총을 번갈아 보고, 아키라는 불안한 눈치로 괴이쩍은 표정을 짓고 끙끙댔다. 목숨을 걸고 번 돈으로 이제부터 자신의 목숨을 지켜줄 총을 사러 왔다. 그런데 실수로 이상한 것을 골랐다간 앞으로의 헌터 활동에 막대한 지장이 생기고, 심정적으로도 억울할 것이다.

알파는 부드럽게 웃으며 아키라를 달랬다.

『여러모로 달라. 자세하게 설명해도 상관없겠지만, 그건 나중에 하자. 아키라가 몰라도 내가 잘 고를 테니까 안심해.』

"부탁할게."

아키라는 본인에게도 들릴지 의심스러울 만큼 무척 작게 말하고 있다. 목소리가 작아도 원래 소리로 듣는 게 아닌 알파는 내용을 정확하게 인식하고 있다. 그 덕분에 가게 안에서 허공에 대고 말하는 이상한 인간 취급을 받지는 않았다. 그러나 무의식 중에 시선이 알파를 향하고 말았다.

시즈카가 아키라의 행동을 알아채고 고개를 갸우뚱했다.

(아무도 없는 곳을 보네. 누가 있나? 광학 위장? 하지만 이 가게 안에서는 무효화될 텐데……. 기분 탓이겠지. 그냥 여기저기 둘러보는 것뿐일 거야.)

가게 내부에는 방범 계약을 맺은 민간 경비회사에서 빌린 각종 방범 기재가 설치되어 있다. 열광학 위장의 방해 장치도 그 중 하나다. 혹시 몰라서 그 기록을 확인해 봤지만, 딱히 기록된 반응은 없었다. 그렇기에 시즈카도 더는 신경 쓰지 않았다.

아키라가 카운터로 오자, 시즈카는 친절하게 웃고 접객을 시작했다.

"어서 와. 처음 온 손님이지? 카트리지 프리크에 잘 왔어. 나는 점장인 시즈카야. 무슨 일로 왔니?"

"AAH 돌격총과 탄약, 정비 도구를 세트로 주세요. 그리고 매입도 부탁드려요."

아키라는 알파가 시키는 대로 대답한 후, 카운터에 총을 뒀다. 유적에서 아키라를 습격했던 2인조의 장비다.

시즈카는 장비의 상태 등을 체크한 후, 조언을 겸해 일단 확인을 구했다.

"매입품 중에 AAH 돌격총도 있는데, 신품을 사려는 거야? 정비 상태가 나쁘기는 하지만, 새것을 사지 않더라도 잘 정비하면 더 쓸 수 있을 거야. 그리고 이 총은 AAH 돌격총보다 고성능인데, 진짜로 팔 거니?"

잠자코 새 물건을 사게 하는 편이 가게 매출에 도움이 된다. 그것을 알면서도 조언하는 것이 시즈카의 성품이다.

알파는 설명을 겸해 말을 덧붙였다.

『괜찮아. 새것으로 사. 총 본체의 단순한 성능보다 아키라가 문제없이 사용할 수 있느냐가 더 중요하니까. AAH 돌격총도 앞으로 훈련을 겸해서 자주 쓸 거니까, 다른 사람의 손을 탄 것보다 신품이 더 좋아.』

"괜찮아요. 새것을 주세요."

"알았어. 그럼……. 매입 금액을 빼면 10만 오럼이야."

아키라는 돈을 내고 봉투에 남은 돈을 보며 약간 복잡한 심경에 사로잡혔다. 받았을 때만 해도 손이 떨릴 정도의 거금이었지만, 어느새 8만 오럼까지 줄었다. 20만 오럼은 푼돈이라는 알파의 말을 실감한 아키라는 쓴웃음을 지었다.

시즈카는 카운터에 주문 상품을 올려두더니, 손님에 대한 배려와 자기 가게 상품에 대한 자신감을 담아 웃으며 아키라에게 말했다.

"이게 주문한 상품이야. 괜찮다면 상품 설명을 해 줄까? 의외로 어중간한 지식만으로 쓰는 사람도 많으니까, 들어서 손해될 건 없어. 마침 한가하니까, 잘 설명해 줄게."

설령 접대용 멘트일지라도, 자신이 좀처럼 받을 일 없는 친절을 느낀 아키라는 이유도 영문도 모른 채로 약간 당황했다. 하지만 흥미로운 이야기니까 괜찮다고 속으로 무의식중에 변명하고, 그 친절을 받아들였다.

"저기, 부탁해요."

"좋아. AAH 돌격총은 수많은 헌터가 애용하는 걸작 소총이야. 동부에서 쓰이는 총 중에서도 역사가 깊은데……."

시즈카는 만족한 것처럼 웃으며 설명을 시작했다. 꽤 한가한데다 이런 이야기를 좋아해서 그런지, 조금 의기양양하게 이야기를 늘어놨다.

AAH 돌격총은 100년 정도의 역사를 지닌 명품이다. 발매 당시에 걸작이라 평가된 설계를 베이스로 해서 개량되어 현재도 동부에서 폭넓게 제조, 판매되고 있다.

반자동(세미오토), 전자동(풀오토) 변경 기능이 달렸고, 저격으로 썼을 때의 명중률도 뛰어나다. 100년간의 운용을 바탕으로 개수함으로써 설계상의 문제점도 거의 완전히 해소됐으며, 몬스터 사냥용 총기치고는 비교적 싸고, 신뢰성·정비성·내구성이 뛰어나며, 고장도 적다. 그래서 애용하는 이도 많다.

제조 기업이 독자적으로 기능 확장을 한 제품도 많으며, 애용자가 원형이 유지되지 않을 만큼 개조한 것도 시장에 돌아다니고 있다. 지금은 그런 아종까지도 포함해 전부 AAH 돌격총이라 불리고 있다.

전차와 인간형 병기 혹은 그런 것과 비견되는 개인 무장으로 몬스터와 싸우는 헌터들 중에서도 왠지 모르게, 주력 무장을 전부 잃었을 상황을 대비하는 보험으로, 또는 부적으로 삼아서 등의 이유로 좌우지간 하나 정도는 챙기는 자가 있다. 그 정도로 높이 평가되고 애용되는 총. 그것이 AAH 돌격총이다.

시즈카는 만족스럽게 설명을 마쳤다. 어지간한 헌터라면 다아는 이야기일지라도, 아키라처럼 관심을 보이며 들어주면 가게 주인으로서 이야기한 보람이 있다. 기분이 좋아져서 접객이 계속된다.

"더 필요한 거 없어? 예를 들면 회복약 같은 거 말이지. 많다고 곤란해지는 물건도 아니니까, 짐이 조금 늘어나는 건 꾹 참고 너무 많다 싶을 정도로 챙기는 걸 권할게. 예비 탄약을 좀 줄이는 한이 있더라도 말이야."

아키라는 약간 뜻밖이라는 표정을 지었다.

"그런가요? 탄약이야말로 많을수록 좋을 줄 알았는데요."

"회복약을 줄여서 예비 탄약을 늘릴 바에는 차라리 일찌감치 철수할 예정을 짜는 게 나아. 느낌만 보면 가벼운 부상 같더라도 그 부상 때문에 목숨을 잃을지도 몰라. 아직 괜찮다고 생각하는 것보다 이젠 위험하다고 생각하는 게 중요해."

아키라는 잠시 생각에 잠겼다. 회복약이라면 유적에서 구한 것이 아직 남았다. 그 효과에서 가격을 추측하고, 소지금으로는 살 수 없다고 결론을 내린 다음 자신이 살 수 있으면서 필요한 것을 떠올렸다.

"그렇다면 헌터용 옷 같은 건 있나요?"

"방호복? 강화복? 미안해. 그런 상품은 개인용 사이즈 조절이 필요해서, 기본적으로 우리 가게에서는 취급하지 않아. 정 필요하다면 발주해서 구할 수는 있는데……."

헌터용 가게에서 옷이라고 하면 기본적으로 전투복을 의미한다. 방검, 내압, 방탄 기능 등을 갖춘 방호복이나 인공 근육 등으로 신체 능력을 키우는 기능이 있는 강화복 등이다. 미안해하는 시즈카를 본 아키라는 허둥지둥 고개를 저었다.

"아, 그게 아니라, 저기, 튼튼하고 짐 옮길 때 편한 옷 말이에요. 그리고 있으면 배낭도……."

"아, 그런 뜻이구나. 그건 아이들 사이즈가 아니지만, 조절하면 괜찮겠지. 잠시 기다리렴."

시즈카는 잠시 가게 안쪽으로 들어가, 아키라가 바라는 물건을 가지고 돌아왔다. 옷과 배낭이었다. 옷은 간이 장갑을 부착하는 타입의 방호복이지만, 장갑이 하나도 없어서 지금으로는 조금 튼튼한 옷에 지나지 않았다. 구형 제품이라 안 팔려서, 배낭과 함께 창고에서 먼지만 뒤집어쓰고 있던 물건이다.

시즈카가 이것들의 대금을 아까 낸 돈에 포함하겠다고, 다시 말해 공짜로 줘도 된다고 말하는 바람에 아키라는 깜짝 놀랐다.

"정말 괜찮겠어요?"

"괜찮아. 덤이나 다름없거든. 정 찜찜하다면 단골이 되어서 가게 매출에 공헌해 줘."

"알았어요. 여러모로 고맙습니다."

친절하게, 상냥하게 웃는 시즈카에게, 아키라는 살짝 웃으면서 공손히 머리를 숙였다.

가게를 나가는 아키라를 웃으면서 손을 흔들어 배웅한 시즈카는 그 모습이 보이지 않게 되자 걱정스러운 기색으로 표정을 흐렸다.

"어린 헌터라. 쟤는 언제까지 살 수 있을까?"

헌터 활동은 안 그래도 죽기 쉽다. 어린애라면 더더욱. 게다가 아키라는 몬스터 사냥용 총을 써본 경험조차 없을 것이다. 시즈카는 경험으로 그 점을 간파했다.

"기왕이면 단골이 되었으면 좋겠어, 진짜로."

옷과 배낭은, 금방 죽을지도 모르는 아키라에게 주는 최소한의 작별 선물이었다.

제6화 믿음

숙소로 돌아온 아키라는 시즈카의 가게에서 산 AAH 돌격총을 보며 웃고 있다. 헌터용 장비를 드디어 손에 넣은 덕분에 기분이 좋았다.

몬스터와의 교전을 전제로 설계, 제조된 총은 상상했던 것보다 무거웠다. 그 무게로 장차 헌터로 살아가면서 수없이 되풀이할 몬스터와의 전투를 약간이나마 실감하고, 진지한 얼굴로 감상에 젖어 자신의 목숨을 맡길 총을 꽉 잡았다.

그런 아키라의 낌새를 지켜보던 알파가 조금 진지한 얼굴로 상대의 마음을 전혀 고려하지 않은 질문을 던졌다.

『아키라는 그런 여자가 취향이야?』

"그런 여자라니?"

『그 총을 산 가게 점장 말이야. 이름이 시즈카였지? 아키라, 진짜 좋아 죽으려는 눈치던데?』

아키라는 약간 의아한 표정을 지었다.

"좋아 죽기는 무슨……. 평범하게 장비만 샀잖아. 그야 옷과 배낭을 덤으로 받아서 좋았지만. 그게 다였잖아?"

알파는 약간 추궁하듯 물고 늘어졌다.

『아니야. 그렇지 않았어. 나는 알아.』

"그렇게 말해도 말이지."

아키라는 딱히 속이는 게 아니었다. 감정으로는 희미하고, 자각이 없고, 정말로 몰랐기 때문이다. 그런 까닭에 약간 당혹스러운 표정을 짓기만 하고 말을 흘렸다.

알파에게 아키라의 여자 취향은 중요한 정보다. 하지만 지금은 추궁해도 부질없다고 판단해서 이야기를 마무리했다.

『뭐, 좋아. 총도 구했으니까 총기 훈련도 포함한 앞으로의 예정을 이야기할게. 기본적으로 주 1회로 유적 탐색, 나머지 시간은 전부 훈련과 공부에 할당할게. 유물 수집의 기회를 더 늘려서 돈을 많이 벌고 싶어도, 이 점은 불평하지 마.』

"알았어."

『어머, 참 고분고분하네.』

아키라가 아까와 꽤 다른 반응을 보이자, 알파는 약간 놀란 내색을 보였다. 그러자 아키라는 진지한 표정으로 대답했다.

"그런 부분에 있어선 알파를 믿기로 했거든."

믿는다고. 아키라는 깊이 생각하지 않고 그렇게 말했다. 하지만 그것은 알파에게 중요한 의미를 지니는 말이었다.

알파는 매우 진지한 표정을 지었다.

『그래? 그럼 앞으로 가장 중요한 것을 바로 시작할게. 아키라, 지금부터 매우 중요한 이야기를 할 테니까, 진지하게 들어.』

아키라도 진지한 얼굴로 끄덕였다. 과거에 알파가 이 표정을 지었을 때는, 항상 아키라에게 죽음의 위기가 찾아왔다. 그런 생각에 긴장을 조금 느끼고, 태도 또한 자연스럽게 진지해진다.

알파도 고개를 끄덕였다. 그 직후, 표정이 지극히 사무적으로 변했다.

아키라는 약간 괴이쩍은 반응을 보였다.

"알파?"

알파는 그 말에 답하지 않더니, 현재 표정에 걸맞은 사무적인 어조로 이야기를 시작했다.

『아키라에 대한 고도의 서포트를 원활하게 실시하기 위해 사전 설명 또는 승인 없이 다종다양한 조작을 아키라에 대해 실시해도 되겠습니까? 여기에는 레벨5 개인 정보의 무승인 취득 및 활용이 포함됩니다. 설명 내용에 관한 보충 정보의 취득은 임의로 정합니다.』

아키라는 알파의 태도와 이야기의 내용, 양쪽에 혼란을 느꼈다.

"즉…… 그게 무슨 소리야?"

『구두 설명에 따른 규칙 내용 및 개별 개요의 파악에 필요한 추정 시간은 약 120년입니다. 상세 내용 확인까지 필요한 시간은 현재 산출할 수 없습니다. 우선 제시 항목의 우선순위 결정 방법은 조례 인식 산출 수법 A887에 따른 편향 회피법에 따라 규정됩니다. 해당 항목의 구두 설명에 따른 규칙 내용 및 개별 개요의 파악에 필요한 추정 시간은…….』

"저기…… 의미는 잘 모르겠지만, '네'라고 말하면 되는 거야?"

『개요에 반하지 않는 상세 항목에 대해 전부 동의한 것으로 간주합니다. 여기에는 협의적인 사고 유도 및 광의적인 자유 의지 간섭이 포함됩니다. 대상자의 생명 및 사상의 보호는 자속자 박 행동법 213873조에 의거한 생명 및 사상의 구속과 동의입니다. 여기에는 비해당 지역의 특수 협력자에 대한 규정 전체가 포함됩니다. 동시에…….』

아키라는 설명 내용을 전혀 이해하지 못했다. 하지만 어떻게든 이해하려고 조금 혼란에 빠진 상태에서도 자꾸 끼어들어 질문했다. 하지만 알파는 사무적인 태도를 유지하고 더욱 난해한 설명으로 답했다. 그 결과, 아키라는 설명에 대한 이해를 완전히 포기하고 말았다.

내용은 모르겠지만, 알파는 자신에게 어떤 허가를 요청하고 있다. 알파의 지시를 거부했다간 죽을 위험성이 비약적으로 늘어난다. 알파를 믿고 신뢰를 쌓기로 했다. 그 판단, 경험, 결의에 비춰 고민한 끝에 결론을 내린 아키라는 진지한 표정을 지었다.

"첫 질문에 대답할 말은, '네' 야."

『재확인합니다. 아키라에 대한 고도의 서포트를 원활하게 실시하기 위해 사전 설명 또는 승인 없이 다종다양한 조작을 아키라에게 실시해도 되겠습니까?』

"네."

아키라가 딱 잘라 말하자 알파의 태도에서 사무적인 분위기가 사라진다. 그리고 기쁜 듯 웃었다.

『고마워. 걱정하지 마. 나쁜 일은 없을 테니까 안심해.』

아키라는 알파의 분위기가 원래대로 돌아와서 안심했다. 그러고 나서 조금 못마땅한 기색을 내비친다.

"처음부터 그렇게 말하면 되지 않았어?"

『여러모로 귀찮은 일이 있거든. 그걸 말하려면 아까 이야기를 할 필요가 있었어. 귀찮은 일을 피하려고 귀찮은 과정을 거쳐야 한다. 세상은 다 그런 법이야. 참, 아키라. 어제 목욕할 때 한 이야기 말인데, 내 가슴을 어떻게 생각해?』

의미심장한 미소를 지으며 그런 당돌한 질문을 던지자, 아키라는 약간 당황했다.

"왜, 왜 갑자기 그런 걸 묻는 거야?"

『어제 아키라한테 내 알몸 감상을 물었더니, 가슴이 크다고 답했기 때문이야.』

"그런 말을…… 했던가?"

『했어. 그냥 물어보니까 대답한다는 느낌이었지만 말이야. 하지만 그토록 몽롱한 상태에서 그렇게 대답한 것을 보면, 아키라도 역시 내 가슴에 흥미가 있다는 뜻이겠지? 만져 볼래?』

알파는 즐거운 듯이 조금 도발적으로 웃었다. 왠지 모르게 놀리는 듯한 태도를 보고, 아키라는 약간 배알이 꼴렸다. 순순히 대답할 마음이 안 생긴다. 하지만 알파와 신뢰를 쌓기로 한 만큼 거짓말을 하고 싶지는 않다. 그래서 긍정도, 부정도 아닌 대답을 했다.

"저기…… 그건 무리잖아?"

『지금은 말이지. 하지만 아키라가 원한다면, 내가 지정한 유적의 공략을 마친 후에 가능해져. 어때? 흥미가 생겼어? 만지고 싶어?』

"유적을 공략하면 왜 만질 수 있게 되는데?"

『그 부분이 설명이 복잡해. 그것보다 어때? 만지고 싶어?』

알파가 약간 끈질긴 태도를 보이자, 아키라도 미심쩍은 반응을 보였다.

"아까부터 대체 무슨 말이 하고 싶은 거야?"

알파는 즐거운 듯이 미소를 지었다.

『알기 쉬운 성과급을 제시해서 아키라의 의욕을 장기적으로 고취하려는 거야.』

"즉, 미인계구나."

『그런 셈이야. 아무래도 아키라는 시각에 호소하는 건 효과가 부족한 것 같으니까, 촉각에 호소해 보자고 생각했어. 내 알몸을 가까이에서 보고 그냥 멋쩍어만 하는 건, 꽤 둔감한 반응이거든?』

샘솟는 의문에 비해 조금 한심한 대답을 듣고, 아키라는 땅이 꺼지라 한숨을 쉬었다.

"그런 건 내가 더 어른이 되고 나서 해. 어른이 되면 실컷 보고, 실컷 만지겠어. 그걸로 됐지?"

『그래. 아키라와는 오랫동안 함께할 예정이니까, 그때가 오면 실컷 즐겨.』

알파는 자신만만한 태도로 대답했다. 그것으로 이 화제에 마침표가 찍혔고, 아키라도 더는 깊이 캐물을 생각이 없어서 그대로 넘어갔다.

이로써 이 자리에서 아키라가 아까 사무적인 대화의 내용에 의문을 품은 계기가 알파의 의도에 따라 사라졌다.

알파는 분위기를 바꾸려는 듯이 진지한 표정을 짓는다.

『이제 귀찮은 이야기는 끝났으니까, 훈련을 시작하자. 준비는 됐어?』

아키라도 금세 마음을 다잡더니, 진지한 태도로 고개를 끄덕였다.

"됐어."

알파도 만족스럽게 고개를 끄덕였다.

『우선, 아키라가 염화를 익혀줬으면 해.』

"염화?"

『일단은 목소리를 내지 않고 대화한다고 생각해. 거기서부터 차근차근 시작하자. 고속으로 정확한 정보를 전달하는 건 전투에서도 중요해. 게다가 아키라가 허공에 대고 말하는 이상한 사람이 될 일도 없어지니까. 빨리 익히자.』

아키라는 어떤 훈련이든 불평하지 않고 열심히 임할 생각이었다. 하지만 예상을 벗어난 내용이라서 당혹스러워했다.

"그렇지만 말이야. 구체적으로 뭘 어떻게 하면 되는데?"

『구체적인 방법을 말로 설명하긴 어려워. 사람마다 차이가 크거든. 귀로 듣고 입으로 말하는 게 아니라, 뇌로 듣고 뇌로 말하는 감각을 스스로 익혀야 해.』

아키라는 더욱 당혹스러워했다. 그러자 알파는 대략적인 방법을 제시했다.

『우선 마음속으로 나한테 말을 걸듯이 생각해 보는 건 어때? 어떤 화제라도 괜찮아. 오른쪽을 보라든지, 간단한 지시를 내려도 돼. 나도 거기에 맞출 테니까, 그걸로 전해지고 있는지 확인하자. 시작해.』

아키라는 당황하면서도 시키는 대로 훈련을 시작했다.

한동안은 성과가 없었다. 무의식중에 목소리를 내는 바람에 그래서는 의미가 없다는 지적을 받으면서, 머릿속으로 시행착오를 반복했다.

의식을 집중하며 강하게 염원한다. 응시하면서 마음속으로 호소한다. 눈을 감고 무의식중에 말을 건넨다. 그런 것을 쭉 성실하게 해 봤다. 하지만 알파는 아무런 반응도 보이지 않았다. 하지만 아키라는 두루뭉술한 지침밖에 없는 이 훈련에 진지하게 임했다.

그리고 한 시간쯤 지났을 무렵, 계기가 생겨났다. 오른쪽을 보라고 마음속으로 외치던 아키라의 앞에서 알파가 오른쪽을 본 것이다. 아키라는 놀랐고, 알파는 웃었다.

『그래, 그거야. 바로 그런 느낌이야. 계속해 보자.』

『으, 응.』

아키라는 무의식중에 염화로 대답한 것도 모르고 훈련을 계속했다. 한 번 성공한 후에는 재현하는 것도 비교적 쉬워졌다. 염화를 반복하면서 그 정밀도를 끌어올렸다.

『많이 좋아졌구나. 아키라도 내 목소리를 염화로 잘 들을 수 있어. 이걸로 어떤 굉음 속에서도 내 목소리를 놓칠 일이 없을 거야. 청각 경유로는 외부의 소리가 섞이고 마니까, 전투 중에 총성이 심하면 못 들을 경우도 있거든. 하지만 이제 그런 걱정은 안 해도 돼.』

아키라도 염화로 대답했다.

『아하. 그렇다면 확실히 편리하겠네.』

『그렇지? 이것도 전투 훈련의 일환이야.』

『하지만 이건 밖에서 해도 되지 않아?』

아키라가 약간 괴이쩍은 표정을 짓자, 알파는 약간 의미심장하면서도 즐거운 듯한 미소를 지었다.

『정신이 이상한 사람처럼 허공에 필사적으로 말을 거는 모습을 일부러 남들에게 보여줄 필요는 없잖아?』

『하긴……..』

이제껏 그런 모습을 몇 번이나 보였을 자신을 상상한 아키라는 씁쓸하게 웃으며 대꾸했다.

잠시 후, 대화 정도라면 염화로도 문제없이 가능해졌다. 그러자 알파는 염화 훈련의 다음 단계로 넘어갔다.

『회화 수준의 언어적 통신은 문제가 없어. 다음은 의도와 의지, 이미지처럼 모호한 것도 정확하게 송신할 수 있어야 해.』

또 추상적인 말을 들은 아키라가 표정을 굳혔지만, 알파는 개의치 않으며 설명을 이어갔다.

『백 번 듣는 것보다 한 번 보는 게 낫다고. 염화를 사용해서 말로는 전달하기 곤란한 이미지를 빠르고 정확하게 전할 수 있게 되면, 전투 중에 순간적으로 의사소통하는 것도 쉬워져. 이것도 전투 훈련이라고 생각하며 힘내.』

"그건 알겠는데, 제대로 전달된 걸 어떻게 확인하는데?"

『우선 내 복장을 여러모로 상상해서 전달하는 느낌으로 시험해 보자. 나는 아키라가 전한 내용에 맞춰 복장을 바꿀게. 그리고 그 옷차림이 아키라가 상상한 것이라면 성공한 거야. 해 봐.』

아키라는 시키는 대로 알파의 복장을 떠올려 염화로 송신했다. 그러자 알파의 옷이 변화했다. 하지만 그 옷은 다양한 천 조각을 적당히 기워 만든 것처럼 추레했다. 그것을 본 아키라가 인상을 쓰자 그 옷이 일그러지고, 그대로 소멸했다.

당황한 아키라 앞에서, 알파는 자신의 알몸을 드러낸 채 놀리듯 웃었다.

『실패했네. 옷의 이미지가 제대로 전해지지 않았어. 그게 아니면, 내 알몸이 보고 싶었어?』

"아, 아니야! 빨리 뭐라도 입어!"

『안 돼. 이것도 훈련이야. 나한테 옷을 입히고 싶다면, 제대로 된 이미지를 보낼 수 있도록 노력해.』

아키라는 허둥지둥 이미지를 다시 송신하려 했다. 알파의 알몸이 또 뭔가 잘 모를 옷 비슷한 것으로 덮인다. 하지만 허둥댄 만큼 정밀도가 떨어졌고, 금방 다시 알몸으로 돌아간다.

아키라의 시행착오는 계속된다. 알파는 잘 모를 무언가를 몸에 걸친 모습과 실오라기 하나 걸치지 않은 모습을 거듭해서 오 갔다. 우선 간소한 속옷이라도 떠올리면 알몸은 방지할 수 있는 데도 당황한 아키라는 생각이 미치지 않았고, 알파는 알면서도 입을 다물고 있었다.

그 뒤에도 아키라는 실패를 되풀이했다. 겨우 알파에게 새하 얗고 별다른 장식이 없는 단조로운 옷을 입히는 데 성공한 것은 늦은 저녁을 먹은 후였다.

『오늘은 이 정도면 되겠네. 첫날치고는 괜찮은 성적이라고 생 각해.』

"왠지, 엄청 피곤해……."

『그렇다면 목욕하고 푹 쉬어.』

"그렇게 할게……."

정신적으로 지쳤다고는 해도 어제 같은 피로는 없다. 아키라 는 천천히 욕실에 들어가 충분히 휴식을 취했다. 그리고 욕실에 서 나오자마자 침대에 가서 잠기운에 몸을 맡기고 그대로 잠들 었다.

오늘, 알파는 허가를 구했다. 아키라는 그 내용도 잘 모르는 상태로 알파를 믿고 허가했다.

알파는 거짓말하지 않았다. 훈련은 아키라의 실력을, 허가는 아키라의 생존 확률을 대폭 끌어올린다. 자신이 지정한 유적을 공략할 수 있게 더욱 고도의 서포트를 실현할 수단이 된다. 하 지만 그것이 전부는 아니다.

자신이 무엇을 허가했는지. 지쳐서 잠든 아키라는 그 의문을 떠올리지 못했다.

◆

다음 날, 숙소에 틀어박혀 염화를 비롯한 훈련을 마친 아키라는 드디어 황야에 나가 훈련을 시작했다.

아키라는 시즈카의 가게에서 산 장비를 착용했다. 일단은 방호복에 속하는 옷을 착용하고 몬스터 사냥용 총인 AAH 돌격총을 든 그 모습은 권총 한 자루만 들고 황야에 나섰을 때와는 하늘과 땅만큼 차이가 나서 저절로 마음이 숙연해졌다.

알파가 아키라의 앞에서 웃고 훈련 개시를 알렸다.

『이제 사격 훈련을 시작하자. 아키라. 총을 잡아.』

아키라가 총을 잡았다. 자연스럽게 총을 잡긴 했지만, 훈련을 받은 적이 없기에 올바른 파지법을 모른다. 그 탓에 어렴풋한 기억에 의지해 남들 흉내만 내는 초심자의 자세가 되었다. 알파는 미소를 지으며 퇴짜를 냈다.

『응. 완전 틀렸어. 몸에 총을 잘 고정해. 이렇게.』

알파가 손에 영상으로 된 AAH 돌격총을 띄우고, 그것을 잡아서 시범을 보였다.

알파가 옷 말고도 표시할 수 있다는 사실에, 아키라는 조금 놀랐다. 하지만 모습을 자유자재로 바꿀 수 있으니 딱히 이상한 것도 없다고 마음을 고쳐먹고, 그 시범에 따라 총을 바로잡았다.

그 후, 알파는 자세에서 잘못된 부분을 몇 번이고 지적했다. 팔과 다리의 위치 조정부터 시작해, 몸 전체에 들어간 힘에 따라 달라지는 중심을 미세하게 조정하는 것까지, 서서히 더욱 세세하게 지적한다. 최종적으로는 두 엄지발가락의 미묘한 힘 조절까지 지시했다.

겉으로 봐서는 알 수 없는 신체의 긴장을 어떻게 이토록 자세하고 정확하게 지적할 수 있을까. 훈련에 정신이 팔린 아키라는 그 사실에 생각이 미치지 않았다.

자세 훈련만으로 한 시간이 지났다. 아키라는 아직 총을 한 발도 쏘지 않았는데도 이미 상당히 지쳤다. 그러나 지칠 때까지의 노력과 알파의 적절한 지도 덕분에 아키라의 자세는 단시간에 놀라울 정도로 좋아졌다.

초심자를 졸업한 아키라의 자세를 본 알파는 만족스럽게 고개를 끄덕였다.

『좋아. 바로 그거야. 지금 자세를 의식하고 있어. 다음은, 이제 저 돌멩이를 총으로 쏴.』

알파가 아키라의 전방을 손으로 가리켰다. 아키라는 그 방향을 응시하며 인상을 찡그렸다. 알파는 100미터 전방에 있는 돌멩이를 정확하게 가리키고 있지만, 아키라가 알 리 없었다.

"돌멩이……. 어느 돌멩이 말이야?"

아키라가 항의하듯 말하자 알파는 의미심장하게 웃었다.

『금방 알 거야. 이제부터 내 서포트가 얼마나 대단한지 다시 가르쳐 줄 테니까, 실컷 놀라도록 해. 내가 가리키는 곳을 다시 봐.』

아키라는 약간 미심쩍어하면서도 시키는 대로 그쪽으로 시선을 돌렸다. 그러자 시야에 직사각형 테두리가 나타났다. 녹색 테두리 안에는 녹색 원이 있다. 무심코 그 부분을 주시하자 고성능 쌍안경의 자동 확대 기능처럼 시점 주변부가 확대 표시됐다. 놀라서 응시를 멈추자, 확대 표시가 원래대로 되돌아갔다.

"알파?! 내 눈이 좀 이상해졌는데, 뭘 한 거야?!"

알파는 아키라의 반응을 보고 만족스럽게 웃는다.

『내 서포트로 아키라의 시야에 확장 기능을 추가했어. 활용해서 목표인 돌멩이를 찾아봐.』

아키라의 시야에 빨간 점이 표시됐다. 그곳을 주시하자 다시 부분적으로 확대된 시야에 빨간색 테두리에 둘러싸인 돌멩이를 발견할 수 있었다. 하지만 너무 흐릿했다.

『맨눈으로는 확대 표시에도 한계가 있으니까, 이번에는 총의 조준기를 써.』

아키라는 총의 조준기 너머로 아까 그 돌멩이를 찾으려 했다. 하지만 조준기 너머의 시야는 좁고, 돌멩이는 그 시야 밖에 있어서 찾기 어려웠다.

바로 그때, 시야 오른쪽 가장자리에 돌멩이의 위치를 가리키는 표시가 나타났다. 그 방향으로 조준을 서서히 이동시키자, 아까 봤던 돌멩이가 시야에 들어왔다. 그리고 총구에서 그 돌멩이를 향해 파란 선이 그어져 있었다.

『그 파란 선은 내가 계산한 탄도 예측 결과야. 목표에 그 선을 맞추고 방아쇠를 당기면, 높은 확률로 명중할 거야.』

파란 선은 불규칙하게 흔들리고 있었다. 아키라는 그것을 목표인 돌멩이에 어떻게든 맞추려고 애쓰고 방아쇠를 당겼다. 총성이 울려 퍼진다. 사격의 반동으로 아키라의 자세가 흐트러진다. 총구에서 발사된 탄환이 대기를 가르며 고속으로 날아갔다.

그리고 목표인 돌멩이와 한참 떨어진 곳을 통과하고 그대로 황야 저편으로 사라졌다.

"빗나갔어⋯⋯."

『어디까지나 예측이지, 예지는 아니거든. 실제 탄도는 계산의 외부 요소에 의해 크게 변화해. 주된 원인은 발포 때 자세가 흐트러진 탓이야. 내가 가르쳐 준 사격 자세를 의식하면서, 똑바로 노리고 쏴.』

아키라는 집중하고 목표를 조준했다. 하지만 명중할 기미가 없었다. 그뿐만 아니라 조준기 너머로 보이는 공간에 총알이 명중한 흔적이 없었다. 크게 빗나갔다는 증거다. 자세가 흐트러질 때마다 알파가 지적하고, 자세를 교정하며 총을 쐈다.

『실전에서는 저런 돌멩이가 아니라 몬스터를 노려야 해. 몬스터의 급소에 정확하게 명중시켜서 가능하면 즉사, 적어도 행동 불능 상태로 만들지 못한다면 반격을 당해 죽을 거야. 빗나가면 죽는다는 생각으로 집중하며 쏴.』

그렇게 한 시간가량 계속하고 난 다음에는 겨우 조준기 너머로 보이는 공간에 총알이 명중한 흔적이 생기기 시작했다. 그리고 피로가 쌓인 탓에 아키라의 집중력이 떨어지기 시작했다. 그 바람에 머릿속에 떠오른 의문을 별생각 없이 입에 담았다.

"저기, 알파. 문득 든 생각인데 말이야. 지금 하는 시야 확장이나 염화도, 더 오래전에 하면 안 됐어?"

아키라로서는 잡념에서 떠오른 대수롭지 않은 질문이었다. 하지만 알파는 대답 내용에 따라 불필요한 불신이 생길 거라고 판단하고, 변함없는 미소를 보이는 한편으로 말을 골랐다.

『간단히 설명하자면, 가능하다면 했을 거고, 하는 편이 낫다면 했을 거야. 우선 2인조 헌터가 습격했을 때를 예로 들자면, 아직 아키라한테서 허가를 받지 못했기 때문에 할 수 없었어.』

"미리 말했으면 허가했을걸? 그 뭐냐, 멋대로 서포트해도 되겠냐 같은 그거 맞지?"

『애초에, 그 허가를 요청하는 허가를 받지 않았어. 당시의 나는 그것을 묻는 것조차 허가되지 않았거든. 말로 설명하자면 시간이 부족할 정도로 긴 규칙 탓에 말이야.』

"그랬구나. 으음. 성가시네."

『그리고 설령 허가를 받았더라도 하지는 않았을 거야. 전투 중에 시야가 갑자기 변하면, 아키라는 분명 혼란에 빠져 제대로 움직이지 못했을걸? 그래서 나도 굳이 사용하지 않는다는 선택지를 골랐을 거야.』

"아…… 하긴 그럴지도."

아키라는 잘 이해하고 고개를 끄덕였다. 그 반응을 확인하고, 거기에 맞춰 알파가 이야기를 진행한다.

『앞으로도 얼핏 봐서 내가 간단히 처리할 것 같은데도 일부러 안 하는 일이 있다면, 대체로 그런 이유라고 생각해. 물리적으로 불가능하거나, 기술적으로 불가능하거나, 규칙적으로 불가능하거나, 실행하면 상황이 악화하거나, 그중 하나일 거야.』

그때 알파는 강한 인상을 남기려는 듯이 미소를 지었다.

『나도 뭐든 할 수 있는 건 아니야. 뭐든 가능하다면, 아키라에게 유적 공략을 의뢰하지 않고 직접 했을 거야. 이런저런 제약이 있어서 그럴 수 없으니까, 아키라에게 의뢰한 거거든?』

잘 모르겠지만 아무튼 엄청 대단한 인물. 그렇게 여기던 자가 왠지 모르게 변명 같은 소리를 하니까, 아키라는 약간 의외라고 생각했다.

"뭐랄까, 알파도 참 고생이 많네. 뭐, 그 덕분에 나는 알파를 만났어. 알파한테는 미안하지만, 그 이런저런 제약에 감사해야 할지도 모르겠는걸."

아키라는 생각 없이 그렇게 말한 후, 실수했다는 생각에 약간 당황했다. 그러자 알파는 놀림거리를 찾았다는 듯이 짓궂게 웃으면서 얼굴을 내밀더니, 유혹하는 듯한 어조로 말했다.

『더 솔직하게 고마워하고, 구체적인 행동으로 보답해 줘도 되거든? 예를 들어 명중률을 더 올린다거나, 내 미인계에 넘어가 주는 식으로 말이지?』

"앞의 내용을 노력해 볼게……."

아키라는 방아쇠를 당겼다. 탄환은 목표를 크게 빗나갔다.

훈련은 해가 질 때까지 이어졌다. 아키라의 사격 솜씨는 그럭저럭 좋아졌다. 알파의 서포트를 전제로 100미터 떨어진 좀 큼직한 돌을 노리면 백 발 쏴서 한 발 정도는 맞힐 수 있게 됐다.

오늘 훈련을 마치고, 어둠을 틈타 도시로 돌아온 아키라는 전과 같은 숙소에 묵었다. 숙박비를 내면서 순식간에 줄어든 소지금에 푼돈이란 말의 의미를 다시 실감하고, 그런 생각을 구석으로 몰아내고 목욕했다. 쌓인 피로를 욕조에서 풀고, 그 대신 잠기운을 가득 보급한다. 그리고 욕실에서 나온 후에 쓰러지듯 침대에 드러누워 잠들었다.

다음 날, 아키라는 숙소에서 AAH 돌격총을 정비하고 있었다. 이것도 훈련이다. 올바른 총기류 정비 방법을 알 리가 없어서, 알파에게 세세한 지시를 받으면서 꼼꼼하게 작업해 나간다.

『당분간 이 총이 아키라의 생명줄이야. 이 총의 정비를 가벼이 여기는 건, 자기 목숨을 가벼이 여기는 거나 다름없어. 그렇게 생각하고 최선을 다해서 정비해.』

"알았어."

아키라는 몇 번이나 주의를 받고 악전고투하면서도 진지한 표정으로 작업했다. 총을 분해해서 모든 부품을 꼼꼼하게 정비한다. 그리고 분해한 부품을 원래 총으로 조립하는데, 부품이 남았다. 허둥지둥 총을 분해하고 다시 조립한다. 아까 남았던 부품을 똑바로 조립했는데, 이번에는 다른 부품이 남았다.

아키라가 남은 부품을 보며 신음하자 알파가 미소를 짓고 충고했다.

『이 총을 이 상태에서 쓰는 건 권하고 싶지 않은걸.』

"나, 나도 알아."

다시 총을 분해해서 조립했다. 이번에는 부품이 남지 않았지만, 정상으로 작동하는지와는 관계가 없어서 당연히 지적을 받았다. 그 뒤에도 악전고투를 거듭해 어찌어찌 총의 정비를 마쳤을 즈음에는 한나절이 지났다.

"이래서는 예비용 총까지 구했다간 정비에만 하루가 걸리겠어."

『그건 훈련으로 빠르고 효율적인 정비 실력을 익힐 수밖에 없어. 정비를 맡길 돈도 없으니까. 좋아. 오늘 훈련은 끝이야.』

아키라는 약간 의아한 표정을 지었다.

"끝? 다음에는 사격 훈련을 하는 것 아니었어?"

『나와 만난 후로 아키라는 유적 탐색과 훈련밖에 안 했잖아. 숨 돌릴 시간도 필요할 거야. 아키라는 뭔가 하고 싶은 일이 없어?』

"하고 싶은 일……."

아키라는 잠시 생각했다. 하지만 아무것도 생각나지 않았다. 슬럼에서 지낼 때는 고철을 줍거나 해서 돈을 벌었다. 지금 상황이라면 유적 탐색과 비슷한 일이다.

지금까지 아키라의 시간은 전부 생존을 위해 쓰였다. 여가란 개념이 매우 희박했다. 그 탓에 아키라의 사고 회로는 헛바퀴만 돌았고, 아무리 생각해도 끙끙거리는 소리만 나왔다.

알파는 아무것도 묻지 않고 아키라의 생각을, 거기에 이른 이유를 파악했다.

『그렇다면 남은 시간은 읽고 쓰기 공부에 쓰자. 오락성 정보 수집과 학습성 정보 수집 모두 글자를 몰라서는 효율이 떨어져. 이것저것 즐기기 위해서라도 일찌감치 배우자.」

숙소에 있는 잡화점에서 공책 몇 권과 필기도구를 사고, 그것들을 교재로 삼아 알파에게 읽고 쓰기 수업을 받았다. 알파는 매우 효율적으로 가르쳐서 아키라도 금방 자기 이름을 읽고 쓸 수 있게 됐다.

문득 아키라는 자기 헌터증에 이름이 잘못 등록된 것을 떠올렸다. 헌터증을 꺼내서 적힌 이름을 지그시 보았다. 아지라. 거기에는 그렇게 기재되어 있었다.

아키라는 자기 이름이 잘못 기재된 사실을 그제야 스스로 식별할 수 있게 됐다.

"조금은 똑똑해진 건가."

아키라는 약간 비꼬듯이, 그러면서도 왠지 기쁜 듯이 웃었다.

◆

아키라는 오늘도 황야에서 사격 훈련을 하고 있다.

올바른 자세를 의식하며 총을 잘 잡고, 진지한 얼굴로 조준기를 들여다보며, 표적인 돌멩이에 조준을 맞춘다. 알파의 서포트에 따라 시야에 파란 선으로 확장 표시되는 탄도 예측은 숨을 쉴 때마다 희미하게 흔들리고 있었다.

아키라가 크게 숨을 마신 다음 호흡을 멈추고 집중하자 한순간 파란 선이 멈췄다. 그리고 방아쇠를 당겼다.

발사된 탄환은 일직선으로 날아가 표적에 명중했다. 탄환이 명중한 충격으로 깨진 돌멩이가 사방으로 튀었다.

"오! 꽤 괜찮은 느낌 아니야?"

세 번 연속해서 명중하자, 아키라는 자기 실력이 늘었음을 실감하며 기쁜 듯이 웃었다. 알파의 서포트에 의존하고 있는 만큼 자신의 힘으로 저격에 성공한 것과는 거리가 멀다. 그러나 예전의 초심자 실력에 비하면 극적으로 성장했다.

알파도 기쁜 듯이 웃는다.

『이제 초심자는 졸업할 것 같네. 괜찮은 느낌이야. 잘하는걸.』

항상 꾸중만 하던 상대가 성장을 칭찬하면 아무리 속이 꼬인 아키라라도 기쁜 법이다. 아주 조금 의기양양하게 웃고 알파를 본다.

그러자 알파는 아키라에게 보이던 웃음을 왠지 즐거운 기색으로 조금 의미심장하게 바꿨다.

『이런 식으로 다음도 힘내. 그럭저럭 명중하게 됐으니까 훈련 진도를 나가야겠어. 다음부터 표적을 바꿀 건데, 이제까지와 마찬가지로 빗나가면 죽는다는 각오로 쏴.』

알파가 다음 표적을 손으로 가리켰다. 아키라는 약간 불길한 예감이 들면서도 그쪽으로 시선을 돌린다. 그리고 표적일 본 순간, 공포에 질려 표정을 굳혔다. 그곳에는 일전에 아키라를 죽일 뻔한 웨폰 독이 서 있었다.

심하게 뒤틀린 머리, 거대한 몸뚱이의 등에 달린 대포, 그것을 지탱하고 있는 여덟 개의 비대칭 다리. 아키라는 그것이 근처에 있다면 반드시 눈치챌 자신이 있었다. 애초에 저렇게 덩치가 커서는 절대로 모르는 사이에 몰래 접근할 수 없을 것이다. 하지만 전혀 눈치채지 못했다.

너무 놀란 탓에 굳은 아키라가 정신을 차리고 도망치려 한다. 하지만 그 전에 알파가 웃으면서 진실을 말해 줬다.

『안심해. 나처럼 영상밖에 없는 몸이야.』

아키라는 무심코 알파를 보았다. 그리고 위험하지 않다는 것을 알리려는 듯이 웃는 알파의 얼굴을 보고 마음의 안정을 되찾았다. 그리고 격렬하게 뛰는 심장 고동을 느끼면서 미심쩍은 얼굴로 웨폰 독을 보았다. 아무리 봐도 진짜로만 보인다.

하지만 거대한 몸이 꼼짝도 안 하고, 시선의 방향을 보면 자신을 인식했을 텐데도 전혀 반응을 보이지 않는다는 사실을 깨달았다. 그리고 그 부자연스러움을 통해 실제로 존재하는 것이 아니라고 인식한 아키라가 안도의 한숨을 토했다.

"겁주지 마."

못마땅한 표정을 짓고 비난의 시선을 보내는 아키라에게, 알파는 미안한 기색도 없이 웃으며 대꾸했다.

『앞으로 이런 몬스터와 무진장 싸워야 하니까, 갑작스럽게 마주쳤을 때의 대응, 반응, 마음의 준비를 겸해서 미리 익숙해져야 해. 아까처럼 당황하다간 실전에서 죽을걸?』

알파는 손짓으로 아키라에게 훈련을 재개하라는 지시를 내렸다. 아키라는 석연치 않은 느낌으로 총을 다시 들었다.

『약점은 상대의 미간이야. 한 번에 맞혀.』

아키라는 조준기 너머로 웨폰 독을 보았다. 표적은 빨간 테두리에 감싸여 있으며, 미간에는 약점을 가리키는 마크가 나타나 있다. 진정하고 표적의 미간에 탄도 예측을 알려주는 파란 선을 맞추려 했다. 하지만 잘되지 않았다. 두 팔의 떨림이 총에 전해져 파란 선이 흔들리고 있었다.

(진정해……. 저건 영상이야. 단순한 표적이니까, 돌멩이를 노리는 것과 똑같아…….)

그것을 알아도 무서운 법이다. 일전에 자신을 죽일 뻔했던 상대이자, 움직이지 않는 점을 제외하면 진짜처럼 보인다. 게다가 조준하고 있는 이상, 반드시 그 모습을 직시해야 한다. 이런 상황에서 냉정함을 유지하는 건 어렵다.

그래도 크게 심호흡해서 몸과 마음을 조금씩 가다듬었다. 떨리는 팔에 힘을 줘서 탄도 예측의 파란 선이 흔들리는 것을 막고, 최대한 마음을 진정시키고, 숨을 멈추고, 집중한다. 그리고 굳은 얼굴로 방아쇠를 당겼다.

아키라는 할 수 있는 최선을 다했다. 하지만 발사된 탄환은 웨폰 독의 미간은 고사하고 몸에도 맞지 않고 근처 땅바닥에 떨어졌다.

그 순간, 웨폰 독이 갑자기 움직이기 시작했다. 큰 소리로 울부짖고 거대한 몸뚱이를 재빠르게 움직여 등에 달린 대포를 아키라에게 돌린다. 그리고 대포의 구경에 걸맞은 거대한 포탄이 발사됐다. 포탄은 아키라의 근처에 떨어지고, 폭발해서 요란한 폭염을 피워올렸다.

아키라는 놀라서 굳었다. 아키라의 눈에 들어온 웨폰 독이 다시 포효하고, 대포를 쏘려는 동작을 보인다. 하지만 포탄은 발사되지 않았다. 그러자 다시 포효한 다음 아키라를 향해 힘차게 달리기 시작했다.

다가오는 거대한 몸뚱이를 보고서, 아키라는 그제야 반응했다. 웨폰 독에게 총을 겨누고 난사한다. 하지만 공포와 혼란 탓에 자세와 조준이 엉망진창이 되어서, 한 발도 명중하지 않았다.

그 틈에 웨폰 독은 비대칭인 여덟 개의 다리를 보면 상상도 할 수 없는 속도로 급격하게 거리를 좁혔다. 상대와의 거리가 줄어들면 총알도 몇 발은 맞는 법이다. 하지만 몬스터의 엄청난 생명력 앞에서 고작 몇 발의 총알은 아무 의미도 없었다. 총알을 맞는 것도 무시하고 돌격한다. 그리고 아키라를 물어 죽이려고 아가리를 쩍 벌렸다.

아키라는 절대적인 죽음을 감지하고 굳어 버렸다.

죽기 직전에 보는 시간이 천천히 흐르는 세계 속에서, 웨폰 독의 커다란 입에 달린 무수한 이빨이 다가왔다. 건물 잔해를 깨부수고 금속도 찢는 이빨이라면 그것보다 훨씬 연약한 고기를 물어뜯는 것도 진짜 쉬울 것이다.

거대한 입에서 튀는 침마저 눈으로 좇을 수 있을 만큼 느린 세계 속에서, 아키라는 이러지도 저러지도 못했다. 눈앞에서 다물어지고 있는 커다란 입과 자기 죽음이 하나라는 것을 그저 강제적으로 이해하고 있었다. 그리고 그 커다란 입이 결국 닫혔다.

웨폰 독은 달려들던 그대로 아키라를 통과하며 지나갔다.

"어……?"

한동안 경직한 뒤에야 겨우 정신을 차린 아키라가 맥이 빠진 소리를 냈다. 그리고 뒤돌아본다. 웨폰 독은 어디에서도 찾을 수 없었다.

그때 알파가 웃으며 말했다.

『영상만 있는 거라고 말했잖아?』

이것이 훈련이 아니었다면 방금 광경처럼 반격을 당해 죽었을 것이다. 그것을 알려주려고 저격이 실패했을 때의 광경을 보여준 것이다. 아키라도 겨우 그렇게 이해했다.

포탄의 폭발도 영상이어서 포탄이 떨어진 곳에는 아무런 흔적도 없다. 폭풍도 느끼지 않은 것을 떠올린다. 공포와 긴장에서 해방되며 주저앉으려 하던 몸을 겨우 세우고, 아키라는 비난의 뜻을 담긴 기력도 다 죽어가는 상태로 알파를 돌아봤다.

"미리 말해 달라고……."

알파는 웃으면서 땅바닥을 가리켰다. 그곳을 본 아키라의 인상이 구겨진다. 거기에는 사람의 머리가 굴러다니고 있었다. 영상 속 웨폰 독에게 물어뜯긴 영상 속 아키라의 최후다.

『표적의 약점을 똑바로 노려서 그 자리에서 죽이거나, 최소한 전투 능력을 상실할 만큼 부상을 주지 않으면 반격을 당해 이렇게 돼. 빗나가면 죽는다는 각오로 쏘라고 했지? 실전에서 저렇게 되지 않도록 열심히 훈련해.』

그 머리는 원망에 찬 시선을 아키라에게 보내고 있었다. 얼굴을 실룩거리면서 그것을 본 아키라는 예전에 꿨던 악몽을 떠올렸다. 그리고 표정을 굳혔다.

"그래. 알았어. 하면 되잖아. 잘 알았어. 알파! 다시 해!"

알파는 약간 뜻밖이란 표정을 짓더니, 즐거운 듯이 웃었다.

『의욕이 넘치는구나. 계속하자.』

알파가 손으로 가리킨 곳에 또다시 영상으로 된 웨폰 독이 나타난다. 아키라는 살벌한 얼굴로 총을 겨눴다.

아키라의 방금 발언은 알파에게 한 말이 아니라 머리만 남은 아키라와 꿈속의 아키라에게 한 말에 가깝다. 그것들이 자신에게 보내는 비난의 시선에 하는 대답이다.

표적을 조준하고 방아쇠를 당긴다. 빗나갔다. 표적이 움직이고 포효를 지르며 달려든다. 거기까지는 아까와 똑같았다.

하지만 아키라는 그 뒤에도 표적을 똑바로 보았다. 공포를 죽이고 사격 자세를 유지해서 흉악한 얼굴을 정조준하고 다시 방아쇠를 당긴다. 또 빗나간다. 팔이 떨리고, 나아가 표적이 이동 목표로 바뀐 탓에 사격의 어려움이 껑충 뛰었다. 간단히 맞힐 수 없다.

하지만 아키라는 표적을 계속 똑바로 보았다. 끝까지 약점에 명중하지 않아 결국 공격당하는 바람에 영상 속 머리통이 하나 더 늘어났지만, 마지막 한순간까지 적을 직시했다.

"다음!"

똑같은 일이 반복된다. 땅바닥을 구르는 사람 머리통이 늘어난다. 그래도 계속한다.

"다음!"

그리고 몇 번을 더 하고 난 뒤, 숨을 고르고, 집중하고, 공포를 각오로 으스러뜨린 한 발이 목표의 머리에 명중했다. 약점에 완벽하게 명중하진 않았지만, 적의 움직임을 둔하게 만드는 일격이었다.

달려오는 웨폰 독의 속도가 떨어졌다. 아키라는 그 머리를 계속 노렸다. 그리고 마침내 머리에 수많은 총알이 박힌 웨폰 독은 아키라를 죽이기 전에 아키라의 앞에서 숨이 끊어졌다.

알파는 웃으면서 아키라를 칭찬했다.

『해냈네. 이걸로 겨우…….』

"다음!"

아키라는 진지한 표정을 유지하며 재촉했다. 알파는 약간 의외라는 표정을 지은 후, 즐거운 듯이 웃었다.

『좋아. 얼른얼른 계속해 보자.』

다시 영상으로 된 웨폰 독이 나타난다. 그날, 아키라는 그 훈련만 계속했다.

◆

그날 밤, 아키라는 꿈을 꿨다. 꿈속에서 아키라는 예전처럼 웨폰 독에게 쫓기고 있었다.

타이밍을 맞춰 돌아보며 총을 쏴라. 누군가가 그렇게 말한 것 같은데, 그게 누구인지는 모른다. 그리고 신호도 전혀 오지 않았다. 아키라는 필사적으로 도망치기만 했다.

하지만 갑자기 뭔가를 깨달은 표정을 짓더니, 진지한 얼굴로 뒤돌아서 웨폰 독에게 총구를 겨눴다. 총은 AAH 돌격총으로 바뀌어 있었다.

훈련 때와 마찬가지로 상대의 모습을 주시하면서 차분하게 총으로 머리를 조준한다. 그리고 굳은 의지를 실어서 방아쇠를 당긴다. 몬스터 사냥용 총인 AAH 돌격총에서 총알이 힘차게 발사됐다.

머리에 무수한 총알을 맞은 웨폰 독은 원래부터 뒤틀린 머리를 더욱 흉하게 일그러뜨리고, 아키라의 앞에서 숨을 거뒀다.

그때 잠에서 깼다. 이곳은 숙소의 침대이고, 아직 밤이었다.

"흥⋯⋯."

아키라는 슬쩍 웃고 눈을 감았다. 그리고 금방 다시 잠에 빠져들었다.

또 같은 꿈을 꾸더라도, 더는 악몽일 수 없다.

제7화 엘레나와 사라

뜨겁게 내리쬐는 햇볕이 대지의 수분을 빼앗는 가운데, 그 건조함보다도 날아다니는 총알과 미쳐 날뛰는 몬스터가 더 위협적인 황야에서 2인조 여자 헌터가 오프로드 사양 차량으로 쿠즈스하라 시가지 유적에 가고 있었다.

두 사람의 장비는 유적 중심부로 가기에는 성능이 너무 부족하다. 하지만 외곽 탐색에는 약간 과할 정도로 고성능이었다.

맨손으로 몬스터를 때려죽일 수 있는 예외를 제외하면, 헌터의 실력은 장비의 성능에 비례한다. 그런 장비를 구입해서 운용할 실력을 지녔다는 증거이기 때문이다. 즉, 이들의 실력은 쿠즈스하라 시가지 유적에 헌터 활동을 하러 가는 헌터치고는 어중간했다.

운전석에 앉은 엘레나가 조수석에 있는 사라에게 말을 건다.

"사라. 슬슬 도착할 거야. 준비해."

사라는 저 멀리 유적의 풍경을 보면서 약간 미심쩍은 표정을 지었다.

"엘레나. 지금 할 말은 아니지만, 진짜로 여기가 맞아?"

"그 이야기라면 어제도 했잖아? 쿠가마야마 시티에서 아이가 걸어서 갈 수 있는 유적이라면 여기뿐이야."

"다른 유적에 가는 정기편에 몰래 탔을 가능성은 없어?"

"헌터 오피스의 정기편이 지나는 유적은 대부분 쿠즈스하라 시가지 유적의 외곽보다 난이도가 높아. 그 소문은 신출내기나 다름없는 아이가 값비싼 유물을 거래소에 가져온 바람에 퍼진 거야. 그런 아이가 다른 유적에 갈 실력이 있어 보였다면, 애초에 그런 소문은 퍼지지 않았을걸?"

"그건 그렇지만."

"쿠즈스하라 시가지 유적의 외곽이라면 슬럼의 아이가 있더라도 부자연스럽지 않고, 운 좋게 값비싼 유물을 찾아도 이상할 게 없어. 여기야."

도시에서 가까운 유적 어딘가, 풋내기나 다름없는 아이도 갈 수 있는 장소에 값비싼 유물이 대량으로 있는 미조사 부분이 있다. 쿠가마야마 시티의 헌터들 사이에서는 최근 그런 소문이 돌고 있다.

어렵지 않은 유적은 당연히 생환율도 높다. 그 때문에 어려운 유적을 건드리지 않는 헌터가 강력한 몬스터와 교전하는 것보다 낫다는 생각으로 시간을 들여 유적 안을 샅샅이 탐색한다.

그 결과, 아직 유물이 남았을 가능성이 큰 미조사 부분은 금방 철저하게 탐색된다. 이제 도시 주변의 쉬운 유적에는 미조사 부분이 없다. 많은 헌터가 그렇게 생각했다.

그 생각이 뒤집혔다는 이야기는 조금만 퍼져도 소문이 빠르게 돈다.

변변하게 무장하지도 않은 아이가 비교적 값비싼 유물을 거래소에 가져왔다. 그 아이를 실제로 봤다. 한 번이라면 몰라도, 거래소에 몇 번이나 유물을 가지고 왔다. 그 돈을 둘러싸고 슬럼에서 살인이 벌어졌다. 그 아이를 미행한 헌터가 미조사 부분을 발견해서 거금을 손에 넣었다.

이미 추측이 불어나 소문이 멋대로 커지기 시작했다. 그 결과, 지금은 많은 헌터가 쉬운 유적의 재조사를 검토하기 시작했다.

엘레나 일행도 그 소문을 듣고 재조사를 결심한 헌터다. 쿠즈스하라 시가지 유적 외곽은 이미 엘레나 일행의 실력으로는 유물의 가치가 너무 낮아서 수지가 맞지 않는 곳이다. 하지만 소문이 진실이라면 충분한 이익을 전망할 수 있다. 헛소문이더라도 위험은 적다. 엘레나가 그렇게 판단해서 재조사를 강하게 제안했고, 사라도 동의했다.

하지만 사라는 엘레나만큼 크게 기대하지는 않았다.

"하지만 그 일대는 예전에 엘레나가 꽤 철저하게 조사했잖아? 그때도 별다른 수확은 없었으니까, 솔직히 말해 별로 기대하진 않아."

왠지 모르게 신중한 사라에 발언에 엘레나는 일부러 낙관적으로 대꾸했다.

"뭐, 괜찮지 않아? 조사해 보자. 한동안 안 온 사이에 뭔가 바뀌었을지도 몰라."

사라는 약간 과장되게 웃었다.

"그것도 그래. 처음부터 기대하지 않고 유적에 가도 소용없겠지! 의욕을 내기 위해서라도 기대하고 가 보자!"

"그래. 그런 마음으로 가자."

그 대화는 평소의 엘레나 일행과 조금 어긋났다. 사라가 낙관적으로 생각하며 기대하고, 엘레나가 신중한 의견을 내서 상쇄한다. 예전이라면 그렇게 했다.

지금의 엘레나 일행은 그러한 평소 분위기가 흐트러질 사정이 있었다. 엘레나는 사라의 가슴을 보더니, 다소 걱정스럽게 표정을 흐렸다.

"그리고 말이지. 사라도 슬슬 나노머신을 보급하는 게 좋을 거야. 요즘 우리의 벌이가 미묘하다고 보급량을 줄였잖아? 괜찮은 거야?"

사라도 자신의 가슴을 보았다. 기복이 부족한 그 가슴에서는 과거의 풍만함이 흔적도 남지 않았다. 엘레나와 사라는 그 의미를 잘 알고 있다. 그래서 사라는 엘레나에게 걱정을 끼치지 않으려고 환하게 웃었다.

"괜찮대도. 아직 여유 있어. 참 걱정이 많다니깐."

사라는 소비형 나노머신 타입의 신체 강화 확장자다. 그리고 사라의 가슴은 나노머신 탱크의 역할을 겸하고 있다.

헌터 활동을 하려면 몬스터와의 전투를 피할 수 없다. 적은 구세계에서 만든 생물병기의 후예, 각종 시설의 방위기계 등, 맨몸으로 싸우기 벅찬 상대들이다.

그것들에 대항하기 위해서 대부분의 헌터는 자신의 신체 능력을 강화할 수단을 찾는다. 강화복 착용, 의체 도입, 사이보그 개조. 동부 사람들은 구세계의 존재에 대항하기 위해서 구세계의 기술을 해석하고 물리법칙을 초월한 듯한 다양한 수단을 창조했다.

그 수단 중 하나가 나노머신 투여다. 효과는 역장(力場) 조작을 통한 근력 강화, 세포 기능의 단순 강화, 유전자 개조를 비롯한 인체 기능의 재설계 등 다양하다. 아주 고도의 기술 중에는 온몸의 세포를 나노머신으로 구성된 기계 세포로 치환해서 그 몸을 고도의 사이보그와 구별하기 어려운 존재로 바꾸는 것도 있다.

겉모습은 평범한 인간과 다를 게 없지만, 강화복을 착용하지 않고도 자동차를 집어 던지거나 총알조차 튕겨내는 초인으로 변모하게 해 주는 이 기술은 인기가 많다. 하지만 대가도 있다.

사라는 예전에 어떤 사정으로 빈사 상태가 됐고, 치료의 일환으로 나노머신 투여를 받았다. 치료 자체는 성공했다. 목숨을 건졌을 뿐만 아니라 강화된 신체 능력까지 손에 넣었다. 하지만 그 대가로 생명 유지에 나노머신이 필수가 되고 말았다.

나노머신은 일상생활을 영위하기만 해도 소모된다. 헌터 활동으로 신체를 혹사하면 소비량이 비약적으로 증가한다. 게다가 보급 비용 또한 어마어마하다.

나노머신이 고갈되어도 죽지 않게 하는 치료도 가능하다. 하지만 그러려면 더 많은 돈이 필요하며, 강화된 신체 능력을 잃기 때문에 병약해진다. 병약해진 몸을 치료하는 데도 아주 많은 치료비가 들어간다. 모든 것은 돈으로 해결할 수 있는 문제다.

그리고 그 돈이 없는 까닭에 사라는 현재 상태를 유지하고 있는 것이다.

엘레나가 이번에 적극적으로 나선 것은 사라를 걱정하는 이유도 있었다. 약한 몬스터밖에 없는 곳이라면 화력 담당인 사라의 부담도 대폭 줄어들기 때문이다. 몸의 나노머신을 소비하면 가슴에 있는 예비가 온몸으로 보급되며, 그만큼 가슴이 작아진다. 충분한 예비 분량을 유지해서 풍만하던 시절의 크기를 아니까 지금 크기는 위험한 수준으로만 보였다.

엘레나는 눈에 힘을 주고 사라를 보았다.

"사라의 몸은 사라가 가장 잘 알 테니까, 너무 참견할 생각은 없어. 하지만 지금 상태가 지속된다면, 내 장비를 팔아서라도 억지로 보급을 받게 할 거야."

사라도 눈에 힘을 주고 엘레나에게 대꾸했다.

"관둬. 그랬다간 돈이 더 안 벌릴 거야. 그 장비를 마련하는 데 얼마나 시간이 들었는지 알아?"

"사라의 목숨과 바꿀 수는 없어. 그때는 그때야. 다시 밑바닥에서 올라가자. 이번 일이 잘 풀리면 가장 먼저 사라의 나노머신 보급에 쓸 거야."

이의는 받지 않겠다. 엘레나의 눈에는 강한 의지가 있었다. 두 사람은 오래 함께한 사이다. 헌터 생활을 시작하기 전부터 알고 지낸 사이다. 이 상황에서 누가 물러설지도 둘 다 알고 있다. 결국 사라는 물러나 슬쩍 웃었다.

"알았어. 하아, 돈이 없는 건 목이 없는 거나 마찬가지네."

엘레나도 덩달아 웃었다.

"지금 와서 무슨 소리야. 헌터란 원래 그런 거잖아?"

"그것도 그래. 지금 와서 할 소리는 아니네."

여러 사정이 있지만, 엘레나와 사라는 웃으며 쿠즈스하라 시가지 유적에 진입했다.

사라가 쿠즈스하라 시가지 유적 외곽을 어슬렁거리는 몬스터를 총으로 쐈다. 강인한 육식 짐승을 연상케 하는 생물 타입 몬스터가 무수한 총알을 맞고 허무하게 쓰러졌다. 엘레나의 색적 덕분에 기습은 당하지 않았다. 여유롭게 승리한 것이다.

엘레나는 파트너의 컨디션을 보며 슬쩍 웃었다.

"보아하니 몸은 괜찮나 보네."

사라도 여유롭게 웃으며 대꾸했다.

"괜찮다고 했잖아? 걱정도 팔자라니까."

사라는 엘레나에게 괜찮은 모습을 보여주려고 일부러 여유로운 태도를 보이는 면이 있었다. 엘레나는 그것을 눈치챘지만, 그 점을 고려하더라도 문제는 없을 거라 판단하며 안심했다.

원래는 더 어려운 유적에서 돈벌이를 했던 만큼 엘레나 일행은 쿠즈스하라 시가지 유적의 외곽 탐색을 안전하게 진행하고 있었다.

엘레나 일행은 팀의 역할을 명확하게 나누고 있다. 엘레나가 정보 수집을 담당하고, 사라가 화력을 담당한다. 두 사람의 장비도 각자의 역할에 맞춰 구비했다.

엘레나의 메인 장비는 정보 수집 기기다. 동체 탐사기, 반향 식별 맵, 고기능 스코프 등의 기능이 복잡하게 조합된 기기로, 유적 내부의 구조 파악과 색적 등, 폭넓은 정보 수집에 쓰이고 있다. 일단 총도 장비하고 있지만, 사라의 무장에 비하면 비상 용이라고 할 수준이다.

사라의 메인 장비는 강력한 화기다. 중량과 반동 때문에 원래 강화복을 착용하고 사용해야 할 화기를 신체 강화 확장자의 신체 능력으로 가뿐하게 다루고 있다. 방호복은 만일의 경우 엘레나의 방패가 되기 위해서 제법 튼튼한 것을 착용하고 있다.

엘레나가 찾아내고 사라가 해치운다. 때에 따라서는 사라가 엘레나를 짊어지고 탈출한다. 엘레나 일행은 그런 식으로 위험한 유적을 탐색해 왔다.

사라가 자신의 평소 태도를 떠올리더니, 약간 도발하는 듯한 웃음을 흘렸다.

"그런데 엘레나. 화력 담당인 나는 이렇게 힘쓰고 있는데, 정보 수집 담당은 뭘 하고 있는 거야?"

엘레나도 가벼운 웃음을 흘렸다.

"조사에 심혈을 기울이고 있어."

"그런 것치고는 지금껏 성과가 없는 것 같은데?"

"누구나 금방 찾을 수 있다면 다른 사람이 더 먼저 발견했을 거야. 안 그래?"

"그건 그러네."

엘레나 일행은 서로 슬쩍 웃음을 흘리면서, 상대의 컨디션 확인을 마쳤다.

"그런데 엘레나. 어떤 식으로 찾고 있어?"

"일단 아이의 발자국을 찾는 중이야. 소문대로 아이가 유적의 미조사 부분을 발견했다면, 아이의 발자국이 그곳까지 이어져 있을지도 모르잖아."

"역시 대단해. 착안점이 다르네. 기대해도 되겠네."

사라의 약간 과장된 칭찬에, 엘레나는 쓴웃음으로 답했다.

"뭐, 그 아이의 발자국을 아직 못 찾았지만 말이야. 어른의 발자국이라면 쓸데없이 많은데."

엘레나는 팀의 정보 수집 담당으로서 사라의 기대에 부응하고자 최선을 다하고 있었다. 단단한 잔해에 쌓인 미세한 먼지에서 남은 누군가의 발자국을 찾은 것도, 그 발자국을 소문으로 도는 아이의 발자국으로 식별한 것도, 엘레나의 뛰어난 실력이 낳은 성과다.

하지만 만족할 만한 결과는 나오지 않았다. 그리고 그것을 다소 얼버무리듯 말을 이었다.

"아, 맞다. 이참에 말할게. 사라, 무색 안개가 진해지고 있으니까 주의해."

"알았어. 그 영향이 심각해지면 철수하자. 철수 타이밍의 판단은 엘레나에게 맡길게."

엘레나 일행은 긴장하고 경계를 강화한 다음, 그대로 유적 탐색을 속행했다.

◆

오늘도 영상 속 몬스터로 표적을 바꾼 사격 훈련이 계속된다. 표적은 현재 아키라의 장비로도 약점에 총알이 명중하면 해치울 수 있는 몬스터들이다. 그리고 아키라의 실력으로 백발백중은 불가능하기에, 다양한 방식으로 반격당한 아키라의 무참한 시체가 산더미처럼 생겨났다. 아키라는 그 시체의 산을 보면서 현실의 자기도 그렇게 되지 않도록 필사적으로 훈련했다.

쌓이는 시체만큼 되풀이한 덕분에 아키라도 제법 익숙해졌다. 차분한 마음으로 조준하고, 명중할 거라고 확신하며 방아쇠를 당기려 했다. 그러자 그 직전에 표적인 몬스터가 사라졌다. 의아하게 생각하며 총을 내리자, 자신의 시체들 또한 같이 사라졌다.

"알파. 오늘 훈련은 끝이야?"

『아키라. 누군가가 이쪽으로 오고 있어.』

아키라는 미심쩍은 얼굴로 쌍안경을 꺼냈다. 쌍안경의 성능과 알파의 서포트 덕분에 대상을 금방 찾았다. 이쪽으로 오는 것은 오프로드 사양의 차량을 타고 황야를 이동하는 엘레나 일행이었다.

그것을 본 순간 아키라의 표정이 험악해졌다. 일전에 2인조 헌터가 습격한 일도 있어서 경계심이 먼저 나타난다. 이번에는 여자 헌터 2인조지만, 그것은 경계를 풀 이유가 안 된다.

"또 나를 쫓아온 헌터는 아니겠지?"

『아마 아닐 거야. 단순히 쿠즈스하라 시가지 유적으로 가고 있는 것 같네. 그래도 혹시 모르니 우리도 유적으로 가자. 저들이 우호적이지 않은 경우, 차로 쫓아온다면 이 주변에서 도망칠 수 없어.』

황야에서 다른 헌터와 마주치는 것은 딱히 드문 일이 아니다. 상대가 선량하지 않은 것도 마찬가지다. 그 탓에 서로를 경계한 결과, 괜히 불이 붙어 불필요한 다툼으로 발전하는 사례도 많다.

아키라는 이미 상대에게 강한 경계심을 품고 있다. 불씨는 이미 반쯤 뿌려졌다. 그런 아키라를 본 상대가 어떤 반응을 보일까. 알파는 그것을 고려하고 망설임 없이 즉시 피난이란 판단을 내렸다.

"알았어. 서두르자."

아키라는 배낭을 메고, 빠른 발걸음으로 쿠즈스하라 시가지 유적으로 향했다.

그 후, 아키라는 유적 외곽을 계속해서 이동했다. 모처럼 유적에 왔으니 겸사겸사 유물 수집이라도 하자고 생각한 것이다. 하지만 유적에는 아키라와 엘레나 일행 말고도 상당히 많은 헌터가 있어서 그들과의 조우를 피하며 이동해야만 했다.

비정상적으로 뛰어난 색적 능력을 지닌 알파 덕분에 다른 헌터나 몬스터와 마주치지는 않았다. 하지만 사격 훈련이나 유물 수집을 할 상황일 리가 없어서, 아키라는 다소 지긋지긋하게 느끼고 있는 상태였다.

『아키라. 또 이동하자.』

"또? 왜 이렇게 붐비는 거야? 혹시 유적에서 다른 헌터와 마주치는 건 의외로 흔한 일이야?"

『그건 유적에 따라 다를 거야. 하지만 여기는 원래 헌터들의 발길이 뜸했어. 내가 아키라와 만났을 때도 아키라 말고는 헌터가 한 명도 없었거든. 그 뒤에도 이 근처에서 아키라 이외의 헌터를 본 건, 오늘을 제외하면 일전에 2인조 헌터를 해치웠을 때뿐이야.』

아키라의 표정이 굳어졌다.

"그럼 역시 저들이 내 뒤를 밟는다고 할까, 나를 찾으려고 뒤지고 있는 걸까?"

자신을 노리는 이유는 이전과 같고, 이번에는 인원을 늘려서 실행하는 것이 아닐까? 아키라는 무심코 그렇게 생각하는 바람에 조금 불안해졌다.

알파는 웃으면서 아키라를 진정시켰다.

『안심해. 만약 그렇더라도, 내가 있으면 문제 없어.』

"뭐, 그 점에선 알파를 믿긴 하는데……."

『그리고 다른 헌터들은 아키라 너를 적극적으로 찾는 게 아닐 거야. 이유도 짐작이 되거든. 그러니 괜찮아. 안심해』

알파가 아키라에게 그 이유를 설명했다. 엘레나 일행과 다른 헌터가 들었을 소문의 내용과 그 근거. 그 이야기를 들은 자들이 취할 행동. 아키라는 그 말을 듣더니, 원인이 자신이라는 것을 이해하면서도 약간 표정을 굳혔다.

"그런 거구나. 귀찮아졌는걸."

『뭐, 소문이 좀 퍼지긴 했더라도 반신반의하는 사람들이 대부분일 거야. 유물을 못 찾으면 금방 사그라들걸? 그러니까 너무 신경 쓰지 않아도 돼. 이제 가자.』

아키라가 알파의 뒤를 따라 유적 안을 나아갔다. 자신의 행동 탓에 있지도 않은 유물을 찾게 된 자들 때문에 마음이 좀 복잡했지만, 자신에게는 그런 생각을 할 여유가 없다고 마음을 추스르고, 금방 생각을 바꿔 먹었다.

아키라는 다른 헌터들에게서 몸을 숨기기 위해 폐허 빌딩 안으로 들어갔다. 그리고 휴식하는 겸 쌍안경으로 폐허 빌딩 밖을 살폈다.

쌍안경에 다른 헌터가 보일 때마다 빨리 돌아가 주면 좋겠다고 생각하며 아키라가 별생각 없이 밖을 보고 있을 때, 알파가 말을 건다.

『아키라. 마침 잘됐으니까 무색 안개에 관해 설명할게.』

"무색 안개?"

『응. 아까부터 꽤 진해지고 있어. 저쪽을 봐.』

쌍안경 너머의 시야에 알파의 모습이 비쳤다. 그리고 어딘가를 손으로 가리켰다.

『저쪽과 저쪽을 비교해서, 다른 점을 찾아봐.』

"차이가 없는데. 그냥 똑같아."

『정말로?』

거듭 확인하는 듯이 미소를 짓는 알파의 태도를 보고 아키라는 다시 주의 깊게 비교해 봤다. 하지만 양쪽 다 폐허 빌딩이 늘어서 있는 유적의 풍경이라서 똑같아 보였다. 하지만 답을 기대하고 있는 듯한 알파의 반응을 보고, 억지로라도 차이점을 찾으려 했다.

"굳이 따지자면 오른쪽이 더 흐릿하게 보이는 느낌이 들어."

알파는 웃으면서 살며시 고개를 끄덕였다.

『정답이야. 오른편이 주변에 있는 무색 안개가 더 진해.』

".........., 그게 다야?"

『이제부터 중요한 이야기를 할게. 동부의 헌터가 이걸 모르면 치명적이니까, 꼭 기억해 둬.』

약간 당혹스러운 기미를 보이는 아키라에게, 알파는 거듭 확인하는 듯한 미소를 지으며 이야기를 시작했다.

무색 안개. 동부에는 그렇게 불리는 현상이 있다. 일반적인 안개와 달리, 빛의 난반사 때문에 하얗게 보이는 것이 아니다. 현상을 눈으로 확인할 때는 시야에 들어오는 경치가 흐릿한 정도를 통해 농도와 범위를 식별할 수 있다.

무색 안개의 영향권에서는 주위 경치가 흐릿하게 보인다. 그것도 문제이기는 하지만 그게 끝이라면 시야가 다소 악화되는 정도라서 고성능 정보 수집 기기 등을 활용하면 될 일이다. 하지만 안개의 농도가 진해지면 그럴 수 없다. 원인을 알 수 없는 다양한 현상이 추가로 발생하는 것이다.

전파, 통신은 물론이고 소리와 냄새까지, 생물이든 기계든 가리지 않고 주위의 상황 파악에 필요한 정보의 취득이 매우 어려워진다. 매우 강력한 각종 방해 장치가 일대에 사용되는 상태에 가깝다. 열광학 위장 기능도 그 성능이 현저히 저하되어 위장 효과가 거의 무효화된다. 광학식을 비롯한 다양한 록온 기능도 사용할 수 없다. 무선 통신도 매우 불안정해지며, 때에 따라서는 유선일지라도 영향을 받는다.

게다가 다양한 화기에도 악영향을 준다. 위력이 떨어지고, 사거리가 짧아지며, 탄도가 흐트러져서 명중률도 낮아진다. 안개의 농도에 따라서는 사격 후에 총알의 탄도를 맨눈으로 확연히 볼 수 있게 된다.

나아가 무색 안개는 정도에 차이가 있기는 하지만, 동부 전체를 뒤덮고 있다. 평소에는 영향이 없을 만큼 농도가 낮지만, 모종의 이유로 농도가 짙어지면 영향이 강해진다. 이런 현상은 동부에 있는 헌터들의 활동에 큰 영향을 끼친다.

아키라는 알파에게 무색 안개에 관해 설명을 들었다. 하지만 헌터로서 아직 신출내기인 탓에, 설명을 듣고도 그 위험성을 명확하게 이해하지 못했다.

"좌우지간 그 무색 안개라는 게 진해지면 위험하다는 건 이해했어."

알파는 아키라의 표정에서 그 이해가 부족하다는 것을 눈치채고 표정을 굳히며 고개를 저었다.

『이해하지 못했구나. 만약 무색 안개가 없다면 지평선 끝에 있는 몬스터도 여기 있는 아키라의 위치를 파악할 수 있을 거야. 구세계의 기술로 제조된 병기의 색적 능력은 믿기지 않을 정도로 고성능이거든? 그 정도로 무색 안개가 주는 영향은 큰 거야.』

그런 인식의 중요성에서 차이가 나고 있지만, 적에게 발각되지 않는 것이 얼마나 중요한지는 아키라도 알고 있다. 감탄하며 고개를 끄덕였다.

"그랬구나. 그래. 정말 중요하네."

『그리고 하나 더. 무색 안개의 농도가 매우 진할 때는 인간도 몬스터도 기계도 색적 능력이 저하돼. 내 색적 능력도 대폭 줄어들어.』

아키라의 표정이 살짝 딱딱해졌다.

『최악의 경우, 나보다 아키라가 먼저 몬스터를 발견할지도 몰라. 그러니 아쉽더라도 당분간은 무색 안개가 매우 진할 때는 유적에 가는 것을 포기해.』

그제야 그 위험성을 이해한 아키라의 안색이 조금씩 나빠졌다.

"그 말은, 무색 안개가 진할 때는, 알파가 서포트해 주더라도 몬스터와 마주칠 확률이 매우 상승한다는 뜻이지?"

『맞아.』

"지금의 내가 몬스터와 마주친다면, 승산이 얼마나 있을 것 같아?"

『내가 제대로 서포트를 할 수 없을 만큼 진한 무색 안개의 영향권에서 몬스터와 마주치면 꽤 근거리에서 조우하게 될 거야. 그럼 생존은 절망적이지 않을까?』

"지금, 안개가 진해지고 있댔지?"

『그래.』

아키라는 아무 말 없이 쌍안경으로 주위를 살피기 시작했다. 그 정도로 안개가 진해지는 건 매우 드문 일이지만, 알파는 그 것을 알면서도 아무 말 없이 미소를 짓고 있었다.

◆

유적 탐색을 속행 중이던 엘레나 일행은 소문으로 돌던 아이가 남긴 것으로 보이는 발자국을 발견했다. 소문의 미조사 부분 발견에 한 발짝 내디뎠다는 사실에 기뻐한 두 사람은 그 발자국을 쫓듯이 유적을 나아갔다.

입김에도 사라질 듯 희미한 흔적을 발견할 수 있었던 것은 엘레나의 뛰어난 능력과 집념 덕분이다. 그리고 그 발자국은 아키라의 것이 틀림없었다.

하지만 그 뒤로 아무런 성과도 거두지 못했다. 폐허 빌딩으로 이어지는 발자국을 쫓아가서 빌딩 안을 뒤졌지만, 값비싼 유물은 찾지 못했다.

하지만 일단은 발자국을 찾아냈다는 이유로 탐색을 계속해 나갔다. 그동안에도 이 일대에 깔린 무색 안개의 농도가 점점 진해지고 있었다.

그리고 어느 정도 시간이 흘렀을 즈음, 사라는 멀리서 흐릿해진 경치를 보고 안개의 농도를 우려하고. 혹시나 하는 마음에 확인을 구했다.

　"엘레나. 무색 안개가 꽤 진해진 것 같은데, 괜찮겠어?"

　엘레나가 그 말에 답하는 데는 사라가 눈치채지 못할 만큼 짧은 침묵을 필요로 했다.

　"괜찮아. 정보 수집 기기가 영향을 받고는 있지만, 이 정도라면 아직 철수할 정도가 아니야."

　"그래? 그럼 됐어."

　이번에는 엘레나가 약간 의아한 어조로 물었다.

　"사라야말로 괜찮은 거야? 만약 무색 안개가 사라의 나노머신에도 악영향을 끼친다면, 지금 바로 철수할 거야. 몸 상태가 나빠지는 것 같으면, 숨기지 말고 말해."

　"괜찮아. 영향이 전혀 없다고는 할 수 없겠지만, 이 정도라면 문제가 없어."

　"그렇다면 괜찮지만, 무리는 하지 마."

　사라는 자신을 걱정하는 엘레나의 불안을 털어주려는 듯이 웃으면서 조금 놀리는 어조로 말했다.

　"괜찮다니깐 그러네. 여차하면 내가 엘레나를 업고 도망쳐야 하니까, 여력은 충분히 남겨두고 있어."

　엘레나가 의미심장하게 웃으면서 가볍게 대꾸했다.

　"어머, 내가 그렇게 무겁다는 거야?"

　"물론 장비의 중량을 말하는 거야. 다른 뜻은 없어. 진짜거든? 진짜야."

엘레나와 사라는 웃으면서 농담을 주고받았다. 그러면서 두 사람 다 적어도 상대는 괜찮을 거라고, 문제가 없을 거라고 판단했다.

엘레나는 거짓말을 하지 않았다. 정보 수집 기기는 아직 심각한 악영향을 받지 않았다. 그러나 무색 안개의 농도가 더 짙어진다면 위험하다. 그리고 현재 상황에서는 그럴 가능성이 크다고 생각했다. 원래라면 그 위험성을 고려해 철수 판단을 내렸을 것이다.

그러나 수확도 없이 철수했다간 돈이 들어오지 않는다. 자신들의 자금난이 더 심각해지면, 사라는 필시 자신의 나노머신 보급을 한계까지 자제할 것이다. 그것은 사라의 목숨이 한계까지 죽음에 가까워지는 것과 마찬가지다. 그것만은 피해야 한다. 엘레나는 그렇게 생각하고 탐색 시간을 무의식중에 최대한 늘리려고 했다.

사라는 거짓말을 하지 않았다. 하지만 사라의 몸도 엘레나의 정보 수집 기기와 마찬가지로, 무색 안개의 농도가 더 짙어졌다간 위험해지는 상태였다.

하지만 이 정도 영향으로 탐색 중단을 제안했다간 엘레나는 필시 과도한 반응을 보일 것이다. 자칫하면 공격과 방패 역할을 겸하는 자신을 두고 혼자 유적에 가서 죽을지도 모른다. 그것만은 피해야 한다. 사라는 그렇게 생각하고 엘레나가 걱정하지 않도록 다소 무리하고 있었다.

엘레나 일행은 헌터로서 하락세를 타고 있었다. 예전에는 더 위험하고 돈이 잘 벌리는 유적에서 활동했다. 하지만 한동안 돈 벌이가 시원찮은 시기가 이어지면서 자금난에 처하고 말았다. 그 탓에 유적 탐색 준비에 들이는 자금이 줄고 유적 탐색의 효율이 떨어지면서 소득이 더 줄어든다는 악순환에 빠졌다. 사라가 나노머신 보급을 자제하는 것도 그 탓이다.

그렇게 한창 힘든 시기를 보내던 중, 이번 소문을 들었다.

하락세인 헌터가 악순환에서 벗어나려면 행운을 붙잡거나, 아니면 도박 혹은 무리한 짓을 해야만 한다. 도박에서 이기거나 무리한 행동이 결실을 본다면 큰돈을 버는 유능한 헌터로 되돌아갈 수 있다. 하지만 도박에서 지거나 무리한 행동이 결실을 보지 못한다면, 더 비참한 상황에 빠지고 만다.

엘레나 일행은 이번 소문을 통해 그 행운을 붙잡으려고 했다. 하지만 현재의 힘든 상황에서 벗어나려고 무의식중에 소문에 매달린 시점에서 본인들도 잘 모르는 초조함에 사로잡혀 있었다. 확실한 증거도 없는 소문에 자신들의 미래를 다소나마 걸려고 한 것이 그 증거다.

이미 엘레나 일행은 과거의 자신들이라면 하지 않았을 무리한 도박을 벌이고 말았다.

소문을 듣고 쿠즈스하라 시가지 유적에 온 헌터는 엘레나 일행 말고도 대거 있었지만, 이미 그들 중 태반은 일찌감치 체념하고 돌아갔다. 무색 안개도 꽤 진해졌다. 아직 탐색을 계속하고 있는 자들도 포기해야 할 시기였다.

　하지만 몇몇은 끈질기게 탐색을 계속했다. 소문에 놀아난 하락세의 헌터들이다. 비교적 위험이 적고, 한 번에 역전이 가능할지도 모르는 이번 소문에 집착하고 말았다.

　그들은 아무리 탐색해도 소문으로 듣던 유물을 찾을 수 없다는 사실에 짜증을 느끼고 있었다. 그러나 그런 것은 애초부터 존재하지 않는다. 그 탓에 불만과 짜증만이 계속해서 쌓이고 있었다.

　그리고 쌓일 대로 쌓인 그 불만이 한계에 도달하고, 아무런 수확 없이 도시로 돌아가는 것도 참을 수 없게 됐을 때, 그들은 다른 성과를 손에 넣기로 했다. 있는지 없는지도 모르는 소문 속의 유물이 아니라, 훨씬 알기 쉬운 다른 사냥감을 말이다.

◆

　주변의 정보 수집과 경계를 담당한 엘레나가 자신의 실책을 깨닫고 인상을 찡그렸다.

　유적에 깔린 무색 안개가 예상보다 빠른 속도로 짙어지고 있었다. 정보 수집 기기가 받는 영향도 이미 위험 영역에 달했다. 색적 범위도 좁아졌기에, 적에게 기습당할 가능성도 꽤 커지고 말았다.

　(큰일이야……. 이렇게 단시간에 이 정도로 영향을 받다니, 실수했어.)

엘레나는 늦어진 판단을 후회하면서 말했다.

"사라. 더는 무리야. 철수하자."

"알았어."

"미안해. 현재 색적 범위가 꽤 좁아진 상태야. 좀 더 일찍 철수해야 했어."

"괜찮아. 외곽에는 몬스터도 적잖아. 신중하게 돌아가면 돼."

엘레나가 자책하는 듯한 표정을 짓자, 사라는 비난은 고사하고 미소를 지었다. 엘레나도 슬쩍 웃더니, 이 상황에서 분통을 터뜨려 봐야 의미가 없다고 생각하며 마음을 다잡았다.

엘레나 일행은 신중하게 철수하기 시작했다. 두 사람은 유적 밖에 세운 차량으로 이동했다. 유적 외곽은 원래 유적보다 훨씬 안전한 장소다. 하지만 지금은 고농도 무색 안개에 휩싸여 위험한 장소로 되돌아갔다.

화기의 이점인 원거리 공격을 살려서 싸우는 헌터들에게 접촉한 적과의 거리는 생존 난이도에 직결한다. 안개의 영향으로 색적이 곤란해지면 몬스터와 매우 가까운 거리에서 조우할 가능성이 커진다. 강인한 생명력을 지닌 몬스터들을 상대로 접근전을 벌여야 하는, 매우 위험한 상황에 부닥치는 것이다.

유적 안을 신중하게 나아가고 있을 때 총성이 들려왔다. 무색 안개 때문에 소리가 작아지는 점을 고려하면 발포 위치가 꽤 가깝다. 주위에 있는 건물 잔해에 숨어서 총성이 들려온 방향의 낌새를 살핀다. 사라는 경계하면서 총을 쥐었고, 엘레나는 정보 수집 기기를 조작해서 대상 방향의 색적 정밀도를 높였다.

"엘레나, 뭐 좀 알아냈어?"

"잠깐만 기다려……. 총성이 들린 방향에서 반응을 감지했어. 아무래도 헌터 여덟 명과 몬스터 한 마리 같아. 이쪽으로 다가오고 있어."

반응이 감지된 방향에서는 헌터들이 대형 몬스터에게 쫓기고 있었다. 일단 때때로 뒤돌아서 총을 쏘며 달리고 있는데, 몬스터를 해치우려는 기색은 없다.

엘레나는 상황을 해석하고 사라에게 지시를 내렸다.

"저들의 행동으로 볼 때, 몬스터에게는 원거리 공격 능력이 없는 것 같아. 그리고 그들의 무기로 해치울 수 없을 정도로는 강해. 내버려 뒀다간 우리도 휘말릴 거야. 이대로 도망쳐 봤자 따라잡히겠네. 어쩔 수 없어. 우리가 대신 처리하자."

"알았어."

사라는 몬스터를 향해 대형 총을 들었다. 엘레나가 다가오는 헌터들을 향해 외친다.

"비켜!"

엘레나의 목소리를 들은 헌터들이 사라의 사선을 비우듯이 움직였다. 그리고 몬스터에 대한 공격을 멈추며 엘레나 일행이 있는 곳으로 뛰어왔다.

몬스터는 무색 안개의 영향을 받는 중에도 눈으로 확인할 수 있는 거리까지 접근했다. 두꺼운 모피 위로도 발달한 근육을 확인할 수 있는 대형 육식 짐승이고, 헌터들을 물어 죽이려고 뾰족한 송곳니가 자란 커다란 아가리를 쩍 벌렸다.

몬스터를 조준한 사라는 뭔가 이상한 느낌이 들었다. 조준기 너머로 보이는 몬스터가 이렇다 할 상처를 입지 않았기 때문이다.

헌터들은 도망치면서 몬스터에게 몇 번이나 총을 쐈다. 하지만 강인한 생명력을 지닌 몬스터는 총알을 맞아가며 헌터들을 쫓아왔다. 사라는 무의식중에 그렇게 생각했지만, 그 예상은 빗나갔다.

(모피가 총알을 막았거나, 저들이 빈약한 총만 장비했거나, 도망치면서 쏘느라 제대로 명중시키지 못했거나……. 뭐, 상관없어. 정리해 버리자.)

사라는 의문을 뒷전으로 미루고 방아쇠를 당겼다. 대형 총에서 발사된 탄환은 몬스터의 머리에 정확하게 명중했다. 머리에서 선혈이 뿜어져 나오더니, 거대한 몬스터가 땅바닥에 쓰러졌다. 그사이에도 헌터들은 등 뒤의 몬스터를 조금도 아랑곳하지 않고 계속 달렸다.

엘레나는 그들의 표정을 보고 이상한 느낌이 들었다. 그들은 필사적으로 도망치고 있었다. 하지만 그 표정에는 죽기 싫다는 필사적인 감정도, 자신들을 구하려 하는 사람을 만난 기쁨도, 하나같이 부족했다.

하지만 그 위화감에서 해답을 도출할 시간은 없었다. 무색 안개 탓에 몬스터뿐만 아니라 헌터들의 접근도 허용하고 만 것이다. 게다가 몬스터에 대한 경계를 우선한 탓에, 헌터들에게는 미처 대처하지 못했다.

그들은 고맙다는 말도 하지 않고 엘레나 일행의 옆을 그냥 지나쳤다. 그리고 그들 중 한 명이 엘레나 일행의 근처 바닥에 뭔가를 버렸다.

　그 무언가를 본 엘레나와 사라의 표정이 경악으로 물들었다. 그것은 수류탄이었다. 사라는 그것을 이해한 순간, 엘레나를 잡고 온 힘을 다해 몸을 날리려 했다. 다음 순간, 수류탄이 폭발하면서 엘레나 일행을 날려 버렸다.

　사라는 엘레나를 감싸서 폭발의 충격으로부터 완벽히 지켜냈지만, 날아가는 도중에 엘레나를 놓치고 그대로 땅바닥에 내동댕이쳐졌다. 그리고 잠깐 혼란에 빠져 있던 사라는 자신이 무방비하게 땅바닥에 쓰러져 있다는 사실을 깨닫자마자 반사적으로 몸을 일으키더니, 근처에 있던 잔해 뒤에 숨었다.

　그리고 곧 엘레나의 안부를 확인한다. 눈이 닿는 범위에 엘레나가 없다는 사실을 깨닫고 인상을 찡그린 사라는 곧바로 엘레나를 부르려 했다.

　하지만 그 전에 조금 떨어진 곳에서 남자의 목소리가 들려왔다.

　"다른 한 녀석! 이 계집이 죽는 꼴을 보고 싶지 않다면, 무기를 버리고 튀어나와라!"

　같은 장소에서 엘레나의 목소리가 들려왔다.

　"사라! 나는 그냥 무시하고, 도망치거나 공격해!"

　상황을 파악한 사라의 표정이 비통함에 물들었다. 엘레나는 남자들에게 사로잡히고 말았다.

동부에서는 매일 수많은 헌터가 가치 있는 유물을 찾아서 유적으로 간다. 그리고 유적에 서식하는 몬스터와 목숨을 걸고 싸운다. 그 결과, 유적 안에서 목숨을 잃는 헌터도 많다. 당연히 죽은 헌터의 장비는 유적에 방치된다.

기본적으로 그런 장비품은 그것을 발견한 헌터가 차지한다. 때로는 죽은 헌터가 편지 등을 남기며, 자기 소지품을 의뢰비 삼아 자기를 매장해 달라고 하거나 친인척에게 유품을 전해 달라고 부탁하는 경우도 있는데, 그럴 때가 아니면 관례적으로 발견자의 것이다.

하지만 질이 나쁜 헌터 중에는 유적 안에서 강도로 돌변하는 자도 있다. 죽은 헌터의 소지품이 아니라, 아직 살아 있는 헌터를 죽이고 소지품을 빼앗는 것이다. 그들 중 대부분은 현상수배범이 되고, 다른 헌터의 사냥감이 되어 생애를 마친다.

엘레나 일행을 습격한 헌터들도 그런 부류였다. 그들은 엘레나 일행의 장비에 눈독을 들였다. 헌터에서 강도로 전업한 날은 바로 오늘이다. 운이 나빴다고 할 수밖에 없다. 아까는 몬스터에게 쫓기는 것처럼 보였지만, 그것도 다 엘레나 일행을 방심시키기 위한 연기라서 의도적으로 해치우지 않은 것이다.

뒤에서 총구가 겨눠진 엘레나는 남자들을 노려보듯 표정을 일그러뜨렸다. 그러나 뒤통수에서 느껴지는 총구의 감촉 탓에 그 이상의 행동을 취할 수가 없었다.

남자가 엘레나의 뒤통수에 총구를 대며 말했다.

"너는 닥치고 있어. 죽고 싶냐?"

하지만 엘레나는 조금도 겁먹지 않고 도리어 윽박질렀다.

"빨리 쏘기나 해. 그러면 너희는 끝나는 거야. 사라! 절대로 시키는 대로 하면 안 돼!"

"닥치라고 했을 텐데!"

등 뒤에 있는 남자가 엘레나의 머리를 총으로 세게 때렸다. 엘레나는 무심코 고통에 찬 신음을 흘렸다.

사라는 잔해에 숨어서 비통한 얼굴로 이를 악물고 있었다.

엘레나가 시키는 대로 사라를 무시하면 혼자서도 저 남자들을 다 죽일 수 있을지도 모른다. 그러나 그 대신 엘레나는 확실하게 죽는다.

남자가 시키는 대로 무기를 버리고 나가면 당장은 엘레나의 목숨을 구할 수 있을지도 모른다. 그러나 상황은 확실히 나빠질 것이다. 남자들에게 능욕을 당할 것이 뻔하며, 그 후에 산다는 보장도 없다.

사라는 그 어느 쪽도 고를 수 없다.

다른 남자가 사라에게 들리도록 큰 소리로 말했다.

"이제 됐어! 그 여자를 죽여! 그리고 다 같이 나머지 한 명을 죽이자고!"

"기다려!"

사라는 무심코 비명에 가까운 목소리로 외쳤다. 그리고 그 행위에 촉발되듯 결단을 내렸다. 무기를 버리고, 두 손을 들고 건물 잔해 밖으로 나섰다.

엘레나는 고개를 세차게 저었다. 하지만 사라는 엘레나를 향해 비통해 보이는 미소를 지은 후, 남자들을 자극하지 않기 위해 진지한 얼굴로 천천히 다가갔다.

남자들은 무기도 없이 다가오는 사라를 보고 음흉하게 웃었다. 사라가 자신들이 시키는 대로 한다는 생각에 방심한 건지, 몇 명은 사라를 겨눈 총구를 내렸다. 하지만 엘레나의 뒤통수에 닿은 총은 그대로였다.

사라는 상대와의 거리를 재면서, 서서히 다가갔다.

(괜찮아. 저 녀석들은 방심했어. 아직 멀어……. 괜찮아……. 내 신체 능력이라면, 다가가기만 하면 맨손으로도 충분히 대처할 수 있을 거야.)

나노머신의 소비량을 무시하고 몸의 출력을 최대한 끌어올리면 신체 능력이 극적으로 상승한다. 격투전이 능숙하지 않은 사라라도, 신체 능력만으로 저 남자들을 충분히 격퇴할 수 있다. 하지만 최악의 경우, 몸에 남아 있는 나노머신을 이 자리에서 다 써버릴 것이다. 즉, 죽는다. 죽지 않더라도 남은 시간이 급감한다.

엘레나의 목숨을 무시하고 화기로 적을 제압한다면 나노머신의 소비량을 최소한으로 억제할 수 있다. 엘레나는 그것을 바라고 있으며, 비통한 표정으로 그런 자신의 마음을 전하고 있다. 하지만 사라는 그것을 택하지 않았다.

사라는 마음을 굳게 먹고 앞으로 나아갔다. 그리고 몇 걸음만 더 가면 승산이 있는 거리까지 남자들에게 접근했다.

"거기서 멈춰! 그 자리에서 강화복을 벗어!"

고함을 지르는 남자가 지시에 따라서 멈춘 사라를 보고 비웃었다.

"총이 없어도 강화복의 신체 능력으로 때려죽이면 곤란하거든. 너희 장비품이 망가지지 않게 위력을 낮추긴 했다지만, 기절도 안 하고 상처도 거의 없이 행동하는 걸 보면 꽤 좋은 장비인가 본데. 그 장비는 우리가 유효하게 활용해 주지. 잘 들어. 천천히 벗으라고."

"알았어……."

사라가 그 말에 따라 자신의 옷에, 방호복에 손을 댔다. 상대를 방심시키려고 일부러 겁먹은 표정을 지으며 남자들을 노려본 후, 방호복을 벗어서 속옷 차림이 됐다. 남자들의 음흉한 표정에 일그러진 미소가 어리며 더욱 추악해졌다.

사라는 그들의 시선을 견디며, 기회를 엿봤다.

(내 방호복을 강화복으로 착각하는 것을 보면, 내가 신체 강화 확장자라는 걸 눈치채지 못한 거야. 좋았어. 일이 잘 풀리겠어.)

사라는 남자들을 날카롭게 노려보았다.

"……벗었어."

"그래."

다음 순간, 두 허벅지에 총을 맞은 사라가 그 자리에서 무너졌다. 엘레나는 비명을 지르더니, 자신을 겨눈 총부리도 잊고 사라에게 뛰어갔다.

사라에게 총을 쏜 자는 이 남자들의 리더인 부바하였다. 부바하는 쓰러진 사라의 상태를 보고 안전을 확인한 후, 사라를 손으로 가리키며 동료들에게 말했다.

"저건 나노머신 타입의 확장자다. 맨몸으로도 강화복을 입은 인간 수준의 신체 능력을 발휘할 수 있지. 벗은 것도 강화복이 아니라 방호복이야. 병신이 되고 싶지 않으면 손대지 말라고."

남자들 중 한 명이 영문을 모르겠다는 표정으로 부바하에게 물었다.

"어떻게 안 거야?"

부바하는 상대를 무시하듯 약간 어이없는 투로 대꾸했다.

"움직임과 장비를 보면 알 수 있지. 그걸 모르니까 너희는 이 모양 이 꼴인 거야. 신체 강화 타입의 나노머신은 부상 시에 기본적으로 상처 치료를 우선해. 그 상처가 아물 때까지는 움직임이 둔할 거다. 그래도 일반인보다는 강하지. 정 재미를 보고 싶으면 저 여자나 가지고 놀아."

부바하가 엘레나를 손으로 가리켰다. 남자들의 관심이 엘레나에게 집중됐다.

땅바닥에 쓰러져 괴로움에 몸부림치는 사라를 달려간 엘레나가 꼭 끌어안았다.

사라는 힘없이 웃었다. 몸 안의 나노머신은 외상의 치료와 생명 유지를 최우선으로 삼아서 활동하고 있다. 도저히 싸울 수 있는 상태가 아니었다. 자력으로 이 상황을 뒤집는 것은 불가능했다.

"미안해……. 실수했어."

"왜 도망치지 않은 거야……."

그랬다면 사라만은 살았을 텐데. 답을 바라지 않는 질문이 엘레나의 입에서 흘러나왔다.

"미안해……."

사라는 엘레나의 질문과는 전혀 상관없는, 다양한 의미가 담긴 대답을 입에 담았다.

엘레나와 사라는 비웃으면서 다가오는 남자들에게서 고개를 돌렸다.

다음 순간, 부바하는 미간을 저격당해 즉사했다.

총성이 연이어 들려왔다. 갑작스러운 사태에 놀란 다른 남자들이 경계, 색적, 반격으로 넘어가기도 전에 십여 발의 총성이 계속해서 울려 퍼졌다. 복부와 오른발에 총을 맞은 남자가 쓰러지면서 고통에 찬 비명을 흘렸다. 팔, 어깨, 가슴에 총을 맞은 남자가 비명을 지르고 땅바닥에 쓰러졌다. 운 좋게 총을 맞지 않은 남자가 외쳤다.

"이 자식들! 패거리가 더 있었던 거냐……?!"

운 좋게 무사했던 남자는 엘레나 일행에게 다른 동료가 있는지 묻는다고 하는 쓸데없는 행동을 취하면서 그 운을 허비했고, 엘레나가 쏜 총알을 미간에 맞고 즉사했다.

갑작스러운 사태에 놀란 건 엘레나 일행도 마찬가지였다. 하지만 엘레나는 재빨리 평정을 되찾더니, 자신의 근처에 쓰러진 남자의 무기를 빼앗아서 아직 전투 능력을 잃지 않은 남자들에게 총격을 가했다. 이어서 아직 숨이 붙은 남자의 머리에 총알 두 발을 박아서 숨통을 확실히 끊었다.

남자들은 혼란에 빠진 상태에서도 엘레나 일행을 공격하려 했다. 하지만 자신들을 계속 노리는 총격 탓에 그러지 못했고, 아무튼 적의 사격이 닿지 않는 곳으로 피신하기 위해 혼란 속에서도 건물 잔해나 골목으로 몸을 숨기려 했다.

그동안 엘레나는 사라를 질질 끌어서 함께 도망치려고 했다.

"사라! 걸을 수 있어?!"

사라는 몸을 일으킬 수도 없다. 표정을 굳히고 근처에 떨어져 있던 총을 주워서 먼저 엘레나를 대피시키려 했다.

"무리야! 엘레나! 나는 괜찮으니까 도망쳐!"

"싫어! 웃기지도 않는 소리는 하지 마!"

남자 중 일부가 엘레나 일행을 쏘려고 했지만, 그것도 누군가의 총격에 저지됐다.

엘레나는 사라를 질질 끌며 근처에 있던 빌딩 안으로 서둘러 피신했다. 그사이에도 총성은 쉴 새 없이 울려 퍼졌다.

엘레나 일행은 근처에 있는 폐허 빌딩 안으로 어찌어찌 피신했다. 사라는 상반신을 일으켜 주위를 경계하며 총구로 빌딩 안팎을 겨눴다.

"엘레나. 대체 무슨 일이 일어난 것 같아?"

엘레나도 되는 대로 색적을 개시했다.

"모르겠어. 저놈들과 한패가 아닌 누군가가 저놈들을 습격했어. 지금 아는 건 그게 다야. 우리를 도와줬다고 여기고 싶지만,

단순히 우리라는 사냥감을 가로채려는 것일 수도 있어. 사라, 다친 데는 좀 어때?"

"내 힘으로 걸으려면 한 시간 정도 걸릴 것 같아."

"그렇구나. 지금은 움직이지 말고, 나노머신의 소비를 부상 치료에 전념시켜. 일단, 여기서 상황을 살피자. 아직 목숨을 건졌다고 확신할 수는 없으니까."

엘레나와 사라는 표정을 굳히고 빌딩에 틀어박혔다.

제8화 살인의 이유

　엘레나 일행이 자신들을 사냥감으로 삼으려던 남자들의 책략에 빠져서 일시적으로 전의를 상실할 만큼 궁지에 몰렸을 때. 그리고 남자들이 엘레나 일행의 무력화를 마쳤다고 생각해서 방심했을 때. 그 상황을 몰래 살피던 아키라가 남자들을 기습했다.

　아키라는 유적의 건물 잔해 뒤에 숨어서 남자들에게 총을 쐈다. 무색 안개의 영향을 고려해서 절묘한 위치를 잡아 실시한 사격은 남자들이 아키라의 위치를 파악하지 못하게끔 했다. 긴장이 풀렸던 탓에 갑작스러운 사태에 즉각적으로 대처하지 못한 그들은 일방적으로 총격을 당하며 비명을 질렀다.

　"알파. 몇 명 남았어?"

　『세 명 죽었어. 다섯 명 남았네. 참고로 아키라가 죽인 건 한 명뿐이야. 다른 둘은 저 여자들이 죽였어.』

　"그 상황에서 알아서 둘이나 해치웠구나. 대단한걸."

　『그러게.』

　알파의 반응을 보고 아키라의 표정이 약간 딱딱해졌다. 알파는 언짢은 태도를 숨기지 않고 그 언짢음에 따른 표정과 어조로 말하고 있었다.

"저기…… 저 사람들을 돕는 게 그렇게 싫어?"

아키라는 드물게도, 더는 상대의 기분이 상하지 않도록 왠지 모르게 저자세를 보이고 있었다. 한편, 알파는 미소를 지으면서도 아키라를 비난하듯 어딘가 퉁명한 듯한 표정과 어조로 대꾸한다.

『그렇지는 않은걸? 나도 남을 돕는 건 좋은 일이라고 생각해. 다만 내 의뢰를 받아들인 아키라가, 딱히 강하지도 않으면서, 무엇보다 내 의뢰를 완수할 때까지 죽으면 안 되는데, 만난 적도 이야기해 본 적도 없는 생판 남을 위해서, 자기 목숨을 위험에 빠뜨리면서, 꼭 그래야 하는지, 좀 의문일 뿐이야. 나는 아키라가 죽으면 곤란해. 그렇게, 똑똑히, 말했지?』

알파의 서포트는 공짜가 아니다. 알파의 의뢰에 대한 보수에서 일부를 미리 받은 것이다. 자신이 그 의뢰와는 관계없는 일로 죽으면 알파로서는 상대가 돈만 미리 받고 도망친 것이나 다름없다. 그래서 저렇게 언짢아하는 것이리라. 그렇게 판단한 아키라는 다소 미안한 마음이 들어서 허둥대고, 조금 초조한 어조로 변명을 했다.

"아니, 그건 말이지. 알파의 엄청난 서포트가 있으면 이 정도는 여유롭다고, 서포트의 질을 매우 신용하고 있다는 증거라고 여겨 주면……."

『그토록 내 서포트를 신뢰해 준다니 정말 기쁜걸? 그건 진심이거든?』

아키라는 알파가 단호하게 웃는 모습에서 위압감을 느끼고 다소 엉거주춤하더니, 얼버무리듯 헛웃음을 흘렸다.

◆

남자들이 유도하는 몬스터가 아직 멀리 떨어진 곳에 있을 때, 알파는 이미 그 존재를 탐지하고 있었다. 또한 그 몬스터가 아키라에게 버겁다는 것도 파악하고 있었다. 그래서 만일의 경우에는 엘레나 일행에게 대처를 떠넘기기 위해서 아키라가 엘레나 일행과 일정 거리를 유지하게 했다.

그리고 그 상황을 아키라에게도 전했다. 사전에 알림으로써 전투가 발생했을 때 신속하게 이동시키고, 아키라가 휘말리지 않게 하기 위해서다.

하지만 그때 아키라는 알파가 예상을 벗어난 행동을 취했다. 일찌감치 피난하기는커녕 엘레나 일행에게 접근해서 상황을 살피기 시작한 것이다.

그리고 엘레나 일행의 상황이 치명적으로 악화했을 때, 아키라는 무척 불쾌한 분위기로 뭔가를 골똘히 생각하는 표정을 짓고 알파의 예상을 더더욱 벗어난 소리를 했다.

"알파. 알파의 서포트가 있으면, 내가 저놈들을 다 죽일 수 있을까?"

『저 여자들을 도울 생각이야?』

"무리일까?"

가능하다면 실행한다. 알파가 그 의도를 파악하고 약간 미심쩍은 어조로 답했다.

『가능한가 불가능한가만 따지고 보면, 가능해. 하지만 위험하다는 사실에는 변함이 없어. 무리해서 얽힐 필요는 없다고 보는걸?』

"알파의 엄청난 서포트로도, 나는 높은 확률로 죽는 거야?"

『상황에 따라 다르지만, 아키라의 생존을 우선하며 행동한다면 죽을 위험은 매우 낮아. 하지만 가장 안전한 건 애초에 얽히지 않는 거야.』

"즉, 어떻게든 된다는 거지?"

부정에 가까운 대답을 하면 서포트의 질을 의심받는다. 그 점을 고려하면 긍정할 수밖에 없다. 그렇게 판단한 알파는 아키라가 이렇게 고집을 부리는 이유를 짐작할 수 없었기에, 미심쩍은 어조로 되물었다.

『그래. 하지만 그러려는 이유 정도는 이야기해 주겠어? 그 이유에 맞는 구체적인 행동 지침을 정할 필요가 있어.』

아키라는 입을 다물었다. 그 이유를 입에 담는 것을 주저하고 있었다.

알파는 아키라의 표정 등에서 언짢음, 짜증, 불쾌함, 혐오, 분노를 확인했지만, 그 이유는 추측할 수 없었다.

하지만 그러한 부정적인 감정은 일전에 아키라 자신이 유적에서 습격당했을 때보다 강렬했다. 지난번처럼 아키라 본인이 습격을 당한 것도 아니다. 습격을 당한 자들도 딱히 아는 사람이 아니다. 그런데도 그때보다 더 강한 감정의 어둠을 품고 있다.

예전에는 장비와 실력이 부족하고 살아남는데 필사적이라서 그런 감정을 품을 여유가 없었을 가능성도 있다. 지금은 비교적 안전하고 장비와 실력도 예전보다 좋아졌다. 그런 여유에서 이런 감정이 유발된 걸지도 모른다. 알파도 거기까지는 추측할 수 있었다.

하지만 그렇게 강한 감정이 유발될 이유로는 부족했다. 알파는 그렇게 결론을 내렸다.

침묵이 흘렀다. 아키라는 그것을 대답하지 않으면 도와주지 않겠다는 의미로 받아들인 건지, 잠시 생각에 잠긴 후에 그럴듯한 이유를 입에 담았다.

"저런 놈들을 그냥 뒀다간, 내가 또 습격당할지도 모르잖아. 앞으로 수도 없이 이 유적에 올 거야. 저런 놈들은 이참에 죽이는 게 낫지 않겠어?"

아키라는 좀 더 생각한 후에 덧붙여 말했다.

"그리고 나는 남은 행운이 없다고 알파가 말했지? 저 사람들을 구해주면 운이 조금은 좋아질지도 몰라. 운이라는 건 평소 행실에 따라 좋아지는 거잖아? 마침 잘된 거 아니냐고."

알파는 그 대답을 듣고 생각에 잠겼다.

아키라가 말한 이유는 전부 구실에 불과하다. 남자들의 몰살을 전제로 깔고, 그것을 실행하기 위한 이유를 늘어놓는 것에 지나지 않는다. 아키라는 여자들을 구할 이유가 아니라, 그들을 죽일 이유를 찾고 있다. 여자들을 구하기 위해 그들을 죽이려는 게 아니다. 그들을 죽이기 위해 여자들을 구하려 하는 것이다.

아마도 아키라의 내면에는 본인도 이해할 수 없는 어떤 기준이 존재할 것이다. 그리고 그 기준에 따라 판단한 결과, 그들은 죽어 마땅한 인간으로 분류됐다. 알파는 거기까지 추측했지만, 역시 그 기준까지는 추측할 수 없었다.

또다시 한동안 서로가 침묵에 잠기자, 아키라는 실망에 가까운 표정을 지었다.

"알파의 엄청난 서포트가 있어도 어렵다면 포기하겠지만……."

더 이상 실랑이를 벌였다간 지금 아키라의 마음속에 있는 감정이 미세하게나마 자신을 향할 우려가 있다. 게다가 자신의 서포트에 대한 신뢰가 훼손될 위험성도 있다. 알파는 그렇게 판단했다.

알파에게 그들의 목숨은 전혀 중요하지 않다. 아키라의 비위를 맞추기 위해, 알파는 그들이 죽게 내버려 두자고 생각했다. 알파는 마음속으로 내린 냉철한 판단을 겉으로 드러내지 않고 어디까지나 아키라의 말에 약간 발끈한 투로 말했다.

『무슨 소리를 하는 거야. 내 서포트가 있으면 그 정도는 여유로워. 간단하다고.』

"그렇구나. 그럼 부탁할게."

『좋아. 빨리 끝내자. 우선 이동해. 이쪽이야.』

알파는 아키라의 부탁을 받아들였다. 이로써 원래는 엘레나 일행과도, 부바하 일행과도 아무런 관계가 없는 데서 부바하 일행의 명운이 다했다.

그 뒤로 아키라는 알파로부터 철저하게 서포트를 받으며 부바하 일행을 기습했다. 안전한 저격 위치에서 부바하의 미간에 파란 선으로 된 탄도 예측을 맞춘 후, 주저 없이 방아쇠를 당겼다.

그 후에는 사격을 계속해서 엘레나 일행의 대피를 도왔다. 엘레나 일행이 빌딩 안으로 도망친 것을 확인한 후에도, 안도의 감정은 느끼지 않았다. 대외적인 이유를 달성했다고 생각했을 뿐이다.

『아키라, 이동해.』

"알았어."

지시대로 유적의 골목을 빠져나와 빌딩을 통과한 후, 건물 잔해 뒤에 숨으며 다음 저격 위치로 이동한다. 그리고 자신을 습격하지도 않은 남자들을 향해 총을 들었다. 머리에 조준을 맞춘 후, 냉담한 표정 속에 약간의 불쾌함을 실으며 방아쇠를 당겼다. 저격 대상을 보는 아키라의 눈에는 증오보다 혐오에 가까운 감정이 담겨 있었다.

발사된 탄환이 남자의 머리에 명중한다. 강인한 생명력을 지닌 몬스터를 해치우기 위해 제조된 탄환은 몬스터보다 약한 인간의 머리를 끔찍하게 파괴했다.

『아키라, 이동해.』

"알았어."

아키라는 다른 남자들에게 자기 위치가 드러나기 전에 다음 저격 위치로 이동했다. 알파의 지시는 절묘해서, 남자들은 아키라의 위치를 전혀 파악하지 못했다. 그렇게 이동하는 와중에, 아키라는 문득 떠오른 의문을 입에 담았다.

"그나저나 제법 가까운 거리에서 저격하는데도 전혀 눈치채지 못하네."

『찾아내기 어려운 장소에서 저격하고 있거든. 유리한 지리적 조건을 정확하게 선택하는 게 가능하면 어려운 일이 아니야. 더군다나 지금은 무색 안개 때문에 아키라를 발견하기 어려운 상태거든.』

"무색 안개 탓이라면 조건은 우리와 똑같잖아?"

『전혀 달라. 쿠즈스하라 시가지 유적에서의 내 색적 능력은 저 남자들의 싸구려 정보 수집 기기와는 하늘과 땅만큼 차이가 나. 저쪽만 눈을 가리고 싸우는 거나 다름없어. 그 정도 차이가 없다면 아키라의 실력으로 저들을 이기는 건 불가능해.』

그때 알파가 조금 심각하게 당부한다.

『그러니까 아키라는 지금 상황을 자기 실력 덕분이라고 착각하지 마. 저들은 딱히 약한 게 아니야. 저 정도 상대라면 편하게 이길 수 있다고 절대로 착각하지 마.』

"아, 알았어."

아키라는 단호하게 웃으면서 추가로 못을 박았다.

『그럼 됐어. 정말로…… 그러면 안 되는 거 알지?』

"아, 안다니깐 그러네."

아키라는 약간 허둥대면서 대답했다. 진심으로 한 말이지만, 알파한테는 우쭐대는 것처럼 보인 걸지도 모른다고 생각한 아키라는 마음을 다잡으며 서둘러 이동했다.

알파는 그런 아키라의 심정을 알면서도 거듭 당부했다.

그 뒤에도 일방적인 전투가 이어졌다. 아키라만이 적의 위치를 정확하게 파악한 상태에서 알파의 적절한 지휘로 안전한 위치에서 계속 저격하고 있다. 남자들은 이러지도 저러지도 못한 채 차례차례 살해당했다.

마지막으로 남은 남자가 항복하고 아키라에게 목숨을 구걸했다. 하지만 아키라는 전혀 아랑곳하지 않고 쏴 죽였다.

남자들을 몰살했을 무렵, 무색 안개도 서서히 걷히기 시작했다. 하지만 안개가 일찍 걷혔더라도 이미 공황 상태였던 남자들에게는 승산이 없었다.

아키라. 엘레나 일행. 부바하 일행. 이 자리에는 운이 나쁜 자들이 모여 있었다. 기어 올라가려는 자들이 모여 있었다. 자신이 처한 역경을 뒤집으려고 도박에 나선, 무리를 한 자들이 모여 있었다.

그리고 도박에 지고, 무리가 결실을 보지 못하고, 가장 잘못된 선택을 한 자들이, 그들 모두의 도박과 무리의 대가를 치렀다. 유적에 굴러다니는 남자들의 시체는 동부에서 질리지도 않게 되풀이된 광경이자, 흔한 결과의 표본이었다.

◆

엘레나 일행이 빌딩에 틀어박히고 얼마 후, 산발적으로 울려 퍼지던 총성이 멎었다. 그리고 그 후로도 다시 들려올 기색이 없었다.

사라는 경계심을 약간 누그러뜨렸다.

"끝난…… 걸까?"

엘레나는 정보 수집 기기의 반응을 확인했다.

"주변의 반응은 대부분 사라졌어. 남은 반응이라고는 우리 이외엔 하나뿐이야. 아마 그 녀석들과 싸운 사람의 반응일 거야."

정보 수집 기기는 무색 안개의 영향에서 벗어난 상태였다. 이 상태라면 자신들을 습격한 자들과 그 이외의 반응을 잘못 분간할 리가 없다. 그러나 그 반응의 주인이 아군일 거란 보장은 없다.

"엘레나. 그 누군가가 이쪽으로 올 것 같아?"

"그럴 기미는 없는데……. 대체 누구일까?"

"낙관적으로 생각하자면, 우연히 근처에 있던 누군가가 우리를 구해준 거겠지. 8 대 3…… 아니지. 우리를 빼면 8 대 1인 상황인데도 말이야. 지나가던 선량한 사람……이면 좋겠네."

사라는 희망적인 관측만 입에 담고, 절망적 관측은 마음속에 담아뒀다.

(선량한데도 정도라는 게 있어. 구해준 건 고맙지만, 그 보답으로 뭘 요구할지 짐작도 안 돼. 만약 그 상대가 남자이고, 우리의 몸을 요구한다면……. 엘레나는 반대하겠지만, 나 한 사람으로 만족해 줬으면 좋겠네.)

엘레나는 정보 수집 기기에 표시된 누군가의 반응을 확인하고 있었다. 그리고 그 반응이 멀어져 가고 있음을 눈치챘다.

(우리에게 접근하려는 기색은 없어. 도와준 것에 대가를 요구

할 작정이라면 바로 다가왔을 거야. 도와준 상대의 상태를 확인하지도 않는다는 건 괜한 말썽을 피하고 싶거나, 단순히 흥미가 사라졌거나, 아니면 남자들의 소지품을 챙기는 걸 우선하는 것이거나…….)

그런 생각을 하는 사이에도 반응은 멀어지고 있었다. 엘레나는 잠시 망설였지만, 그 반응을 쫓아가 보기로 했다.

"잠시 다녀올게. 사라는 여기서 기다려."

"괜찮겠어?"

"무색 안개는 꽤 걷혔고, 반응을 보니 상대는 우리와 적대할 생각이 없는 것 같아. 무리는 안 할 테니까 걱정하지 마. 도와줘서 고맙다는 말이라도 해야지."

엘레나는 자신을 걱정하는 사라에게 웃어서 안심시킨 후, 서둘러 준비를 마치고 혼자만 빌딩을 나섰다. 이미 정보 수집 기기를 통해 색적은 마쳤다. 적이 없으므로, 아키라를 따라 뛰어갔다.

엘레나가 아키라에게 어느 정도 다가가자, 정보 수집 기기에 표시된 반응의 이동 속도가 갑자기 빨라졌다. 아키라가 서둘러 이탈하려고 한 것이다.

엘레나는 아키라의 위치를 이미 파악하고 있었다. 그 위치는 엄폐물 너머였다. 목소리는 닿겠지만 상대의 모습은 보이지 않았다. 허둥지둥 큰 소리로 불렀다.

"기다려! 우리를 구해준 사람이지?! 고맙다는 인사도 하고 싶고, 할 말도 있어! 이쪽으로 와 주면 안 될까?"

그러자 아키라가 있는 쪽에서 뭔가가 날아왔다. 그것은 동그랗게 만 종이인데, 공중에서 포물선을 그리며 엘레나의 발치에 떨어졌다.

엘레나가 그것을 주워서 종이를 펼쳐 보니, 안에는 탄환이 들어 있었다. 종이는 지저분한 글씨로 '이쪽으로 오지 마.' 하고 간결하게 적혀 있었다.

종이를 감싼 탄환은 단순히 종이를 던지기 편하게 하려고 쓴 것일까. 혹은 경고를 겸하고 있는 걸까. 엘레나는 판단이 서지 않았다. 일단 이유는 알 수 없지만, 이 생명의 은인은 자신이 다가가는 것을 바라지 않는 듯했다. 그렇게 판단한 엘레나는 더 다가가지 않았다. 그 대신 더 큰 소리로 말했다.

"동료가 총에 맞아서 움직일 수 없어! 유적 외곽 근처에 차를 세웠으니까, 거기까지 동료를 운반하는 것과 호위를 부탁하고 싶어! 아까 일의 답례와는 따로 보수를 지불할게! 도움을 받아 놓고 이런 소리를 하는 게 뻔뻔한 짓이라는 건 알지만, 조금만 더 도와주면 안 될까?!"

물론 엘레나는 그 보수를 지불할 능력이 없었다. 특히 돈은 한 푼도 없다. 애초에 돈을 벌려고 이곳에 온 것이다. 사라가 나노 머신을 보급할 돈도 필요하다. 보수로 무엇을 줄지도 포함해서 교섭할 필요가 있을 것이다. 그렇게 생각한 엘레나는 보수에 자신의 몸을 포함하는 것도 각오했다.

그러자 뭔가가 또 날아왔다. 이번에는 상자였다. 주워서 확인해 보니, 상자에는 종이가 끼워져 있었다. 상자 표면의 인쇄 내용을 보고 회복약임을 알 수 있었다. 종이에는 지저분한 글씨로 사용 방법이 적혀 있었다.

이 회복약으로 동료의 부상을 치료하라. 그런 의미라고 엘레나는 판단했다. 동시에 상대방은 호위를 맡을 생각이 없다는 것도 이해했다.

엘레나는 사라가 있는 곳으로 돌아가기로 했다. 돌아가기 전, 방금 받은 종이에 글자를 적어서 땅바닥에 뒀다.

"알았어! 회복약 고마워! 나는 돌아갈게! 내 헌터 코드를 종이에 적어 뒀으니까, 생각 있으면 연락해 줘!"

엘레나는 아키라가 있는 방향을 향해 가볍게 고개를 숙였다. 그리고 사라의 곁으로 돌아갔다.

잠시 후, 아키라가 모습을 드러냈다. 엘레나가 충분히 이동할 때까지 기다린 후, 엘레나가 남긴 종이를 주우러 온 것이다.

종이에는 엘레나의 헌터 코드가 적혀 있었지만, 아키라는 헌터 코드가 뭔지 모른다. 그 문자열을 보고 약간 의아한 표정을 지었다.

"알파. 헌터 코드라는 게 뭐야?"

『아키라가 정보 단말을 휴대하고 다니게 될 때까지는 별로 중요하지 않아. 지금은 상대의 헌터 코드를 알고 있으면 헌터끼리 연락을 주고받을 때 편리하다는 정도로만 기억해 둬.』

"그런 게 있구나. 나한테도 그런 게 있는 거야?"

『없어. 정보 단말을 산 후에 헌터 오피스에서 절차를 밟으면 입수할 수 있을 거야. 그런데 아키라, 정말로 이래도 괜찮아?』

"그래. 괜찮아. 일부러 만날 필요는 없잖아. 빨리 돌아가자."

『헌터들의 소지품을 챙기지는 않을 거야?』

"그냥 둘래. 그놈들은 나를 습격한 것도 아니니까."

『그래.』

아키라는 전에 자신을 습격한 2인조의 소지품을 빠짐없이 챙겼다. 알파는 지난번의 그자들과 이번에 해치운 자들의 차이를 알지 못한다. 하지만 아키라 나름의 기준이 있다고 판단했다.

보수도 받지 않고 구태여 위험을 감수해서 구해줬다. 귀중한 회복약까지 줬다. 하지만 그 후의 일은 흥미가 없다는 듯이 호위를 거절했고, 도와준 상대와 만나려고도 하지 않았다. 어떤 행동 원리가 있으면 이런 식으로 행동하는 걸까. 앞으로도 아키라의 행동을 관리 및 유도하기 위해, 알파는 계속 추측했다. 본인에게 물어봐도 소용없다는 것은 엘레나 일행을 도와주기로 했을 때의 반응을 통해 추측할 수 있었다. 그렇기에 이번에는 아무것도 묻지 않았다.

아키라 일행은 그대로 서둘러 유적을 떠났다.

◆

엘레나가 돌아와서 방금 있었던 일을 이야기해주자, 사라는 미묘한 웃음을 지었다.

"우리와 아무 상관이 없는데도 도와준 생명의 은인에, 회복약까지 주고, 보수도 요구하지 않은 데다, 이름도 안 밝히고 사라졌다 이거지. 좋은 부분만 골라서 보면, 홀딱 반해도 이상하지 않을 이야기이긴 한데……."

그것만 본다면 호감이 가는 인물상이다. 사라는 그렇게 생각하면서도, 입가에 어린 미묘한 웃음을 쓴웃음으로 바꿨다.

"모습을 보이지도 않았고, 목소리도 들려주지 않았어. 우리에게 다가오지도 않았지. 종이에 적힌 글자도 삐뚤삐뚤해. 자기 필적을 조사당하지 않으려고 의도적으로 지저분하게 쓴 걸까……. 갑자기 수상해지네."

느닷없이 인물상이 수상해지자, 엘레나도 쓴웃음을 지었다.

"받은 회복약은 그냥 쓰지 말까? 잠시 기다리면 회복될 거잖아?"

엘레나도 생명의 은인을 나쁘게 여기고 싶지 않지만, 이 회복약을 사용할 사람은 사라다. 그러니 강요할 생각은 없었다.

사라는 고개를 저었다.

"아니야. 쓸래. 부상 상태로는 위험하잖아."

실제로 회복약을 쓸 사람은 엘레나가 아니라 자신이다. 사라는 굳이 말하지 않았지만, 그렇게 생각하며 사용하기로 했다. 회복약 상자에서 캡슐로 된 약을 꺼내 손바닥에 얹었다. 그대로 복용하는 것이 일반적인 사용 방법이다.

사라는 손바닥 위에 놓인 캡슐약을 응시하면서, 회복약의 사용법이 적힌 종이의 내용을 머릿속에 떠올렸다. 상자에 첨부된 설명서가 아니라, 허름한 종이에 지저분한 글씨로 적혀 있던 내용을 말이다.

긴급 상황일 경우, 혹은 즉효성을 바랄 경우, 복용하지 말고 내용물을 환부에 직접 투여할 것. 극심한 통증 주의. 종이에는 지저분한 글씨로 그렇게 적혀 있었다.

확실히 일반적인 사용법은 아니다. 최악의 경우, 치료는 고사하고 부상이 악화할 위험성도 있다. 사라는 무척 망설였지만, 종이에 적힌 사용 방법에 따르기로 했다.

여러 개의 캡슐을 열어서 내용물을 두 다리의 부상 부위에 직접 투여했다. 종이에 적힌 경고대로, 사라는 극심한 통증을 느꼈다. 뭔가가 상처를 억지로 수복하는 느낌이 통증과 함께 느껴졌다. 엘레나는 고통에 찬 표정을 짓는 사라를 걱정스러운 듯이 쳐다보았다.

고통은 점차 가라앉았다. 1분 정도 지나니 고통이 거의 사라졌다. 몸을 일으키려고 하니 약간의 통증이 느껴졌지만, 문제없이 일어설 수 있었다. 그 모습을 본 엘레나는 조금 놀랐다.

"사라, 일어서도 괜찮은 거야?"

"응. 효과가 좋은 것 같아. 문제없이 싸울 수 있을 만큼은 회복했어. 엘레나도 조금 써 보는 게 어때?"

사라는 회복약을 입에 넣었다. 긴급할 경우, 혹은 즉효성을 바라는 경우가 아니기에 정상적인 사용법을 선택했다.

사라의 제안에 따라 엘레나도 회복약을 복용했다. 엘레나는 크게 다치지는 않았지만 부상이 있는 몸이다. 피로도 심했다. 사라와 마찬가지로 몸 상태를 추스를 필요가 있었다.

회복약을 복용한 엘레나는 잠시 후 머리의 통증이 급속도로 가시는 것을 느꼈다. 자신의 헌터 경험에 미루어 볼 때, 단순한 진통 작용이 아니라 머리의 부상이 급속도로 치료되고 있다는 것을 알 수 있었다.

회복약의 효과 덕분에 엘레나 일행의 아키라에 대한 평가는 생명의 은인이지만 수상한 사람에서, 뭔가 사정이 있는 생명의 은인으로 상승했다. 서로의 얼굴을 쳐다본 두 사람은 피치 못할 일이라고는 해도 은인을 의심했다는 사실에 쓴웃음을 지었다.

기분을 전환하려는 듯이 사라가 웃는다.

"일단 우리를 구해준 게 진짜로 좋은 사람이라는 건 알았어. 이 회복약이 어디 제품인지는 모르겠지만, 이렇게 잘 듣는다면 엄청 비싸겠지? 이만큼 신세를 지고서 고맙다는 말도 못 하는 건 좀 그렇네."

"내 헌터 코드를 적어서 두고 오기는 했는데, 애초에 그걸 봤을지 어떨지도 잘 모르니까. 그리고 상대가 우리에게 연락해 주기는 할까……."

"그건 상대에게 달렸네. 아무튼 우리는 연락을 받으면 보답할 수 있게 앞으로도 힘내 보자."

엘레나도 기분을 전환하려는 듯이 웃었다.

"그것도 그러네. 지금 그걸 신경 써 봤자 소용없어. 그럼 보답하기 위한 준비 삼아서, 저 남자들의 장비라도 챙길까. 우리의 은인은 저들의 소지품에 흥미가 없는 것 같으니까, 우리가 가져가서 파는 거야. 그 돈을 사라의 나노머신 보급에 쓰는 거지."

"거참, 오늘은 이름도 모르는 상대에게 참 신세만 지네."

"그러게 말이야."

엘레나와 사라는 그렇게 말하고 웃었다.

그 후, 엘레나 일행은 남자들의 소지품을 모조리 회수해서 도시에 무사히 귀환했다. 이번 유적 탐색은 불명확한 소문에 따라 유적으로 가는 도박이었다. 그리고 부주의했던 탓에 목숨과 함께 그보다 더 소중한 것을 하마터면 잃을 뻔한 도박이 되고 말았다. 하지만 남자들의 소지품을 판 돈은 하락세였던 엘레나 일행의 상황을 호전시키기에 충분한 금액이었다.

엘레나 일행은 도박에서 승리했다.

제9화 진짜 헌터

아키라는 예전과 마찬가지로 훈련과 유물 수집을 하며 하루하루를 보내고 있었다. 무색 안개가 짙게 깔린 유적에서 알파의 심기를 건드리면서까지 엘레나 일행을 도운 일이 아키라의 생활에 뭔가 변화를 가져다주지는 않았다.

아이도 갈 수 있는 곳에 유물이 잔뜩 있는 미조사 부분이 존재한다는 소문은 이미 잦아들었다. 알파가 유물의 시세를 어느 정도 파악해서 거래소에 가져가는 유물의 질과 양을 조절했기 때문이다.

아키라가 어느 정도 장비를 갖췄기에, 무장하지도 않은 풋내기 소년이 거래소에 유물을 가져오는 일도 없어졌다. 실제로 미조사 부분을 발견했다는 자도 나타나지 않았다. 그에 따라 소문이 급속도로 잦아들었고, 그 소문을 이유 삼아 쿠즈스하라 시가지 유적으로 가는 헌터는 금방 사라졌다.

그 덕분에 아키라는 순조롭게 유물을 수집할 수 있었다. 하지만 너무 순조로운 탓에 자금 사정이 악화됐다. 소문이 다시 퍼지는 것을 막으려고 발견한 유물 대부분을 거래소에 가져가지 않고 다른 장소에 숨겼기 때문이다.

자금 사정의 악화에 대응하고자 아키라는 숙박비를 1박 2만

오름에서 1박 4천 오름으로 낮췄다. 어른 넷이 누울 만한 넓이에 샤워만 가능한 방에 묵고 있다.

그래도 슬럼의 길바닥에 비하면 무척 호화로웠지만, 욕실이 딸린 방에서의 생활을 경험한 자에게는 만족스럽지 못한 생활인 것도 사실이다. 한 번 생활 수준을 올려버리면 그것을 낮추는 것이 어렵다. 그래서 아키라는 빨리 욕실이 딸린 방에서 생활하고 싶다며 투덜거렸다.

알파는 그런 아키라를 변함없는 미소로 달랬다. 값비싼 유물을 가져와도 부자연스럽게 보이지 않을 실력을 갖춘다면 금방 욕실이 딸린 방에서 생활할 수 있다고 독려했다.

변함없는 미소의 이면에서 아키라의 모든 것을 관찰하면서 평소처럼 웃는다.

그런 나날에 변화가 생긴 것은 아키라가 거래소에 열 번째 매입 수속을 마쳤을 때였다. 평소처럼 돈을 받고 나가려고 한 순간, 노지마가 아키라를 불렀다.

"잠깐 기다려 봐. 오늘은 이걸 가져가라."

노지마가 종이 지도와 플라스틱 카드를 아키라에게 내밀었다. 지도는 도시의 방벽 주변을 나타낸 것인데, 목적지가 표시되어 있었다.

"거기서 잠시 수속을 밟아야 할 거다. 그 카드를 직원에게 보여주면 돼. 그럼 힘내라고, 아지라."

"내 이름은 아키라야."

아지라는 잘못 등록된 이름이다. 노지마는 약간 언짢아하는 아키라를 쳐다보며 웃음을 터뜨렸다.

"데이터베이스에 그렇게 등록되어 있단 말이지. 잘못 등록한 거겠지. 누가 등록 처리를 한 건지 모르겠지만, 일을 참 건성으로 처리했는걸. 지도에 나온 곳에서 수속을 받으며 고칠 수 있으니, 후다닥 다녀오라고."

노지마는 그 말만 하고 왠지 기분이 좋아 보이는 기색으로 아키라를 배웅했다.

쿠가마야마 시티의 중위 구역을 감싸는 방벽은 몬스터의 대대적인 습격으로 벽 바깥이 잿더미가 되어도 내부는 아무런 피해도 보지 않을 정도의 견고한 방어력을 자랑했다. 그런 벽의 내부와 외부에 사는 사람들을 물리적, 경제적, 사회적으로 구분하는 이 높고 두터운 방벽은 가까이에서 보는 사람들을 압도할 정도의 박력을 지녔다.

쿠가마 빌딩은 그 방벽과 일체화한 대형 고층 빌딩이다. 벽 내부와 외부의 도시 경제를 이어주는 중계 지점이기도 하고, 도시 기능의 요충지이기도 하다.

빌딩 안에는 헌터 오피스 지부도 있다. 아키라가 헌터 등록을 마쳤던 허름한 지점과는 근본적으로 다른 영업소이며, 쿠가마야마 시티 부근에서 활동하는 헌터들을 일괄 관리하는 중요한 시설이다.

아키라는 그런 쿠가마 빌딩을 올려다보며 주춤거리고 있었다. 그곳에 존재하는 권력, 재력, 무력을 쉬이 상상할 수 있게 해 주는 빌딩의 외관은 슬럼에서 자란 소년에게 두려움을 안겨 주기에 충분하고도 남았다.

지도의 표시는 이 빌딩 안에 있는 헌터 오피스 접수처를 가리키고 있었다.

『여기가 맞지?』

『그래. 들어가자.』

『으, 응.』

태연하게 나아가는 알파의 뒤를 따르면서, 아키라도 불안한 걸음걸이로 쿠가마 빌딩에 들어갔다. 아키라 혼자라면 주눅이 든 나머지 빌딩 안에 들어가는 데도 상당히 오랜 시간이 걸렸을 것이다. 그 시간을 단축할 수 있었던 것도 알파가 해 주는 서포트의 성과다.

헌터 오피스의 접수처가 있는 빌딩 1층에서는 헌터들을 많이 볼 수 있었다. 고성능 강화복을 착용한 자. 한눈에 사이보그임을 알 수 있는 강철 피부를 지닌 자. 하나같이 아키라처럼 헌터 등록만 마친 자와는 근본적으로 차원이 다른 실력자들이다.

그곳의 대규모 접수처에, 내부 장식에, 헌터들의 분위기에, 아키라는 압도당했다.

『아키라. 그들은 딱히 적이 아니야. 습격하는 것도 아니니까 좀 진정해.』

『아, 알았어.』

『입 다물고 서 있어도 소용없으니까, 빨리 수속을 마치자. 수속을 어떻게 하는지는 알아?』

『모, 몰라.』

『이쪽이야.』

슬럼에서 자란 아키라는 기본적인 접수 방법도 모르지만, 알파의 서포트 덕분에 딱히 문제는 없었다.

발권기를 겸하는 무인 접수 단말기로 가서 노지마가 준 카드를 사용해 대기 등록을 마쳤다. 그리고 방해가 되지 않을 장소에서 조용히 차례를 기다린 후, 대응 창구로 향했다. 그리고 창구의 여자 직원에게 대기표와 카드를 내밀었다.

"이걸 보여주라고 하던데요……."

사무적인 미소를 짓고 있던 여자 직원은 그 카드를 보고 놀라서 표정을 살짝 흐트러뜨렸다. 하지만 곧 자신의 업무를 떠올리고 다시 친절한 표정으로 돌아간다.

그리고 받은 카드를 앞에 있는 단말에 인식시켰다.

"확인했습니다. 아지라 님 본인이 맞으신지요?"

아키라는 긴장한 어조로 대답했다.

"아, 네. 아, 아뇨. 저는 아키라인데, 그게 저기, 제대로 말했었는데 이름이 잘못 등록됐어요."

직원은 공손히 머리를 숙이고 사과했다.

"대단히 실례했습니다. 다시 말씀드릴게요. 아키라 님, 헌터 랭크 10으로의 승격을 진심으로 축하드립니다. 헌터증의 재발행 및 등록 정보의 확인을 하도록 하겠습니다. 헌터증 재발행 수속 및 관련 사항에 관한 설명이 필요하신가요?"

"어, 아, 네. 부탁합니다."

"알겠습니다."

상대는 사정을 전혀 파악하고 있지 않았을 것이다. 직원은 아키라의 태도를 보고 그렇게 판단하고 자신의 직무에 따라 친절하게 웃으면서 이번 등록 수속에 관해서 상세하게 설명하기 시작했다.

헌터 오피스는 헌터에게 헌터 랭크라 불리는 평가 기준을 설정하고 있다. 가장 낮은 평가가 랭크 1이며, 기본적으로 랭크가 높은 헌터일수록 뛰어난 헌터로 대우를 받는다.

헌터 랭크를 올리는 방법으로는 유물을 헌터 오피스의 거래소 혹은 그 제휴점에 매각하거나, 헌터 오피스 및 제휴 기업의 의뢰를 받는 것 등이 존재한다. 기본적으로는 동부 통치기업 연맹, 통칭 통기련에 대한 공헌도가 높을수록 높이 평가되며, 그 평가에 따라 랭크가 상승한다.

고랭크 헌터는 통기련에서 높은 신용을 받고 헌터 오피스에서도 우대한다. 예를 들어 도시 상위 구역으로의 출입 허가도 고랭크 헌터일수록 쉽게 받는다.

또한 대기업 등이 실질적으로 점유하고 있는 출입 제한 유적의 조사, 유물 수집 등도 고랭크 헌터라면 특별히 허가가 나온다. 차례를 기다리거나 하는 우선 순위에서도 헌터 랭크가 높을수록 우대를 받는다.

고성능 장비의 입수에도 영향을 준다. 가격과 수량, 위력 때문에 랭크가 낮은 헌터에게는 판매가 제한되거나 금지된 총기도 있다.

헌터 오피스 및 제휴 기업 등이 내놓는 의뢰 중에는 헌터 랭크에 따른 제한이 설정된 것도 있다. 기밀성이 높은 의뢰 등은 고랭크 헌터만 맡을 수 있으며, 저랭크 헌터는 그런 의뢰의 존재조차 알 수 없다.

그런 많은 우대 조치를 비롯해 헌터로서 격과 명예를 손에 넣기 위해 헌터 랭크를 필사적으로 올리려 하는 자가 많다.

아키라의 현재 헌터 랭크는 10이다. 이것은 사원증과 시민증 등의 유효한 신분증을 지닌 자가 어느 정도 장비를 갖추고 헌터 등록을 했을 때의 초기치다. 즉, 일반적인 헌터로서는 신출내기 랭크다.

슬럼의 주민처럼 신분증이 없는 자가 헌터 등록을 하면, 랭크 1의 헌터로 등록된다. 이 시점에서는 종이 쪼가리에 이름만 기재한 존재다.

그 후, 규정에 있는 횟수 및 일정 이상의 가치가 있는 유물 등을 거래소에 가져오는 실적을 쌓으면 어엿한 헌터가 될 의지와 능력이 있다고 인증되면서 비교적 장래성이 있는 존재로서 대우를 받는다. 내부 처리로 헌터 랭크도 상승한다.

그리고 헌터 랭크가 10에 도달하면, 헌터 오피스에서 드디어 진짜 헌터로 여긴다.

노지마가 거래소에서 준 카드는 아키라가 랭크 1부터 올라온 인물임을 증명하는 물건이다. 그런 자는 기본적으로 적다. 대부분 도중에 관두거나 죽기 때문이다.

그리고 그 밑바닥에서 올라온 소수는 비교적 유망한 헌터로서 그럭저럭 우대를 받는다. 예를 들자면 헌터증 재발행 수수료가 처음 한 번만 무료가 되는 등으로 말이다.

직원은 얼추 설명을 마친 뒤 아키라에게 소책자를 건넸다. 질 좋은 종이로 된 소책자로 표지에는 통기련과 헌터 오피스의 로고 마크가 찍혀 있다. 아까 설명보다 상세한 내용과 헌터 관련 정보가 정리된 책자다.

직원은 아키라의 등록 처리를 진행했다.

"아키라 님. 등록 내용에 있는 성함의 수정을 희망하셨는데, 수정해서 등록할 성함을 다시 말씀해 주시겠습니까?"

"아키라예요."

아키라가 조금 의아한 투로 그렇게 답하자 여직원은 진지한 표정으로 확인을 요청했다.

"아키라 님. 이번 등록 처리는 임시 등록에서 정식 등록으로의 갱신이란 의미에 가까우며, 등록 정보에 관해서는 기본적으로 부족 정보의 추가라는 형태로 이뤄집니다. 그리고 이번에는 저희의 실수로 성함이 잘못 등록된 상태를 고려해, 변경 등록을 해 드리려고 합니다. 앞으로 등록 내용을 변경할 시에는 심사를 필수로 하는 변경 사유가 필요하며, 사유에 따라서는 변경을 거부하는 경우도 있습니다. 양해해 주시길 바랍니다."

더불어 이번처럼 흔하지 않은 기회를 낭비하지 않게끔, 직원은 거듭 확인하듯 말했다.

"성함은 헌터 오피스가 당신을 식별하기 위한 요소이며, 당신 개인을 설명, 인식, 확인하는 고유 요소이기도 합니다. 대상자가 속한 혈족, 토지, 국가, 문화, 계급 등을 포함하는 경우도 있습니다. 그 점을 고려해서, 등록명은 '아키라'만으로 정말 괜찮겠습니까?"

아키라는 그 질문에 바로 답하지 못했다.

아키라는 그 어디에도 속하지 않는다. 가족은 없다. 그 기억도 없다. 철이 들고 보니 쿠가마야마 시티의 슬럼에 있었을 뿐이며, 슬럼에 애착이 있는 것도 아니다. 빠져나올 힘이 없어서 거기에 있었으며, 그곳에 속해 있다고는 눈곱만큼도 생각하지 않았다. 또한 슬럼에 무수히 존재하는 패거리의 구성원도 아니다.

항상 혼자 행동했다. 자신의 호칭을 스스로 정의할 때 아키라 이외의 구성 요소는 존재하지 않았다. 그러니 이 기회에 자신의 호칭을 바꾸려고 생각했다면 얼마든지 바꿀 수 있다. 이름이 바뀐다고 해서 문제가 될 것은 없다. 그 이름으로 자신을 부르는 사람은 아무도 없으니까.

최근에 생긴 알파란 예외를 제외하면.

잠시 침묵한 후, 아키라는 진지한 표정을 지었다.

"아키라. 내 이름은 아키라예요. 그 이름으로 등록해 주세요. 만약 바꾸고 싶어진다면 그때 바꾸겠어요. 그때 바꿀 수 없다면, 오히려 바꾸면 안 되는 거란 생각이 들어요."

"알겠습니다."

직원은 단말을 조작한 후, 아키라에게 새로운 헌터증을 내밀었다.

아키라는 건네받은 헌터증을 지그시 보았다. 이제까지의 허름한 종이 쪼가리가 아니라, 단단한 플라스틱 카드다. 여기에는 재질이 종이에서 플라스틱으로 바뀐 것 이상의 큰 의미가 존재했다.

"부디 분실을 주의해 주십시오. 재발행에는 비용과 심사가 필요합니다. 최악의 경우, 기존의 실적을 전부 상실하고 신규 등록이나 다름없이 처리될 경우도 있습니다."

직원은 친절하게 웃으면서 머리를 살짝 숙였다.

"등록 처리를 마쳤습니다. 아키라 님의 활약을 진심으로 기원합니다."

나쁘게 말하면 사무적으로, 좋게 말하면 한 사람의 헌터로 응대할 가치가 있는 인물로 인정받은 아키라는 친절하게 웃는 직원의 배웅을 받으며 헌터 오피스를 나섰다.

아키라가 쿠가마 빌딩 밖에서 새로운 헌터증을 빤히 보고 있다. 그런 아키라를 알파가 기쁜 듯이 웃으면서 축복한다.

『아키라. 드디어 헌터가 됐구나. 축하해.』

『고마워. 지금껏 나는 헌터가 아니었던 거야?』

『이제까지는 자칭 헌터였다고 할까. 안타깝지만 다른 헌터에게 예전의 종잇조각을 보여주며 자기가 헌터라고 말했다면 비웃음만 샀을 거야.』

아키라는 새 헌터증을 가만히 뜯어보고 감동한 반응을 보였다.

『그건 그래.』

헌터증에는 아키라의 이름이 올바르게 기재되어 있었다. 아키라는 그것을 읽더니, 약간 기뻐하며 웃었다.

"나도 드디어 헌터를 자칭할 수 있는 신분이 된 거구나……."

이 헌터증은 아키라의 신분증이기도 하다. 물론 이것을 가게에서 제시해도 풋내기 헌터로 인식하기만 할 테니까 신분증으로서의 효력은 별로 대단하지 않다.

그래도 아키라에게는 큰 전진이다. 적어도 현재 시점에서는 신분증조차 없는 슬럼의 주민을 확실하게 졸업했다.

헌터 활동으로 실적으로 쌓아서 이 헌터증을 제시하는 것이 중요하고 유익한 의미를 지니게 됐을 때, 아키라는 헌터로서 출세했다고 자타를 불문하고 말할 수 있다. 그 첫걸음을, 오늘 드디어 내디뎠다.

내버려 뒀다간 언제까지고 헌터증을 보고 있을 아키라에게, 알파는 쓴웃음을 지으며 주의를 줬다.

『그만 보고 슬슬 집어넣어. 그러다간 수상한 사람이 될걸?』

쿠가마 빌딩 주변은 하위 구역인데도 치안 유지에 힘쓰고 있다. 경비원에게 수상한 사람으로 찍혔을 때 휘말리는 성가신 일은 하위 구역의 다른 곳과는 비교도 되지 않는다. 아키라는 약간 허둥대며 헌터증을 집어넣었다.

『자, 이제부터 아키라도 등록상으로는 헌터의 일원이 됐어. 그에 맞춰 장비 면에서도 진짜 헌터가 되기 위해서, 바로 헌터의 필수품을 사러 가자.』

『필수품? 그게 뭔데?』

『정보 단말이야.』

아키라는 알파의 안내에 따라 헌터 오피스 인근에 있는 정보 단말 전문점으로 향했다.

헌터들은 유적의 위치와 내부 구조, 서식하는 몬스터 등 각양각색의 유익한 정보를 온라인 네트워크를 통해 교환, 공유, 매매한다. 그것들은 헌터 활동의 효율화를 도모하고, 유적에서 나온 수많은 유물을 기업에 가져다주며, 동부 전체의 활성화에 이바지한다.

그 정보망의 구축을 촉진한 것이 바로 동부에 널리 퍼진 정보 단말이다. 타츠모리 중공이 헌터 활동을 버티면서도 저렴한 고성능 제품의 제조에 성공하면서, 정보 단말은 단번에 헌터들 사이에 퍼져 나갔다. 현재도 헌터용 시장은 타츠모리 중공의 독점 상태가 이어지고 있으며, 타츠모리 중공은 이것을 발판 삼아서 동부에서의 영향력을 끌어올려서 통치기업으로 올라섰다.

게다가 정보 단말은 타츠모리 중공의 영향력을 통해 통기련의 동부 공략을 위한 전략 제품의 위치에 섰다. 그 결과로 동부 전체의 이익을 위해 양산화와 가격 인하가 진행되어서 지금은 아키라 같은 사람도 살 수 있을 만큼 구하기 쉬워졌다.

정보 단말이 헌터의 생활에 녹아들면서, 기업이나 헌터 오피스의 의뢰를 정보 단말을 경유해서 받는 자도 늘어났다. 그리고 지금에 와서는 헌터의 필수품으로 불리게 된 것이다.

전문점에 간 아키라는 알파가 권하는 정보 단말을 구입했다. 정보 단말의 가격은 아키라의 전 재산과 거의 같았다.

그리고 가게에서 정보 단말의 헌터를 위한 간단한 초기 설정을 마쳤다. 아키라는 그 설정 내용과 설정 순서를 하나도 몰랐지만, 점원이 능숙하게 조작해서 설정해 줬다.

그 설정 작업 도중, 점원으로부터 헌터용 설정을 위해서는 헌터증이 필요하다는 설명을 받았다. 아키라는 헌터증을 쓸 기회가 일찌감치 찾아왔다는 사실에 약간 기뻐했다.

좁은 숙소로 돌아온 아키라는 약간 굳은 표정을 지었다. 헌터증과 정보 단말을 손에 넣으면서 느낀 흥분은 이미 가라앉았다. 그리고 진짜 헌터로서 이제부터 힘내자는 생각을 한 순간, 현실적인 문제에 생각이 미친 것이다.

"알파. 정보 단말을 사느라 가지고 있던 돈을 다 쓰는 바람에 내일 숙박비도 없는데…… 괜찮은 거야?"

알파한테 뭔가 생각이 있을 거라고, 떠오른 우려를 해소해 줄 말을 기대한 아키라에게 알파는 웃으면서 딱 잘라 말했다.

『괜찮지 않으니까, 내일도 유적에 가자.』

아키라는 할 말이 있는 듯한 눈으로 알파를 보았다. 알파는 조용히 미소를 지었다. 그리고 한동안 묵묵히 서로를 응시했다. 그리고 그것은 아키라가 토한 가벼운 한숨을 계기로 끝났다.

알파를 말로 이길 수 없다는 것은 잘 안다. 정보 단말에 가진 돈을 다 쏟아부었지만, 그만한 가치와 의미가 있을 거라고도 생각한다. 이유를 자세하게 설명하기 시작하면 최종적으로 이해하고 넘어가는 자신이 눈에 선하다.

　무엇보다 유적 탐색으로 피곤했다. 내일도 유적에 간다면 괜한 말다툼으로 체력을 소모하는 것보다 일찌감치 쉬는 게 낫다. 그렇게 생각한 아키라는 나름 생각하는 바가 있기는 해도, 더는 알파에게 물어보지 않았다.

　『탄약은 미리 산 게 있으니까, 그쪽은 괜찮을 거야.』

　"그래…….."

　『내일부터는 유적 탐색에 정보 단말을 활용할 거야. 이제부터 정보 단말을 설정할 테니까, 도와줘.』

　"응? 그건 가게에서 이미 했잖아?"

　『그건 일반적인 헌터용 설정이야. 이제부터 하는 건 아키라 전용 설정이지. 내 서포트를 받기 쉽게 내용물을 철저하게 뜯어고칠 거야. 하지만 정보 단말 조작은 내가 할 수 없으니까, 나 대신 아키라가 해.』

　"즉, 정보 단말을 쓰기 편하게 만드는 거구나. 알았어."

　『빨라도 한밤중까지는 시간이 걸릴 테니까, 힘내.』

　"뭐?!"

　아키라는 놀라서 알파를 본다. 그리고 평소처럼 미소를 짓는 알파를 보고 농담이 아니라는 것을 이해하자 갑자기 커진 피로감에 휩쓸려 얼굴을 살짝 실룩거렸다.

　아키라는 알파의 지시에 따라 정보 단말을 설정하고 있었다.

구체적인 작업 내용은 정보 단말의 조작부와 표시 화면을 겸하는 경질 패널을 만져서 설정 정보를 입력하거나 선택해 나가는 일이다. 물론 아키라는 그 내용을 전혀 이해하지 못했다.

의미를 알 수 없는 도형과 기호와 문자 같은 것을 입력하거나 선택하자 새롭게 의미를 알 수 없는 도형과 기호와 문자 같은 것이 표시된다. 그것을 보고 알파의 지시에 따라 입력과 선택을 기계적으로 반복한다. 그것은 조작 의도를 알 수 없는 단순 작업의 연속이었다. 인간의 사고력을 빼앗을 목적으로 계속되는 일종의 고문이 아닐까 의심하고 싶을 정도였다.

자신은 뭘 하는 걸까. 진짜로 이것은 정보 단말의 설정 작업일까. 사실은 소문으로 들리는 마술이나 주술 의식의 일종은 아닐까. 모르는 사이에 정체불명의 무언가를 불러내는 의식을 치르고 있는 건 아닐까. 의미도 모른 채 반복되는 단조로운 조작은 아키라의 사고력을 기묘한 방향으로 유도하기 시작했다.

알파가 미리 말했던 대로, 설정 작업은 밤이 되어도 끝나지 않았다. 아키라는 마음을 비우고 계속해서 단말을 조작하고 있었다. 그리고 마침내 아키라의 작업이 끝난다.

『아키라. 이제 됐어.』

"드디어 끝났구나……."

『정확하게는 아직 설정 처리 자체는 끝나지 않았지만, 이제는 아키라가 고생할 작업은 없어. 나머지 작업은 내가 할 테니까 아키라는 푹 쉬어.』

이미 날짜가 바뀌었다. 그것을 깨달은 아키라는 더욱 심한 피로를 느꼈다. 쓰러지듯 바닥에 드러눕고 정보 단말을 근처 바닥에 대충 놓는다. 그리고 졸음에 저항하지 않고 그대로 잠에 빠져들었다.

아키라가 잠든 사이에도 정보 단말은 밤새도록 작동했다.

다음 날 아침, 아키라는 평소처럼 알파의 목소리를 듣고 잠에서 깼다. 하지만 목소리가 들린 방향을 보아도, 알파의 모습은 보이지 않았다.

"알파……?"

"여기야, 여기."

괴이쩍은 표정을 지으면서 평소와 왠지 다르게 들리는 목소리가 나는 쪽으로 시선을 돌린다. 바닥에 방치된 정보 단말에 웃으면서 손을 흔드는 알파의 모습이 표시되어 있었다.

알파의 목소리가 다르게 들린 것은 평소에 듣는 염화가 아니라 정보 단말에서 실제로 나오는 목소리를 귀로 들었기 때문이었다. 정보 단말로는 음질 재현에 한계가 있어서 그 점도 위화감의 원인이 되었다.

정보 단말을 손에 들고 표시 화면 속 알파와 시선을 맞추자 그 알파가 의기양양하게 웃었다.

"어때? 대단하지? 이 정보 단말을 내가 탈취했어!"

"어…… 그, 그래."

아키라가 방금 깼다는 점을 고려하더라도 너무 밋밋한 반응을 보이자 알파가 약간 못마땅한 표정을 지었다.

"반응이 심심하네. 더 놀라지 않아?"

"눈에는 보이지만 만질 수 없는 여자가 곁에 있다거나, 시야 일부가 확대되는 것에 비하면 대단한 일이 아닌 것 같아. 그건 그렇고 이제부터 이 정보 단말로 알파와 이야기하는 거야?"

"그러고 싶다면 그렇게 할게. 어떻게 할까?"

아키라는 잠시 생각한 후 냉담한 척하고 대답했다.

"예전처럼 해. 일일이 정보 단말을 보는 게 귀찮아."

"알았어."

알파가 정보 단말 안에서 모습을 감추고 평소처럼 아키라의 곁에 나타난다. 그리고 정보 단말 안과는 비교도 안 될 만큼 존재감이 있는 모습과 목소리로 기쁜 듯 조금 짓궂게 웃으면서 아키라에게 얼굴을 가까이 대고 유혹하듯 말했다.

『역시 정보 단말의 작은 화면으로 보는 것보다 이렇게 아키라의 곁에 있는 게 좋아?』

"아아~ 그래. 그렇다고."

아키라는 눈을 피하면서 될 대로 되라는 투로 대답했다.

알파는 얼굴을 살짝 붉힌 아키라를 보고 만족스럽게 웃었다.

◆

다시 쿠즈스하라 시가지 유적에 유물 수집을 하러 간 아키라는 유적 앞의 황야에서 의욕을 살리고 있다. 열기를 보이는 이유는 정식 헌터증을 얻어 어엿한 헌터가 되고 처음으로 하는 유적 탐사라서 그런 게 아니다. 정보 단말을 사느라 수중에 있는 돈을 거의 다 써서 오늘 숙박비도 없는 탓이다.

어엿한 헌터가 되면서 유물 수집 이외의 방식으로 돈을 버는 것도 가능해졌다. 도시 등에서 헌터 오피스를 경유해 내놓는 의뢰를 받을 수 있기 때문이다. 도시 주변을 순찰하는 경비 업무 같은 일도 헌터 랭크 10이 된 지금의 아키라라면 거부당할 일이 없다.

하지만 알파의 지시에 따라, 당분간은 훈련과 유물 수집을 계속하기로 했다. 그것이 아키라의 실력을 가장 효율적으로 끌어올려 줄 수 있다고 판단했기 때문이다. 아키라도 그 의견에 동의했다.

하지만 자금난은 여전하다. 수확 없이 귀환했다간, 다시 슬럼의 길바닥 생활로 돌아가야 한다.

이대로 있다간 뒷골목보다 훨씬 나은 좁은 숙소도 부족하게 느낄 정도로 사치에 익숙해진 감각으로 다시 뒷골목 생활로 돌아가는 처지가 된다. 그것은 피하고 싶다.

아키라는 한 차례 심호흡하고 마음을 다졌다. 그리고 진지한 표정을 지으며 유적으로 가려고 했다.

"좋아. 가자."

『잠깐 기다려.』

"뭐야?"

기력이 상한 아키라가 못마땅한 얼굴로 알파를 보았다. 어찌 보면 여유가 드러난 표정이다. 하지만 그것도 다음 이야기로 끝났다.

『사격 솜씨가 그럭저럭 늘었으니까 오늘부터 훈련 내용의 비중을 바꿀게. 구체적으로는 내 색적 서포트가 없는 상태에서도 어느 정도는 활동할 수 있어야 해. 이제부터 유적에 들어갈 건데, 내 색적이 없다고 치고 행동해.』

아키라의 표정이 크게 흔들렸다. 알파의 색적은 아키라의 생명줄이다. 그게 없으면 어떻게 될지 생각할 나위도 없다.

"괘, 괜찮은 거야……?"

당황과 불안을 드러내는 아키라에게, 알파는 태연하게 미소를 지었다.

『괜찮지 않으니까, 훈련이 필요한 거야.』

"그, 그건 그렇지만……."

물고 늘어지려고 한 아키라가 놀라서 말을 멈췄다. 알파가 갑자기 심각한 표정을 지었기 때문이다.

『아키라가 헌터로서 성장하면, 다른 유적에 헌터 활동을 하러 갈 기회도 늘어날 거야. 쿠즈스하라 시가지 유적에서 벌 수 있는 돈에는 한계가 있거든. 그런데 유감이지만 내 색적은 쿠즈스하라 시가지 유적 이외에서는 정확도가 확 떨어져.』

"구체적으로, 얼마나 떨어지는데?"

『최악의 경우, 내 색적 자체가 불가능해질 수도 있어.』

아키라는 무심코 인상을 찡그렸다. 현재의 아키라에게 그것은 너무 치명적이다.

『물론 그 상황에서도 최대한 서포트할 거야. 그래도 한도가 있어. 그러니 이참에 유적에서의 행동 요령을 익히자. 알겠지?』

"응……. 지금은 훈련이니까, 진짜로 위험에 처하면 알려줄 거지?"

알파는 도로 웃는 얼굴로 끄덕였다.

『물론이야. 다만 아키라는 그것을 잊고 긴장감 속에서 행동해. 그래야 훈련이 되거든.』

"으, 응."

『기본적으로는 아키라 마음대로 움직여. 그리고 위험한 행동을 하거나 바람직한 행동을 빼먹으면 내가 그때마다 지적할게. 자, 이제 시작해.』

아키라는 긴장을 억누르려고 심호흡했다. 어디까지나 훈련이기에 알파의 색적이 유효하지만, 그것이 없는 상태를 염두에 두고 상상하면서 유적을 보니 갑자기 유적이 매우 위험한 장소처럼 보이기 시작했다.

그리고 실제로 유적은 상상 이상으로 위험한 장소다. 알파라는 존재가 유적에 느끼는 위기의식을 완화했을 뿐이다. 아키라는 자신이 느끼는 감각이 익숙함이 아니라 어리숙함임을 깨닫고, 그래도 마음을 굳게 먹고 걸음을 옮겼다.

『멈춰.』

그리고 그 첫 번째 걸음에서 바로 지적을 받았다.

"벌써?"

『우선 여기서 쌍안경으로 유적을 확인해. 몬스터가 있는지 없는지, 있으면 아키라가 해치울 수 있는 상대인지, 달리 안전한 루트는 없는지, 물러서는 게 좋을지, 잘 생각해서 결정해.』

옳은 말이라고 이해하고, 그런 일도 하지 않고 진행하려고 한 자신의 미숙함에 쓴웃음을 지었다. 그리고 쌍안경을 꺼내서 유적의 상태를 확인했다. 몬스터의 모습은 보이지 않는다. 숨어 있을지도 모르지만, 그것을 확인하지 않았을 때보다는 훨씬 안전해졌다.

"괜찮아 보이는걸."

『이동하기 전에 정보 단말을 봐.』

아키라가 팔에 장착한 정보 단말을 본다. 헌터용 제품의 부속품인 튼튼한 벨트를 사용해서 보기 편한 위치에 단말을 단단히 고정했다. 그 정보 단말의 화면에는 작고 간략하게 표현한 알파가 떠 있어서 화면을 손으로 가리키며 조작을 지시하고 있었다. 그 지시에 따라 조작하자, 지도가 표시됐다.

『그건 쿠즈스하라 시가지 유적의 지도야. 단순한 유물 수집 때도 아무 생각 없이 대충 뒤지는 게 아니라, 사전에 탐색 장소와 이동 루트를 정해.』

지도에는 쿠즈스하라 시가지 유적 외곽의 일부가 표시되어 있었다. 광대한 유적의 극히 일부다.

『유물이 있을 법한 장소를 찾는 것도 중요해. 하지만 그것보다 몬스터와 조우 및 교전할 때의 퇴로도 고려해서 이동 루트를 잡는 게 더 중요하지. 그 점을 잘 생각하고 상황에 맞춰 적절히 수정하면서 가.』

"잘 생각하라고 해도, 뭘 어떻게 생각하라는 건데?"

『그걸 생각하는 것도 훈련의 일부야.』

아키라는 딱딱한 얼굴로 지도를 응시했다. 지도에는 다양한 정보가 기재되어 있다. 하지만 그 정보를 분석해서 적절한 이동 루트를 결정하는 것은 아키라가 아니라도 어려운 일이다. 그래도 나름대로 필사적으로 생각해 본 다음에 유적으로 갔다.

◆

쿠즈스하라 시가지 유적 외곽은 폐기된 빌딩과 부서진 건물 잔해로 이뤄진 세계다. 이미 과거에 몇 번이나 이곳을 지나다닌 기억이 있다. 그런 장소를, 아키라는 예전과 다르게 매우 심각한 표정으로 나아가고 있었다.

주위를 최대한 경계하면서 천천히, 신중하게 걷는다. 과도할 정도로 정신을 좀먹는 경계도, 아키라의 생존율 향상에 크게 영향을 주고 있지 않았다. 색적을 포함해 아키라의 움직임이 풋내기 수준이고 폐허 빌딩의 창문과 건물 잔해의 그늘진 곳 등, 적이 숨어 있을지 모르는 장소가 너무 많았다.

적의 존재를 의심하기 시작하면 한도 끝도 없다. 하지만 모든 장소를 확인할 여유는 없다. 그러나 실전에서 제대로 확인해 보지 않은 장소에 적이 숨어 있다면, 아키라의 인생은 그대로 끝나고 만다. 유적이란 원래 그만큼 위험한 장소다.

그래도 매일 많은 헌터가 목숨을 걸고 유적으로 떠나고 있다. 그 목숨에 걸맞은 승리를 얻거나, 져서 모든 것을 잃는 날까지.

훈련은 계속된다. 몇 걸음, 혹은 한 걸음 나아갈 때마다 알파가 지적했다. 발소리를 내지 않고 걷는 법. 기습을 당할 확률이 낮은 이동 루트를 찾는 법. 재빠르게 반격할 수 있는 자세의 선택과 바닥이 불안정한 공간에서 그 자세를 유지하는 법. 주위를 둘러볼 때 확인해야 할 점의 우선순위. 그 모든 것이 아키라에게는 부족하다.

그 모든 결과로 아키라는 평범하게 걸어가면 몇 분 안에 이동할 거리를 이동하는 데 한 시간이나 걸렸다. 몬스터와 마주치지는 않았지만, 그래도 과도한 긴장이 계속되면서 아키라도 그만큼 피폐해졌다.

아키라의 피로 상태를 본인보다도 정확하게 파악하고 있는 알파가 더는 위험하다고 판단해서 훈련을 중단했다.

『오늘은 이쯤에서 끝내자. 근처에는 적이 없으니까 긴장을 풀어도 돼.』

긴장에서 해방된 아키라는 피로 탓에 크게 한숨을 쉬었다. 그리고 뒤돌아서 자신이 이동한 거리를 확인한다. 조금 떨어진 곳에 유적과 황야의 경계가 보였다. 자신에게 실망해서 한숨이 나온다.

"겨우 이만큼 이동했구나. 갈 길이 머네."

『경험이 쌓이면, 더 빠르게 이동할 수 있어. 그리고 정보 수집기기 같은 고성능 장비를 갖추면 색적이 훨씬 편해져. 훈련하고, 장비를 갖추고, 차근차근 강해지자. 나만 믿어.』

아키라를 배려하듯 밝고 상냥하고 자신만만하게 웃는 알파를 보고, 아키라도 가라앉던 마음을 어찌어찌 회복했다.

"……. 그래. 조바심을 내도 소용없어."

『그래. 그렇다면 이제부터는 유물 수집으로 전환해서 평소처럼 내 색적으로 이동하자. 자, 출발하자.』

아키라가 색적을 완전히 알파에게 맡기고 유적 깊숙한 곳으로 나아갔다. 아까 한 시간 걸려 이동한 거리를 겨우 몇분 만에 추월했다.

원래는 기능적으로 설계했을 시가지 도로도 무너진 빌딩에 막힌 바람에 반쯤 미로가 됐다.

아키라는 걸으면서 정보 단말의 지도와 주위를 비교했다. 그리고 의아하다는 듯이 고개를 갸웃거렸다.

"알파. 이 지도 말인데, 꽤 잘못된 것 같지 않아?"

『당연히 잘못된 지도야.』

알파가 아무렇지도 않게 인정하자 아키라는 조금 놀라면서도 되물었다.

"잘못된 거구나. 그리고 당연한 건가?"

『그 지도는 네트워크 상에서 무료로 입수할 수 있거든. 정확도가 많이 낮아. 좀 더 정확한 지도가 필요하다면, 그만한 돈을 내고 신용할 수 있는 루트로 구입해야 해.』

아키라는 지도를 보면서 신음했다.

"유료구나……. 하긴 그렇겠지."

『혹시나 해서 말하는 건데, 값비싼 지도도 결국은 작성 당시의 정보라서 현재의 내용과 완벽하게 일치한다는 보장은 없어. 강력한 몬스터가 유적 안에서 지형을 바꿀 정도로 날뛰는 일도 있고, 헌터가 유물 수집을 위해 시설의 벽을 폭파하려다 실수해서 시설을 통째로 무너뜨리는 일도 있거든.』

아키라는 예전에 대형 기계 타입 몬스터에게 쫓겼던 때를 떠올렸다. 거대한 포가 주위의 빌딩을 무너뜨리는 바람에 그 일대의 풍경은 예전과 확연히 달라지고 말았다.

정말로 그런 일이 생기면 미리 상세한 지도를 구하더라도 그 물건에 큰 의미는 없다. 그렇게 생각한 아키라는 잘 이해한 것처럼 고개를 끄덕였다.

『그것 말고도 지도와 실제 지형의 차이를 심하게 만드는 사태는 얼마든지 있어. 그 점을 감안하고 지도를 얼마나 신용할 것인가. 그걸 생각하며 행동하는 것도 훈련의 일부야.』

헌터 중에는 지도상이라 불리는 자가 있다. 다양한 수단으로 유적의 상세한 지도를 만든 후, 그것을 팔아서 생계를 꾸리는 자들이다.

위험한 유적의 내부 구조, 내부에 서식하는 몬스터의 종류와 숫자, 과거에 발굴된 유물의 내용 등, 유익한 정보가 다수 기재된 지도는 그 유적에서 발견되는 유물보다 비싼 값에 거래된다.

아키라는 그런 이야기를 흥미로운 눈치로 들었다. 헌터는 유적에서 유물을 찾아내거나 몬스터를 해치우는 식으로 돈을 버는 자라고, 그런 겉핥기 지식만 있었던 아키라에게 지도상이란 존재는 꽤나 충격적이었다.

"그런 식으로 돈을 버는 방법도 있구나. 장사가 될 정도로 잘 팔리나 보네."

『유적에 사전 정보도 없이 무식하게 돌입하는 것과 충분한 정보를 갖추고 면밀한 작전을 세워서 돌입하는 것은 생환율이 크게 달라. 돈으로 안전을 살 수 있다면, 유료라도 사는 헌터가 많겠지.』

"미리 유적의 정보를 파악해 두는 것도 헌터의 실력인 거구나."

『그래. 아무런 정보도 없이 쿠즈스하라 시가지 유적에 들어온 아키라가 얼마나 무모했는지, 이제는 잘 알겠지?』

아키라는 알파와 만났을 때를 떠올리며 쓴웃음을 지었다.

"맞아. 확실히 그때 알파와 만나지 못했다면 나는 무조건 죽었을 거야. 진짜로 위험했어. 정말 고마워."

알파는 의기양양하게 웃는다.

『그 감사의 마음을 행동으로 드러내 줘. 구체적으로는 내 의뢰를 달성할 수 있게 최선을 다한다거나 같은 식으로 말이야. 보챌 생각은 없지만.』

"일단 느긋하게 기다려 봐."

『기대할게.』

아키라는 가벼운 어조로 답했지만, 그 말과 의지에는 거짓이 없다. 그런 아키라를 향해 미소를 지은 알파 또한, 그 말과 의지에 거짓이 없다. 다만 속내와 얼마나 일치하는지는 별개의 문제였다.

◆

오늘의 유물 수집을 마친 아키라는 가져온 유물의 양을 확인했다.

"알파. 오늘 유물 말인데, 평소보다 조금 많지 않아?"

『아키라도 드디어 남 못지않은 헌터가 됐으니까 좀 넉넉하게 챙겼어. 앞으로도 조금씩 늘려가자. 물론, 아키라의 실력에 맞춰 늘릴 거야. 양질의 장비와 탄약과 훈련과 공부와 휴식을 위해서라도, 앞으로도 열심히 돈을 벌어야겠어. 아키라도 욕실이 딸린 방에 묵고 싶지 않아?』

아키라는 힘차게 고개를 끄덕였다.

"그러고 싶어. 그렇다면 가져오는 유물을 조금 늘려도……."

기대하는 눈으로 보는 아키라에게, 알파는 단호하게 미소를 지었다.

『안 돼.』

"네……."

아키라는 아쉬운 듯 몸을 살짝 늘어뜨렸다. 알파는 즐거운 듯이 웃고 있었다.

제10화 바닥에 떨어진 지갑

유적에서 돌아온 아키라가 슬럼을 걷는다. 등에 멘 배낭에는 평소보다 많은 유물이 들어 있다. 눈썰미가 좋은 자라면 유적에서 그럭저럭 좋은 수확을 거두고 돌아온 헌터임을 부푼 배낭으로 쉽게 알 수 있다.

도시 하위 구역의 치안은 기본적으로 방벽에 가까울수록 좋고, 황야에 가까울수록 나쁘다. 특히 황야와의 경계에 있는 슬럼의 치안은 매우 나쁘다.

성가신 일을 피하고 싶은 헌터라면 우회해서라도 슬럼을 지나지 않고 하위 구역에 들어갔다. 슬럼에는 유물의 가치에 눈이 멀어서 폭거에 나서는 멍청이들이 어느 정도 있기 때문이다.

슬럼에 무수히 굴러다니는 시체 중 일부는 그런 멍청이들의 말로다. 황야에서 몬스터와 싸우는 자와 그렇지 않은 자의 차이를 자신의 말로를 통해 구체적인 사례로서 잘 알려주었다.

아키라는 신경 쓰지 않고 슬럼을 지나갔다. 거래소에 가려면 슬럼을 지나는 편이 빠르고, 슬럼 출신이라 이곳의 나쁜 치안에서 익숙했다. 그리고 헌터가 된 후로 몇 번이나 이곳을 지나갔지만, 아무 일도 일어나지 않았다.

하지만 오늘은 달랐다. 알파가 아키라에게 경고한다.

『아키라. 포위당했어.』

아키라는 멈춰서 주위를 살폈다. 하지만 포위된 것처럼 보이지는 않았다. 평소보다 주위에 사람이 좀 많다 싶을 뿐이었다. 하지만 알파의 색적 능력을 의심하지 않기에, 속으로 경계했다.

『이길 수 있겠어……?』

포위당한 것이 사실이더라도, 그 원인과 목적은 여러 가지다. 가볍게 시비를 걸려고. 살짝 겁을 주려고. 주변에 있는 다른 누군가를 노리는 포위망에 휘말렸을 뿐이라고. 하지만 아키라는 이미 자신을 습격하는 것이 목적이라고 여기며 적극적인 응전을 전제로 머리를 굴리고 있었다.

알파는 아키라가 쿠즈스하라 시가지 유적에서 보였던 언동, 엘레나 일행을 구해주면서 남자들을 망설이지 않고 몰살한 판단기준과 행동 원리를 떠올리며 물었다.

『싸울 생각이야? 이번에는 어디까지 할 건데?』

『이길 수 없을 것 같으면 도망치겠어. 그다음부터는 상대의 행동에 달렸고.』

인원을 동원해서 에워싸고 겁을 줘도 굴하지 않는다면 실속이 없다고 여기며 순순히 물러날지도 모른다. 아키라도 상대가 그렇게 나온다면 넘어갈 생각이었다. 하지만 그 교섭 과정에서 상대에게 유물을 줄 생각은, 그것이 설령 아주 적은 양이더라도, 조금도 없었다.

자신은 이미 헌터가 됐다. 예전처럼, 지천에 널린 슬럼의 꼬마처럼, 필사적으로 모은 돈을 내버리고, 바치고, 그 틈에 도망치거나 상대가 넘어가 주기를 바라는 짓을 하기 싫었다.

그러니 몰살할 필요가 있을지 없을지는, 상대에게 달렸다. 자신이 그럴 수 있다면 하겠다고, 아키라는 이미 마음을 먹었다.

알파는 생각에 잠겼다. 아키라는 예전에 자신을 습격하지도 않은 자들을 다 죽였으면서, 이번에 자신을 습격한 자들과는 교섭의 여지가 있는 듯한 태도를 보이고 있다. 그것을 이상하다고 여기면서도, 승률 면에서는 문제가 없다는 판단을 내렸다.

『아키라의 생각이 그렇다면 말리지 않겠어. 하지만 내가 위험하다고 판단하면, 지시에 따라야 해.』

『알았어. 나도 죽기는 싫거든.』

아키라가 경계하면서 멈춘 사이에 포위망이 완료된다. 등 뒤와 근처 있는 샛길도 슬럼의 주민이 막고 있다.

그리고 그 포위망의 중심에서 남자 셋이 아키라의 앞에 나타났다. 남자들은 다른 이들과는 풍채가 달랐다. 다소 꼬질꼬질하기는 해도 방호복을 착용하고, 들고 있는 총 또한 권총이 아니라 몬스터 사냥용 무기다. 흔히 퇴물 헌터라 불리는 자들이다.

아키라도 그 남자들이 주위 사람들의 리더임을 금방 알아차렸다. 에워싸도 겁나지 않는다고 알리려고 꿋꿋하게 말한다.

"미안하지만 통행료를 낼 만큼 유복하지는 않아. 딴 데를 알아보는 게 어때?"

남자들이 웃음을 터뜨렸다. 그리고 중심에 있던 시베아란 남자가 고개를 저었다.

"거짓말 말라고. 배낭에 유물이 가득 있잖아? 어디서 가져온 건지는 모르겠지만, 거기 가면 더 있는 거 아니야?"

아키라가 더욱 경계하고 그 감정이 얼굴에 드러났다. 그 모습을 본 시베아는 예상이 들어맞았다며 더욱 기쁜 눈치로 비열하게 웃었다.

시베아가 아키라를 노린 것은 반쯤 우연이 아니다. 사냥감의 정보를 모으고 전부터 그물을 치고 있었다.

슬럼에는 주민들이 구성한 갱단이 무수히 존재한다. 그중에는 소위 퇴물 헌터가 보스인 곳도 적지 않다. 황야에서 돈을 벌 만큼 실력이 좋지는 않지만, 슬럼에서 폭력으로 활개를 치기에는 충분한 실력과 장비의 소유자다. 그런 자가 부하를 모아서, 혹은 떠받들어져서, 집단을 형성하는 것이다.

시베아도 그런 부류다. 규모가 아주 크지는 않아도 슬럼에 거점이 있을 정도의 세력을 지닌 조직을 이끌고 있다. 그리고 수하들이 친 그물에 아키라가 걸려든 것이다.

시베아가 아키라의 배낭 속을 상상하며 조롱하듯 웃는다.

"너도 슬럼의 인간이지? 그럼 서로 돕고 살아야지. 이거 보라고. 내 조직은 인원이 좀 많아서, 생활하기 힘들거든."

시베아는 시선으로 주위에 있는 자들이 자신의 수하라는 것을 아키라에게 알려주고 은연중에 도망칠 곳이 없다고 협박했다.

"괜찮아. 네가 가진 돈과 소지품 전부, 알고 있는 것을 전부 털어놓기만 하면 돼. 목숨까지는 빼앗지 않을 거라고."

시베아의 양옆에 있는 남자가 아키라를 향해 총을 들었다. 상대는 약하고, 도망칠 길도 없으며, 자신들은 숫자만이 아니라 실력으로도 앞서고 있다. 그 여유를 미소로 드러내고 있었다. 하지만 시베아만은 아키라의 표정에 두려움이 없음을 알고 조금이나마 경계하고 있었다.

아키라는 약간 굳은 표정으로 시베아 일당을 쳐다보았다.

"싫다고 하면 죽이게? 나를 죽이면 정보를 못 구하는데?"

"그건 네가 하기에 달렸지. 죽기 전에 순순하게 털어놓으면 될 일이야."

시베아 일당은 아키라의 생명을 존중할 생각이 전혀 없다. 아키라도 그 정도는 알고 있다.

아키라는 크게 한숨을 쉬고 가볍게 고개를 숙였다. 그 모습을 본 시베아 일당은 상대가 체념했다고 생각해서 비열하게 웃고, 방심했다.

아키라는 시베아 일당에게 약간 주눅이 든 표정을 지어 보이더니, 마음속으로 각오를 다졌다.

"알았어. 나도 죽기는 싫거든."

아키라가 그렇게 말하자, 시베아 일당의 긴장이 더욱 풀린다. 무의식중에 총의 방아쇠에서 손을 떼고 총구를 내리고 말았다.

『알파.』

『언제든 좋아.』

그 짧은 염화로 시베아 일당의 최후가 확정됐다.

아키라가 갑자기 옆을 돌아본다. 시베아 일당은 그 동작에 낚여서 아키라에게서 시선을 떼고 만다. 다음 순간, 아키라는 상대가 낚였는지도 확인하지 않고 AAH 돌격총의 총구를 시베아 일당에게 돌리고, 제대로 조준하지도 않은 채 난사했다. 그와 동시에 알파가 지시한 장소로 온 힘을 다해 뛰어갔다.

운 나쁘게 총에 맞은 자들이 비명을 질렀다. 방심해서 총구를 내린 자들은 허둥지둥 반격하려고 했다. 하지만 놀란 탓에 반응이 느리다. 아키라를 포위한 배치 때문에 사선상에 동료가 있고, 동료가 총에 맞는 것을 두려워한 나머지 발포를 주저하며, 조준에 신경을 쓴 바람에 대처가 더 늦어진다.

반사적으로 아키라를 쏘려고 한 자도 있었다. 하지만 그들이 쏜 총알도 아키라에게 명중하지 않았다. 알파는 미리 적의 위치를 통해 총알에 맞을 위험성이 가장 낮은 이동 방향과 장소를 산출하고 아키라가 거기에 맞춰 움직이게 유도했다. 그 계산은 옳았으며, 아키라가 그 자리에서 도망치기 전에 발사된 적은 탄환은 몸을 스치지도 않았다.

아키라가 지시에 따라 샛길로 뛰어든다. 그곳을 막고 있던 남자들도 갑작스러운 사태에 놀라며 당황한 바람에 반응이 늦었다. 그 틈을 이용해 아키라는 가까운 거리에서 남자들에게 주저 없이 총을 쐈다. 방호복도 아닌 평범한 옷으로 몬스터 사냥용 탄환을 방어할 방법은 없다. 모든 총알이 남자들의 몸을 허무하게 관통했다.

순식간에 골목길에 피바다에 잠긴 시체가 완성된다. 아키라는 그 처참한 현장을 아랑곳하지 않고 자신이 죽인 자들에게 눈길조차 주지 않으면서 냅다 달렸다.

아키라가 떠난 후, 주변에는 노성과 비명이 이리저리 교차했다. 시베아 일당 중 대부분은 꼬마를 윽박지르면 될 일이라고 생각해서 총격전이 벌어질 줄은 상상도 못 했다. 위압용으로 머릿수만 맞추려고 데려온 자들이 죽음의 공포를 느끼고 도주하기 시작했다.

시베아 일당의 세 사람은 방호복 덕분에 가벼운 상처로 끝났다. 총알을 조금 맞기는 했지만 전투에 지장은 없다. 하지만 총에 맞은 통증은 심각해서 얼굴에는 고통이 감돈다. 시베아는 그 고통을 분노로 바꾸며 외친다.

"애새끼가 나를 깔봐?! 너희는 그 새끼를 쫓아! 나는 뒤로 돌아가겠다! 자식들아! 멀뚱멀뚱 구경하지 말고 꼬마를 쫓아가서 포위해라!"

시베아의 곁에 있던 두 사람은 곧바로 지시에 따라 아키라를 쫓아갔다. 하지만 다른 자들은 겁에 질려서 발을 떼지 못했다.

시베아는 성질이 나서 혀를 차고 움직이지 않는 자들에게 총을 겨눈다.

"빨리 가!"

시베아는 남은 자들이 허둥지둥 움직이기 시작하는 모습을 보며 또 혀를 찼다. 그리고 다른 골목길로 아키라를 뒤쫓았다.

◆

아키라는 골목 모퉁이를 돌고 조금 더 이동한 후에 멈춰서 방금 지난 길을 향해 총을 겨누고 있다. 모퉁이가 엄폐물이 되고 있기에, 원래 그 너머는 보일 리가 없다.

하지만 아키라는 그쪽에서 다가오는 적을 벽 너머로 정확하게 인식하고 있었다. 알파가 색적 결과를 아키라의 시야에 확장 표시해 주고 있다. 적의 위치를 식별하기 쉽도록, 그 형태에는 빨간색 테두리가 있었다.

시베아 일당은 총구를 겨눈 시베아에게 빨리 쫓아가라고 재촉받고 있었다. 추가로 도망친 상대는 지금도 필사적으로 멀어지려고 한다고 생각했다. 그 탓에 기척을 숨기고 조용히 적을 기다리는 아키라를 눈치채지 못했고, 모퉁이 너머를 살피지도 않으며 그대로 뛰쳐나갔다.

그렇게 무방비하게 뛰쳐나온 자들에게, 아키라는 가차 없이 총알을 날렸다. 선두에 있던 자들이 총알을 정면에서 맞고 차례차례 쓰러져 자신의 피와 살로 통로를 더럽혔다. 선두 바로 뒤에 있던 자들은 총에 맞은 고통으로 아우성치고, 뒤따르던 자들이 비명을 지른다.

『알파. 이제 몇 명 남았어?』

『아까 포위하고 있던 패거리는 서서히 도망치기 시작했으니까, 리더와 직속 부하들만 죽이면 끝이야. 그러니 적어도 세 명은 더 해치워야 해. 저쪽에 숨어.』

아키라가 골목 구석에 몸을 숨겼다. 잠시 기다리자, 적의 생존자가 통로 모퉁이에서 견제 사격을 한 후에 신중히 상황을 살피려 했다.

아키라는 총에 맞지 않았다. 그리고 적에게 들키지도 않았다.

알파는 아키라에게 총에 맞을 확률이 낮은 장소를 정확하게 지시했다.

게다가 아키라는 오랜 뒷골목 생활 덕분에 누구에게도 들키지 않게 숨는 재주가 뛰어났다. 모퉁이 너머에서 고개만 살짝 내밀고 살피기만 해선 아키라를 찾기 어려울 것이다.

아키라는 이 근처에 없을 것이다. 그렇게 판단한 남자가 모퉁이에서 몸을 쑥 내밀었다. 그 순간, 아키라가 쏜 총알이 그 미간을 꿰뚫었다.

『이제 둘 남았어. 이 틈에 탄창을 교환해.』

『알았어.』

울려 퍼지는 적의 비명을 들으면서, 아키라는 차분하게 탄창을 교환했다.

◆

시베아는 뒤로 돌아가 아키라를 쫓고 있었다. 한동안은 분노에 사로잡혀 나아갔다. 하지만 시간이 흐르면서 마음이 조금 진정되자, 그 표정에 당혹감이 어렸다.

"자식들아! 그쪽은 어떻게 됐냐?"

무전으로 수하인 남자들과 연락을 취하려 하는데 대답이 없다. 짜증이 어린 표정에 마음속 불안을 얼버무리기 위한 허세가 섞이기 시작했다.

"빌어먹을……!"

떨어진 곳에서 총성이 들려왔지만, 그것도 곧 잦아들었다. 이 상황에서 내놓을 수 있는 추측은 두 가지다. 아키라를 죽여서 전투가 끝났다. 혹은 그 반대다.

시베아는 전자이기를 바라고 있다. 무전에 응답이 없는 것은 전투 도중에 통신기가 망가졌거나 다소 다쳐서 응답할 상황이 아닌 이유밖에 없다. 충분히 가능성이 있는 일이다.

하지만 그렇지 않을 경우의 예상이, 그 예상이 적중했을 때의 광경이, 그 광경 너머에 존재하는 자신의 모습이, 이미 뇌리에 떠오르기 시작했다.

(그 꼬마는 대체 뭐야? 평범한 꼬마가 아닌 건가?)

시베아는 아키라가 그저 운이 좋은 꼬마라고 생각했다. 그 소문은 죽은 헌터가 유물을 숨긴 장소 같은 것이 슬럼이나 근처 황야에 있고, 그 꼬마가 그것을 찾아낸 결과라고 생각했다.

그렇다면 유적에 갈 실력이 없는 자라도, 값비싼 유물을 거래소에 가져갈 수 있다. 다수의 헌터가 그 소문을 근거 삼아 아무리 뒤져도 미조사 부분은 결국 찾지 못했다는 결과가 그것을 뒷받침했다.

풋내기라서 유물의 가치도 모르면서 거래소에 가져가 봤더니 예상외로 비싸게 팔린 탓에 이상한 소문이 퍼졌다. 그것에 놀라서 한동안 몸을 숨기고 소문이 잦아들기를 기다린 것이리라. 우선 그렇게 추측했다.

거기서부터 추측을 계속했다. 만약 유물의 은닉 장소에 유물이 남아 있다면, 지난번처럼 괜한 소문이 퍼지지 않게 먼저 장비부터 갖출 것이다. 그리고 소문이 잦아든 후에 남은 유물을 돈으로 바꾸려고 하리라. 그리고 슬슬 그때가 됐다. 그렇게 생각해서 부하들에게 그자를 찾게 했다.

그리고 찾아낸 꼬마를 본 시베아는 자신의 판단이 옳다고 확신했다. 그 꼬마는 매우 약해 보였다. 자신조차도 무서워서 몸을 못 가누는 유적에서, 황야에서, 살아서 돌아올 만한 실력자로는 도저히 보이지 않았다.

하지만 그 확신은 무너졌다. 시베아는 마침내 걸음을 멈췄다. 이대로 가다간 죽을 것 같아서 더는 움직일 수 없었다.

(도망치는 게 좋을까? 다른 녀석들이 꼬마를 죽이면 나중에 적당히 이유를 대서…….)

시베아는 그 자리에 멈춰서 판단을 망설였다. 그것이 가장 큰 실수였다. 교전이든 도주든 간에 신속하게 선택했다면, 교전일 때는 공격을 준비할 시간이 생겼을 것이며, 도주일 때는 도망칠 시간을 벌 수 있었을 것이다. 시간 낭비가 시베아의 운명을 결정했다.

총성이 연이어 울린다. 무수한 총알이 시베아에게 직격한다. 방호복의 뛰어난 방탄성 덕분에 치명상은 피했지만, 충격 탓에 총을 놓친 시베아는 그대로 땅바닥에 고꾸라졌다.

바로 그때 또 총알이 날아왔다. 시베아가 떨어뜨린 총이 파괴되고, 부상과 고통 탓에 움직임이 둔해진 시베아는 전투 능력을 완전히 상실했다.

근처 골목에서 모습을 드러낸 아키라는 인상을 찡그렸다. 죽일 작정으로 조준하고 총을 쐈는데 시베아가 살아 있었기 때문이다. 알파는 약간 어이없다는 듯이 미소를 지었다.

『너무 빗나갔어. 조금만 더 머리를 잘 노려야지.』

『앞으로도 열심히 훈련할게…….』

아키라도 작게 한숨을 쉬었다. 그리고 그대로 시베아에게 다가갔다. 이번에는 확실히 숨통을 끊으려고 총구를 상대의 머리에 딱 댔다.

시베아는 심하게 초조해하면서 어찌어찌 움직여지는 손으로 아키라를 제지했다.

"자, 잠깐! 내가 졌어! 잘못했다고! 돈이라면 줄게! 나는 제법 모았거든! 그러니까 기다려!"

아키라는 차분한 목소리로 물었다.

"나를 노린 이유가 뭐야?"

"벼, 별로 강해 보이지도 않은데 돈이 많은 꼬마가 있다는 이야기를 들었어! 당치도 않아! 너는 강해! 제발 그냥 넘어가 줘!"

시베아는 필사적으로 자신을 살려서 좋은 점을 늘어놨다.

"살려만 준다면 조직의 보스로 삼아 주마! 그리고 너도 또 이렇게 습격당하고 싶지는 않지?! 내가 잘 이야기해 주겠어! 나는 다른 조직과도 친분이 있거든! 그러니까, 응?!!"

아키라는 목숨을 구걸하는 시베아를 가만히 보고 있었다. 알파는 미소를 머금고 그런 아키라를 관찰했다.

"알았어. 나도 죽기는 싫거든──."

아키라가 그렇게 말하자 시베아의 표정에 사지를 벗어난 기쁨이 떠올랐다. 하지만 곧 얼굴이 새파랗게 질렸다.

"——이건 아까 말했지? 마저 말하지. 그러니까 네가 죽어."

아키라는 방아쇠를 당겼다. 시베아는 지척에서 발사된 총알을 머리에 맞고 즉사했다.

『알파. 다른 녀석들은?』

『전부 이미 도망쳤어. 수고했어.』

아키라는 미소를 짓는 알파를 보며 승리를 실감했다. 그리고 안도의 숨을 내쉰 후, 이어서 한숨을 쉬면서 어두운 표정을 지었다.

『왠지 헌터가 됐는데도 사람만 죽이는 것 같아. 헌터는 몬스터와 싸우는 자들이라고 생각했는데 말이야.』

아키라가 한탄하자 알파가 웃으며 대답한다.

『대단한 이유도 없이 아키라를 죽이려고 한 점을 보면, 몬스터와 크게 다르지 않다고 생각해. 몬스터와 싸우고 싶다면 빨리 강해져. 아키라의 현재 실력으로 몬스터와 전투하는 건 권할 수 없거든.』

『딱히 몬스터와 싸우고 싶은 건 아니야. 이놈들도 그렇겠지. 몬스터와 싸우는 것보다 나와 싸우는 게 낫다. 그렇게 생각해서 덤빈 거야.』

아키라는 더 크게 한숨을 쉬었다.

『이놈들한테 지금의 나는 바닥에 떨어진 지갑인가. 빨리 그런 신세에서 벗어나지 못하면, 앞으로도 쭉 이런 식일까……. 귀찮은걸.』

『거래소에 유물을 팔면 그 지갑의 내용물이 늘어나는 셈이니까, 조심하자.』

아키라는 지긋지긋한 얼굴로 알파를 보았다. 알파는 아랑곳하지 않고 미소를 지었다.

강도도 아무나 닥치는 대로 노리지는 않는다. 폭력으로 돈을 강탈하는 것을 마다하지 않는 자일지라도, 도리어 자신이 당할 수 있다고 여기면 습격을 망설인다. 적어도 슬럼에서 돈을 가지려면 수중에 있는 돈을 빼앗기지 않을 실력이 필요하다.

지갑에 든 돈이 많을수록, 아키라가 소지금이 많아질수록, 더 강한 자가 더 많이 그 지갑을 주우러 올 것이다. 아키라를 습격하다가 죽은 자들의 시체가 쌓여서 산이 되고, 시체의 산과 아키라의 돈을 비교해서 수지가 맞지 않는다고 판단할 때까지.

아키라 일행은 일단 그 자리를 벗어나서 슬럼을 우회해 거래소로 향했다. 그 자리에 남겨진 시체는 멍청한 자의 말로를 알리는 구체적인 사례에 더해졌다. 실속이 없다고 누군가 그렇게 판단하게끔 하는 실제 사례로서.

◆

아키라가 습격을 당하고 며칠이 지난 슬럼의 골목에서, 셰릴이란 소녀가 이러지도 저러지도 못하고 있었다.

슬럼의 주민치고는 깔끔한 옷, 아직 윤기가 남은 머리카락과 피부는 셰릴이 슬럼에서 제법 좋은 생활을 했다는 증거다. 하지만 그것도 빛을 잃기 시작했다. 그것은 최근 며칠 동안의 뒷골목 생활 탓이기도 했다. 하지만 단정한 얼굴에 드리운 구름이 그런 인상을 더욱 강하게 만들었다.

셰릴은 시베아의 조직에 속해 있었다. 하지만 그 조직은 시베아와 측근이 죽으면서 쉽게 붕괴했다. 살아남은 구성원 대다수는 다른 조직에 흡수됐다.

하지만 이적에 실패한 자들도 생겼다. 아키라의 습격에 가담한 자들이다. 가담했다고는 해도 대부분은 아키라를 포위하는 벽으로서 서 있었을 뿐이라서 실제로 아키라를 습격한 것은 아니다. 아키라의 시야에도 들어가지 않았다. 그렇게 잘 설명한 자들은 다른 조직에 들어갈 수 있었다.

그러나 셰릴은 그러지 못했다. 셰릴은 아직 어리지만 빼어난 외모를 지녔다. 슬럼 생활 탓에 그 미모가 퇴색했지만, 그래도 사람들의 눈길을 끌 외모를 유지하고 있었다. 장래에는 더욱 미인이 될 것이다. 그렇게 생각한 시베아는 좋게 말하면 셰릴을 아꼈고, 나쁘게 말하면 침을 발라 뒀다. 그래서 셰릴은 습격 당시에도 시베아와 비교적 가까운 곳에, 안전한 위치에 있었다.

슬럼에서 습격당한 헌터가 습격자들에게 철저하게 보복할지 말지는 본인의 뜻에 달렸다. 아키라는 시베아 일당을 죽여서 조직을 무너뜨렸지만, 그것으로 끝났다고 보장할 수 있는 사람은 없다. 슬럼의 주민에게 얕보이면 목숨이 위험해질 거라고 생각해서, 자신의 안전을 위해 집요하고 철저하게 보복 대상을 늘려가며 복수하는 자도 있다.

습격 당시의 위치를 봐도, 조직 내의 위치를 봐도, 셰릴은 비교적 시베아와 가까웠다. 그런 셰릴을 자신들의 조직에 받았다간 복수의 불똥이 튈 우려가 있다. 그렇게 생각한 다른 조직 사람들은 셰릴을 거부했다.

셰릴은 힘없이 중얼거렸다.

"이제부터 어쩌지……."

슬럼에서 아이가 살아남는 건 힘들다. 불가능하지는 않다. 하지만 그럭저럭 재주가 있어야 한다.

셰릴은 홀로 살아갈 재주가 아니라, 집단 속에서 살아가는 재주가 뛰어났다. 집단 안팎의 인간관계와 거리감, 친분의 파악과 조절이 특기다. 그 부분에서 실패하면 다른 집단에 습격당하거나 집단의 이익을 위해 희생된다는 것을 알고 있다. 아키라와의 일은 그것의 극단적인 실패 사례라 할 수 있다.

이대로 망연자실하고 있어도 상황은 호전되지 않는다. 그건 알지만, 상황을 개선할 방법이 생각나지 않았다. 셰릴은 그저 멍하니 이러지도 저러지도 못했다.

이윽고 해가 지고 밤이 됐다. 그동안 계속 생각했지만, 좋은 생각이 떠오르지 않았다. 조바심과 졸음과 초조함이 뒤섞이면서 머리가 제대로 돌아가지 않았다.

평소라면 거들떠보지도 않았을 아이디어를, 머릿속에 떠올라도 바로 떨쳐냈을 아이디어를, 피로와 수면 부족으로 둔해진 머리로 생각했다. 머릿속이 약간 이상해진 상태에서 계속 생각에 빠지다 보니, 어느새 잠들고 말았다.

다음 날 아침, 셰릴은 슬럼 골목 구석에서 눈을 떴다. 수면을 취한 덕분에 개운해진 머릿속에 어제 떠올랐던 아이디어가 되살아났다. 바보 같은 그 아이디어를 잠들 때까지 계속 생각한 덕분에, 어느 정도의 계획성을 지니는 수준까지 정리됐다.

(무모한지 아닌지를 따지자면 무모하기는 해. 성공할 가능성도 크지는 않아. 실패하면 최악의 경우, 죽을 거야. 설령 성공하더라도 나는 언제까지 무사할 수 있을까?)

셰릴은 망설였다. 표현을 바꾸자면, 어젯밤의 바보 같은 생각은 실행 여부를 고민할 만큼 유효한 선택지이기는 했다. 도박해 볼 여지가 있을 정도로는 현실적이었다.

그리고 그 도박을 하지 않을 경우, 서서히 불리해지는 현재 상황이 계속될 뿐이다. 언젠가 죽음으로 이어지는 현재 상황을, 개선책도 없이 이어가는 나날이 계속되는 것이다.

"해 볼 수밖에 없어."

셰릴은 각오를 다졌다. 그리고 진지한 표정을 지으며 몸을 일으키더니, 도박의 대상을 찾기 위해 걸음을 옮겼다. 자신들의 조직을 무너뜨린 남자를 찾아내 자신의 미래를 걸고 교섭하기 위해…….

◆

아키라는 시즈카의 가게에 자주 방문해서 이미 꽤 친해졌다. 오늘도 탄약을 보충하려고 가게에 가 보니, 시즈카가 카운터에서 두 명의 여자 단골과 잡담하고 있었다.

시즈카에게 말을 걸려던 아키라가 그 단골손님을 보고 의아한 표정을 지었다. 왠지 낯익었던 것이다. 곧 알파는 그 여자들이 일전에 아키라가 구했던 일행임을 알려줬다. 엘레나와 사라다.

아키라도 그 말을 듣고 떠올렸다. 그리고 약간 귀찮은 듯한 표정을 지었다.

시즈카는 친구이자 단골인 엘레나 일행을 접객하고 있다.

엘레나는 방호복 위에 정보 수집 기기 고정용 벨트를 장착하고 있었다. 날씬하면서도 여자다운 볼륨이 드러나는 몸에는 무게가 상당히 나가는 장비품을 고정하기 위한 벨트가 튼튼히 감겨 있었다. 그것이 각 신체 부위의 조형을 돋보이게 했고, 육감적인 매력과 기능미를 동시에 자아냈다.

사라는 검은색 방호복을 입었다. 소비형 나노머신 타입 신체 강화 확장자라 체격 변화의 폭이 큰 몸에 맞춰 신축성이 있는 방호복을 고른 것 같았다.

그리고 나노머신의 보충을 마쳐서 예전 체형을 되찾은 결과, 신축성이 뛰어난 방호복이 사라의 볼륨감 넘치는 몸매를 강조했다. 그것은 방호복 안에 있는 매력적인 몸을 쉬이 상상할 수 있게 했다.

게다가 가슴 부분은 명백하게 사이즈가 맞지 않아 보였다. 풍만한 가슴을 전부 집어넣는 것은 포기한 건지, 크게 벌어진 앞쪽의 지퍼 사이로 가슴 계곡이 보인다. 목에는 펜던트를 달고 있다. 펜던트에 걸린 것은 장식용으로 가공한 탄환인데, 그 탄환이 가슴 계곡에 반쯤 묻혀 있다.

시즈카는 접객용 태도가 아니라, 편한 친구를 대하는 듯한 태도로 질렸다는 투로 말했다.

"그 이야기라면 잘 알아. 그 정체불명의 인물에게 너희가 도움을 받았다는 것도, 너희를 습격한 녀석들의 소지품이 방치되어 있어서 그걸 다 챙겨서 온 것도, 그걸 팔고 보니 상당한 금액이라서 나노머신 보충 금액을 내고도 꽤 남았다는 것도 말이야. 왜냐하면 그 이야기를 벌써 다섯 번째 듣거든."

시즈카는 그 이야기 좀 그만하라는 말을 돌려서 했지만, 사라는 개의치 않는다는 듯이 고개를 갸웃거릴 뿐이었다.

"그래? 그럼 그때 받은 회복약 이야기는 했어? 당분간의 소비량을 생각해서 나노머신을 좀 넉넉하게 보충했는데, 받은 회복약을 사용한 후로는 나노머신의 소비 효율이 이상하게도 좋아. 엘레나의 이야기로는 현대 기술로 만들어진 게 아니라 구세계의 기술로 만들어진 약일 가능성이 크대. 그래서 금방 쪼그라들 줄 알았던 가슴이 여전히 커서, 남자들의 시선을……."

사라는 끝없이 이야기를 이어가려 했다. 시즈카는 수다를 좋아하는 편이지만, 이미 아는 이야기를 몇 번이나 또 듣고 싶지는 않았다. 그것도 자기 자랑이라면 말이다.

시즈카가 이야기의 중단 혹은 화제를 변경할 방법을 찾다가 가게에 들어온 아키라를 발견했다.

"아, 손님이 왔으니 그 이야기는 다음에 해. 어서 와, 아키라."

아키라는 카운터로 와서 시즈카에게 고개를 숙였다.

"안녕하세요, 시즈카 씨. 또 탄약을 부탁해요."

"평소와 같은 거면 되지?"

"네. 그리고 항상 탄약만 사서 죄송해요. 새로운 총 구매는 조금만 더 기다려 주세요."

"괜찮아. 소모품 매출도 쌓이면 제법 돈이 되거든. 급하게 돈을 벌려고 하지 말고, 우선 살아 돌아오는 것만 생각해."

시즈카가 엘레나 일행에게 아키라를 소개했다.

"이 사람은 아키라야. 너희와 같은 헌터지. 헌터 선배로서 뭐라도 조언이라도 해 주는 게 어때?"

"만나서 반가워요. 아키라라고 해요. 일단 헌터로 활동하고 있어요."

아키라는 초면인 척하면서 엘레나 일행을 향해 고개를 꾸벅였다. 직접 만난 적이 없으니, 일단은 초면이 맞다.

엘레나 일행은 시즈카와 오래 알고 지냈고, 친구이자 단골 가게의 점주로서도 신뢰하고 있다. 그런 시즈카가 소개해 준 만큼, 나쁜 아이는 아닐 것이다. 그렇게 생각하며 아키라를 향해 미소를 지었다.

"나는 엘레나, 이쪽은 사라야. 이 가게 단골이고, 우리도 헌터로 활동하고 있어. 어느 쪽으로나 네 선배라고 할 수 있을까? 이래 봬도 꽤 실력 있는 숙련자 헌터라고 말하고 싶은데……."

엘레나는 쓴웃음을 머금으며 말끝을 흐렸고, 사라는 쓴웃음을 지으며 말을 이었다.

"최근에 제대로 실수해서 죽을 뻔했거든. 운이 좋아서 목숨을 건졌지만 말이야. 너도 조심해. 아무리 주의하더라도 죽음을 피할 수 없을 때도 있어. 헌터로 산다는 건 그런 거야."

엘레나 일행의 쓴웃음에는 그 불운한 실수로 생긴 일에 대한 감정이 어려 있었다. 확실히 매우 위험한 사태였다. 그래도 그 쓴웃음이 왠지 즐거워 보이는 것은 결과적으로 역경을 넘어설 계기가 됐기 때문이다.

아키라는 작게 고개를 끄덕였다.

"알았어요. 조심할게요."

엘레나는 아키라의 솔직한 대답을 듣고 만족한 듯이 고개를 끄덕인 후, 시즈카에게 농담하듯 말을 건넸다.

"손님도 온 것 같으니까 우리는 슬슬 가 볼게. 시즈카가 사라의 넋두리에 계속 어울리게 하는 것도 좀 그래서 말이야."

"그럼 엘레나가 사라의 이야기를 들어주는 게 어때? 단골손님에게 해 주는 서비스도 한도라는 게 있거든?"

시즈카가 농담 삼아 그런 투정을 늘어놓자, 엘레나도 농담을 하는 듯한 태도로 대꾸했다.

"사라는 당사자에게 이야기해도 재미가 없을걸? 그리고 평소에는 내가 듣고 있는걸? 가게 매출에 공헌하고 있으니까, 때로는 대신 들어줘도 괜찮잖아."

사라도 그 농담에 가세했다.

"아, 그럼 돌아가서는 엘레나한테 이 이야기를 하면 되겠네."

엘레나는 그 말을 듣더니, 장난기가 싹 가신 듯 살짝 살벌한 미소를 사라에게 지어 보였다.

"좋아. 사라가 두 번 다시 그런 짓을 안 하게, 어디 한번 제대로 이야기해 볼까?"

"시즈카, 그럼 잘 있어."

사라는 얼버무리듯 웃으면서 한발 먼저 가게를 나섰다. 시즈카는 쓴웃음을 흘렸다.

"그렇게 된 거구나. 어쩐지 사라가 자꾸 나한테 말하고 싶어 하더라니."

"이야기가 너무 길어질 때만 저래. 그럼 잘 있어."

"응. 다음에 또 와."

시즈카는 가게를 나가는 엘레나 일행을 향해 가볍게 손을 흔든 후, 기분을 전환하고 아키라를 접객하기 시작했다.

"기다리게 했구나. 탄약이 필요하댔지? 금방 준비할게. 기다리고 있어."

시즈카는 가게 안쪽에서 주문을 받은 탄약류를 가져왔다. 아키라는 그것을 배낭에 넣다가 시즈카가 약간 의미심장한 눈으로 자신을 지그시 쳐다보고 있다는 것을 눈치챘다.

"저기…… 왜 그래요?"

시즈카는 아키라의 질문에 한동안 답하지 않고 뭔가를 확인하듯 아키라를 응시했다. 그리고 갑자기 입을 열었다.

"저기, 아키라. 왜 쟤들을 구한 걸 숨기고 있어?"

아키라는 사레가 들릴 뻔한 것을 겨우 참았다. 그리고 최대한 태연한 척했다.

"저기, 무슨 말을 하는 건지, 잘……."

"아키라도 돈에 여유가 있는 건 아니지? 쟤들한테 들었는데, 아키라가 해치운 강도들의 소지품은 꽤 돈이 됐다고 해. 해치운 건 아키라니까, 조금은 돈을 받아도 괜찮지 않을까?"

"저기…… 그게 아니고 ……."

"아키라한테도 뭔가 사정이 있지? 하지만 그 사정이 상대의 신용 같은 거라면, 엘레나와 사라는 충분히 신용할 수 있는 사람이라는 걸 내가 보증할게."

"저기, 말이죠."

"위험이 많은 헌터 활동 중에 서로 신뢰할 수 있는 헌터를 찾는 건 참 중요하거든? 좋은 기회라고 생각하는데 말이야."

타이르듯 상냥하게 웃는 시즈카의 태도를 보고, 아키라는 표정을 약간 굳히며 입을 다물었다.

시즈카는 완전히 자신이 엘레나 일행을 구해준 사람이라는 전제로 이야기하고 있다. 하지만 자신이 실토하지 않으면 물증도 없으니 잡아뗄 수 있다. 아키라가 그렇게 생각하고 입을 다물고 있는데, 시즈카는 이야기를 멈추지 않는다.

"쟤들한테 들었는데, 아키라는 탄환 한 발을 엘레나에게 줬다며? 우리 가게에서 파는 탄환에는 탄피에 제조번호가 새겨져 있어. 탄약의 판매 루트를 파악하고 불량품일 경우 제조처에 문의하기 위해서 말이야. 그건 내가 아키라에게 판 거지?"

그 물증을 제시하자, 아키라는 체념했다.

"죄송한데, 조용히 있어 주실 수 없을까요?"

"아하, 역시 아키라였구나. 확증이 없어서 한번 넘겨짚어 봤어. 미안해."

아키라는 그대로 사레가 들렸다. 그리고 허둥지둥 되물었다.

"타, 탄환 이야기는요?!"

"탄피에 제조번호 각인이 있는 건 사실이야. 하지만, 그것만으로는 증거가 안 되잖아."

시즈카는 웃으면서 그렇게 대답한 후, 약간 충격을 받은 아키라를 향해 미안하다는 듯한 표정을 지었다.

"미안해. 아키라한테도 말 못 할 사정이 있겠지. 이 일은 침묵하겠다고 약속할게."

시즈카는 약간 타이르듯 말을 이었다.

"그래도 말이야. 아까도 말했다시피 신뢰할 수 있는 헌터와 연줄을 만드는 건 중요해. 강도를 부업으로 하는 듯한 질 나쁜 헌터도 있으니까 말이지. 신뢰할 수 있는 사람과 손을 잡는다면, 생환할 가능성도 커져. 내가 보기에는 아키라도, 엘레나와 사라도…… 헌터들은 하나같이 일찍 죽지 못해서 안달이 난 것처럼 보여."

그리고 약간 쓸쓸해 보이는 미소를 지었다.

"헌터가 사는 방식에 토를 달 생각은 없어. 하지만 친구라고 여기는 사람들이 살아남을 수 있도록, 조언 정도는 해 주고 싶어. 몇 번이나 말했지만, 엘레나와 사라가 신뢰할 수 있는 사람이라는 건 내가 보장할게. 아키라도 마음이 바뀌어서 쟤들과 접촉하고 싶어지면 언제든지 말해."

아키라는 이해타산이 섞이지 않은 시즈카의 배려를 감사히 여기고 웃으면서 정중히 머리를 숙였다.

"알았어요. 그리고 걱정해 줘서 고맙습니다."

시즈카도 평소처럼 웃었다. 그때 아키라는 문득 생각했다.

"하지만, 탄피가 증거가 되지 않는다면 어떻게 안 거예요?"

"그냥 감이야. 명확한 근거는 없어. 굳이 따지자면, 아까 탄환일까? 그건 자기들을 구해준 누군가한테서 엘레나가 받은 탄환을 가공해서 만든 거래. 부적과 교훈이라고 했지. 그 탄환이 우리 가게에서 판 상품 같았어."

덧붙이자면 사라가 그것을 자꾸 보여주는 바람에 인상에 남은 탓도 있지만, 시즈카는 그 설명을 생략했다.

"그리고 아키라가 아까 엘레나와 사라를 만났을 때 나는 네가 초면인 척하는 것처럼 보였어. 사라한테서 얼굴도 이름도 모르는 은인의 이야기를 듣고 있을 때, 근처에 있는 누군가가 초면인 척하고 있다. 그래서 뭔가 연관성을 짐작했을 뿐이야."

아키라는 머리를 감싸 쥐었다. 겨우 그 정도 정보만으로 들킬 줄은 몰랐기 때문이다.

그 후, 시즈카는 조금 말하기 불편한 듯이 말을 꺼냈다.

"아~ 그리고 말이지? 혹시 그 두 사람에게 이야기할 거라면 서두르는 편이 좋을 거야. 왜냐하면……."

시즈카는 그때 마저 말할지 말지 잠시 주저했지만, 곧 쓴웃음에 가까운 표정을 지으며 입을 열었다.

"너한테 도움을 받은 게 얼마나 기뻤던 건지, 그 이야기를 나한테 자꾸 하거든. 그때 표정이…… 사랑에 빠진 여자 같았다고나 할까…….”

묵묵히 이야기를 듣던 아키라는 이야기가 이상한 방향으로 빠지면서 불길한 기운이 감돈다는 것을 눈치챘다.

“그리고 이야기할 때마다 내용이 조금씩 바뀌더라고. 나이도 성별도 모르는 누군가를, 그 남자라고 부르지 뭐야. 이대로 있다간 불명확한 부분을 상상으로 채운 끝에, 최종적으로……. 아, 이건 어디까지나 내 예상일 뿐이니까 너무 심각하게는 받아들이지 말았으면 하는데…….”

시즈카는 쓴웃음을 지었다.

“모 부잣집 도련님이 취미로 헌터를 하다가 우연히 사라 일행을 구해줬다. 구해준 사실을 숨기려는 건, 돈과 신분을 보고 여자들이 들러붙는 걸 싫어하기 때문이다. 금전적인 보상을 요구하지 않은 것도, 비싼 회복약을 아낌없이 준 것도, 그가 금전적으로 불편하지 않기 때문이다……. 그런 식으로 말이지. 아니야. 내가 지나치게 생각한 거야.”

지금의 아키라와는 조금도 일치하지 않지만, 이야기 자체는 앞뒤가 맞았다. 아키라는 불길한 식은땀을 흘렸다.

“저는 슬럼 출신이라서 돈이 전혀 없어요. 그 상상과는 눈곱만큼도 겹치지 않는다고요. 역시 그냥 입 다물고 있어 주세요. 부탁할게요.”

아키라와 시즈카는 둘 다 미묘한 미소를 지으며 웃더니, 그 이야기를 그렇게 끝냈다.

제11화 아키라와 셰릴

아키라는 알파와 잡담을 나누면서 시즈카의 가게에서 숙소로 향했다. 그 도중에 알파는 가볍게 화제를 바꾸는 듯한 투로 어떤 사실을 알려줬다.

『아키라. 또 미행당하고 있어.』

『또?』

일전에 습격당한 것도 있어서 아키라는 노골적으로 질색하는 감정을 얼굴에 드러냈다. 하지만 곧 그 표정은 의아함으로 물들었다.

『아니지. 잠깐만. 이런 장소에서 습격하려는 거야?』

도시의 치안은 그 장소의 치안 유지를 맡은 조직의 힘에 크게 의존한다. 방벽 안쪽은 물론이고, 바깥도 민간 경비 회사가 구역별로 경비를 맡고 있어서 치안을 어지럽히는 각종 요인에 무력으로 대처하고 있다.

비교적 슬럼에 가까운 위치에 있는 숙소로 가고 있지만, 이 근처는 아직 그럭저럭 치안이 좋은 장소다. 그런 곳에서 예전처럼 소동을 일으키는 것은 치안 유지로 이익을 얻는 자들을 적으로 돌리는 행위다. 안전은 동부에서 상품 가치가 매우 크다. 그만큼 당연히 그 가치를 떨어뜨리는 존재에 대한 제재도 엄격하다.

말썽을 일으키더라도 때와 장소를 가려야 하는 법이다. 슬럼에서 강도 사건을 일으키는 것과는 경우가 다르다. 미행을 바로 습격으로 연결해서 생각하는 아키라의 사고방식은 매우 편향적인 데다 일전의 습격이 그런 편견에 더욱 박차를 가한 것도 있지만, 그래도 이런 데서 돈 때문에 자신을 습격하는 바보가 있지는 않을 거라고 아키라가 생각할 만큼 도저히 있을 수 없는 일이었다.

아키라가 경계와 당혹을 동시에 키우자 알파가 다시 보충 설명을 해 줬다.

『아키라를 습격하려는 것 같지는 않으니까 걱정하지 마. 상대는 무장을 안 했거든. 뒤를 밟고는 있지만, 미행이 목적이라기보다 아키라에게 말을 거는 걸 주저하고 있는 걸로만 보여. 아키라도 직접 확인해 봐.』

아키라는 뒤돌아서 그 인물을 찾는다. 알파의 서포트 덕분에 확장 시야에 해당 인물이 강조 표시되었기에 금방 찾을 수 있었다.

아키라와 비슷한 또래로 보이는 소녀가 약간 수상한 거동을 보이며 상황을 살피고 있었다. 그 소녀는 갑자기 뒤돌아본 아키라가 자신을 보고 있다는 것을 눈치채더니, 더욱 수상한 거동을 보였다. 그 소녀는 바로 셰릴이었다.

아키라는 셰릴의 반응을 보고 위험하지는 않을 거라 판단해 경계를 늦췄다. 그리고 상대를 내버려 두거나 따돌리는 것도 좀 그럴 것 같았기에, 일단 셰릴에게 다가가 봤다.

한편, 셰릴은 자신에게 다가오는 아키라를 보고 긴장감에 사로잡혔다. 지금 바로 도망칠지도 모르는 자기 자신을 필사적으로 억누르고 있다.

(진정해! 내가 말을 걸 필요가 없어졌어! 그렇게 생각해! 지금 와서 물러날 수도 없잖아?!)

시베아 일당은 퇴물 헌터라고는 해도 소규모 조직을 이끌 실력을 지니고 있었다. 그런 시베아 일당을 혼자서 간단히 죽인 인물이 다가오고 있는 것이다. 게다가 그 인물은 적에게 둘러싸인 상황에서도 망설이지 않고 교전을 선택하는 인물이다.

만약 상대가 자신을 일전의 습격자들과 한패임을 알고 그때 죽이지 못했으니까 눈에 띄면 바로 죽이자고 생각하고 있다면 교섭의 여지 없이 바로 살해당해도 이상할 것이 없다. 상대가 살인을 머뭇거릴 리가 없다. 셰릴은 양손으로 말아쥐며 공포를 견디고 있었다.

아키라가 자신을 알아보지 못할 것, 혹은 기억하지 못할 것. 그것이 바로 셰릴이 벌인 도박의 첫 번째 관문이었다.

아키라가 셰릴의 근처까지 다가왔다. 셰릴은 어찌어찌 미소를 지으려 했지만, 그 얼굴은 공포와 긴장 탓에 심하게 일그러져 있었다.

"나한테 무슨 볼일이 있어?"

아키라의 장비를 가까이에서 본 셰릴은 더욱 긴장했다. 일전의 참극을 벌였던 AAH 돌격총. 싸기는 하지만 권총 같은 대인용 무기와는 차원이 다른 위력을 자랑하는 몬스터 사냥용 총이다.

저 총을 쏘면 자신은 원형이 남을지도 의심스럽다. 그렇게 생각한 셰릴은 무심코 당시의 총격전을 떠올리고 말았다. 그리고 그 시체의 산에 자신이 더해지는 상상을 하자, 목소리가 떨리기 시작했다.

"하, 하하, 할 이야기가……."

"이야기? 뭔 이야기인데?"

아키라는 미심쩍은 얼굴로 상대의 말을 기다렸다. 그러나 셰릴은 심하게 동요한 탓에 제대로 말을 하지 못했다. 그래도 상대의 기분이 상하지 않게 거친 호흡을 어찌어찌 진정시키며 말을 이으려 했다.

하지만 그 전에 알파가 끼어들었다.

『아키라. 일단 말해 둘게. 이 여자는 일전에 아키라를 습격했던 패거리의 일원이야. 그때 아키라를 포위했던 인간 사이에 섞여 있었어. 총격전이 시작되자마자 도망쳤지만 말이야.』

『그래? 그런 녀석이 나한테 무슨 할 이야기가 있지?』

『글쎄, 그건 나도 모르겠어.』

셰릴이 동요한 모습을 본 아키라는 경계를 많이 낮췄었다. 하지만 알파의 말을 듣고 다시 경계가 강화된다. 그리고 상대가 습격자들의 관계자임을 알자 적의와 불쾌감을 먼저 드러낸다. 그것은 아키라의 표정과 말투에서도 묻어났다.

"나를 죽이려고 했던 패거리의 일원이 나한테 무슨 할 이야기가 있는데?"

그 말을 듣고 셰릴의 머릿속이 새하얗게 변했다. 뇌가 현재 상황의 인식을 거부하고 시야가 크게 일그러졌다. 그 자리에 바로 주저앉지 않은 것이 이상할 정도로, 온몸이 덜덜 떨렸다. 마음이 공포로 가득 차기 시작하면서, 아키라가 앞으로 보일 행동을 상상하게 했다.

총을 뽑아서 자신의 입에 총구를 집어넣고 주저 없이 방아쇠를 당긴다. 자신의 머리가 터지고 살점이 사방으로 튄다. 그런 상상이 뇌리를 스치자 셰릴은 더욱 떨리기 시작했다.

공포와 긴장 탓에 구역질이 난다. 하지만 위장 속에는 아무것도 없다. 위액 말고는 토할 게 없다. 그리고 무엇보다 셰릴은 현재 그러고 있을 상황도 아니었다.

한편, 아키라는 그런 셰릴의 모습을 보고 독기가 완전히 빠져 버렸다. 상대는 완전히 겁을 집어먹어 눈물과 함께 콧물을 질질 흘리고 있었다. 표정은 사형 집행 직전의 죄수 그 자체여서 도저히 이야기를 나눌 상태가 아니다. 그렇게 너무 지독한 모습을 본 아키라의 표정에서 적의와 불쾌감이 사라지고, 그 대신 당혹함이 강하게 드러난다.

당황한 아키라를 알파가 웃으며 놀렸다.

『어머~, 큰일났네.』

『내, 내 탓이야?』

『글쎄? 나는 사정을 파악하고 있고, 소극적이었다고는 해도 아키라를 죽이려고 했던 상대가 어떻게 되든 알 바 아니야. 하지만 주위 사람들은 과연 어떻게 생각하려나?』

알파가 말한 것처럼, 남들 눈에는 아무리 생각해도 아키라가

셰릴을 협박하고 있는 것으로만 보일 것이다. 사정을 모르고 정의감이 투철한 인물이 이 자리에 있다면 곧바로 셰릴을 구하려고 분투할지도 모르는 광경이다. 이 주변의 치안 유지를 담당하는 경비원이 괜히 오해하면 아키라에게도 귀찮은 불똥이 튈 것이다.

거기까지 생각이 미친 아키라는 허둥지둥 셰릴을 진정시키려 했다.

"아~ 저기, 그 뭐냐. 일단 진정해. 나는 너를 해칠 생각이 없어. 너도 마찬가지지? 진정하고 대화로 하자. 할 말이 있는 것 아니었어? 자, 심호흡하고 진정해. 알았지?"

아키라가 부질없는 노력을 해 봤지만, 셰릴은 소리 없이 계속 울고 있다.

(어쩌다가 이렇게 된 거야.)

아키라는 남몰래 세상을 저주했다.

어찌어찌 숙소의 방으로 돌아온 아키라는 그 자리에 셰릴도 데려왔다. 셰릴을 방치하고 도망치는 방법을 취하지 않은 이유는 그토록 두려움에 떨면서도 자신한테 하려고 했던 이야기의 내용이 궁금했기 때문이다.

셰릴은 자신의 손을 잡아끄는 아키라에게 저항하지 않았다. 방에 도착하고도 두려움과 동요가 강하게 남은 상태였지만, 그래도 아까보다는 다소 진정했다. 그리고 자국이 확연히 남아 있기는 하지만, 눈물도 그쳤다.

어쨌든 아키라는 현재 셰릴을 적으로 여기지 않는다. 적으로 인식한다면 더 냉담하고 무자비하게 대했을 것이다. 셰릴이 공포에 일그러진 얼굴로 울면서 목숨을 구걸하더라도 주저 없이 쏴 죽였으리라.

그러나 적이 아닌 소녀가 겁에 질린 상태로 자신의 곁에 있고, 더군다나 자신에게 공포를 느껴서 떨고 있는 상황은 아키라의 커뮤니케이션 능력을 아득히 넘어서고 있었다. 그 탓에 허둥대면서도 상황의 개선을 바라며 셰릴에게 제안한다.

"이, 일단 좀 씻는 게 어때? 그럼 진정이 될 거야."

셰릴은 고개를 슬쩍 끄덕이고 욕실로 향했다. 약간 혼란에 빠진 아키라가 내놓은 제안은 여러모로 나쁘게 해석할 수 있는 내용이지만, 셰릴은 그것을 알아챌 여유가 없었고, 설령 알더라도 저항할 기력이 없었다.

셰릴이 욕실로 들어가 안 보이게 되자 아키라는 마음속에 쌓인 피로를 토하려는 듯이 한숨을 푹 쉬었다.

『알파. 무슨 이야기일 것 같아?』

『이런저런 예상은 되지만, 본인에게 듣는 게 빠를 거야. 좌우지간 오늘 훈련은 중지하자. 저 여자가 목욕을 마치면 차분하게 이야기해 보는 거야.』

『그래.』

아무튼 자신도 좀 진정하자. 아키라는 그렇게 생각하고 셰릴을 기다리기로 했다.

◆

셰릴은 욕조 안의 물에 멍하니 몸을 담그고 있었다. 자신의 도박이 첫 번째 관문에서 쉽게 파탄이 났을 때는 다 틀렸다고 생각했지만, 지금은 조금씩 마음이 진정되고 있었다.

목욕물에 느긋하게 몸을 담그고 있자 피로와 함께 공포와 긴장감, 초조함 같은 것이 빠져나갔다. 오래간만에 하는 목욕이 셰릴의 정신 안정에 크게 기여하고 있었다.

(도박에는 실패했지만, 아직 살아 있어. 운이 좋은 건지, 나쁜 건지 모르겠네. 아니야, 운이 좋았다고 생각하자. 그때 추태를 보인 덕분에 다짜고짜 살해당할 일은 없어졌을 거야. 숙소에 끌려가는 것도…… 뭐, 그건 예상한 바야. 내키지는 않지만, 최대한 활용해 보자. 효과가 있다면 말이지…….)

사전에 각오는 했을 터이다. 하지만 정작 실전에서는 그 정도 각오로는 어설프기 짝이 없어서, 결과적으로 아까의 추태를 초래하고 말았다.

그러나 휴식을 취하며 사고 능력을 되찾은 뇌로 돌이켜 보니, 아까 그 추태가 아키라의 경계심을 대폭 풀면서 자신의 목숨을 보전하게 해 줬음을 알 수 있었다. 어설픈 연기로는 역효과였을 것이라는 사실도. 그것을 전부 포함해서 운이 좋았다는 것도.

목욕을 마치면 예정대로 아키라에게 부탁해야 한다. 그 제안을 상대가 받아줄지 어떨지는 미지수다. 이참에 그 가능성을 키울 노력을 해야만 한다.

셰릴은 수면에 비친 자신의 모습을 봤다. 남자들이 좋아할 외모를 지닌 소녀가 비쳤다. 굳이 결점을 꼽자면 가슴의 볼륨이 좀 부족하다는 점이다.

셰릴은 자신의 외모가 빼어나다는 것을 이해하고 있다. 자신의 몸을 거래 재료로 삼는다면 그럭저럭 가치가 있을 거라고 여긴다. 물론 자신에게 목욕을 권하는 아키라는 그런 것을 기대하는 듯한 낌새를 거의 내비치지 않았다. 하지만 마음이 바뀔 가능성이라면 얼마든지 있다고 생각한다.

내키지는 않지만, 원한다면 바칠 수밖에 없다. 몸뚱이 하나만 달랑 남은 것에 가까운 자신이 내놓을 수 있는 것은 그런 것밖에 없다. 그렇다면 최대한 그 가치를 키워야 한다. 이용할 수 있다면 이용한다. 셰릴은 그렇게 판단하고 몸과 머리카락을 정성껏 씻어서 최대한 자신의 미모를 완성했다.

◆

아키라는 셰릴을 기다리는 동안 식사를 하기로 했다. 냉장고에서 냉동식품을 꺼내 조리기구에 넣고 데운다. 그리고 곧장 식사하려고 했을 때, 마침 목욕을 마친 셰릴이 욕실에서 나왔다.

그 요리를 본 셰릴의 배가 꼬르륵 소리를 내서 본인보다 강렬하게 공복을 주장한다. 아키라와 셰릴의 시선이 마주친다. 몇 초 동안 서로를 응시한 후, 아키라는 먹으려던 식사를 말없이 셰릴에게 내밀었다. 그리고 다른 냉동식품을 데우기 시작했다.

침묵 속에서 냉동식품이 가열된다. 그사이 셰릴은 요리를 먹지 않고 기다렸다.

아키라는 다 데운 요리를 가지고 와서 셰릴의 정면에 앉고 상대의 낌새를 살핀다. 그리고 충분히 진정했다고 판단하며 우선 안도했다. 이 정도면 이야기도 할 수 있겠지. 그렇게 생각하고 입을 연다.

"뭐, 먹으면서 이야기를……."

또 셰릴의 배에서 소리가 났다. 서로에게 있어 미묘한 침묵이 흐른다.

"이야기는 밥을 다 먹고 나서 하자……."

아키라와 셰릴은 그대로 식사를 시작했다.

식사를 마쳐서 두 사람의 위장이 대화를 방해하지 않은 만큼 먹을 것으로 찼을 때, 아키라는 기분을 전환하고 셰릴에게 이야기를 들으려고 했다.

"어디 보자. 자기소개부터 할까. 나는 아키라야."

"저는 셰릴이라고 해요. 셰릴이라고 불러 주세요. 아키라 씨. 목욕뿐만 아니라 음식까지 제공해 주셔서 감사해요. 그리고 흐트러진 모습을 보여서 죄송해요. 폐를 끼쳤어요."

셰릴은 공손하게 머리를 숙였다. 이에 아키라는 좋든 싫든 딱히 신경을 쓰지 않는 기색으로 대꾸한다.

"그냥 아키라라고 불러. 그래서? 할 이야기가 뭔데?"

아키라는 약간 진지한 표정을 지었다. 셰릴도 각오를 다지면서, 진지한 표정으로 대답했다.

"요점만 말하겠어요. 실은 아키라가 우리 보스가 되어 줬으면 해요."

뜻밖의 이야기를 듣고 아키라는 무심코 괴이쩍은 표정을 지었다. 그러자 셰릴은 더욱 긴장하면서도 자세한 설명을 시작했다.

슬럼의 주민들은 혹독한 생활을 버티기 위해서 조직적인 패거리를 결성하는 일이 많다. 안전한 잠자리 확보, 정기적인 식량 취득, 돈벌이 등의 협력을 조직적으로 한다는 것은 기본적으로 집단행동에서 발생하는 결점을 능가한다. 설령 말단일지라도 집단에 속해 서로 이용할 수 있다는 시점에서 정말로 혼자 활동하는 어려움에 비하면 훨씬 편해진다.

슬럼에서도 숫자는 곧 힘이다. 조직을 잘 운영하면 비호와 이익을 원하는 가입 희망자도 늘어난다. 그대로 세력을 확대해서 주변의 치안에 영향력을 끼치게 되면 그 중심인물들은 꽤 쾌적한 생활도 영위할 수 있다. 그 쾌적함을 바라는 이들이 더욱 몰려들면서 대규모 조직으로 발전하기도 한다.

그런 대규모 조직의 보스가 슬럼의 주민이 아닐 때도 있다. 소위 뒷돈 벌이를 노리는 자, 치안이 좋은 장소에서는 할 수 없는 장사를 하는 자, 이런저런 사연이 있는 자. 대부분 거금과 강력한 무력을 지니고 있기에, 필연적으로 조직의 규모도 커진다.

헌터와 퇴물 헌터가 조직을 이끄는 경우도 드물지 않다. 황야에서 몬스터를 사냥하는 수준의 전투력은 슬럼에서도 유용하다. 조직에 헌터 경험자가 있다는 것이 알려지기만 해도 구성원의 안전에 도움이 된다. 거래소 같은 가게와 연줄이 있는 자라면 슬럼과 인근 황야에서 모은 고철이나 주운 물건을 팔 때도 고작해야 슬럼 주민이라는 이유로 약점을 잡힐 우려가 줄어든다.

그런 이점 덕분에 그 헌터에게 인격적으로 다소 문제가 있을지라도 조직 내에서 높은 지위를 주는 경우가 많다.

헌터가 슬럼의 조직과 엮이는 이유는 다양하다. 황야에서 출세하는 것을 포기하고 슬럼에서 뒷돈을 벌어 출세하려고 한다. 혹은 자신이 황야에서 출세하기 위해 죽어도 상관없는 인원을 조달할 곳이 필요하다. 적당한 은신처나 창고 같은 장소를 확보하고 싶다. 대규모 조직 구축의 발판으로 삼고 싶다. 그 밖에도 여러 이유와 이익을 위해 적잖은 헌터가 슬럼의 조직과 연관되어 있다.

셰릴은 아키라에게 조직의 보스가 되면 얻는 이익을 설명한 후, 나아가 지금이라면 시베아를 대신해 보스 자리를 차지할 수 있다고 알려줬다. 시베아 일당은 통솔력이 아니라 무력, 혹은 폭력으로 조직을 이끌었다. 그런 시베아 일당을 간단히 죽인 아키라라면 충분히 새로운 보스가 될 수 있으며, 습격에 대한 보복을 겸해 시베아의 조직을 빼앗는다는 명분도 생긴다. 문제가 없으며, 이익이 많다. 그렇게 열심히 설명했다.

하지만 아키라는 내키지 않는 듯한 태도를 보였다.

"성가실 것 같고, 관심도 없어. 미안하지만, 다른 데 가서 알아봐."

"자, 잠깐만요!"

아키라가 이야기를 끝내려 하자 셰릴은 무심코 허겁지겁 소리 쳤다. 하지만 이어서 할 말이 생각나지 않는다. 본인이 내키지 않은 눈치인 것은 확실하다. 방금 한 설명보다 더 구미가 당길 만한 내용도 떠오르지 않는다. 관심이 없는 이야기를 질질 끌어 도, 그만큼 상대의 기분만 상할 뿐이다.

지금 아키라의 심기를 건드리는 건 좋지 않다. 자신은 이미 습 격자 측의 인간이라는 사실이 드러나 목숨만 부지하고 있는 상 태다. 이 상황에서 아키라의 심기를 건드렸다간 '귀찮으니 눈 감아 주자.' 에서 '귀찮으니 죽여버리자.' 로 판단이 바뀌어도 이상할 게 없다.

그것을 두려워한 셰릴은 상대의 비위를 맞출 겸 되도록 내놓 고 싶지 않던 교환 조건을 직접 입에 담았다.

"이 제안을 받아준다면, 이제부터 저를 마음대로 써도 돼요."

아키라의 시선이 셰릴의 몸으로, 가슴과 다리와 팔 등으로 옮 겨갔다.

셰릴은 그것이 자신의 몸에서 가치를 감정하는 것처럼 느꼈 다. 솔직히 말해 기분이 좋지는 않지만, 상대의 손에 죽을 각오 도 했던 것이다. 이 정도는 충분히 허용할 수 있다. 흥미를 느끼 게 하는 자신의 용모에 감사하고 싶을 지경이다. 셰릴은 그렇게 자기 자신을 타이르고 있었다.

감정을 마친 아키라가 시선을 도로 셰릴의 눈으로 돌렸다. 그 리고 역시 내키지 않는 기색으로 대답한다.

"마음대로 쓰라고 해도 말이지. 강해 보이지도 않고, 이렇게 말하기는 좀 그렇지만, 미끼든 제물로든 쓰려고 데려가 봤자 방해만 돼. 그야 너는 목숨을 걸고 황야에 가는 거니까 교환 조건이 될 거라고 생각했겠지만…….."

셰릴은 아주 잠깐 어리둥절한 표정을 지음 뒤, 이야기의 핀트가 어긋나고 있다는 점과 그 이유를 이해하고 잠시 말문이 막혔다. 아키라는 자신의 몸에서 여자의 가치를 전혀 느끼지 못했다. 아까 몸을 감정하듯 본 것도 체력과 전투 경험의 유무만을 확인한 것이고, 그러고 나서 도움이 되지 않는다고 판단했을 뿐이다. 그것을 이해하고, 예상을 벗어난 아키라의 반응에 놀라고 있었다.

알파가 아키라와 셰릴의 반응을 보고 쓴웃음을 지으며 보충 설명을 했다.

『아키라. 셰릴이 아까 한 말은 그런 의미가 아닐 거야.』

『그럼 어떤 의미인데?』

『아마 성적인 의미에서 한 말일걸?』

『아하, 그런 거였나. 그렇다면 더 필요 없어.』

뒤늦게 의미를 이해한 다음에도 아키라의 판단이 바뀌지 않았다는 사실에 알파가 조금 의아한 표정을 짓는다.

『괜찮겠어? 이 아이는 꽤 예쁘장하니까, 장래에 미인이 될 거야. 나만큼은 아니겠지만. 나만큼은 아니겠지만. 나만큼은 아니겠지만.』

『두 번만 말해도 중요성이 전달되니까, 세 번이나 말하지 마.

그런 쪽 요원은 툭하면 옷을 벗으려고 하는 노출증 환자만으로 충분해.」

알파가 신나서 의기양양한 웃음을 아키라에게 지어 보인다.

『즉, 미인계 방지에 힘쓴 내 노력이 열매를 맺은 거네.」

아키라는 괜한 소리를 했다는 태도를 보였다. 그리고 곧 그것을 얼버무리려 한다.

『그래, 맞아. 그리고 상대의 약점을 이용해 그런 짓을 하는 건 싫단 말이야.」

『충분히 상호이익을 확보할 수 있다고 보는데. 아키라는 어린데도 의외로 로맨티시스트구나. 아니지, 어려서 그런 걸까?」

알파는 놀리듯이 미소를 짓고 있다. 그리고 약간 토라진 아키라에게 평소와 다름없는 표정으로 돌아가며 제안한다.

『아키라. 다시 말할게. 셰릴에게 손댈지 말지를 떠나서, 도와주는 게 어때?」

『왜?」

『전에 아키라가 말했지? 평소 행실 덕분에 운이 좋아질지도 모른다고 말이야. 아키라는 유적이고 도시를 떠나서 사람과 몬스터에게 모두 습격당하고, 지금도 이런 상황에 처했어. 역시 나를 만나면서 운을 다 쓴 거야.」

아키라는 미묘한 표정을 지었다. 확실히 그런 말을 입에 담았던 기억은 있다. 엘레나 일행을 구해줄 때, 정확하게는 엘레나 일행을 습격한 남자들을 몰살할 때, 명백하게 내키지 않은 내색이었던 알파에게 변명 삼아 대충 말했던 것을 기억한다.

아직도 그때 일로 삐친 걸까. 아니면 앞으로는 그런 짓을 하지 말라고 돌려서 말하는 걸까. 아키라는 그렇게 생각하고 표정을 약간 굳혔다.

알파는 웃으며 말을 잇는다.

『그러니까 불행하게도 슬럼에서 생활하고 있는 가련한 미소녀를 돕는다는 선행을 베풀어서 행운을 회복하는 게 어때? 마침 좋은 기회잖아?』

아키라는 진짜 운이 나쁘다고 대놓고 지적을 받아 당황했다. 짚이는 것이 있기 때문이다. 그러나 '그러면 도와주자.' 같은 생각도 들지 않았다.

『아니…… 그렇다고 해서 내가 셰릴을 돌보는 건 좀……. 지난번처럼 그때만 잠깐 도와주는 것과는 차원이 다르잖아? 오히려 그때는 알파가 반대하지 않았어?』

조금 미심쩍은 눈치인 아키라에게, 알파는 대수롭지 않게 대꾸한다.

『그때는 아키라의 목숨이 걸려 있어서 반대했을 뿐이야. 그리고 딱히 목숨을 걸고 셰릴을 도우라는 것도, 하나부터 열까지 돌보라는 것도, 책임을 지고 평생 보살피라는 것도 아니야. 조금만 도와줄 뿐, 약간 지원해 줄 뿐, 운을 조금 줄 뿐이지. 그 정도의 이야기야.』

잠시 망설이는 아키라에게, 알파는 계속 말한다.

『만약 셰릴이 자신에게 찾아온 행운을 감당하지 못하고 파멸하더라도, 그건 셰릴의 책임이야. 아키라가 마음에 둘 일은 없어. 반대로 그 행운을 발판 삼아서 성공한다면 보답을 기대해도 좋을 거야. 방해되면 인연을 끊으면 돼. 그 정도로 가벼운 이야기야.』

스스로 깨닫지 못했던 우려와 그 대처법까지 알파가 설명해 주자 아키라의 표정이 약간 변했다. 무의식중에 끔찍하게 귀찮다고 힘들다고 판단했던 일이 별것 아닌 소소하고 간단한 일로 바뀌었다. 아키라의 내면에서 셰릴을 도와주는 것의 의미와 크기가 좋든 싫든 대폭 줄어들었다.

그리고 겨우 그런 행동으로 자신의 운이 좋아질지도 모른다는 소망 같은 기대가 아키라의 내면에서 상대적으로 커졌다.

"운이라⋯⋯."

아키라는 감상에 빠진 듯이 중얼거렸다. 행운이든 불운이든, 아키라에게는 제법 의미가 있는 말이다.

염화로 알파와 이야기하는 아키라의 모습은 남들 눈에는 조용히 표정만 휙휙 바뀌는 수상한 사람으로 보인다. 하지만 셰릴에게는 그것을 수상하게 여길 여유가 없었다.

자신의 몸뚱이를 거래 재료로 삼아도 소용없다. 추가적인 설득 재료도 생각나지 않는다. 울면서 매달려도 아마 소용없을 것이다. 솔직히 말해 더는 방법이 없다. 그래도 무릎을 꿇고 자비를 베풀어 달라고 빌어야 할까. 셰릴이 그런 고민을 하고 있을 때, 아키라의 중얼거린 말이 들렸다.

(운⋯⋯?)

그 말의 의미에서 이 상황의 돌파구를 찾아보려 하지만, 그 의미를 알 수가 없다. 초조함과 당혹스러움에 직면한 셰릴의 앞에서, 아키라가 주머니에서 동전 하나를 꺼냈다. 헌터 활동을 시작하고 처음으로 받은 보수, 100오름 세 개 중 하나다.

아키라가 동전을 손가락으로 튕겼다. 동전은 몇 바퀴 돌면서 허공을 가른 후, 그대로 낙하한다. 무심코 동전을 쳐다보는 셰릴의 앞에서 동전이 아키라의 두 손 사이에 들어간다.

"앞인지 뒤인지 골라봐."

셰릴은 놀란 얼굴로 아키라를 본다. 아키라는 잠자코 셰릴을 보고 있다.

동전이 앞인지 뒤인지 맞히면 자신의 부탁을 들어주겠다는 뜻일까. 그런 것에 결정을 맡겨야 한다는 사실을 한탄해야 할까. 한번 거절당했는데도 운으로 그것이 번복될지도 모른다는 사실에 기뻐해야 할까. 셰릴은 알 수 없었다.

앞일지 뒤일지 잠깐 고민했지만, 생각해도 알 수가 없었다. 결국 기도하는 심정으로 결단을 내렸다.

"앞……."

셰릴은 하나를 골라서 답했다.

아키라가 셰릴에게는 보이지 않도록 동전을 확인했다. 셰릴의 표정에는 다시 긴장이 흘렀다. 아키라는 그대로 동전을 품속에 넣었다.

"조건부로 협력하겠어. 나는 조직의 보스는 되지 않을 거야. 하지만 셰릴에게 어느 정도 협력할게. 그러면 뒷일은 셰릴이 알아서 잘해 봐. 다른 녀석을 조직의 보스로 앉히는 건 셰릴의 마음이지만, 나는 어디까지나 셰릴 개인에게 협력하는 거야. 보스가 바뀐다고 해서 그 녀석에게 협력하지는 않아. 이 조건으로 괜찮다면 받아들이겠어. 어때?"

셰릴에게 거부권은 없다. 기뻐하며 아키라에게 머리를 숙인다.

"알았어요. 부탁드릴게요. 감사합니다."

이것으로 셰릴은 아키라라는 뒷배를 얻었다. 하지만 그와 동시에, 조직의 보스가 될 수밖에 없게 됐다.

이게 잘된 일일까. 아키라는 동전 던지기의 결과를 자신에게 알려주지 않고, 정답인지 아닌지도 말하지 않았다. 셰릴은 왠지 불안해서 아키라에게 조심스럽게 물었다.

"저, 저기……."

"뭐든 물어봐도 상관없지만, 내가 묻지 말라고 말한 건 또 묻지 마."

"그, 그럴게요."

아키라가 신신당부한 이유는 허공을 보고 표정을 바꾸는 자신의 모습을 본 셰릴이 정신병이나 마약 사용을 의심해서 이것저것 캐묻는 것을 방비하기 위해서다.

셰릴도 아키라의 사정을 괜히 건드려서 심기를 불편하게 할 생각은 전혀 없다. 고개를 힘껏 끄덕였다.

"그래서? 뭔데?"

"저기, 앞……이었죠?"

아키라는 곧바로 아까 했던 말로 대꾸했다.

"묻지 마."

"네……."

셰릴의 마음에 뭔가가 들러붙었다. 자신은 도박에서 이긴 걸까. 아니면 진 걸까. 셰릴은 알 수 없었다.

그리고 동전 던지기의 결과를 아는 아키라도 도박의 결과를 모른다. 결과는 미래에 나온다. 현재가 아니다.

◆

알파의 이야기는 전부 허울만 좋았다. 선행으로 운수가 좋아진다고는 추호도 생각하지 않는다. 전부 구실이다. 그리고 셰릴을 돕기 위한 구실도 아니다.

살인을 주저하지 않지만, 그 기준은 명확하지 않다. 그런 아키라의 행동 원리를 파악하기 위해, 그 기회를 셰릴이 제공하게끔 아키라와 연관될 기회를 늘렸을 뿐이다. 습격자들과 한패여서 얼마든지 죽게 내버려 둘 수 있는 인물을, 아키라는 얼마나 도와주려고 할까. 관찰하기에 딱 좋은 대상이었다.

전부 알파 자신의 목적을 위해서. 오직 그것뿐이다.

제12화 셰릴과 패거리

아키라는 숙소에서 셰릴과의 이야기를 마친 후, 셰릴에게 부탁을 받아 함께 슬럼을 산책하고 있었다.

무장한 소년. 그리고 슬럼의 기준으로는 꽤 고급스러운 옷을 입은 소녀. 풋내기 헌터와 그 추종자 정도로 생각하면 딱히 드문 일도 아니다. 그런데도 관심을 가지며 쳐다보는 이들이 때때로 있었다. 그 광경에서 어떤 의미를 찾는 자가 있는 것이다.

아키라는 셰릴에게 안내를 받으며 슬럼을 돌아보았다. 시베아의 영역이었던 곳을 중점적으로 돌아본 후, 거기서 꽤 떨어진 곳으로 범위를 넓혔다.

슬럼은 상당히 넓으며, 크고 작은 조직의 영역이 뒤얽혀 있다. 그 영역은 각각의 질서에 따라 움직이며, 그 질서를 모르는 자, 질서에 속하지 않는 자가 함부로 어슬렁거리면 위험하다.

아키라의 잠자리였던 뒷골목 또한 어느 조직의 영역이었다. 그들이 아키라를 눈감아준 것은 거기에 멋대로 눌러앉은 자를 일일이 제거해야 할 만큼 중요한 장소가 아니었기 때문이다.

아키라도 그 정도 지식은 가지고 있다. 그리고 질서를 모르는 장소에는 다가가지 않으려 했기에, 슬럼에서 오랫동안 살았는데도 모르는 장소가 많았다.

"이 근처에는 와 본 적이 없는데, 슬럼치고는 꽤 깨끗한걸."

주위에는 비교적 튼튼해 보이는 건물이 들어차 있다. 노점의 숫자도 많고, 정비 불량으로 보이는 권총, 날이 일부 상한 나이프. 나아가 간단한 액세서리 등 출처가 불명확한 상품이 진열되어 있었다.

손님도 꽤 많았다. 그것은 그런 장사 환경을 성립시키는 경제, 치안, 질서가 유지되고 있다는 증거이자, 이곳을 영역으로 삼는 조직이 지닌 힘을 증명하고 있기도 했다.

아키라가 낯선 장소에 약간 흥미를 보이자, 셰릴은 웃으면서 가볍게 설명했다.

"이 인근의 건물은 도시가 하위 구역을 확장할 생각으로 다시 세운 것이라고 해요. 하지만 그 계획이 좌절되면서 방치된 것을 이 주변의 총괄자가 차지했다고 들었어요."

"흐음."

아키라는 뒷골목에서 지내기만 해서는 알 수 없는 슬럼의 토막 지식에, 그것을 아는 셰릴에게 약간 감탄했다. 그리고 알파에게 별생각 없이 물어보았다.

『알파도 방금 그 이야기를 알고 있었어?』

『아니, 몰랐어.』

『그래? 알파도 모르는 게 있구나.』

왠지 알파라면 뭐든 다 알 것 같았다. 그렇게 생각하던 아키라는 알파가 모른다고 답했다는 사실이 약간 뜻밖이었다. 그런 생각이 얼굴에 약간 드러났다. 하지만 아키라는 알파의 이야기를 듣고 표정을 바뀌었다.

『나도 모르는 건 있어. 여담이지만 이 근처의 개발이 좌초한 것은 원래 그럴 예정이었기 때문이야. 도시 측은 이 인근을 제대로 개발할 생각이 애초부터 없었어. 그런데도 도시에서 주도하면 그런 강압적인 개발도 손쉬우니까, 누군가가 자금을 대서 진행한 걸 거야.』

『알고 있잖아…….』

『몰랐던 것은 그게 일반에 어떻게 알려졌느냐 하는 거야. 누군가가 부당하게 점거한 것으로 해서, 몰래 뭔가를 하고 있을 거야. 그 뭔가가 발각되더라도, 관계자가 책임을 면할 수 있도록 손을 쓰면서 말이지.』

그 일반적이지 않은 정보를 알파는 어떻게 안 것일까. 아키라는 그게 조금 궁금했지만, 묻지 않기로 했다. 신경 써도 소용없기 때문이다.

알파는 명백하게 비정상적인 존재다. 아키라만이 인식할 수 있다는 점 말고도, 조금만 생각해 보면 이상한 점이 참 많다. 하지만 그것을 의도적으로 신경 쓰지 않으려 했다.

아키라에게 중요한 것은 알파가 자신의 편이란 사실이다. 미심쩍은 존재인 것은 틀림없다. 하지만 자신의 편이라는 요소가 훨씬 중요했다.

슬럼의 꾀죄죄한 아이에게 손을 내밀어 주는 자는 없다. 자신을 구해주려 하는 사람 따위는 없다. 아키라는 쭉 그렇게 생각해 왔다. 지금도 마찬가지다. 매우 드문 예외가 존재한다는 것을 알았을 뿐, 그 정도로는 세상을 보는 눈이 바뀌지 않는다.

그래서 아키라는 그런 예외인 알파의 비정상적인 부분을 개의치 않는다. 그것을 신경 쓴 바람에 알파를 잃을 바에야, 눈길을 돌리는 쪽을 선택할 것이다. 적어도 지금은.

알파가 갑자기 장난스러운 미소를 짓는다.

『그건 그렇고, 아키라와 셰릴이 나란히 걸으니 데이트하는 것 같네.』

그 말에 가볍게 사레가 들린 아키라가 알파를 무심코 쳐다보았다. 갑자기 사레가 들리며 아무것도 없는 장소를 쳐다보는 인물은 충분히 수상해 보였다.

하지만 셰릴은 일부러 반응하지 않았다. 이미 아키라한테서 묻지 말라는 말을 들었기 때문이다. 그 의문에서 고개를 돌린 덕분에 하루하루의 평온을 얻을 수 있다면, 셰릴은 얼마든지 입을 다물 것이다.

『데이트? 그건 좀 아니잖아?』

『아니야. 맞아. 반론하는 건 좋지만, 나한테 토론하는 건 무모한 짓일걸?』

아키라가 미묘한 표정을 지으면서 반론을 포기하자, 알파는 즐거운 듯이 웃었다.

『그런고로 데이트가 맞으니까, 뭔가 사서 셰릴한테 선물해 주자.』

『알았어……. 뭔가 사 주면 되는 거지?』

아키라도 딱히 억지로 거역할 생각은 없었다. 위험한 일도 아니다. 그 의도는 모르지만, 가지고 있는 돈을 조금 쓰는 것만으로 알파가 만족한다면 된다.

무엇보다, 고집을 부리고 섣불리 반론한 결과, 알파가 셰릴에게 선물을 주는 행위의 이점을 끝없이 설명한다는 귀찮은 일은 피하고 싶다. 아키라는 그렇게 생각하고 근처에 있는 노점에 갔다. 셰릴도 따라왔다.

노점의 좌판에는 다양한 물건이 잡다하게 놓여 있다. 그곳에 놓여 있는 정비 상태가 수상한 총이 아키라의 눈길을 끌었다. 치안이 나쁜 슬럼에서, 총은 매우 중요하고 소중한 물건이다.

(아니야. 그건 아니지.)

아키라는 고개를 설레설레 저었다. 저런 총을 선물했다가 나중에 오발 사고라도 나면 주지 않느니만 못하다. 게다가 총은 데이트 중에 상대에게 줄 선물이 아니리라. 그렇게 마음을 고쳐먹고 좀 더 무난한 물건이 없는지 찾아봤다.

하지만 남에게 선물을 준 경험이 없는 탓에 어떤 게 무난한지 알 수가 없었다. 한동안 고민하고도 정하지 못해서 알파에게 도움을 청했다.

『알파. 어떤 게 좋을까?』

『네가 생각해.』

알파가 즐거운 투로 그렇게 말하자 아키라는 염화로 불만의 의사를 전했다.

『전에 모르는 게 있어서 물어보면 가르쳐 주겠다고 말하지 않았어?』

『그래서 대답했잖아? 아키라가 직접 고른 물건을 선물한다. 그게 답이야.』

『그런 거야? 그런 이야기야? 그런 문제야?』

『그런 거고, 그런 이야기고, 그런 문제가 맞아. 이상한 걸 선물해서 미묘한 표정을 짓게 하는 것도 학습이야. 힘내.』

알파는 즐거운 듯이 미소를 짓고 있다. 아키라는 마음속으로 한숨을 쉰 후, 체념하며 노점에 있는 상품을 다시 물색했다.

"뭘 찾나요?"

셰릴은 가벼운 화제 삼아서 말을 걸어 봤다. 그러자 아키라가 조금 복잡한 얼굴로 주저하듯이 대꾸한다.

"여기 있는 것 중에서, 가지고 싶은 건 없어?"

"네?"

"아~ 왜 있잖아 네 설명대로라면 내가 셰릴을 편애…… 아니야, 면식이 있는……도 아니지. 뭐더라?"

"친밀한 사이 말인가요?"

"그래. 그거야. 그 증거가 필요하잖아? 그럭저럭 좋은 물건을 받는 사이라는 증거. 선물할 테니까, 그걸 증거로 삼아. 얼마나 도움이 될지는 모르겠지만 말이야."

알파는 직접 고르라고 했지만, 아키라는 선물을 받을 사람이 먼저 말을 걸었다는 것을 변명으로 삼아 본인에게 직접 물어보기로 했다. 이상한 것을 줘서 미묘한 표정을 짓는 것은 아키라도 가급적 피하고 싶었다.

◆

　셰릴은 몹시 놀랐다. 설마 아키라가 자신에게 줄 선물을 고르고 있다고는 조금도 생각하지 않았다. 그렇게 배려할 줄 아는 인물이라고는 전혀 예상하지 못했다.

　그런 셰릴의 관찰안은 정확하며, 아키라는 어디까지나 알파가 시키는 대로 하는 것뿐이다. 셰릴도 거기까지 눈치챘을 리가 없다. 그런 만큼, 더욱 놀랐다.

　"그래서 말인데…… 뭐가 좋아?"

　아키라의 재촉을 듣고 혼자만의 생각에서 벗어난 셰릴은 과장스럽게 기뻐했다.

　"저기, 선물이니까 아키라가 골라 주지 않겠어요? 그게 더 효과적일 거예요."

　본심을 털어놓자면 최대한 비싼 물건을 사 달라고 대답하고 싶었다. 값비싼 물건일수록 그런 물건을 선물로 받을 정도의 사이라는 뜻으로, 친밀함을 나타내는 증거의 효과도 커질 것이다. 필요하면 나중에 돈으로 바꿀 수도 있다.

　하지만 지금 관계에서 함부로 비싼 물건을 사 달라고 졸라도 상대의 심기만 불편해질 뿐이다. 게다가 노점에서 파는 물건은 제아무리 가격이 비싸 봐야 거기서 거기다. 그렇게 생각한 셰릴은 다른 방향에서 공세를 펼치기로 했다.

　당신이 나를 위해 진지하게 선물을 골라 준다는 사실이 가장 기쁘다. 그것을 말투와 표정과 행동에서 묻어나는 분위기로 강하게 호소해서 아키라에게 점수를 따려고 했다.

하지만 그런 작은 센스는 아키라에게 전해지지 않았다. 아리따운 소녀가 깊은 호의가 담긴 표정과 목소리를 보내더라도, 아키라는 히죽거리기는 고사하고 더 고민스러운 표정을 지었다.

"알았어……. 그럼 내가 이상한 걸 골라도 불평하지 말아야 한다? 네가 직접 고를 기회는 지금밖에 없거든?'"

셰릴은 상대가 예상 밖의 반응을 보여서 의외라고 생각했다. 끈질기게 마지막으로 확인하려는 아키라의 태도에서는 평소라면 확실하게 느껴질 반응, 호감도가 상승한 느낌이 전혀 들지 않았다.

그래도 왠지 모르게 필사적인 아키라의 반응에서 자신의 센스로 고르는 것을 어떻게든 피하려 한다는 것은 쉽게 이해했다. 마음속에서 생겨난 의아함을 숨기면서 잠시 생각하는 척한 셰릴은 웃어서 상대의 반응에 맞춘다.

"어떤 물건이라도 불평하진 않아요. 그렇게요. 그렇다면 액세서리를 골라 주지 않겠어요? 그런 물건이 더 그럴싸할 것 같거든요."

"그렇구나. 알았어."

아키라는 명백하게 다소 마음을 놓은 듯한 태도를 보였다. 그것은 선택지가 좁아진 덕분에 이상한 물건을 고를 우려가 줄어들어서 안도했다는 반응이다. 표정이 약간 부드러워진 아키라가 다시 선물을 고르기 시작한다. 만약 셰릴이 액세서리를 지정하지 않았더라면 아키라는 고민한 끝에 일정 확률로 총을 골랐을 것이다.

그 뒤에도 한동안 고민하고 나서 그럭저럭 비싸 보이는 펜턴트를 골라 셰릴에게 선물한다. 액세서리 중에서도 거래소에 가져가면 비싸게 팔릴 물품을 기준으로 삼아서 고른 것이다.

"고마워요. 소중히 간직할게요."

"그래. 뭐, 마음대로 해."

셰릴은 최대한 기뻐하는 듯한 미소를 지으며 감사했다. 하지만 선물을 고르느라 지친 아키라의 반응은 밋밋했다.

그 뒤에도 슬럼을 한동안 돌아본 후, 해가 지기 시작했을 즈음에 해산했다. 셰릴은 헤어지면서 아키라를 향해 깊이 고개를 숙였다.

"아키라. 오늘은 고마워요. 그리고 앞으로도 잘 부탁드려요."

"응. 셰릴도 조심해서 돌아가."

"네. 아키라도 조심해요."

셰릴은 아쉽다는 듯이 웃으며 아키라와 헤어졌다. 마음속으로는 아키라의 호감도를 거의 올리지 못했다는 사실을 유감스러워하면서도, 친밀한 관계라는 것을 증명해줄 물건을 손에 넣은 것을 만족스럽게 여겼다. 그리고 아키라에게서 돌아선 후로는 이제부터의 일을 생각하며 진지한 표정을 지었다.

아키라는 한동안 아무 말 없이 셰릴을 보았다. 셰릴의 모습이 시야에서 사라진 후에도 돌아가려 하지 않았다. 그런 아키라를 본 알파는 의아하다는 듯이 물었다.

『아키라. 안 돌아갈 거야?』

『응? 아. 조금은 말이지. 첫날이니까 만약을 대비해서.』

아키라는 그렇게만 대답하고서 숙소와는 반대 방향으로 걸어 갔다.

◆

시베아의 조직이 무너진 후, 그 영역은 어느 조직도 차지하지 못한 공백 지대가 됐다.

다른 조직도 난데없이 무력으로 제압하려 들지는 않았다. 허튼짓을 했다가 조직 간의 항쟁을 초래한다면, 불필요한 피해만 늘어날 뿐이다. 우선 주변 조직이 교섭한 후, 공백 지대를 분할 하는 등으로 이해관계를 조절하는 게 우선이다. 피로 피를 씻으며 힘으로 차지하는 건 그 교섭에 문제가 생겼을 때다.

시베아 일당의 거점이었던 건물은 그 공백 지대의 중심에 있다. 거점에는 시베아 일당의 돈과 물자가 있었으나 조직의 생존 자들이 다른 조직에 가입할 때 상납금 삼아서 대부분 챙겨서 아주 조금 남은 것들은 별다른 가치가 없다.

그래도 건물 자체에는 충분히 가치가 있다. 슬럼의 주민이 점거한다면 그 이익은 크다.

하지만 지금은 인적도 없이 한산했다. 누군가가 멋대로 안에 들어간다면 주변 조직의 다른 누군가가 건물을 점거하려 한다고 판단해서 항쟁의 방아쇠가 되기 때문이다. 아무 조직에도 속하지 않은 자가 이곳을 잠자리로 삼는 것조차도 위험했다.

한동안 아무도 없던 이 건물에서, 셰릴은 사람을 기다리고 있었다. 특정한 누군가를 기다리는 것이 아니고, 누군가를 부르지도 않았으며, 아무도 오지 않을 가능성도 있다. 하지만 올 가능성이 크다고 판단해서 긴장을 억누르며 기다리고 있었다.

잠시 기다리자 예상대로 기다리던 사람이 나타났다. 셰릴은 마음속 불안과 긴장을 감추고 그들을 향해 자신만만한 미소를 지었다.

"어서 와. 내 거점에 잘 왔어."

그들은 시베아가 이끌던 조직의 생존자다. 다른 조직에 가압한 자들도 모두가 순풍에 돛 단 듯 잘 지내는 건 아니다. 이제까지와는 다른 방식으로 살아야 하기에 익숙해지지 않는다. 대우가 나빠졌다. 상납금만 빼앗기고 쫓겨났다. 애초에 다른 조직에 들어가지 않았던 자도 있다. 조직이 무너진 후, 그 구성원들이 안게 된 문제는 한둘이 아니다.

그런 자들이 아키라와 함께 있는 셰릴의 모습을 봤다면, 당연히 확인하러 올 것이다.

"네 거점이라는 게 무슨 소리지? 아니, 그것보다 넌 왜 그 꼬마와 같이 있었던 거야? 그 꼬마가 시베아를 죽였잖아?"

그렇게 살벌하게 말하고 쳐다보는 남자에게, 셰릴은 여유롭게 웃고 대꾸한다.

"말 그대로 내 거점이라는 의미야. 오늘부터 여기는 내 조직 거점이야. 아키라와 같이 있었던 건, 내가 아키라와 담판을 지었기 때문이야. 그 결과, 오늘부터 내가 이곳의 보스가 됐어. 그러니까 여기는 내 거점이야."

"아키라? 그 꼬마 말이냐?"

"그래. 좋은 이름이지? 그런데 너희는 무슨 일로 여기에 온 거야? 두고 간 물건이라도 있어?"

셰릴은 노골적으로 깔보는 태도를 보였다. 무조건 반감을 살 거라는 점을 알면서도 일부러 기고만장한 태도를 보인 것은 그만한 뒷배를 얻었다는 것을 상대에게 알리기 위해서다.

그 효과는 충분히 드러났다. 남자들의 태도에서 반감과 경계가 강해진다.

"그 꼬마와 같이 있는 너를 봤으니까 그 부분을 확인하러 온 거다. 그보다 담판을 지었다는 게 무슨 의미지?"

"일일이 설명을 안 하면 이해하지 못하는 거야? 내가 보스라고 말했지? 아키라와 담판을 지어서, 내 조직에 여러모로 협력해 주기로 했어. 하지만 왜, 아키라는 헌터 일로 바쁘니까 귀찮은 일은 내가 지시한다는 거야. 그 사람의 대리인이라고 생각해 줘."

셰릴은 우선 그런 식으로 사태를 설명하더니, 다음에는 왠지 의미심장한 눈치로 자신만만하게 웃었다.

"그래도 뭐, 아키라도 여러모로 체면이 있으니까 대외적으로는 내가 보스인 거야. 그래서 실질적으로도 내가 지휘하니까, 역시 내가 보스야. 알겠어?"

그들 중 한 명이 약간 흥분한 기색으로 언성을 높였다.

"시베아를 죽인 건 그 꼬마잖아! 그 꼬마가 시베아를 죽이지만 않았어도, 일이 이렇게 되지는 않았어!"

이에 셰릴은 상대를 더욱 깔보는 듯한 태도를 보인다.

"아이 하나 죽이려고 그만큼 사람을 모으고, 오히려 총 맞고 죽은 바보가 뭐 어쨌다고? 바보 아니야?"

그 말에 더 짜증이 난 남자가 셰릴을 살벌하게 노려본다.

"야, 셰릴. 너무 까불지 마라. 그 꼬마가 얼마나 강하든, 지금 넌 혼자야."

"뭐? 진심으로 하는 소리야?"

셰릴은 조롱을 넘어서 한심하다는 태도로 대꾸했다. 그러자 남자들은 질겁한 얼굴로 사방을 둘러보았다. 아키라가 숨어 있다고 생각한 것이다.

"찾아도 소용없어. 말했지? 아키라는 헌터 일로 바쁘다고. 여기엔 없어."

"이년이……."

놀림을 당했다고 생각한 남자가 셰릴에게 다가갔다. 하지만 셰릴의 다음 말을 듣고 걸음을 멈췄다.

"내가 너희 이야기를 안 했을 것 같아? 나는 너희가 여기에 올 걸 예상했거든? 내가 죽으면 너희를 죽여달라고 부탁하지 않았을 것 같아?"

"그 꼬마가 너를 위해 그렇게까지 할 이유가 있겠냐? 네가 죽어봤자 코웃음이나 칠걸?"

그 남자는 셰릴의 말을 반쯤 허세라고 생각하면서도, 반쯤은

속내를 캐듯이 위압했다. 하지만 셰릴의 여유로운 웃음은 사라지지 않는다.

"이유라면 있어. 아키라는 나를 아끼니까. 이렇게 선물도 받았는걸. 자기가 아끼는 여자가 죽었는데 웃고 그냥 넘어갈까? 진심으로 하는 말이야?"

셰릴은 가슴 쪽에 있는 펜던트를 손으로 잡고 과시하듯이 살짝 흔들어 보였다. 자신만만하게 미소를 짓는 그 모습을 본 남자들은 그것을 허세로 여기지 못했다. 셰릴의 말을 완전히 믿은 건 아니다. 하지만 아키라가 보복에 나서서 죽을 위험을 생각하면 반신반의한 시점에서 더는 강하게 나가지 못한다.

말다툼을 벌이던 남자가 혀를 차고 거점에서 나간다. 남은 자들 중 대다수도 그 뒤를 따랐다. 그리고 어린애 몇 명만 이 자리에 남았다.

굳은 표정으로 가만히 있는 아이들에게, 셰릴은 의도적으로 가시 돋친 미소를 지으며 말했다.

"볼일이 없으면 내 거점에서 나가지 않을래?"

"알잖아……. 우리를 조직에 받아줘."

"나를 보스로 인정하는 거구나? 내 지시에 잘 따를 거지?"

"그래……. 네가 보스야. 지시에 따르겠어."

셰릴이 희미하게 웃는다.

"그렇다면 환영할게. 하지만 오늘은 돌아가. 나도 여러모로 바쁘거든. 나중에 아키라에게 소개해 줄 테니까, 내일 밤에 다시 여기로 와."

어린애들은 기왕이면 바깥보다 안전한 거점 안에 있고 싶었다. 하지만 보스로 인정한 자의 지시를 처음부터 거역할 수도 없어서 서로의 눈치를 살피고 어쩔 수 없다는 듯이 밖으로 나갔다.

홀로 남은 셰릴은 거점 안쪽에 있는 방으로 귀를 기울여 들리는 소리에서 자신 말고 아무도 없음을 확인한다. 그리고 5분이 지나고, 10분이 지나고서야, 이곳에 자신뿐이라고 확신했다.

그 순간, 셰릴의 표정이 싹 바뀌면서 필사적으로 숨기고 있던 긴장과 공포가 전면에 드러났다. 그대로 소리를 지르고 싶은 것을 필사적으로 참았다. 심호흡을 반복하고 어떻게든 차분한 마음을 되찾으려고 한다.

"위험했어! 정말 위험했어! 죽을 뻔했어! 하지만 살아남았어!"

셰릴은 아키라라는 뒷배를 얻었다. 하지만 아키라도 항상 곁에 있는 것은 아니다. 셰릴에게는 아키라가 곁에 없을 때도 죽지 않을 환경이 필요하다. 그 환경 구축의 첫걸음, 목숨을 건 첫수를 드디어 마친 것이다.

이걸로 한동안은 괜찮을 것이다. 적어도 지금 상황에서 할 수 있는 일은 전부 했다. 이제는 도박이다. 그렇게 생각하면서 천천히 바닥에 주저앉았다. 긴장이 풀리면서 피로가 엄습하더니, 그대로 쓰러지듯 바닥에 드러누웠다. 의식이 잠기운에 먹힌다.

(어제는 목욕을 했는데…….)

잠들기 직전, 셰릴은 문득 그런 생각을 했다.

◆

　거점 밖에는 아까 나갔던 자들 중 일부가 떠나지 않고 남아 있었다.

　"야. 진짜로 할 거야? 셰릴의 말이 진짜라면 위험하다고."

　"그렇다고 저 꼬마에게 거점을 넘기라는 거냐? 이 거점을 손에 넣으면 우리의 지위도 상승할 거야. 잠자코 내팽개칠 수는 없다고."

　"하지만 상대는 헌터인데? 밖에서 몬스터와 싸우는 놈들이잖아? 괜찮겠어?"

　"아까 이야기는 어차피 허세일 게 뻔해. 아니면 그 헌터가 아무 말이나 지껄인 거겠지. 받은 물건을 자랑했지만, 그딴 건 노점에서 파는 싸구려잖아. 아낀다는 말을 듣고 까부는 거야. 이참에 저 꼬마를 죽이면 다 없었던 일이 돼."

　"하, 하지만……."

　남자들은 셰릴을 습격할 계획을 짜고 있었다. 하지만 그 의욕은 사람마다 차이가 심했다. 불안에 떠는 자. 초조함을 느끼는 자. 그것들을 얼버무리려는 듯이 조소와 언짢음을 드러내는 자. 대략적인 뜻은 같지만, 통솔은 되고 있지 않았다.

　셰릴이 예전의 그 헌터와 담판을 지어서 한때 멸망했던 조직을 부활시키면서, 거점과 그 주변 영역은 공백 지대가 아니게 됐다. 슬럼의 관례로 판단한다면 그 헌터가 습격의 보복으로 시베아 일당의 조직을 영역과 함께 차지한 셈이 된다.

그렇다면 그 영역을 빼앗기 위해 헌터를 죽일 것인가. 그것이 실속이 있는지 판단하기 위해서라도 당분간 조용히 상황을 살피기만 하는 게 보통이다.

하지만 셰릴의 이야기를 얼마나 믿을지를 추가로 생각하면, 이 자리에서 셰릴을 죽이고 거점을 제압한다는 선택지도 생긴다. 가령 셰릴이 한 이야기 중 일부가 사실일지라도, 헌터가 조직 구축에 얼마나 적극적일지는 수상쩍다. 셰릴을 죽이면 여러 의미로 흐지부지될 가능성이 충분히 있다.

성공하면 이익이 크다. 거점과 영역을 다른 조직에 넘기면 그 조직에서의 지위가 대폭 상승한다. 그 이익과 헌터의 보복이란 위험성을 저울질해 보자 남자들의 판단력이 흐트러뜨렸다. 그리고 그들은 적극적인 자들과 소극적인 자들로 나눴다.

"시지마 씨도 이곳을 원하잖아. 여기를 시지마 씨에게 넘긴다면 우리의 지위는 안정될 거야. 그런데 저딴 꼬마에게 이곳을 빼앗긴다는 게 말이 되냐고. 안 그래?"

"하지만 셰릴의 이야기가 사실이고, 그 헌터한테 들키면 어쩔 건데? 큰일 날 거라고."

"그 헌터가 근처에 있다면, 셰릴이 데려왔겠지. 그러니 지금이 기회 아니겠어?"

"어딘가에 숨어 있을지도……."

"그럴 리 없어. 애초에 셰릴이 진짜로 그 헌터와 담판을 지었는지도 의심스러워. 품에 안겼을 때 막 내뱉은 소리를 들은 걸지도 모르지. 돈도 없는 꼬마와의 약속을 헌터가 일일이 지키겠어?"

"그, 그것도 그래……. 하지만……."

상담에도 못 미치는 의견 제시지만, 그것이 의욕에 영향을 미쳤다. 남자들은 실행에 옮기려는 측과 물러나려는 측으로 나뉘었다. 그리고 실행에 옮기려는 측의 대표 격인 남자는 의욕이 없는 자들을 쳐다보며 혀를 찼다.

"좋아. 우리끼리 할 테니까, 너희는 거기 가만히 서서 망이나 보라고. 알았지? 여기 있어. 그 정도는 하란 말이야."

"뭐. 그 정도라면 말이지. 알았어."

"좋아. 가자."

습격자들은 서로 고개를 끄덕이고 총을 잡더니, 거점 안으로 돌입하기 위해 걸음을 내디뎠다.

다음 순간, 그들은 총에 맞았다. 총알이 머리를 관통해서 즉사한 자도, 복부에 맞아서 즉사를 면한 자도, 운 좋게 중상만 입은 자도 있었지만, 습격자 전원이 땅바닥에 널브러졌다.

의욕이 없던 자들이 비명을 지르며 주위를 둘러보았다. 그러자 약간 떨어진 골목에서 총을 든 아키라가 모습을 드러냈다. 그리고 그대로 그들 곁으로 다가와서 걸음을 멈춘다.

아키라는 태연한 표정을 지었다. 사람을 죽인 직후인데도, 흐트러진 모습을 전혀 보이지 않았다. 그런 아키라의 모습을 본 남자들이 부르르 떨었다.

"너, 너는……."

아키라는 단적으로 말했다.

"셰릴이 말한 헌터가 바로 나야. 말할 필요도 없겠지만, 혹시나 해서 경고하러 왔어. 셰릴을 건드리지 마. 알았지?"

"아, 알았어."

아키라가 고개를 끄덕이고 돌아서려고 한다. 바로 그때 땅바닥에 굴러다니던 남자 중 한 명이 공포와 고통에 떨며 최후의 힘을 쥐어짜 총을 겨눴다. 그러자 아키라는 걸음을 옮기면서 총구로 겨누고 총을 몇 발 쏴서 확실히 죽였다.

남은 생존자들도 철저하게 숨통을 끊어서 시체로 만들었다. 결과적으로 올바른 선택을 해서 멀쩡한 남자들이 그 광경을 보며 작게 비명을 질렀다.

그대로 떠나려고 하는 아키라의 등에 한 남자의 목소리가 닿았다.

"이, 이봐. 셰릴과 이야기를 마쳤으면, 왜 아까는 같이 있지 않았던 건데?"

아키라는 뒤돌아보았다. 그리고 태연한 얼굴로 근처에 있는 시체를 손짓한다.

"보면 감이 올 텐데?"

아키라는 그 말만 남기고 사라졌다.

남자는 인상을 일그러뜨리며 중얼거린다.

"그때는 일부러 없었던 거냐. 진짜 악랄하네."

아키라는 셰릴을 습격하려고 마음먹은 자들을 골라내려고 일부러 동석하지 않았다. 남자들은 그렇게 판단했다. 그리고 동료의 시체를 보고 인상을 찡그렸다. 습격에 가담했다면, 자신도 저 시체 중 하나가 됐을 거라고 생각하며 두려움에 떨었다.

서슴없이 총구를 들이대는 악질 헌터가 사라졌다 싶더니, 서슴없이 살인을 저지르는 악질 헌터가 그 후임이 됐다. 그렇게 생각한 남자는 푸념을 늘어놨다.

"참 쉽게도 죽이고 말이야. 역시 헌터란 족속은 하나같이 썩어빠졌어."

그 남자는 무심코 그렇게 중얼거린 후, 허둥대며 주위를 둘러보았다. 그리고 아키라의 모습이 보이지 않자, 가볍게 안도의 한숨을 쉬었다.

목숨을 건진 자들은 서로 눈치를 보며 서둘러 이탈했다. 그 자리에는 선택을 잘못한 자들의 시체만이 덩그러니 남았다.

◆

셰릴을 습격하려던 남자들을 죽인 후, 숙소로 돌아가는 아키라에게 알파가 아까 일에 관해 슬쩍 물었다.

『아키라. 그걸로 괜찮은 거야?』

『그래. 애초에 셰릴을 계속 호위할 여유는 없어. 아까 협박이 통했다면 한동안은 셰릴도 목숨을 잃지 않겠지. 그 후에는 본인의 운에 달렸어. 알파는 저게 불만이야?』

이 반응으로 볼 때, 아키라가 셰릴을 이유로 괜히 위험을 무릅쓸 확률은 낮다. 그렇게 판단한 알파는 아키라의 인격을 조금 더 이해했다.

『아니야. 아키라가 그걸로 괜찮다면 나는 상관없어. 그것보다, 내일은 오늘 몫까지 훈련할 거야.』

『아, 알았어.』

알파는 협박하듯 그렇게 말하면서 즐겁게 미소를 지었다. 그 모습을 본 아키라는 내일 훈련이 얼마나 혹독할지 상상하고 표정을 굳혔다.

바깥 상황을 알 리 없는 셰릴은 다음 날 아침에야 거점 앞에 굴러다니는 시체를 보고 깜짝 놀랐다.

◆

셰릴은 아키라와 이야기하려고, 아침부터 그가 묵는 숙소 앞에서 기다렸다. 곧 황야로 향할 준비를 마친 아키라가 나왔기에, 환하게 웃으며 말을 걸었다.

"아키라. 안녕하세요."

"안녕. 아침부터 무슨 일이야? 이제부터 유적에 가야 하니까 짤막하게 말해."

"아, 네."

셰릴은 자기 나름대로 호감을 얻기 쉽게 웃으려고 했다. 하지만 아키라의 반응이 너무 밋밋해서 과거의 성공 사례 때 같은 반응은 전혀 느껴지지 않는다.

만만하지 않다. 약간 당황하면서 마음속으로 그렇게 생각한 셰릴은 곧장 마음을 바꾸고 짤막하게 용건을 밝혔다. 조직의 현재 상황, 거점의 장소, 아키라와 연락을 취할 방법의 상의. 그런 것들을 요점만 정리해 전달했다.

그리고 신참 구성원들을 소개하고 싶으니 오늘 밤에 거점으로 와 줬으면 한다고 전했다. 동시에 상대의 방문을 무척이나 고대한다는 듯이, 은연중에 아양을 떠는 듯한 표정과 동작을 곁에 드러냈다.

하지만 아키라의 반응은 밋밋했다. 그래도 셰릴은 꿋꿋하게 말을 이었다.

"그리고 말이죠. 가능하면 정기적으로 제 거점에 오실 수 없을까요? 그게, 한가할 때라도 괜찮으니까요."

"한가할 때 오라면, 나는 먹고살기 바빠서 그럴 기회가 안 생기겠는걸."

셰릴의 얼굴이 딱딱하게 굳었다. 아키라의 태도를 통해, 그 말이 농담이 아니라는 것을 바로 이해한 것이다.

실제로 아키라는 정기적인 일정 등을 통해 앞으로의 행동에 제한되는 것을 무의식중에 꺼렸다. 내일을 보장할 수 없는 헌터 활동. 제안을 받아들이면 상황에 따라 정기적으로 약속을 깰 일이 생길지도 모른다. 그렇다면 지키지 못할 약속은 하지 않는다. 본인은 잘 모르지만, 그렇게 생각하고 있었다.

셰릴은 그런 눈치가 없어서 약간 조바심을 내며 매달렸다.

"그, 그걸 어떻게든 부탁할 수 없을까요?"

명확한 날짜도 지정하지 않고 한가할 때 얼굴을 비 줬으면 한다는 애매한 부탁을 거절당하면 앞으로의 조직 운영에 막대한 지장이 생긴다. 슬럼 사람들이 아키라에게 버림받았다고 여기는 시점에서 셰릴은 궁지에 몰린다. 아키라가 거점에 전혀 나타나지 않는다면, 그 위험이 급상승한다.

이대로는 안 된다고 생각한 셰릴은 지금까지의 경험을 총동원해서 표정을 꾸미고, 아키라에게 애원했다.

하지만 아키라의 반응은 여전히 밋밋했다. 귀찮다는 태도를 취하면서, 약간 억지스럽게 이야기를 마무리한다.

"그건 나중에 상의하지. 뭐, 갈 수 있다면 오늘 밤에는 얼굴을 보이겠어. 자세한 이야기는 그때 하자."

아무튼 약속은 잡았다고. 셰릴은 반쯤 자신을 속이면서 안도했다. 그리고 더는 심기를 건드리지 않고자 이야기를 마친다.

"아, 알았어요. 그럼 자세한 일은 그때 거점에서 상의하기로 해요. 기다리고 있을게요."

"용건은 그게 다야?"

"네. 아…… 그러고 보니까, 제 거점 앞에 시체가 굴러다니던데요."

"시체? 슬럼이니까 신기한 일도 아니잖아."

"그게, 시체가 좀 많아서 좀 흉흉하다고 생각했을 뿐이에요. 아키라라면 괜찮겠지만, 저희 거점에 들릴 때는 조심해 주셨으면 해요."

"그래? 알았어. 나중에 봐."

"네. 조심하세요."

셰릴은 사글사글하게 웃으며 아키라를 배웅했다. 그리고 그가 시야에서 사라지자, 미심쩍은 표정을 짓는다.

(그 녀석들을 죽인 게 아키라일지도 모른다 싶어서 물어본 건데, 내 감이 틀렸던 걸까? 하지만 이야기를 얼버무리려는 느낌이 있긴 했어. 역시 아키라가 죽인 게 아닐까?)

우선 그렇게 가정한 다음, 다음에는 그것을 숨긴 이유를 생각했다. 하지만 이해하고 넘어갈 만한 이유는 생각나지 않았다. 생색을 내려는 거라도, 아무래도 상관없는 일이라도, 딱히 숨길 이유는 없었다.

(모르겠어. 뭐, 항쟁에 휘말려서 죽은 걸지도 몰라.)

셰릴은 자신이 걸고 있는 펜던트를 별생각 없이 보았다. 어제 아키라가 사 준 것이다.

(역시 싸구려야. 어제는 이것을 아키라가 나를 마음에 들어하는 증거라고 우겼지만, 좀 억지인 것 같아. 아키라한테 돈을 줘서라도 좀 더 좋은 걸 사 달라고 부탁하는 게 좋을까?)

아키라의 협력을 얻기는 했지만, 아직 앞길이 험난한 상황이다. 셰릴은 다음 수를 궁리하며 돌아갔다.

제13화 운이 없는 자들

아키라는 쿠즈스하라 시가지 유적 근처에서 확장 시야에 표시된 몬스터 표적으로 사격 훈련을 하고 있었다.

표적은 공격을 받을 때까지 우두커니 서 있는 목표가 아니라, 주변을 어슬렁거리는 이동 목표로 바뀌었다. 게다가 아키라를 발견하면 덤벼들도록 설정이 바뀌었다.

등에 달린 총기류로 반격하는 표적. 물어 죽이기 위해 달려드는 표적. 영상뿐인 존재라고는 해도, 다양한 몬스터를 상대로 동요하거나 흐트러지지 않으며, 냉정하게 총을 쏘는 훈련이 계속된다.

차분하게 조준하려고 해도 아키라의 현재 실력으로는 몬스터의 약점을 정확하게 쏘는 건 매우 어렵다. 해치우지 못한 몬스터의 공격에 아키라의 사망 판정도 늘어난다. 그때마다 사망 원인에 맞는 부상이 생긴 아키라의 시체가 쌓여만 갔다.

몸 일부만이 아니라 상반신 혹은 하반신을 통째로 잃은 시체. 온몸에 총알을 맞고 다진 고기가 된 시체. 영상뿐인 존재라고는 해도, 무수한 아키라가 무참한 시체가 되어 산더미처럼 쌓여 있었다.

아키라는 그 산을 쳐다보면서 인상을 찡그렸다.

"훈련이라고는 해도, 가짜라고는 해도, 내 시체를 보는 것은 영 익숙해지지 않네."

알파는 약간 진지한 얼굴로 충고한다.

『익숙해지면 곤란해. 훈련이라고 가볍게 여기지 말고 진지하게 임하는 거야. 실전에서 똑같이 처지가 되지 않게 말이지.』

"알아. 그건 그렇고, 동부에는 저런 몬스터가 한가득 있고, 헌터 중에는 저런 것들을 콧노래 부르며 해치울 수 있는 사람들이 얼마든지 있다며? 저기, 그게 헌터한테는 평범한 수준이야?"

훈련을 통해 성장을 확인하고 있다. 하지만 현재 시점에서의 실력과 목표로 하는 실력의 차이를 실감한 아키라는 한숨을 쉬었다.

"정식 헌터 등록을 마치고 일반적인 헌터가 됐다고 기뻐했지만, 이래서야 언제쯤 실력이 그 평범한 수준에 이를지 모르겠네……."

아무리 목적지가 머나먼 저편에 있을지라도 이어져 있다면 꾸준히 나아가는 자도 있다. 하지만 대부분은 그 목적지가 너무 멀다며 첫걸음을 떼기도 전에 포기한다. 혹은 도중에 좌절한다. 아키라도 지금은 계속 나아가고 있지만, 그 걸음이 계속 이어질 거란 보장은 없었다.

의뢰를 달성하기도 전에 아키라가 좌절하면 알파도 곤란했다. 그래서 아키라의 기운을 북돋아 주려고 환하게 웃고 그 여정에 대한 인상을 손보려 했다.

『장비 차이도 크니까 그렇게 비관할 건 없어. 돈을 모아서 좋은 장비를 마련하면, 어떻게든 될걸?』

"그래?"

『응. 참고로 말하자면, 일전에 아키라가 구해줬던 엘레나와 사라라면 지금 아키라가 싸우고 있는 몬스터가 무리를 지어 달려들어도 꽤 여유롭게 해치울 수 있을 거야. 콧노래를 부를지는 모르겠네.』

아키라는 몹시 놀랐다. 아무리 알파가 서포트를 해 줬다고는 해도, 자신이 도와주지 않았으면 죽었을 사람들이 그렇게 강할 거라고는 생각도 못 했던 것이다.

"그 두 사람이 그렇게 강해? 그럼 그때는 왜 당한 건데?"

엘레나 일행에 대한 그 부당한 평가는, 아키라의 전투 경험 부족과 자기 실력의 경시에서 비롯됐다. 알파는 그것을 알면서도, 일부러 언급하지 않으며 답했다.

『인간과 싸우는 것과 몬스터와 싸우는 건 엄연히 다르고, 무색 안개의 영향도 연관이 있지만, 가장 큰 요인은 운이 엄청 나빴다는 걸 거야. 그 두 사람은 아키라의 발자취를 좇는 것 같았거든. 어쩌면 아키라의 불운이 옮은 걸지도 몰라.』

알파가 농담 삼아 그렇게 말하자, 아키라는 질색하는 듯한 표정을 지었다.

"그렇게 근거도 없이 헐뜯진 말아 달라고."

『어머, 미안해.』

알파는 슬쩍 웃고 사과했다. 아키라는 잠자코 사격 훈련을 재개했다. 이 침묵에는 마음 한편으로 그럴지도 모른다고 생각한 것을 얼버무린다는 의미가 담겨 있었다. 그리고 그런 의미를 담아 훈련에 열을 올린 결과, 머나먼 목표를 향한 우려를 금세 잊었다.

알파는 그 결과를 보고 만족스럽게 웃었다.

아키라는 사격 훈련을 마치고 이어서 색적 훈련을 겸한 유적 탐색을 시작했다. 우선 평소처럼 쌍안경으로 유적 주변의 상태를 확인한다. 문제가 없으면 그대로 유적으로 가서 신중하게 중심부로 진입할 것이다.

하지만 이번에는 평소와 달랐다. 아키라가 혼자 힘으로 주변의 안전 확인과 이동 루트를 짜고 있을 때, 알파가 원래 자력 훈련 때는 자제하던 지시를 내린 것이다.

『아키라. 쌍안경에 정보 단말을 접속해.』

"응? 알았어."

지시에 따라 쌍안경의 단자를 정보 단말에 접속하자 알파가 자신의 제어하에 있는 정보 단말을 통해 쌍안경을 조작하기 시작했다. 화면의 확대율이 계속 변하고 렌즈의 가동 부분이 상하좌우로 움직인다. 렌즈의 가동 영역 밖은 아키라가 알파의 지시에 따라 쌍안경을 움직여서 대처한다.

쌍안경 너머의 경치는 어지럽게 변화하고 있어서 아키라는 뭐가 보이는지도 판별하기 어려운 상태다. 하지만 알파는 그 모든 것을 정확하게 인식하고 있었다. 그리고 갑자기 표정을 굳히더니 소리를 지르듯 지시를 내린다.

『아키라! 지금 바로 유적으로 이동해! 서둘러!』

그 이유를 묻느라 지체한 바람에 목숨을 잃을 수 있다. 아키라는 예전의 경험과 알파의 태도를 통해 그 점을 알아채고 그대로 달리기 시작했다.

『무슨 일이야?!』

원래라면 이렇게 급하게 달리면서 대화할 수 없다. 하지만 염화를 통해서라면 호흡이 흐트러지는 일이 없으니 아무런 문제가 없다. 이것도 염화의 이점이다.

『유적 쪽에서 트레일러가 몬스터 무리에게 습격을 당하고 있어.』

『잠깐만. 그런데 왜 유적으로 가는 거야? 도망칠 거면 반대 방향으로 가야 하는 거 아니야?』

『아키라. 무슨 말을 듣더라도 멈추지 말고 계속 달려. 몬스터 무리의 규모가 상당해. 트레일러의 사람들도 응전하고 있지만, 죽는 것도 시간문제야.』

아키라의 얼굴이 의구심 탓에 일그러진다. 하지만 달리는 속도를 떨어뜨리지는 않았다. 지시에 따르지 않으면 죽을 위험이 커진다. 경험을 통해 알기 때문이다.

『그러면 더더욱 반대 방향으로 가면 안 되잖아? 모르는 사람을 목숨을 걸고 구해줄 의리는 없다고.』

개인적 사정이라고는 해도 아키라는 예전에 전혀 알지 못하는 엘레나 일행을 구한 적이 있는데도 그 점은 아무렇지도 않게 넘어갔다. 알파도 평소라면 그걸 지적하지만, 지금은 생략한다.

『물론이야. 아키라의 생명을 최우선으로 생각해서 가장 안전한 장소로 유도하고 있어.』

『그러니까, 대체, 왜, 몬스터 무리가 있는 방향으로 서두르는 거야?』

그 당연한 질문에 알파는 상황의 심각함을 곁들여서 대답한다.

『유감이지만, 아키라도 이미 몬스터 무리에게 포착당했어. 이제부터 도시로 도망쳐도 결국 따라잡혀서 죽을 거야. 엄폐물과 몸을 숨길 장소가 전혀 없는 황야에서 저 많은 몬스터와 싸워봤자 승산이 없어. 지금은 트레일러의 사람들을 우선적으로 노리지만, 저들을 해치우면 다음 차례는 아키라야.』

아키라는 인상을 한껏 찌푸렸다.

『각개격파를 당하기 전에 합류해서 응전하지 않았다간 모두 다 죽는다는 거구나!』

『그런 거야. 게다가 아키라가 혼자 도망치더라도, 내가 충분히 서포트할 수 있는 유적 안이 더 살아남을 확률이 커. 그래도 우선 저들과 합류하자. 함께 응전하는 편이 살아남을 가능성이 크거든.』

알파는 표정을 굳히며 아키라를 재촉했다.

『그러니까 서둘러. 늦었다간, 아키라 혼자서 몬스터 무리와 싸워야 할 거야.』

아키라는 한때는 죽게 내버려 두려고 했던 상대의 분투를 필사적으로 얼굴로 아낌없이 빌었다.

『트레일러의 사람들! 내가 도착할 때까지 힘내! 빌어먹을! 이것도 내 불운 탓이야?! 미래의 운을 다 써버린 탓인 거냐고!』

『누구의 불운인지는 모르겠지만, 만약 그런 거라면 현재 트레일러의 사람들이 아키라의 불운을 대신 짊어진 거겠네. 역시 아키라는 나를 만나면서 운을 다 쓴 것 같아. 뭐, 그만큼 내가 서포트를 해 줄게. 그러니까 아키라도 힘내.』

알파는 쓴웃음을 짓고 있다. 즉, 심각하고 딱딱했던 표정보다는 긴장이 풀려 있었다.

아키라는 그런 알파를 보고 상황이 조금은 개선됐다고 생각했다. 그리고 자신이 불운하다는 말에 인상을 찡그리면서 살아남기 위해 온 힘을 다해 뛰었다.

◆

트레일러가 쿠즈스하라 시가지 유적 동쪽의 황야를 달린다. 혹독한 황야에서의 장거리 이동을 전제로 설계된 대형 트레일러다. 지붕에는 기관총도 탑재되어 있었다.

그 트레일러에는 카츠라기와 달리스라는 두 명의 남자가 타고 있었다.

카츠라기는 헌터를 상대로 장사하는 중년 무기 상인이다. 이동 점포를 겸한 이 트레일러로 오랫동안 장사했다. 돈 씀씀이가 헤프고 생명 또한 함부로 여기는 헌터들을 상대로 오랫동안 장사를 해 오면서 갈고닦은 철두철미함이 분위기에서 배어 나오고 있었다.

달리스는 카츠라기의 파트너다. 장사꾼보다는 이 가게의 무력 담당 요원에 가까우며, 평소 가게의 호위 및 점원 등을 한다. 외모를 보면 카츠라기보다 한참 젊어 보이지만, 전투 경험은 훨씬 많아서 그런 분위기가 물씬 흘러나오고 있었다. 가게 작업복을 겸하는 방호복을 입은 카츠라기와 다르게 강화복을 입고 있었다.

통기련의 지배 영역인 동부에서도 동쪽 지역에는 미조사 영역과 미답(未踏) 영역이라 불리는 광대한 지역이 펼쳐져 있다. 산처럼 거대한 몬스터가 아무렇지 않게 활보하며, 가혹하기 그지없는 환경 탓에 통기련의 힘으로도 좀처럼 조사가 진행되지 않는 위험지대다.

하지만 그곳에는 그런 몬스터를 창조할 만큼 고도의 문명이 남긴 유적도 다수 존재한다. 그런 위험에 걸맞은 이익을 얻을 수 있는, 구세계의 지식이 가득한 보물고인 것이다.

동부의 동쪽 가장자리는 통기련의 지배 지역과 그런 위험지대의 경계로, 최전선이라 불린다. 미답 영역에 잠든 구세계의 지식을 원하는 통기련이 영역 돌파를 위해 막대한 돈을 쏟아붓고 있는 장소다.

당연히 거기서 활동하는 헌터는 고랭크의 일류들이며, 헌터 활동에서도 최전선을 달렸다. 대기업도 무시하지 못하는 헌터 팀과 통기련에 시비를 걸 수 있는 실력을 지닌 개인 등, 최고봉의 헌터들이 활동하는 장소다.

카츠라기 일행은 그런 최전선 부근에서 상품을 매입한 뒤 쿠가마야마 시티로 돌아가는 도중이었다. 최전선으로 향하는 길 또한 당연히 위험하며, 수송비도 그에 걸맞게 매우 비싸다. 보통 대기업 수송업자들이 다수의 호위를 고용해서 운송한다. 그런데도 위험을 감수하며 개인이 수송하는 건, 목숨을 걸고도 남을 정도의 막대한 돈을 벌 수 있기 때문이다.

물론 그것도 상품을 팔 루트가 있다는 가정 하에서 가능한 이야기다. 최전선 부근에서 쓰이는 장비품은 위험지대에 걸맞게 하나같이 일급품이다. 쿠가마야마 시티 주변에서 활동하는 헌터에게는 너무 비싼 고성능 제품이며, 어찌 보면 무용지물이다. 보통은 사려는 사람이 있을 리 없다.

하지만 카츠라기는 자신의 상술로 도박에 가까운 거래를 성사시켰다. 자신의 트레일러에 그 상품을 가득 싣고 이 먼 곳까지 운송했으며, 쿠가마야마 시티도 코앞이다. 카츠라기 일행의 도박은 결실을 보기 직전이다.

하지만 지금은 등 뒤에서 쫓아오는 위험에서 도망치기 위해 급히 진로를 변경했다.

승차감보다는 속도를 우선한다. 그런 인식으로 운전하는 탓에 격렬하게 흔들리는 차 안에서, 달리스가 언성을 높였다.

"그래서 좀 멀쩡한 호위를 고용하라고 했잖아!"

카츠라기 또한 고함을 질렀다.

"시끄러워! 그 멀쩡한 호위를 고용할 돈이 없었으니 어쩔 수 없잖아! 너도 다 알고 넘어갔으면서! 그리고 네가 이동 루트를 도중에 변경하니까 일이 이렇게 된 거 아니야!"

"시끄러워! 호위의 계약 기간이 짧아서, 애초의 우회 루트로는 시간에 맞출 수 없었다고! 돈이 있었다면 최단 루트를 선택하지 않았을 거야!"

"돈이냐! 역시 돈이 없는 탓이냐!"

"돈이야! 역시 세상은 돈이야!"

카츠라기 일행은 호쾌하게 웃었다. 반쯤 자포자기한 듯한 웃음소리가 운전석에 울려 퍼졌다.

카츠라기 일행을 자포자기하게 만든 원인은 트레일러의 뒤편에 있었다. 몬스터 무리가 땅울림과 포효를 터뜨리고 모래 먼지를 날리면서 강인한 체력으로 카츠라기 일행을 계속 쫓아오고 있다.

트레일러의 지붕에 달린 기관총으로 탄창이 텅 빌 때까지 난사해서 무수한 몬스터를 고깃덩이로 만들었지만, 소용없었다. 몬스터 무리는 전혀 움츠러들지 않고 죽은 동포의 사체를 짓밟으며 계속 달리면서 집요하게 쫓아왔다. 게다가 주위의 몬스터도 무리에 가담하고 있는 건지, 그 규모가 점점 커졌다.

호위로 고용한 헌터들은 자신들의 힘에 부칠 만큼 무리의 규모가 커지자, 카츠라기 일행을 버리고 도망쳤다.

호위들을 옹호하자면, 몬스터 무리에게 습격을 당하게 된 원인은 수송을 서두르는 카츠라기 일행이 계약상의 주행 루트와는 다른 길을 고른 탓이다. 즉, 계약 위반이 초래한 결과라서 호위들이 상도덕을 저버렸다고 봐야 할지 어떨지는 해석의 여지가 있었다.

게다가 떠나가면서 무리의 절반을 데려가 줬으니까 받은 요금만큼의 일을 했다고도 할 수 있다. 그 점에서는 도망친 호위들에게 감사해야 할지도 모르지만, 카츠라기 일행이 이런 상황에서 감사의 마음을 느낄 리가 없었다.

카츠라기 일행의 웃음소리가 점점 작아진다. 목숨이 위기에 처한 탓에 이상한 고양감에 사로잡혀 있었지만, 웃음이 잦아들면서 그 고양감도 사라졌다.

마음을 진정시킨 달리스는 냉정함을 유지하기 위해 반쯤 암시를 겸해서 진지한 표정을 짓는다. 억지로 태연한 척하는 그의 머리가 현재의 비관적인 상황을 스스로 이해하게 해서, 입에서는 자연스럽게 한숨이 흘러나왔다.

"그래서 말인데, 어떻게 할 거야? 이대로 가다간 진짜로 위험할걸?"

카츠라기도 굳은 표정으로 진지하게 답했다.

"알아. 일단 목적지를 변경하자. 쿠즈스하라 시가지 유적으로 향하자고."

"거기로? 왜?"

"이대로 쿠가마야마 시티에 가면, 우리의 생사와 상관없이 우리는 끝장이잖아."

몬스터 무리에게서 벗어나기 위해, 그 무리를 이끌고 도시에 들어가려 하는 자의 말로는 뻔하다. 도시는 무력을 통해 그자들과 몬스터 무리를 분쇄할 것이다.

그러면 죽음을 피하기 어렵다. 설령 목숨을 건지더라도, 도시로부터 방위비용과 함께 치안 유지의 악영향 등을 이유로 손해배상금을 청구받을 것이다. 전 재산의 몰수 정도로는 부족한 거액의 부채를 짊어지고, 그것을 갚기 위해서 죽는 게 낫다 싶을 정도의 대우를 받는다.

하지만 그것을 알면서도 이러지도 저러지도 못하게 된 자들이 실낱같은 희망에 매달리며 도시로 향하기도 한다. 아키라가 과거에 경험한 몬스터의 슬럼 습격은 대부분 그런 자들이 일으킨 것이다.

"어이, 카츠라기. 나도 그 정도는 알아. 내가 묻는 건, 쿠즈스하라 시가지 유적으로 향하는 이유라고."

"유적은 거기 몬스터들의 영역이지. 우리를 쫓는 놈들도 그 영역을 의식해서 유적 안까지는 쫓아오지 않을지도 몰라. 게다가 그 유적의 중심부는 이 근처에서 알아줄 정도로 난이도가 높잖아. 저 녀석들을 간단히 해치울 수 있는 헌터가 있을지도 모른다고. 긴급 의뢰는 이미 했지?"

"그래. 의뢰를 받아주는 헌터가 있으면 좋겠지만……."

보통 헌터 오피스를 통해 의뢰할 경우, 의뢰 내용의 확인 등을 포함한 심사를 통과하는 데 시간이 꽤 걸린다. 하지만 지금 바로 도움을 바라는 상황일 경우, 긴급 의뢰라는 형태로 최소한의 심사만 거치는 즉시 의뢰가 가능하다.

기본적으로 절박한 상황에 처한 자가 의뢰주이므로 보수가 비교적 비싸지기 쉬워서 헌터들은 어지간하면 받아준다. 될 대로 되라는 심정으로 보수를 허위로 기재했다간, 헌터 오피스에 사기를 친 것이 되어 그 대가를 치르게 된다. 그래서 헌터들도 비교적 안심하며 의뢰를 받는다.

그런 이유로 광역 통신을 통해 무차별적으로 도움을 청하는 것보다는 도움을 받을 가능성이 크기에, 황야에서 궁지에 처한 자들이 주로 이용한다.

카츠라기는 진지한 표정으로 이야기를 마쳤다.

"이대로 도시에 갈 수 없는 만큼, 우리가 목숨을 건질 가능성이 가장 큰 곳은 거기밖에 없어. 이제는 우리의 운에 달렸다고. 가자!"

카츠라기 일행은 그대로 쿠즈스하라 시가지 유적으로 들어갔다. 그리고 대형 트레일러도 통행이 가능한 길을 골라 이동한다. 하지만 유적 안의 지형을 그들이 알 리 없었고, 네트워크를 통해 입수한 지도 또한 잘못된 것이었다. 이대로 계속 유적 중심까지 갈 수 있을지 어떨지는 그들의 운에 달렸다.

그리고 그들은 운이 없었다. 건물 잔해가 사방에 널브러진 막다른 길목에 들어선 카츠라기 일행은 트레일러를 세울 수밖에 없었다. 불운은 그 후로도 이어졌다. 쫓아온 몬스터 무리가 영역 의식을 무시하고 유적으로 들어온 것이다.

달리스는 각오를 다지며 외쳤다.

"카츠라기! 여기서 맞서 싸우자! 서둘러 기관총에 예비 탄약을 장전해! 장전이 끝나면 운전석으로 돌아가서 기관총으로 응사하라고! 이런 상황에서 총알이 아깝다니 뭐니 멍청한 소리는 나불대지 마!"

"알았다고! 너도 조심해!"

달리스는 차에서 내린 후, 총을 들었다. 카츠라기도 예비 탄약을 서둘러 준비했다.

◆

알파가 적습을 알리면서 필사적으로 달린 아키라는 이미 몬스터 무리를 눈으로 볼 수 있는 거리까지 유적에 접근했다.

몬스터 무리도 아키라를 발견했으며, 그중 일부가 공격 대상을 변경했다. 그리고 차례차례 아키라에게 몰려들었다.

그 모습을 본 아키라는 달리면서 AAH 돌격총을 움켜쥐더니, 표정을 굳혔다.

『알파! 발각됐어! 이대로 가도 괜찮은 거야?!』

앞장서고 있던 알파의 표정 또한 아키라와 마찬가지로 딱딱하다. 하지만 그 지시에는 혼란이 없다.

『괜찮아! 이대로 전진해! 이동 루트는 계속 지시할게! 그리고 미리 회복약을 복용해 둬!』

『또 부상을 전제로 싸우는 거야?!』

『그 회복약에는 체력 소비를 줄여주는 효과도 있어! 이제부터는 쉴 틈이 없을 거야! 그리고 훈련 때와 마찬가지로, 내 지시에 맞춰 움직이면 돼!』

『나는 훈련 때도 몇 번이나 죽었거든?!』

『죽지 않았을 때처럼 움직이면 돼! 서둘러! 적이 다가왔어!』

아키라는 달리면서 회복약을 꺼내고 몬스터 무리를 보면서 복용했다. 그리고 그 회복 효과에 의지해야 하는 전투를 치를 각오를 다졌다.

지시에 따라 멈추고 몬스터 무리를 향해 총을 겨눈다. 그와 동시에 알파의 서포트에 의해 시야가 전투용으로 확장된다. 다가오는 몬스터들에게 격파 우선 순위가 표시됐다. 개체별 약점도 강조 표시됐다. 총구에서 이어져서 예측 탄도를 알려주는 파란 선도 시야에 표시됐다.

아키라는 진지한 표정으로 최우선 격파 대상에게 총구를 겨눈 후, 적의 약점을 조준하며 방아쇠를 당겼다.

황야에 총성이 울려 퍼지고 총구에서 힘차게 발사된 탄환이 아키라에게 쇄도하는 몬스터에게 정통으로 명중했다. 약점에 명중하지 않더라도 몬스터 사냥용 탄환의 위력은 살점을 짓이기고, 뼈를 부수고, 내장을 파괴해서 치명상을 입혔다.

팔이나 다리에 맞은 개체는 움직임이 굼떠지며 바닥을 나뒹굴었다. 운 나쁘게 급소에 맞은 개체는 즉사하고, 달려오던 속도를 못 죽이고 땅바닥을 구른다.

시야에 표시된 사격 포인트가 선으로 변한다. 아키라는 그 선을 따라 총을 옆으로 휘두르면서 방아쇠를 당기고 몬스터 무리를 쓸어 버린다. 무수한 총알을 맞은 몬스터 무리가 쓰러지고, 움츠러들고, 움직임을 멈춘다.

그 틈에 아키라는 땅바닥에 표시된 이동 루트를 따라 지시대로 달려서 다음으로 가장 좋은 사격 위치로 이동하고는, 또다시 지시대로 사격을 시작했다.

알파는 항상 매우 적절한 지시를 내리고 있다. 그 지시는 하나같이 몬스터의 움직임을 예지에 가까운 영역에서 예측하고, 아키라의 미숙한 움직임에 따른 실수까지 계산에 넣어 최대의 효율을 내는 내용이다.

아키라는 그 지시에 자신의 능력이 허락하는 만큼 최대한 따랐다. 그 결과, 남들 눈에는 아키라의 실력이 실제 수준을 아득히 능가하는 것처럼 보였다. 그 엄청난 성과는 아키라 본인도 경악하게 할 정도였다.

그런 성과를 내면서 몬스터 무리를 해치운 끝에 유적까지 도착한 아키라의 머릿속에 어떤 의문이 떠올랐다.

『알파. 뭐 하나만 물어봐도 돼?』

『이런 상황에서 여유가 넘치네. 뭔데?』

『해치운 몬스터 중에 훈련 때 싸운 적이 있는 녀석이 섞여 있는데, 좀 약한 것 같지 않아?』

『아니야. 원래 이 정도야.』

『그럼 나는 왜 훈련 때 몇 번이나 당한 건데?』

『훈련 상대인 몬스터는 당황하거나, 기가 죽거나, 겁먹거나, 도망치지 않거든. 숨이 끊길 때까지 기계적으로 아키라를 습격하도록 행동 패턴이 설정되어 있어.』

『왜 그렇게 설정한 거야?』

『괜히 쉽게 이겼다간 몬스터를 두려워하는 감각이 둔해질지도 모르잖아? 그걸 예방하기 위해서야. 덕분에 아키라는 이렇게 필사적으로 싸웠고, 이만큼의 성과를 냈어. 그렇게 설정하기 잘했지?』

알파는 약간 의기양양한 미소를 지었다.

『뭐, 그렇긴 해.』

지금은 전투 중이며, 실제로 도움이 됐다. 아키라는 그렇게 생각하기로 하면서, 조금 고개를 든 감정을 억눌렀다. 그리고 마음을 단단히 먹으며 갈 길을 서둘렀다.

◆

카츠라기 일행은 필사적으로 저항하고 있었다. 이미 트레일러의 주위에는 몬스터의 시체가 산을 이루고 있었다. 기관총 난사로 원형을 유지하지 못하게 된 시체에서는 대량의 피가 흘러나오고 있었으며, 쌓일 대로 쌓인 시체의 산에서 흘러나온 피가 땅바닥에 커다란 피 웅덩이를 만들었다.

그 피 냄새가 유적의 몬스터를 부르기 전에 끝내야 한다. 안 그러면 황야와 유적에서 몰려온 몬스터를 한꺼번에 상대해야 한다.

이렇게 많이 죽였으니 겁먹고 도망칠 때도 되지 않았을까. 무의식중에 그렇게 바라는 카츠라기 일행을 조롱하듯 몬스터 무리는 동료들의 사체를 아랑곳하지 않고, 고깃덩어리로 변한 동포를 짓밟고, 피로 질퍽해진 땅바닥을 박차서, 의기양양하게 계속 달려들었다.

카츠라기가 트레일러에 다가오는 몬스터들을 기관총으로 전부 분쇄하고 있다. 달리스는 목표가 물리적으로 움직일 수 없게 될 때까지 총알을 쏘고 있다. 탄막의 밀도가 떨어지면 눈앞에 있는 시체의 산과 피 웅덩이에 자신의 피와 살도 더해질 것이다. 그것을 저지하기 위해 죽을힘을 다하고 있다.

화력은 카츠라기 일행이 압도적으로 뛰어났다. 사체의 산은 지금도 커지고 있다. 하지만 적이 계속 몰려드는 바람에 몬스터 무리는 줄어들 기미가 없다. 카츠라기 일행의 초조함은 점점 커지고 있었다.

카츠라기는 수많은 적을 보며 욕지거리를 뱉었다.

"제기랄! 끝이 없어! 나 같은 걸 너희가 나눠 먹어도 소시지 한 개 분량도 안 될 거라고! 저기 널린 사체나 처먹어! 산더미처럼 있잖아!"

상황은 열악하다. 게다가 상황이 더 열악해질 이유가 생긴다.

"달리스! 기관총의 탄환이 다 떨어지고 있어! 예비 탄약을 장전할 때까지 버틸 수 있겠냐?!"

달리스의 표정이 매우 나빠졌다. 기관총 난사가 일시적으로라도 중단되면 그 틈에 몬스터들이 몰려들지도 모른다. 하지만 무리라고는 말할 수 없었다. 기관총의 사격 지원이 완전히 중단되면 결국 끝장이기 때문이다.

"서둘러……!"

달리스는 대신 그렇게 외쳤다.

기관총 난사가 일시적으로 멈춘다. 무리의 태반이, 이제까지 제압 사격 탓에 달려들지 못하고 있던 몬스터들이 일제히 덤벼들었다. 달리스는 자신의 대응 능력을 확연하게 능가하는 숫자의 몬스터가 몰려드는 광경을 보고, 머릿속에 존재하는 냉정한 부분이 차갑게 고하는 말을 들었다.

무리다. 그 말에 한치의 의심도 품을 수가 없었던 달리스는 죽음을 받아들였다.

다음 순간, 그 말을 현실로 만들려고 하던 몬스터 중 한 마리가 미간에 총을 맞고 나뒹굴었다. 그 개체가 걸림돌이 되면서, 다른 개체의 공격을 약간이나마 지연시켰다. 그 약간의 틈을 이용해, 무수한 총알이 몬스터들에게 쏟아졌다. 그리고 몬스터가 차례차례 죽어 나자빠졌다.

정신을 차린 달리스는 응전하면서 총성이 들린 방향을 본다. 그곳에는 근처 빌딩 창가에서 총을 쏘고 있는 아키라가 있었다.

◆

유적에 들어선 아키라는 알파의 적절한 지시에 따라 효과적인 사격 위치로 이동하더니, 폐허 빌딩 창가에서 사격을 시작했다. 그리고 주변에 있는 몬스터들의 산을 보더니, 자신의 사격으로 그 산을 더 크게 만들면서 인상을 찡그렸다.

『이건 너무 많은 거 아니야? 나는 저렇게 많은 몬스터에게 습격을 당할 상황이었던 거야?』

알파는 입가의 미소로 상황의 유리함을 드러내며 말했다.

『그 우려는 아직 사라지지 않았어. 더 열심히 엄호해야 해.』

『당연하지. 저딴 녀석들에게 당할 수는 없다고.』

아키라는 훈련의 성과를 최대한 발휘하며, 이 기회를 놓치면 끝이라고 생각하며 필사적으로 응전했다.

아키라의 엄호 덕분에, 형세가 카츠라기 일행에게 유리하게 흘러갔다.

원래라면 AAH 돌격총이 하나 늘어난다고 해서 어찌할 수 있는 상황이 아니다. 하지만 알파의 지시에 따라 몬스터를 해치움으로써, 우선 기관총 난사가 재개되기까지 시간을 버는 데 성공했다.

계속해서 알파가 가장 효과적인 지시를 내리고 아키라가 그에 부응하면서 전체적인 효율이 최대 수준까지 끌어올렸다.

카츠라기 일행도 아키라의 엄호를 금세 알아차리고 전투 방식을 맞췄다. 카츠라기가 기관총을 장전하면서 웃음을 흘렸다.

"긴급 의뢰의 성과인가? 좋아. 운이 트이기 시작했어. 조금만 더 버티자고."

아키라의 지원 덕분에 카츠라기가 제압 사격을 재개할 수 있었다. 다수의 몬스터가 다시 시체의 산에 더해졌다.

그 뒤에도 아키라는 카츠라기 일행과 협력하고, 서로를 엄호하며 적 섬멸에 힘썼다. 그리고 그 후로도 두 번 정도 기관총의 탄약 보충이 이루어지고 나서야 이 자리에 있던 몬스터를 일소할 수 있었다.

전투가 끝난 뒤, 아키라가 카츠라기 일행에게 다가가자 그들은 몹시 놀란 표정을 지었다. 자신들을 엄호해 준 자가 어린 소년일 줄은 몰랐기 때문이다.

하지만 아키라를 접하는 태도에서는 아이라고 무시하는 느낌이 전혀 없었다. 방금 막 실력을 증명한 참이기 때문이다.

카츠라기는 안도하고 웃으면서 살갑게 말을 걸었다.

"덕분에 살았어. 긴급 의뢰를 받은 헌터냐?"

아키라는 약간 의아하다는 투로 대꾸한다.

"긴급 의뢰? 아니야. 나도 습격당해서 여기로 도망친 거야."

"그래? 피차 운이 없었는걸."

카츠라기는 자기들이 저 무리를 데려왔다는 것을 밝히지 않았다. 상대가 묻지 않았기 때문이다.

아키라도 깊이 캐묻지는 않았다. 자신의 불운 탓이라면, 미끼 역할을 떠넘긴 거나 다름없기 때문이다.

이 자리에 흐르는 미묘한 분위기를 걷어내려는 듯이, 카츠라기가 호쾌하게 웃었다.

"나는 카츠라기라고 한다. 저 녀석의 이름은 달리스지. 이 트레일러 겸 점포로 장사하고 있는데, 쿠가마야마 시티로 돌아가던 중이었지."

"나는 아키라야. 일단은 헌터 일을 하고 있어. 이 주변에는 우연히 있었지."

"오호! 헌터라면 손님이군. 이것도 다 인연인데, 도움도 받았으니 살 게 있으면 싸게 해 주마. 달리스! 너도 고맙다고 말해!"

기관총을 정비하느라 떨어져 있던 달리스가 외친다.

"알아! 나는 달리스야! 고마워!"

"우리는 기관총 정비가 끝나는 대로 쿠가마야마 시티로 갈 거다. 타고 가겠나? 이런 일을 겪었는데, 지금 와서 유적 탐색을 하지는 않을 거잖아?"

아키라도 훈련을 다시 시작할 마음은 들지 않았다.

『알파. 돌아가도 되지? 아니, 돌아갈래. 돌아갈 거라고.』

왠지 필사적인 아키라를 보고, 알파는 약간 즐거운 듯이 웃는다.

『알았어. 오늘은 이만 돌아가자.』

알파가 순순히 승낙하자, 아키라는 약간 안도했다.

"부탁할게."

"좋아! 어서 타라고!"

카츠라기는 호쾌하게 웃으면서 아키라를 트레일러에 태우더니, 달리스에게 기관총 정비를 서둘러 끝내라고 한 뒤에 힘차게 차량을 출발시켰다. 진행 방향에 몬스터의 사체가 산더미처럼 있었지만, 오프로드 사양 차량의 출력으로 호쾌하게 밀어내며 나아갔다.

사방으로 튀는 몬스터를 본 아키라는 약간 질린 듯한 표정을 지었다. 하지만 카츠라기 일행은 전혀 신경 쓰지 않고, 오히려 더 큰 소리로 웃었다.

제14화 불운과 행운과 우연의 일치

아키라 일행을 태운 트레일러가 황야를 달린다. 쿠즈스하라 시가지 유적은 쿠가마야마 시티에서 가까워서 아키라도 일단 걸어서 갈 수 있는 거리에 있지만, 그래도 보통은 차량으로 이동할 거리였다.

카츠라기와 달리스는 격전에서 승리해서 그런지 기분이 좋아 보였다. 몬스터 무리에게 장시간 쫓긴 만큼 기쁨도 커서, 오는 길에 있었던 고난과 최전선의 상황을 웃으면서 아키라에게 이야기해 줬다.

이제까지 슬럼에서 지낸 아키라는 그런 이야기를 들을 기회가 좀처럼 없었기에, 흥미롭게 귀를 기울이고 있었다.

"흐음. 동부의 동쪽은 그런 느낌이구나."

"그래. 미도달 영역과의 경계인 최전선이거든. 그 근처의 헌터라면 전차 정도는 당연한 듯이 가지고 있어. 우리가 총을 소유하는 느낌으로 전차를 가지고 있는 거지. 뭐, 전차라도 있어야 해치울 수 있을 만큼 몬스터가 강하거든."

"그런 곳에서 상품을 가져온 거구나. 물건을 매입하는 것도 힘들겠네. 장사도 참 힘든 일 같아."

"뭐, 그래. 매입만이 아니라 고객과의 관계 유지라든가, 장사의 기회를 붙잡는 수완이라든가, 여러 가지가 필요하지. 하나같이 매입만큼 힘든걸?"

"으음. 대단하네. 나한테는 무리야."

아키라는 솔직하게 감탄했다. 그 모습을 본 카츠라기는 쓴웃음을 지었다.

"뭐, 이번 매입은 특히 힘들었다는 것은 인정할 수밖에 없겠지. 그걸 기준으로 생각할 필요는 없다고. 너도 실제로 시작해 보면, 의외로 잘될지도 모를걸?"

아키라는 장사를 하는 자신을 상상해 봤다. 하지만 성공하리라는 생각이 전혀 들지 않았다. 카츠라기가 아키라의 표정을 보고 그것을 눈치챘는지, 큰 소리로 웃었다.

"뭐, 출세하는 수단은 사람마다 다르지. 너는 헌터로서 출세하면 돼. 나는 장사로 출세할 거다. 그게 전부야. 나도 지금은 이런 트레일러로 장사를 하고 있지만, 이번 수익을 발판 삼아 규모를 키워서 언젠가는 통치기업에, 5대 기업에 들어가고 말 거다."

아키라는 조금 놀랐다. 슬럼 출신의 얄팍한 지식으로도, 그것이 얼마나 힘든 일인지 이해가 됐다.

"5대 기업에 들어갈 거라고? 엄청난 꿈인걸."

"통치기업이 되면 기업 통화를 발행할 수 있지. 통화명은 카츠라기다. 상품 가격표에 5만 카츠라기라고 써 주겠어."

카츠라기는 웃으면서 자신의 꿈을 이야기한 후, 약간 진지한 표정을 지었다.

"이 트레일러의 짐은 그 꿈을 이루기 위한 첫걸음이다. 그러니 너한테는 꽤 진심으로 고마워하고 있다고. 네 덕분에 이 짐을 버리고 도망치지 않아도 됐으니 말이다."

"그렇구나. 그럼 나한테 빚을 진 걸로 해 둬. 장사 수완이 좋은 것 같으니 나중에 도움을 받을 일이 있겠지."

"좋아. 하지만 상품 가격은 너무 깎으려고 들면 안 된다? 아까도 말했다시피, 나는 돈이 필요하거든."

수단은 달라도 동부에서 출세하려 하는 두 사람은 꽤 즐겁게 담소를 나눴다. 그 와중에 담소에 끼고 있는 것처럼 아키라의 옆에서 미소짓고 있던 알파가 갑자기 표정을 굳혔다.

『아키라. 지금 바로 오른쪽 창문을 통해 쌍안경으로 밖을 살펴봐.』

또다시 태도가 바뀐 알파의 분위기를 본 아키라가 곧장 경계와 긴장을 강화한다. 서둘러 쌍안경을 정보 단말에 연결하고 알파의 조작에 맞춰 밖을 살핀다. 확대 표시된 황야의 한 부분에서 흙먼지가 피어오르고 있었다.

"카츠라기. 몬스터 무리는 너희가 끌고 온 거지?"

카츠라기는 쓴웃음을 짓고 얼버무리려고 한다.

"들켰군. 그게, 실은 말이지?"

"누가 끌고 왔는지는 아무래도 상관없어. 그것보다, 저것도 그 무리의 일부인 거야?"

카츠라기가 아키라의 반응에서 사태를 파악하고, 표정을 단숨에 굳혔다.

"달리스! 차량에 탑재한 탐지기의 색적 범위를 최대한으로 넓혀!"

"그랬다간 소형 몬스터를 발견하지 못할 거라고."

"됐으니까 시키는 대로 해!"

달리스도 카츠라기의 분위기를 보고 위험한 상황임을 눈치채고 탐지기의 설정을 서둘러 지시대로 변경했다. 그 색적 결과를 본 카츠라기는 표정이 더욱 굳어졌다.

"색적 범위를 3시 방향의 60도로 좁혀!"

달리스는 지시 내용을 한순간 의심했다. 그 설정으로는 지정 방향 외에는 색적이 불가능해지고 기습을 받을 확률이 급상승하기 때문이다. 하지만 곧 지시에 따랐다. 그리고 색적 결과를 보더니, 카츠라기와 마찬가지로 표정을 한껏 굳혔다.

아키라는 매우 굳은 표정으로 대답을 재촉했다.

"바빠 보이는 와중에 미안하지만, 내 질문에 대답해 줘. 너희가 데려온 몬스터는 대체 앞으로 얼마나 남아 있는 거야?!"

쌍안경으로 확인한 흙먼지의 근원은 다른 몬스터 무리였다. 카츠라기 일행은 색적 결과를 통해, 이 트레일러를 향해 쇄도하는 대량의 반응을 확인했다.

각양각색의 생물 타입 몬스터가 무리를 지어서 땅바닥을 박차며 달리고 있었다. 대형도 있고, 소형도 있다. 네 발 달린 육식 짐승이 흙을 박차며 질주하고, 여섯 발 혹은 여덟 발 달린 짐승이 그 뒤를 따랐다.

기능미가 느껴지는 체구를 이용해 합리적으로 달리는 개체가 있다. 기능미는 내다 버린 듯한 기괴한 몸으로 과도한 근력과 미세한 동작을 이용해 억지로 빠르게 달리는 개체가 있다.

비늘이 달린 대형견, 모피로 뒤덮인 파충류가 있다. 십여 개의 눈이 달린 얼굴이 있다. 거대한 입만 있는 얼굴이 있다. 무수한 송곳니가 달린 입이 있다. 이빨이 하나도 없어서 통째로 삼키는 것만 가능한 입이 있다.

구세계의 생체 기술로 가혹한 환경에 적응한 생물이 있다. 그 생체 기술에서 비롯된 비정상적인 생명력으로 주위 환경을 무시하며 변이한 생물이 있다.

그런 생물들이 경이적인 체력으로, 사냥감을 잡아먹기 위해 동쪽 황야에서 끝없이 질주하고 있었다.

카츠라기 일행을 쫓아오고 있는 무리는 종류와 개체별로 이동 속도가 차이나는 여러 집단으로 나뉘더니, 그 후에는 집단 단위로 이동했다.

아까 아키라 일행을 습격한 것은 선두 집단이었다. 발이 느린 후방 집단은 도중에 추격을 포기하고 원래 서식지로 돌아가 따돌리는 데 성공했다.

그리고 현재, 어중간한 이동 속도를 지닌 집단이 선두 집단보다 뒤늦게 그들을 따라잡았다.

카츠라기 일행은 표정을 굳히며 어떻게 대응할지 논의했다. 우선 달리스가 물었다.

"카츠라기. 이대로 도시로 가면 어떻게 되지? 괜찮을까?"

카츠라기가 고개를 가로젓는다.

"무리야. 이미 늦었어. 우리가 저 무리를 끌고 왔다고 여겨질 거다. 이대로 갔다간, 우리도 도시의 방위대에게 저 무리와 함께 처리되겠지."

달리스는 한숨을 토했다. 그 뒤를 이어 카츠라기가 제안했다.

"저 무리의 속도를 색적 반응의 이동 속도로 추정해 볼 때, 트레일러를 전속력으로 달리게 하면 우리가 좀 더 빠르겠지. 도망을 치면서 시간을 버는 건 어때? 저 무리와 충분히 거리를 벌린 후에 도시에 들어가는 거야."

이번에는 달리스가 고개를 저었다.

"무리야. 장거리 이동으로 트레일러의 에너지 잔량이 아슬아슬해. 도망쳐 봤자 곧 따라잡힐 거라고."

서로의 제안을 부정한 카츠라기와 달리스는 한숨을 쉬며 입을 다물었다. 다음 제안이 나오지 않자, 이번에는 아키라가 제안했다.

"다시 유적으로 가는 건 어때? 이번에는 내가 유적 안을 안내하겠어. 거기 지형을 잘 알거든. 막다른 곳으로 몰리는 일은 피할 수 있을 거야. 에너지 잔량 문제로 트레일러를 버리게 되더라도, 황야보다는 유적이 도망칠 곳이 많으니 적을 따돌리기도 쉬울 텐데……."

아키라는 알파의 안내에 따라 유적으로 대피한다는 이 제안이 꽤 괜찮은 편이라고 여겼다. 하지만 카츠라기는 강한 거부 의사를 드러냈다.

"안 돼!"

아키라가 그 말에 깜짝 놀라자, 카츠라기는 퍼뜩 정신을 차렸다. 그리고 무거운 표정을 지으며 이유를 밝혔다.

"유적에는 아까 해치운 몬스터가 산더미처럼 굴러다녀. 그 녀석들의 피 냄새 때문에 이미 다른 몬스터들이 대량으로 몰려왔을지도 모르지. 유적 중심부의 강력한 몬스터까지 몰려온다면, 절대로 이길 수 없어."

아키라는 카츠라기를 약간 의심하며, 방금 한 말의 진의를 묻는 듯한 시선을 알파에게 보냈다. 그러자 알파는 진지한 표정으로 답했다.

『트레일러를 버리고 싶지 않다는 사심이 섞여 있기는 해. 하지만 방금 설명한 내용은 사실이야. 지금 와서 유적으로 돌아가더라도, 상황은 악화될 뿐이야.』

아키라도 자신의 제안이 거절되자, 다른 두 사람과 마찬가지로 한숨을 쉬었다.

"여기서 맞서 싸울 수밖에 없는 거구나……. 맞아. 최전선에서 가져왔다는 장비를 쓸 수는 없어? 엄청 고성능일 거 아니야."

카츠라기는 고개를 저었다.

"무리다. 강화복은 개인용으로 조정하지 않으면 쓸 수 없어. 아무리 빨라도 네 시간은 걸려. 총기류는 대응하는 특수 탄약이 필요한데, 그건 싣지 않았어. 탄약류의 운반은 다른 루트로 하고 있거든. 제기랄……!"

이 자리에서 맞서 싸우는 것이 최선의 수다. 아키라 일행 전원이 그렇게 생각하고 있었다. 이해와 파악의 정도에 다소 차이가 있고 그것이 각자의 표정에 미묘하게 드러났지만, 그 누구의 얼굴에도 낙관하는 기색이 없다는 점은 같았다.

아키라 일행이 맞서 싸울 준비를 시작한다. 카츠라기는 트레일러를 최대한 유리한 지형에 정차시키더니 기관총의 탄약을 최대한 재장전하기 쉬운 곳에 배치했다. 아키라와 달리스는 트레일러에서 내린 후, 맡은 장소로 이동했다. 전투가 벌어질 때까지 몇 분밖에 남지 않았다.

아키라는 알파의 지시에 따라 준비를 재빨리 마친다. AAH 돌격총의 탄창을 재장전하고 배낭에서 예비 탄창을 전부 꺼내 가까운 땅바닥에 둔다. 회복약을 미리 복용하고 효과가 끝난 순간에 추가로 복용할 수 있도록 입안에도 물고 있다. 회복약이 든 캡슐의 피막을 뜯어서, 내용물을 옷 호주머니에 넣는다. 이것으로 아키라는 정신적인 면 이외의 준비를 마쳤다.

알파는 평소처럼 아키라의 곁에 서 있었다. 아키라는 그 모습을 보고 불안과 든든함을 동시에 느끼더니, 약간 뻔뻔한 태도를 보이며 물었다.

『알파. 솔직하게 대답해 줘. 이길 수 있을…… 아니, 이길 가능성이 있긴 해?』

이길 수 있을지 물어본다면 질 것 같다는 대답을 들을 것 같아서, 아키라는 도중에 질문의 내용을 바꿨다.

알파는 평소처럼 웃으며 대답한다.

『승산은 있어. 나도 서포트할 테니까 최선을 다해.』

거짓말은 하지 않는다. 하지만 정확한 승률을 알려줬다간 의욕을 상실해서 안 그래도 낮은 승률이 더 낮아질 거라 판단한 알파는 구체적인 숫자를 언급할 생각이 전혀 없었다.

『그래. 승산이 있긴 하구나.』

아키라도 더는 캐묻지 않았다. 모르는 편이 좋다면, 모르는 게 낫다. 두 사람 사이에는 그런 공통적인 인식이 존재했다.

아키라는 총을 들었다. 그리고 알파를 보며 무슨 말을 하려다 말았다. 그러자 알파는 일부러 즐거운 듯이 웃었다.

『아키라. 전에도 말했지만, 아키라가 나와 만나기 위해 지불한 행운 이상으로, 내가 아키라를 확실하게 돌볼게. 그러니까 아키라는 무슨 일이 있어도 절대로 포기하면 안 돼. 내 서포트는 아키라의 의지와 의욕과 각오를 전제로 해. 그걸 잊지 마. 아키라에게 의욕이 없다면, 서포트해도 의미가 없거든?』

알파가 도발하는 듯한 미소를 머금으며 그렇게 말하자, 아키라는 쓴웃음을 흘렸다.

『그랬지. 의지와 의욕과 각오는 내가 담당하기로 했었어. 자, 이런 상황이긴 해도 잘 보살펴 달라고.』

알파는 환한 미소를 지으며 자신만만한 목소리로 대답했다.

『나만 믿어.』

아키라는 슬쩍 웃었다. 마음속에서 치밀어오른 약간의 체념이 완전히 사라지더니, 그 대신 끝까지 발버둥 치려는 의지로 마음속이 가득 찼다.

아키라는 각오를 다졌다. 이것으로 아키라의 준비는 다 됐다.

몬스터 무리는 이미 트레일러에 달린 기관총의 사거리 안으로 들어왔다. 하지만 카츠라기는 쏘지 않았다. 접근을 저지하기 위한 견제 사격은 의미가 없기 때문이다. 총알 낭비를 줄이기 위해서라도, 최소한 몬스터의 강인한 육체에 중상을 입힐 수 있는 거리까지 적을 유인할 필요가 있다.

아키라 일행도 그것을 알고 있다. 그래서 기관총 사격을 재촉하지 않고 적이 접근할 때까지 묵묵히 기다린다.

카츠라기 일행이 도주 중에 원거리 공격이 가능한 개체를 대부분 해치워서 이번 무리는 대부분이 근접 공격만 가능한 개체다. 그 덕분에 대량의 몬스터가 살의를 가지고 몰려온다는 공포만 견뎌낸다면, 효과적으로 사격할 수 있는 위치까지 적을 유인할 수 있다.

아키라 일행은 그 공포를 충분히 견뎌냈다. 확실히 치명상을 입힐 수 있는 거리까지 접근한 무리에 기관총 소사가 시작된다. 대량의 총알이 몬스터 무리의 앞쪽에 있는 개체에 명중하면서 목표의 원형을 파괴하고 그 피와 살점을 뒤쪽에 있는 몬스터에게 흩뿌린다.

그 피보라 속에서 뒤따르는 몬스터가 동포의 피를 뒤집어쓰며 돌진한다. 아키라는 전혀 겁먹지 않은 몬스터를 조준하고 방아쇠를 당긴다. 발사된 탄환이 목표의 미간에 명중해 그 개체를 즉사시킨다. 그 사체를 넘어 쇄도한 몬스터 또한 총으로 쏴서 격파한다.

다음도, 다음의 다음도, 알파에게 서포트를 받은 아키라가 원래 실력을 초월하는 솜씨로 해치운다. 그래도 무리에 미치는 영향은 적다. 후속 몬스터들이 속속 나타난다. 절망적인 지구전이 시작됐다.

◆

죽을힘을 다하는 게 기본인 격렬한 전투가 계속된다. 아키라는 적을 얼마나 해치웠는지도, 전투가 시작되고 시간이 얼마나 흘렀는지도 잊고 알파의 지시에 따라 하염없이 몬스터를 저격하고 있었다.

몬스터 사냥용 탄환은 그 위력에 비례해 반동도 심하다. 방아쇠를 당길 때마다 그 반동으로 몸에 큰 부담을 주면서 체력을 갉아먹는다. 미리 복용한 회복약이 그 부담을 회복해 준 덕분에 전투 능력을 어찌어찌 유지하고 있었다.

총알이 떨어지면 바로 탄창을 교환한다. 옷에 넣은 것은 이미 다 썼다. 빈 탄창을 배출하면서 땅바닥에 둔 탄창을 주워 서둘러 장전한다. 눈에 띄게 줄어든 잔탄 때문에 초조해하면서도, 아키라는 아낌없이 계속 총을 쏜다. 지금 아끼다간 적을 막을 수 없다.

총을 고정하는 팔이 아파서 회복약의 효력이 끝났다는 것을 깨닫고 입에 물고 있던 회복약을 조금씩 삼킨다. 회복약의 효능이 몸에 서서히 퍼진다. 회복약이 없었더라면 진즉에 몸에 가는 부하를 버티지 못하고 쓰러졌을 것이다.

전투에 지장이 안 생기게, 하지만 고통에 져서 남은 회복약을 전부 삼키지 않게, 복용량을 미세하게 조종하면서 이를 악물고 계속 방아쇠를 당긴다. 발사된 총알은 전부 그 역할을 완수하고 있다. 그런데도 적은 대량으로 남아 있었다.

알파의 지시는 거의 완벽했다. 몬스터의 개체마다 다른 이동 속도까지 파악해서 적의 접근을 최대한 지연하게끔 공격 대상을 지시하고 있다. 먼저 해치운 몬스터의 사체가 다른 개체의 접근을 방해하도록, 겁먹고 도망치려고 하는 개체가 다른 개체를 방해하도록, 다양한 수단으로 최대한 시간을 벌 수 있게 최선의 지시를 내리고 있었다.

다만 아키라가 그 지시대로 움직일 수 있는지는 차원이 다른 이야기다. 아키라는 기량이 부족하고, 긴장, 초조, 피로 등의 다양한 요소 탓에 움직임이 둔해지고 있다. 알파는 그 결과를 고려해 시시각각 변화하는 상황에 즉각 대응하면서 다음 지시를 내렸다.

이 상황의 전환점이 발생했다. 다른 개체보다 훨씬 재빠른 몬스터가 아키라 앞에 튀어나온 것이다. 당연히 아키라는 그 몬스터를 집중적으로 노렸다. 여러 발의 총알이 명중한 것을 본 아키라는 해치웠다고 판단하며 다른 몬스터를 노리려 했다. 알파가 다음 대상을 지정하기 전에.

전에도 비슷한 상황에서 몬스터를 해치웠던 경험이 방심을 낳고, 계속 나타나는 적이 초조함을 낳고, 쌓이는 피로가 경솔함을 낳고, 아키라는 판단을 실수했다.

『아직 안 죽었어!』

알파가 호통을 치듯 질책하자 아키라는 허둥지둥 방금 개체를 다시 조준했다. 하지만 이미 늦었다. 몬스터는 중상을 입은 상태에서도 아키라와 거리를 좁혔다. 수많은 탄환을 온몸에 맞고도, 전혀 움츠러들지 않으며 돌격한다. 그리고 총에 맞으면서도 아키라에게 달려들고 그대로 밀쳐서 쓰러뜨렸다.

아키라의 머리를 노린 그 일격이 아슬아슬하게 빗나간 것은 몬스터가 총에 맞은 바람에 자세가 약간 흐트러졌기 때문이다. 그 덕분에 아슬아슬하게 죽음을 면했다.

하지만 그 목숨도 풍전등화 상태다. 몬스터는 아키라를 밀쳐서 쓰러뜨린 상태에서 그 머리를 물어뜯으려고 아가리를 쩍 벌리고 있다.

다가오는 죽음이 아키라의 체감 시간을 대폭 느리게 만들었다. 느리게 움직이는 세상 속에서, 전에도 이런 일이 있었다고 생각한 아키라는 일전에 슬럼에서 몬스터의 습격으로 죽을 뻔했던 순간을 떠올린다. 그리고 반사적으로 같은 행동을 취한다. 자신을 잡아먹으려 하는 몬스터의 커다란 입에, 쥐고 있던 AAH 돌격총을 팔뚝째 쑤셔 넣는다.

총구가 목 안쪽에 닿은 몬스터가 그 불쾌감 탓에 움직임이 한순간 둔해졌다. 그 바람에 몬스터의 송곳니가 자신의 팔을 바로 물어뜯지 못하자, 아키라는 그 틈에 웃으면서 방아쇠를 당겼다.

입안에서 발사된 무수한 총알이 몬스터의 머리에 꽂혔다. 머리를 파괴당한 몬스터는 뒤통수로 탄환을 토하며 숨을 거뒀다.

아키라는 몬스터의 사체를 옆으로 밀쳐냈다. 승리의 기쁨은 오른쪽 다리에서 느껴진 극심한 통증 탓에 중단됐다. 몬스터가 달려들면서 날린 공격에, 오른쪽 다리가 크게 찢어졌다.

알파가 몹시 딱딱한 얼굴로 호통을 치듯 지시해 죽음에서 벗어난 순간의 풀린 긴장과 심한 통증으로 아키라의 의지가 멈추는 것을 막는다.

『빨리 치료해! 호주머니에 넣어둔 회복약이 있잖아!』

아키라는 심한 통증을 참으면서 호주머니에 넣어 둔 회복약 캡슐의 내용물을 상처에 직접 발랐다. 그러자 더욱 극심한 통증이 엄습했다.

『기절하면 안 돼! 정신을 잃으면 죽을 뿐이야! 정신 바짝 차려!』

환부에 직접 투여된 대량의 회복약은 사용량에 맞춰 극심한 통증을 가져온다. 겨우겨우 기절을 면한 아키라는 인상을 찡그리며 겨우겨우 몸을 일으켰다. 그리고 남아 있던 회복약을 복용했다.

회복약에 있는 치료용 나노머신이 사용자의 통각을 감지하고 상처 부위에 집결해서 치료를 개시한다. 낫고 있던 상처가 무리한 움직임 탓에 악화되어 부상과 치료를 반복한다.

아키라는 그 상태에서 통증을 참으면서 사격을 재개했다. 쓰러진 사이에 다른 몬스터들이 가까운 곳까지 접근했다. 한 번의 오판이 상황을 그만큼 악화시켰다.

아키라 일행은 필사적으로 저항했지만, 상황은 악화일로를 달리고 있었다. 몬스터 무리는 이미 접근전이라 해도 과언이 아닌 거리까지 다가왔다.

카츠라기는 운전석에서 약한 소리를 했다.

"기관총 탄환이 떨어지고 있어. 끝장이야……."

그 목소리는 연락용 마이크를 통해 트레일러의 밖까지 전해졌다. 달리스도 약한 소리를 했다.

"이제 끝인가……."

아키라는 입을 다물고 있었다. 단순히 이야기할 여유가 없지만, 속으로 그 말에 동의했다. 그리고 드디어 기관총의 탄환이 바닥났다.

알파는 미소를 지으며 아키라에게 말다.

『끝났네──.』

끝을 알리기에 걸맞은 알파의 부드러운 미소를 본 아키라는 힘없이 쓴웃음을 짓는다.

"그래……."

『──살았어.』

"……. 뭐?!"

아키라는 알파가 뜻밖의 말을 해서 깜짝 놀랐다. 그 순간, 유탄(榴彈)이 빗발처럼 무리에 쏟아지면서 무수한 폭발음과 함께 주위에 있는 개체를 가루로 만들었다.

나아가 대량의 대물 탄두가 아키라 일행 근처의 무리에 쏟아지고, 무리의 구성 요소를 분쇄하며 트레일러 주위의 안전을 확보해 나간다.

갑작스러운 사태에 혼란에 빠진 아키라가 웃으며 황야를 가리키는 알파를 봤다. 허둥지둥 그 방향을 보니, 오프로드 사양의 차량이 몬스터 무리에 포화를 퍼부으며 접근하고 있었다.

아키라의 시야가 알파의 서포트로 확장되어 차량의 상황이 잘 보인다. 그러자 아키라의 표정에 경악으로 물들었다.

"저 사람들은……!"

차량에는 낯익은 여자 헌터들이 타고 있었다. 일전에 아키라가 구한 엘레나와 사라다.

사라는 차 위에서 그 체격에 어울리지 않게 커다란 총기를 들고 있었다. 대구경 총구에서 유탄이 연속해서 발사되고 있다.

"엘레나! 예정 장소와 좀 다르지만, 저게 구출 대상 맞지?!"

엘레나도 차량의 기관총을 조작해서 대량의 탄환을 호쾌하게 퍼붓고 있다.

"그래. 긴급 의뢰에는 쿠즈스하라 시가지 유적이라고 나와 있었지만, 여기까지 도망친 것 같네. 이대로 쓸어버려."

"알았어! 탄약 비용은 의뢰자 부담! 이대로 화끈하게 해치워야지!"

그대로 일방적인 공격이 이어진다. 자금 면에서 여유가 생긴 엘레나 일행이 몬스터 무리를 해치우려고 준비한 값비싼 고위력 탄약은 그 가격에 걸맞은 활약을 보였다.

폭풍처럼 휘몰아치는 탄환에, 빗발처럼 쏟아지는 유탄에, 몬스터 무리가 휩쓸려 사라진다. 아키라는 그 광경을 반쯤 얼이

나간 채 바라보고 있었다.

주변 일대를 파괴하는 격렬한 공격이 아키라 일행을 그토록 괴롭히던 몬스터 무리를 간단히 섬멸했다.

◆

전투를 마친 아키라 일행은 엘레나 일행과 합류한 후, 곧장 쿠가마야마 시티로 가지 않고 일단 트레일러 안에 모였다. 이동 점포를 겸하는 트레일러 내부는 의외로 넓었다. 거기서 두 그룹의 교섭 담당인 카츠라기와 엘레나가 긴급 의뢰의 사후 처리 회의를 진행한다.

아키라는 교섭에 방해가 되지 않게 카츠라기 일행과 떨어졌다. 그리고 함께 이동한 사라에게 다시 머리를 숙였다.

"도와줘서 고마워요. 덕분에 죽지 않았어요."

"괜찮아. 이것도 일이니까 신경 쓰지 마. 너희가 애쓴 덕분에 숫자가 줄어서 예상보다 쉽게 정리했거든."

사라는 기분 좋게 웃었다. 아키라의 앞에 있는 풍만한 가슴이 실제로 사라에게 간 부담이 매우 적었음을 알려주고 있었다.

"그래도 아키라가 있는 걸 보고 좀 놀랐어. 몬스터의 습격에 휘말리다니, 참 운이 없네."

"네. 진짜로, 진짜로 그렇게 생각해요. 조금이라도 운이 좋아지게 부적이라도 사는 게 좋을까요?"

아키라가 쓴웃음을 짓고 농담처럼 말하자 사라 또한 슬쩍 웃으며 말했다.

"확실히 운이란 건 중요해. 아무리 사전에 정보를 수집해도 예상치 못한 일을 피하지 못할 때가 있거든. 우리도 얼마 전에는 큰일 날 뻔했어. 부적이라……. 사는 것도 좋지만, 행운이 찾아왔을 때의 뭔가를 부적으로 삼는 것도 괜찮을걸? 나는 이거야."

그렇게 말하면서 방호복의 앞 지퍼를 내린 사라는 착용하고 있던 펜던트에 달린, 장식용으로 가공한 탄환을 가슴 계곡에서 꺼냈다.

"얼마 전에 죽을 뻔했을 때 우리를 구해준 사람이 준 물건을 가공한 거야. 그때의 방심과 행운을 잊지 않으려고 말이지."

"그, 그런가요."

아키라는 사라의 가슴 계곡을 가까이서 보고 스스로도 이해하지 못할 동요와 약간의 멋쩍음을 느꼈다. 하지만 어찌어찌 아무렇지도 않은 태도를 유지했다.

사라는 아키라의 반응이 약간 이상하다는 것을 눈치챘지만, 죽음의 위기에서 막 벗어난 탓에 동요와 고양감이 남은 거겠지 싶어서 딱히 신경을 쓰지 않았다.

알파는 그런 아키라의 옆에서 의미심장한 미소를 지었다.

『다행이네. 평소 행실, 그때 아키라가 한 행동이 이런 식으로 되돌아왔어. 왜 그래? 기쁘지 않은 거야?』

『아, 물론 기뻐. 역시 그때 도와주기 잘했지?』

『맞아. 목숨도 건지고, 미인의 가슴 계곡도 구경했잖아.』

알파는 장난기 섞인 미소를 머금었다.

『만질 생각이 없다면, 내 가슴이라도 상관없을 텐데. 만질 생각이 없더라도, 실제로 손을 뻗으면 만질 수 있다는 점이 중요한 거야?』

『시끄러워. 입 다물고 있어.』

아키라는 표정을 바꾸지 않으려고 인상을 살짝 굳혔다. 알파는 그 모습을 보며 더욱 즐겁게 웃었다.

◆

아키라는 몬스터 무리와의 전투에서 살아남았다.

아키라의 실력과 각오만으로는 살아남을 수 없었을 것이다. 알파의 강력한 서포트로도 부족했다. 즉, 원래라면 어찌할 수 없는 일이다. 피할 수 없는 죽음을 맞이하며 끝났으리라.

그 죽음을 뒤집은 건, 자신은 선행이라 여기지 않은 행위가 불러온 행운이었다. 의도한 것은 아니지만 베푼 행실이 보복이 아닌 형태로 돌아왔다고 하는, 아키라에게는 드문 일 덕분이었다.

이 일이 아키라에게 가져온 영향은 의외로 컸다. 본인은 눈치채지 못했다. 하지만 그것은 명백한 변화였다.

〈하권에서 계속〉

무기 해설
Weapon Guide

HANDGUN
핸드건

TOP

SIDE

FRONT

BOTTOM

BACK

SLIDE BACK

아키라의 초기 장비.
동부에서 널리 유통되는 평범한 핸드건.
대인용으로 설계된 것이며, 몬스터를 해치울 정도의
위력은 기대할 수 없다.

AAH ASSAULT RIFLE
ＡＡＨ돌격총

동부에서 폭넓게 제조 및 판매되는
대 몬스터용 돌격총. 100년 전에
등장한 걸작 어설트라이플의 기본
설계를 이어받았다.
대 몬스터용 총으로서 비교적 저렴
하고, 내구성이 뛰어나며, 고장도
적다. 모조품 및 개조품이 많으며,
그런 아종을 포함해 전부 AAH 돌
격총이라 불린다.

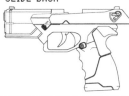

TOP

BOTTOM

BACK

RIGHT

FRONT

LEFT

上 유혹하는 망령

캐릭터 스테이터스
Character Status

1〈상〉종료 시점(카츠라기의 트레일러 방위
전 후)의 아키라의 스테이터스.
유적에 처음으로 발을 들였을 때는 다 낡은
복장에 권총 한 정만이라는 무모하다고 할 수
밖에 없는 장비 상태였지만, 알파와 쿠즈스하
라 타운 유적을 탐색해서 얻은 보수로 신품
AAH 돌격총을 구입하고 시즈카에게 저렴한
방호복을 무료로 얻으면서 몬스터에게 대항
할 수 있는 장비를 갖췄다.
열 번이 넘는 유적 탐색을 통해 헌터 랭크가
10으로 승격. 그 덕분에 드디어 헌터 오피스
에서 정규 헌터로 인정받았다.

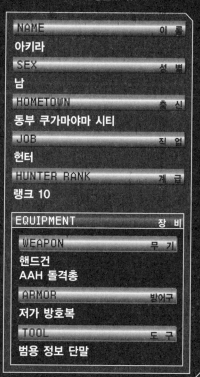

NAME	이 름
아키라	
SEX	성 별
남	
HOMETOWN	출 신
동부 쿠가마야마 시티	
JOB	직 업
헌터	
HUNTER RANK	계 급
랭크 10	

EQUIPMENT	장 비
WEAPON	무 기
핸드건 AAH 돌격총	
ARMOR	방어구
저가 방호복	
TOOL	도 구
범용 정보 단말	

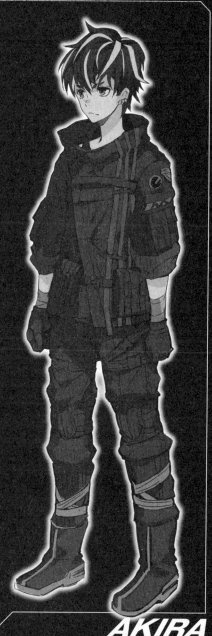

AKIRA

WEAPON DOG SUBSPECIES

웨폰 독 이종

대형 대포가 등에 달리고 다리가 여덟 개인 웨폰 독. 머리는 오른쪽에 눈이 두 개, 왼쪽에 거대한 눈이 하나 달린 좌우 비대칭형이며, 다리의 배치도 고르지 않다.

중무장을 지탱하는 데 특화한 건지, 생물로서의 기능미를 무시한 조형을 지녔다.

알파의 말에 따르면, 자기 개조의 사양 변경에 실패한 특이 개체. 덩치가 커서 움직임이 둔하지만, 등에 달린 무장에서 발사되는 포탄의 위력은 일반 웨폰 독과는 비교도 되지 않을 만큼 강하다.

TOP

FRONT

上 유혹하는 망령

WEAPON DOG
웨폰 독

미사일 포드
무장 타입

개틀링 건
무장 타입

TOP

FRONT

전장 2미터 전후의 개 타입 몬스터.
원래 도시의 경비용으로 만들어진 인조 생물이며, 문명이 멸망한 후에도 자기 개조를 반복하면서 도적으로부터 유적을 지켜왔다.
금속 등을 경구 섭취해서 재료에 맞는 화기를 등에 생성할 수 있는 것이 특징이며, 소형 개틀링 건과 로켓탄, 미사일 포드 등, 다양한 무기를 단 개체가 목격됐다.
기본적으로 무리를 지어 행동하며, 무리 안에서 가장 강력한 무장을 지닌 개체가 리더로서 집단을 이끈다.

모든 것이 재구축된 세계에서,
리빌드
"각오는 됐나 보구나."
"각오는 내가 담당하니까."
The advanced
the world has crumbled
People rallied the fragments
the world and spent a long
2021년

소년이여, 날아올라라――!

알파의 도움으로 겨우 진짜 헌터로서
첫걸음을 내디딘 아키라. 그런 아키라를
더 혹독한 시련이 기다리고 있었다.

순찰 의뢰를 수행하던 도중에 받은 급보.
그것은 유적에서 쿠가마야마 시티를 향해
여태껏 유례가 없던 규모의 몬스터 무리가
침공하고 있음을 알리는 내용인데――.

위험이 가득한 미션에,
아키라는 주저 없이 자신의 목숨을 건다!

글 나후세
일러스트레이션 긴
세계관 일러스트 와잇슈
메커닉 디자인 cell

NEXT EPISODE >>>

리빌드 월드
Rebuild World 下 무리무식무모 I

여름 출간 예정!!

광대한 미궁을 품은 이세계를 무대로,
이계의 기억을 가진 소년의 모험이 지금 시작된다!!

경계미궁과 이계의 마술사

1~9

귀족의 서자로 계모와 이복형제들에게 학대를 받던 테오도르 가트너는
수로에 떠밀려서 죽을 뻔했을 때 『전생의 기억』을 되찾는다.

전생의 기억과 함께 마법을 쓰는 법도 떠올린 테오도르는 자신의 성장과
새로이 태어난 이 세계의 수수께끼를 찾기 위해,
자신을 보필하는 소녀 그레이스와 함께 집을 나와 미궁도시 탐월즈로 떠나는데——.

오노사키 에이지 지음 / 나베시마 테츠히로 일러스트

영상출판
미디어㈜

VRMMO에서 소환사를 시작했습니다 1

친구가 권해서 인기 온라인 게임 〈판타지 월드 온라인〉(약칭 FWO)를
시작한 소년 유우는 시작할 때 직업을 정하는 단계에서 실수로
지뢰 직업 '소환사'를 고르고 만다.
하지만 원래부터 귀여운 것을 아주 사랑하는 유우는
토끼나 올빼미 같은 귀여운 짐승을 속속 소환!!
복슬복슬 힐링 성분을 만끽하기도 하고, 귀여운 장비를 모으기도 하면서
자신만의 즐거움을 탐구해 나가는데──

테토메토 지음 / 아키사키 리오 일러스트

영상출판
미디어㈜

리빌드 월드 1 〈상〉 유혹하는 망령

2021년 07월 15일 제1판 인쇄
2023년 05월 25일 제3쇄 발행

지음 나후세
일러스트 긴 | **세계관 일러스트** 와잇슈
메카닉 디자인 cell

발행 영상출판미디어(주)
등록번호 제 2002-000003호
주소 07551 서울특별시 강서구 양천로 570 NH서울타워 19층
대표전화 032-505-2973

ISBN 979-11-380-0238-7
ISBN 979-11-380-0237-0 (세트)

REBUILD WORLD Vol.1 <JOU>:SASO BOREI
ⓒNahuse 2019
First published in Japan in 2019 by KADOKAWA CORPORATION, Tokyo.
Korean translation rights arranged with KADOKAWA CORPORATION, Tokyo
through Korea Copyright Center Inc.

구매 시 파손된 도서는 구매처에서 교환하실 수 있습니다.
기타 불편사항. 문의사항이 있으신 독자님께서는 노블엔진 홈페이지
[http://novelengine.com] 에서 Q&A 게시판을 이용해 주시기 바랍니다.